O Brasil

O Brasil

Mino Carta

Posfácio
Alfredo Bosi

3ª edição

EDITORA RECORD
RIO DE JANEIRO • SÃO PAULO

2013

CIP-BRASIL. CATALOGAÇÃO NA FONTE
SINDICATO NACIONAL DOS EDITORES DE LIVROS, RJ

C314b

Carta, Mino, 1933-
  O Brasil / Mino Carta. – 3ª ed. – Rio de Janeiro: Record, 2013.

  ISBN 978-85-01-40060-4

  1. Ficção brasileira. I. Título.

12-5503.   CDD: 869.93
                                                CDU: 821.134.3(81)-3

Copyright © by Mino Carta, 2012

Capa e projeto gráfico: Hélio de Almeida
Composição: Renata Vidal da Cunha

Texto revisado segundo o novo Acordo Ortográfico da Língua Portuguesa
Direitos exclusivos desta edição reservados pela
EDITORA RECORD LTDA.
Rua Argentina 171 - 20921-380 - Rio de Janeiro, RJ - Tel.: 2585-2000

Impresso no Brasil

ISBN 978-85-01-40060-4

Seja um leitor preferencial Record.
Cadastre-se e receba informações sobre
nossos lançamentos e nossas promoções.

Atendimento e venda direta ao leitor:
mdireto@record.com.br ou (21) 2585-2002.

*A Angélica, "alma minha gentil
que te partiste tão cedo", também
presente nestas páginas e de quem
padeço a ausência irreparável*

Prólogo

O confessor pergunta se pequei contra a castidade, mais me incomoda o odor acre represado no espaço mirrado, o perfume de incenso a pairar nas naves não consegue domá-lo. O hálito do padre coa através da grade e se mistura com o cheiro de velho criado-mudo do confessionário. Meu Deus, o deus meu, não o dele... A cada movimento da figura maciça em busca de comodidade o confessionário range penosamente, algum dia virá abaixo, implodido pela mastigação dos carunchos.

O colega Penna, sentado ao meu lado na sala de aula, tem cabeça de tamanho descomunal, caberiam ali os chapéus do meu pai, embora um *gelot* não figurasse bem sobre aquele crânio tosado. Com intensidade de pesquisador, informa-se sobre a penitência. "O desgraçado mandou rezar três ave-marias e dois pai-nossos."

Penna avisa, com toque de orgulho: "Da última vez meus pai-nossos foram três e ainda coube uma salve-rainha." Nem por isso deixei de pensar que os confessores cultivavam uma obsessão mórbida.

Meu pai, Giannino, que usava chapéu *gelot*, era filho de Demetrio, donde a imposição do nome ao primeiro neto, eu, infeliz, obrigado a carregar a identificação insuportável, pouco me importa, *chi se ne frega*, se Demetrio foi mártir cristão, conforme vovó Adele, tão parecida com chaleira de porcelana, repetiu vida adentro. Sim, aqui me pego em divagações, e vou ao ponto, a revelação, em proveito do Penna, de um dos pecados confessados pouco antes.

"Tirei da estante um livro do meu pai, tem ali uma Vênus de Giorgione..." Penna está perplexo.

"Um livro de arte, Giorgione é um pintor vêneto do século XV, melhor, fica entre XV e XVI." A expressão de Penna não muda.

"Vênus, deusa do amor, nua em pelo."

De início a perplexidade evolui para o espanto diante da evidência de que meu pai, ao guardar livros de mulher nua, é o pecador-mor, logo aceita a crua realidade: "Quero ver, me mostra."

Imagino a enorme cabeça do Penna varada pela imagem de um torpe indivíduo, e me apresso a esclarecer: "Além de jornalista, meu pai é professor de História da Arte." Assim manda minha consciência, tenho quase certeza, no entanto, que Penna jamais corrigirá a primeira impressão.

As tílias florescem, logo haverá tabaco, do nosso, moemos flores secas e enchemos os cachimbinhos comprados na lojinha do Ghigo, por hábito nos abastece de bolinhas de gude, as baforadas queimam a língua e o palato, é o protesto das tílias. E há o risco da punição de padre Arró, diretor do Colégio dos Padres Doutrinários, se nos pega a fumar abaixa as nossas notas a seu talante, não somente aquela de comportamento. Padre Arró tem a perna esquerda mais curta que a direita, muito mais curta. Penna sempre lembra: "O diabo é manco."

No pé esquerdo padre Arró calça um sapato ortopédico enorme e sinistro, e ao caminhar enfuna daquele lado uma vela negra cheia de vento até mostrar o calçado monstruoso, casco do demônio, e do fauno, e do fauno exibe o sorriso de brilho ambíguo sobre o tom violeta das faces escanhoadas. Logo que frequento o colégio, convoca minha mãe, Claretta, e avisa: "O menino não pode vir de calça curta e meias três-quartos, tem de usar as meias dos garotos da região, meias-calças de lã no inverno e de algodão na primavera e no outono. Nas férias do verão, façam o que bem entendam, mas durante o tempo da escola... entendeu, não é?"

"Mas o menino tem nove anos..."

"E daí? Esta é a regra do colégio."

O confessor, padre Giorgio, rubicundo, sacode o corpanzil sobre o assento duro, nádegas formigantes, penso "agora rui tudo", não é desta vez. Agrada-me imaginar que os carunchos não se incomodariam com a ruína, continuariam seu banquete em cada escombro, em cada estilhaço, bichos da madeira feitos de madeira. Os carunchos não sabem o que é um confessionário, assim como os peixes não sabem o que é o mar.

Padre Giorgio me absolve de voz robótica, intérprete da indiferença do destino, e eu não cumpro a penitência, com a rebeldia de quem não suporta a obrigação da comunhão semanal, outra regra do colégio, *o mangi questa minestra o salti dalla finestra*, da janela para o inferno, onde encontraria Voltaire, o qual, todos sabem, vomitou excrementos na hora da morte. Pois é, Voltaire, e também Garibaldi, socialista *mangiapreti*. Eu sinto em padre Arró, professor de italiano, latim, história e geografia, a solidariedade com os Bourbons napolitanos entrelaçada ao ódio, despejado como azeite fervente sobre a cabeça do pequeno caudilho que, antes de expulsar o rei das Duas Sicílias, enxotou o Papa Rei para o Vaticano em 1849, podem acreditar em uma coisa dessas?

A memória, volúvel, imprevisível, dá um passo atrás, e a ela me sujeito, vou aonde ela vai. Cheguei à aldeia, pouco mais de mil habitantes, há quase dois anos, exatamente porque havia ali o Colégio dos Padres Doutrinários onde poderia iniciar os estudos ginasiais. Meu irmão ainda cursava o primário, Luigi, apelidado Giotto. Luigi, Luigiotto, Giotto. Não fosse a escola, quem sabe tivéssemos ido para outro lugar, mas sempre no Piemonte, retaguarda de Gênova bombardeada e, por causa das bombas que caíam toda noite, indormida no abrigo, embora o local ostentasse uma cama. Na escuridão da adega transformada em refúgio, imaginei a caverna ancestral e pela primeira vez experimentei o senso do efêmero. Não porque temesse morrer sob escombros e sim porque, ao me sentir cercado pela morte, deixei a mão direita a apalpar o braço esquerdo, os joelhos, as costelas, e encontrei o meu esqueleto, a imagem invisível, presente porém, do meu próprio fim. A escuridão não me assusta, espanta-me a impossibilidade de viver até esta escuridão, mesmo a mais funda e insondável. Espanta-me o oblívio. E logo volto à vida, sentado na beira da cama, convocam a minha curiosidade os hieróglifos que um velho companheiro da noitada desenha sobre a treva com a ponta do cigarro aceso.

Giotto deita-se às minhas costas, e a cada explosão nas cercanias seu corpo sofre um súbito impulso, quase impelido a levantar voo, esbugalha os olhos, grandes olhos, como se, ao acordar de um pesadelo, encontrasse algo pior. Quando ouvíamos as sirenes a anunciar o fim do bombardeio tinham-se passado várias horas nas trevas riscadas pela ponta raivosa do cigarro, e ao voltar para casa, localizada em altura, víamos aos nossos pés uma fuga de telhados de ardósia, aqui e acolá interrompida por chamas e fumaça em ordem aleatória. Sobrava tempo breve para o descanso e logo juntávamos livros e cadernos e partíamos para a escola. Um dia minha mãe disse "chega", e fomos para San Damiano, ela é enérgica no espírito e na estrutura, e aquinhoada pela certeza de conhecer o endereço do bem e do mal. Perdão, do Bem e do Mal. Ergue o indicador, a chamar o beneplácito de Deus, e de olhos faiscantes ordena "peça desculpas".

Antes da confissão, urdo histórias de pecados veniais na esteira daquelas reprimendas, conquanto saiba que o confessor não ouve, interessado apenas em averiguar se traio a minha castidade. Toma-me, de quando em quando, a tentação de inventar um enredo capaz de precipitar a concentração do padre até mergulhá-lo em lodoso espanto, ou simplesmente de satisfazer sua curiosidade malsã, e sempre recuo ao ganhar o genuflexório, decepcionado com aquela que me parece incorrigível covardia.

Na semana passada engatilhei ousadia bem mais alentada, burilei para o momento da confissão um enredo sinuoso em cenário de vindima, entre parreiras carregadas. A camponesa de lombos fartos abaixa-se para colher o cacho opulento, a roçar o chão, e eu lhe enxergo até a calcinha. Poderia descrevê-la, a peça secreta, quem sabe azul-turquesa e transparente, e confessaria que a visão entregou-me ao êxtase, e me acompanhou, eu pecador no pensamento, dia adentro, até o momento de apoiar a cabeça sobre o travesseiro à espera de um sono turvo e tardio. Não duvido que o enredo inquiete as noites do confessor e mesmo os dias, e me rio com a ideia, e ainda assim na hora não vou além da costumeira lista de pecadilhos, enfim insatisfeito com aquela absolvição inescapável, brutalmente useira e medíocre, como o carimbo do burocrata. Eu próprio me enlevei com o enredo e por algum tempo dei para enriquecê-lo no sentido do enfeite.

Quando chegamos a San Damiano, é inverno, chove ao meio-dia de um domingo e na praça estacionam homens envoltos em mantos negros à sombra compacta dos guarda-chuvas, fundem-se no reflexo do chão molhado em uma mancha de contornos esfumados e trêmulos, enquanto na atmosfera plúmbea o vapor dos seus hálitos é aspirado pelo frio. As mulheres lotam a santa missa na igreja matriz, cabeças cobertas por véus rendados e até a praça chega a ladainha, ao sair se agregam em bloco à mancha espalhada no asfalto para logo desfazê-la ao levarem os maridos para casa.

Agora, dia da confissão, é primavera. Ao entrar na capela do colégio abandonei uma perfumada tarde de sol. A sensação do reencontro com o esplendor que me aguarda lá fora, e de uma espécie de reconquista da liberdade uma vez liquidada a obrigação íngreme, empurra-me prazerosamente na direção da porta. Saio, mas não estou na Rua Garibaldi, que atravessa a aldeia, de calçadas cobertas, acauteladas pela lembrança do frio, e cuja placa desafia padre Arró. Acho-me em uma grande praça em noite de fúria, apinhada de gritos do povaréu em fuga, mesclados ao ruído do tropel desvairado de pés e cascos. Os soldados do pelotão de fuzilamento de um dia de maio de 1808 em Madri, desta feita a cavalo, substituem os fuzis por sabres cintilantes, erguidos, como o dedo em riste de minha mãe na promessa da punição, sobre a multidão agitada igual ao cobertor do doente arrepiado pela febre terçã. Não me surpreenderia se à frente do ataque cavalariano estivesse o príncipe Pio descido da montanha.

A memória me conduziu ao novo palco, é abril de 1961. Estou em Montevidéu, na comitiva dos jornalistas que acompanham uma visita do presidente italiano Giovanni Gronchi à América do Sul, no mesmo dia da tentativa americana de invasão de Cuba, na Baía dos Porcos. Diante do prédio da universidade uma manifestação parte impetuosa na rota da embaixada dos EUA. Professores e estudantes pisam o asfalto com vigor desmesurado e erguem ameaças na ponta de estacas como se fossem lanças. Entro no meio da turba, pergunto ao moço marchador ao meu lado que significa tudo aquilo, "é a revolta da América do Sul". Diz ser filho de vênetos, talvez incluísse na raiva ansiosa, a entrecortar-lhe a fala em breves emissões à beira do soluço, os austríacos do imperador Cecco Beppe.

Longas horas de furor, represadas na praça central ao cair da noite quando os cavaleiros de Artigas invadem o espetáculo com furos de melodrama, os cascos dos seus cavalos atiram faíscas entre as pernas dos fugitivos. "Corre, corre", grita o colega e amigo Alberto Baini, mas não é preciso recomendar. Corre conosco um fotógrafo italiano, loiro e espigado, a lâmina de um sabre redemoinha sobre a nossa fuga, relampeja no alvo do fotógrafo. Vejo o sangue espirrar da cabeça igual ao espumante na explosão da rolha. Uma hora depois a América do Sul recolhe-se entre as paredes familiares, do tropel nem sobra o eco. Garrafas quebradas, faixas rasgadas, papéis amassados como vestígio. Janto com Alberto macarrão hediondo em um restaurante vazio.

Estamos aturdidos com as notícias que vêm de Cuba e com a tensão do dia passado em Montevidéu, cinco mil quilômetros ao sul e nem por isso tão distante. Alberto é um dos meus melhores amigos, uns seis anos mais velho do que eu, e eu tenho vinte e sete. Amizade nascida na redação de *La Gazzetta del Popolo* de Turim, quatro anos antes.

Escreve a bico de pena e pode entregar-se a maus humores abissais. Nele, toscano de Carrara, a voluptuosa vocação pela ironia, o sarcasmo mais ácido até, típico dos habitantes da região, abranda-se na capacidade poética de descrever situações com a fluência e o ritmo de uma elegia e sem agressões à realidade dos fatos. Loiro de olhos azuis, cultiva o vezo de deixar uma mecha caída sobre a testa para recompor o penteado inicial com um movimento rotatório da cabeça, interrompido bruscamente para atingir o efeito desejado. Fuma muito, foi ele que me introduziu às Galoises sem filtro, pacote azul-claro, tabaco preto.

Dia fatal em Montevidéu, começo de história para ambos, como se estivéssemos a ver pela primeira vez este lado da América, esmagado exemplarmente pelas patas dos cavalos de Artigas, embora não imaginássemos então como os sons da jornada ecoariam para sempre ao confluírem para novos ecos despertados no tempo das nossas vidas. E se penso em Alberto, ouço-lhe a voz recheada de erres redondos, diria afrancesada sem afetação, pelo contrário, a expressar a elegância natural que não se exibe. E que é elegante por isso.

Capítulo I

Quando Getúlio morreu, tiro certeiro no peito, Waldir, professor de História e Geografia no Colégio do Estado, avisou ao chegar em casa: "Depois da janta vamos ao *Estadão*." Abukir, o filho de oito anos, perguntou por que, a data é importante, respondeu o pai, você vai lembrar-se dela, e lhe veio à cabeça a imagem de um velho gordote, de pijama, ao deitar em uma vasta cama presidencial, em vez de apanhar sobre o criado-mudo o livro de cabeceira, pega um revólver embalado, volta-o contra o coração e aperta o gatilho.

Por que Getúlio? Por que Waldir e Abukir? Que houve para justificar este começo da história? Serei sincero até a medula, até a zona miasmática situada entre o fígado e a alma: eu não sei. Há quem confunda Deus com o destino, eu não discuto a respeito de um e de outro. Se Deus é aquele velho pintado por Michelangelo na abóbada da Sistina eu já cogitei de esperá-lo na esquina para lhe dizer umas boas. Na adolescência passei por momentos de reflexão em torno de um traço muito forte da personalidade divina, a vocação humorística, destino do destino. Mais que vocação, destino. Só conseguia explicar Deus como um grande humorista, o maior de todos, meu pai gostou demais da ideia. Quem escreve ficção, ao buscar o plausível, torna-se um deus grego, pega os fados pela mão e os leva aonde bem entender. Em teoria. O seguinte é verdade factual, como gosto de dizer depois de ler certa passagem de Hannah Arendt: aqui eu me entrego ao acaso, ele me guia a seu talante sem que eu me permita a mais pálida interferência. Ou, por outra, constato, verifico, registro, nada invento. Não sou Deus ou o destino. Sou apenas o instrumento do acaso. Vejam como as coisas se dão.

"Este tiro a gente vai escutar por muito tempo", sentenciou Waldir, com a gravidade que lhe soou condizente, e nem por isso a imagem do presidente suicida provocou a nódoa de um pensamento de luminosidade cegante ao cogitar das razões de tanto desespero. Mesmo assim, queria saber mais sobre o fato, curioso como quem se acerca do infeliz desmaiado na calçada em busca de um susto anunciado e indolor qual propiciasse uma revelação extraordinária a seu próprio respeito.

"Vamos ao *Estadão* visitar o Severino." Linotipista no jornal mais importante de São Paulo, Severino gozava de acesso à informação e se dispunha sempre a partilhá-la com o amigo. A informação por dentro, aquela que poucos alcançam, praticamente exclusiva. Abukir anuiu sem saber por quê. Waldir detestava Napoleão I, nutria pelo imperador uma antipatia tão vertiginosa a ponto de impeli-lo a uma espécie de *vendetta*, pois não era corso o tal Bonaparte?, de sorte a batizar o filho com o nome de uma batalha perdida por aquele carcamano metido a besta.

"Sim, sim – disse Severino quando o filho de Waldir estava para nascer –, tudo bem, mas chame o menino de Nelson, ou de Wellington, que ganhou a batalha decisiva."

"Nelson, Wellington... nomes muito comuns... Abukir não, é único, forte..."

"E se nascer menina?"

"Abukir serve para os dois."

Severino enveredou por uma densa disquisição sobre o almirante Nelson, "era corno", exclamou, "*lady* Hamilton entregava-se a qualquer um", até ao pintorzinho com cara de tuberculoso que lhe fez uma dúzia de retratos, "talvez mais, agora esqueci o nome, depois ele vem...". Waldir não tinha o menor interesse em conhecer o nome do artista e de enveredar pela vida da mulher do almirante, embora a palavra corno ainda pairasse em toda a sua desprezível imponência e de alguma forma o tivesse machucado, não o bastante, porém, para levá-lo a desistir.

Nasceu o menino e foi batizado Abukir com a aprovação da mãe Jandira, que tudo fazia para agradar ao marido, santa mulher, impecável ao passar camisas, afeita à tendência de se expandir na área lombar com o inevitável vazamento adiposo nos membros inferiores.

15

Algum dia, apresentariam uma textura similar a pétalas de rosa murcha, sem contar as protuberâncias almofadadas logo acima dos joelhos. Nada disso preocupava Waldir, que não desgostava da abundância de carnes e não se permitia voos da imaginação para perscrutar o futuro do casamento. Quanto ao almirante e à esposa infiel, também Napoleão tivera suas falhas neste domínio, que Josefina não era flor de estufa, além disso Nelson havia de ser um nobre espigado enquanto o corso não passava do baixote que todos sabemos. De passagem anoto que este nome, Abukir, não me soa a contento para identificar um ser humano, mas nada posso fazer, Waldir é assim mesmo.

Waldir conhece o caminho do salão dos linotipos, entranha do jornal, distribuído por seis andares de um prédio central, acima do subsolo ocupado pelas máquinas impressoras. A linotipia é tenebrosa caverna ferida pela lâmina das luzes concentradas sobre os teclados, crepitam no martelar dodecafônico a mover em frenesi longas e finas pernas de insetos metálicos, deixam suas pegadas de chumbo em meio à combinação dos odores entre gordos e metálicos de graxa e chumbo derretido. Severino vai ao encontro de pai e filho, diz: "Hoje muito trabalho extra." Waldir, leitor fiel do *Estadão*, via em Getúlio Vargas o caudilho golpista, Severino discordava: eleito democraticamente em 1950 era "um grande presidente". "Nacionalista." "Inimigo de São Paulo", revidava Waldir, cujo pai orgulhavase de ter combatido na Revolução de 32. E que revolução, até um trem blindado entrara batalha adentro para proteger as fronteiras do estado.

Às vezes, quando se dava o eclipse dos humores, Severino e Waldir discutiam em torno de suas versões com insólita agitação, era algo que se resolvia, porém, com um gole de pinga, ou mais de um. A se ouvir Waldir, caso os paulistas tivessem vencido a guerra, um Brasil formado pelos estados do sul teria sido "potência mundial", entendeu, "potência mundial!". Severino, filho de nordestino, em uma hora dessas erguia a voz, clamava contra a prepotência e a irresponsabilidade do sul, fechado no seu egoísmo ao ignorar o resto, como se fosse barão em um feudo de súditos descartáveis. Eram amigos de infância, colegas de escola, e a discussão durava pouco.

"Os homens estão lá em cima brigando, discutem a forma de dar a notícia e parece que não se entendem", informou Severino, e apontou para cima. A bala fora disparada às 8:40 da manhã, o *bang* a desencadear o último ato da crise, e treze horas depois os "homens" discutiam o enfoque, peixes graúdos a nadar no aquário, o cubo de vidro da direção erguido com vista para a redação. O secretário Cláudio Abramo sustentava que seria imperativo, insistiu, "é imperativo", quebrar uma tradição do jornal, pela qual desde sempre a primeira página era toda ela entregue ao noticiário internacional. O responsável pela página, Giannino Carta, também autor de uma coluna diária intitulada "De um dia para o outro", concordava com Cláudio, embora no tom do conselheiro habilitado ao papel de negociador.

Ao leme da tradição agarravam-se os donos e diretores, Júlio de Mesquita Filho e seu irmão Francisco. Dois filhos do doutor Julinho, como o timoneiro era chamado na redação, Júlio Neto, primogênito, e Carlão, o caçula, vacilavam. O filho do meio, Ruy, estava no Rio de Janeiro, acorrera à cabeceira de Carlos Lacerda, o colega e amigo, autor de filípicas anti-Getúlio, e que sofrera um atentado urdido pelo onipresente guarda-costas presidencial, o ciclópico Gregório Fortunato. Quem estava com Lacerda quando do ataque, um major, fora alvejado mortalmente, e o episódio atiçou o fogo oposicionista. Luís, dito Zizo, filho primogênito de Francisco e diretor industrial, fixava os olhos, de um azul de enseada mediterrânea, no vácuo de Torricelli.

Quem contava mais: o caudilho suicida ou a tradição do jornal? Poderia o *Estadão* permitir-se abandonar a rota de sempre para aceitar a discutível imposição dos eventos? Seria o mesmo que atirar a bússola às ondas.

Em Carlos Lacerda símbolos e representações se condensam para torná-lo personagem negativa grandiosa à vontade no centro da tragédia tropical para acentuá-la na ferocidade e no delírio. É a voz da Casa-Grande, voz tribunícia na coerência grosseira que chama seu jornal de *Tribuna*, Graco ao contrário. Seu jornalismo nega os princípios do próprio, a verdade é o interesse da oligarquia e na exposição se esmera, tanto lida com desembaraço com o vernáculo quanto com as artes do histrião. Os donos do poder condenam o caudilho, e os paulistas como

Waldir mais do que todos, lembram sua decisiva intervenção para sustar a tentativa secessionista de 1932, o levante do absurdo. Ditador, Getúlio deu início a um projeto de modernização do País que abala privilégios e ameaça o sistema medieval, e prosseguiu neste caminho como presidente eleito, a começar pela criação da Petrobras, estatal de petróleo, enquanto os senhores se sentem protegidos por seu exército de ocupação e pela condição de súditos do império americano. A Getúlio não perdoam o golpe ao se arvorar a defensores da democracia, mas nada concebem como antídoto além do próprio golpe desde que da sua autoria, é o que percebe Severino e lhe rói a alma.

O verbo de Lacerda empolgava Waldir. Resmunga Severino: "Quer saber de uma coisa? O homem começou à esquerda, creio que tenha sido para aderir à moda do momento, logo bandeou-se para o lado oposto, a quem sai da esquerda para acabar à direita prefiro de longe aquele que cumpre o sentido oposto, quer dizer que a cabeça dele se abriu." E ao falar, dias antes, Severino encarou Waldir, e sorriu com leve sarcasmo.

Agora Severino comboia as visitas por quatro lances de escada e abre uma porta talhada para o acesso ao quarto de despejo, nem Waldir e muito menos Abukir esperavam que se abrisse para a própria redação, e o menino viu a gruta de Ali Babá com seus tesouros expostos. Havia um mistério nesta porta, hermética à percepção do que escondia e do bulício de uma redação apinhada na hora do pique, fechada era a pedra de um túmulo embora fosse comum em tudo e por tudo, de madeira de pinho, aberta extravasava clangor. Descerrou-se um salão profundo, apinhado de mesas e pessoas em agitação desafinada, agredido pela luminescência ofuscante do néon, "entra, menino, dá uma boa olhada". Abukir entrou, passo hesitante. "Vai, vai", insistiu Severino, no mesmo instante em que os peixes começaram a sair do aquário na direção de suas mesas. Júlio Neto cuidou de sentar-se com algum estudado vagar, pinçou o vinco das calças com ponta de dedos e o puxou de leve como cabe a quem se aborrece com calças amarrotadas.

Abukir achou que já vira alguns daqueles senhores, de fato também figuravam no afresco pintado no térreo, logo na entrada do jornal, atrás do balcão da publicidade, por mão esperta de retratista fiel, mostrava-os em trajes antigos, segundo Abukir simplesmente esquisitos, um tanto circenses. Protagonistas na parede da partida de uma bandeira destinada a procurar pedras preciosas e caçar índios, estocavam mantimentos para a aventura, enquanto seus empregados trezentos anos depois vendiam publicidade.

Bateu nos ouvidos de Abukir a palavra Tamandaré, pensou em uma fruta, ou em uma palmeira. Severino, que também entrou na redação juntamente com Waldir, a tensão geral permite a intrusão, explicaria mais tarde que de um cruzador se tratava, as águas respeitosamente fendiam-se diante da proa acuminada. Trazia aquele que, na opinião do jornal, haveria de substituir Getúlio, um certo Carlos Luz de terno jaquetão.

Um cavalheiro alto, entrado em anos, de olhos esbugalhados atrás de óculos espessos, andava pela redação como quem é de casa, lia-se OVO no vistoso monograma da sua camisa, repetia com voz de barítono: "Esta foi a suprema malignidade deste filho da puta."

"Pois é", disse outro, desprovido de monograma, "o caudilho armou mais uma para nós."

OVO significa Otavio Vaz de Oliveira, mas os bandeirantes do saguão o chamam de Otavio Galinha, personagem da corte ironizado com bonomia condescendente. Na ocasião os olhares o alvejaram em súbita reflexão, aí estava a intuição do espírito puro, a percepção fulgurante tanto mais valiosa porque *naïve*. A bola de neve que origina o alude. O substantivo avalanche é proibido na redação, bem como a expressão todo mundo. Galicismos insuportáveis, homessa. Esta, por seu lado, é uma palavra que não hesita em cair da boca dos Mesquita.

"Não paira dúvida – disse o Dr. Julinho –, Getúlio escreveu o capítulo derradeiro de uma história de extrema prepotência e arrogância, até na morte."

O suicídio assume as dimensões do escárnio e, ao mesmo tempo, é tentativa *in extremis* de desencadear a ira popular. Disso tudo, tirante uns poucos audaciosos redatores, o *Estadão* em peso está convencido.

"Pessoal estranho", comentou Severino ao sair.

"Pois é – concordou Waldir –, alguém se mata para vingar-se dos opositores?"

Abukir pensou que, certa vez, ao levar uma surra materna, desejara morrer para causar remorso, alegrou-o imaginar Jandira em lágrimas ajoelhada no chão da sala.

De noite, Severino encontra no travesseiro a encenação do terceiro ato da tragédia, relâmpago refletido por um charco. Enxergou na escuridão a mão de um velho a procurar a pistola sobre a mesinha de cabeceira, entre uma cartela de comprimidos, uma receita de colírio, um par de óculos, um pente. A ideia do suicídio, deste suicídio, o incomodou e trouxe sonhos maus, perguntou-se aonde poderia chegar o desespero do poderoso, avassalador desespero, um senso de derrota insustentável a persegui-lo pelos corredores do palácio de alvura cegante, ao pisar tapetes por salões intermináveis como a dor, até alcançar o quarto, a cama vasta e mais vasta ainda para o velho pequeno, e então tirar a roupa do dia de chumbo, e ouvir por dentro as vozes dos companheiros fiéis reunidos até há pouco na madrugada, e da filha, um tanto estrídula de medo e pressentimento. Se foi hora do resumo, do balanço de uma vida, pensou Severino, que galope vertiginoso de vitórias em meio, quase sempre, ao afeto popular. E mesmo assim a mão buscou o revólver...

Impelida por um sentimento de vergonha? Pelo mar de lama que ele próprio dissera alastrar-se nos porões do palácio? Ou pesava além da conta a constatação da luta vã contra os inimigos de sempre, ferozes hipócritas imbatíveis? E não seriam eles imortais?

Severino mergulhou o rosto no travesseiro, em busca de uma escuridão maior do que a do quarto, e nela leu na alma do suicida a perda irremediável da esperança, a confissão da impossibilidade de mudar o rumo da história. Por ora o Brasil era deles, e por quanto tempo permaneceria na mão deles, e o que resultaria, não era previsível. Decerto, ele não estaria presente no desfecho do enredo. A hora soou, o dedo apertou o gatilho.

Waldir dormiu saborosamente. Abukir repassou a noitada como se fosse lição de casa, recordou sobretudo aqueles cavalheiros de terno e gravata, seguros nos gestos e nos passos. Ia recordá-los para sempre, ao ser tomado por um sentimento confuso e forte, entre a admiração e a inveja.

No dia seguinte, a morte do presidente surgiu em manchete na primeira página. Cláudio Abramo vencera a parada e o noticiário nacional teve, enfim, acesso ao espaço até então proibido.

Entreato

Na ponta dos sapatos Cláudio Abramo manda colocar uma proteção de metal, e um tilintar gárrulo e irônico sobre calçadas o precede no estilo de Restif de La Bretonne de sorte a inquietar ao longo do caminho quem o inveja ou o teme. Ele não cultiva inimizades, ou nutre especiais antipatias, mas pode irromper em uma roda para afirmar "Victor Hugo é um cretino", "Leon Trotski é um gênio", "O jornalismo brasileiro é uma merda", e por aí afora. Frases destinadas a irritar distintos auditórios.

Trotskista ele se declara, mas é também calvinista pela obsessão ética, pela exasperação da honestidade a toda prova. Seu trotskismo não deixa de ser digno de um poeta romântico e seu Trotski é parecido com Guevara, só que Fidel foi mais esperto do que Stalin, em vez de encomendar o assassínio entregou aos generais bolivianos o coração daquele argentino incômodo metido a salvador da humanidade. Também Cláudio, a seu modo, cuida de tornar-se bastante incômodo.

Esbelto, flexível e de melenas precocemente brancas, às vezes põe um lenço de seda a jorrar do bolsinho do paletó, ou anda de bengala com os movimentos de quem lidou com ela desde sempre, a mão pronta para impulso brusco e macio, a deslizar o cabo sobre a palma complacente e a fazer da ponta do bastão o indicador que mostra o caminho.

Cláudio chega ao *Estadão* com pouco mais de vinte anos como repórter e tradutor da rubrica "De um Dia para o Outro", que meu pai escrevia em italiano, língua falada na casa dos Abramo, combinação de vênetos com calabreses. E agora, tenho uns catorze anos e Cláudio vinte e cinco, troto ao lado dele no bairro perfumado de cânhamo e gergelim onde o *Estadão* habita, na Rua Barão de Duprat. Vamos na direção da baleia ancorada à margem do Tamanduateí, o Mercado Municipal estranhamente solene na sua catadura *liberty*, pomposo por fora vem ao nosso encontro a prometer a visão da vida interrompida. Cláudio antes propusera "venha comigo", estávamos na redação, eu sentado ao lado da mesa de meu pai, Cláudio de pé ouve as instruções de Júlio Neto, também chamado Lili, de quem me impressiona o terno príncipe de Gales passado à perfeição. Partimos, a encomenda é uma reportagem sobre a alta dos preços dos hortifrutigranjeiros, pergunto: "O que é isso?"

"De abobrinha a mamão", diz Cláudio, escorrem ao nosso lado lojas de tapetes, tecidos, armarinhos e as vozes cruzam-se em uma cantilena gritada em escalas diversas, sempre altas, ocorre-me a ideia de que participem também rebanhos de cabras e ovelhas, e o vento, a descabelar oliveiras.

A baleia escancara a bocarra e eu me acho frente a frente com meu pai, as cartas do tarô estão sobre a mesa, são elas que se exigem para jogar *scopa*. A memória sabe armar estas ciladas. Para quem pratica o *scopone scientifico*, como meu pai, a *scopa* é para as crianças. Vi meu pai disputar *scopone* em um estábulo em pleno inverno, o jogo invadiu a madrugada em meio aos vapores soprados por vacas e homens, estes tomavam vinho de um tonel, nele mergulhava uma cânula de borracha que passava de boca em boca como *calumet* dos peles-vermelhas.

O *scopone* pede quatro jogadores, para a *scopa* bastam dois, a meu pai hoje falta o desafio, sobra o prazer de estar comigo. Salvo ocasiões muito especiais quando os editoriais do *Estadão* passam da conta para meu gosto, eu reclamo. E ele manso: "Joga logo esta carta, que eu já sei qual é." Sabe mesmo, por isso, anos antes, eu lhe atribuía poderes mágicos.

"Você leu o editorial de hoje do *Estadão?*"

"Está bem escrito", diz.

"Claro, foi um dos portugas que escreveu, em castiço."

"O português é uma língua muito bonita, rica..."

"Sim, sim, falo é do conteúdo. Reacionário, retrógrado..."

Começo a me exaltar. Neste momento pede que me apresse, atiro um três de paus, é a única carta que me restou, vai fazer companhia ao cinco de ouros deitado sobre a mesa. "*Scopa*", diz ele, plácido como o craque que executa a folha-seca do bico da área. "Cinco mais três, oito." O valete vale oito e cada *scopa* um ponto do jogo que vai até onze.

A bem de um vernáculo sem nódoas, Júlio de Mesquita Filho chamou a São Paulo um punhado de jornalistas lusitanos aos quais dita os editoriais com a certeza de que serão impressos em linguagem camoniana. Os importados preferem o Brasil à ditadura de Salazar e alguns são comunistas que se sujeitam a consagrar na página três em verbos bem conjugados o pensamento "reacionário, retrógrado" do dono do jornal, por isso este avisa "são os meus comunistas", e sorri com o comedimento de velho *gentleman*.

Diga-se que ele é extraordinariamente parecido com o marquês Gastón Tardivi d'Avanzo, amigo de infância da minha avó materna. Por um instante tenho quatro anos, e o marquês chega de conversível vermelho à casa alvíssima, bailarina no vento de prata das oliveiras, com o pedido, logo atendido, de comer ovos à provençal, vovó domina o assunto. Com o doutor Júlio ele compartilha da estatura, do *aplomb*, de traços muito próximos, quase univitelinos, da tez rubicunda ao nariz acerejado. Não, decerto, quanto ao conversível vermelho, onde, depois dos ovos, o marquês me instala para uma incursão pelos zigue-zagues da estrada da Riviera. A casa fica em Sanremo, ele mora em Monte Carlo e o ponto final do passeio é o Hôtel Du Cap, em Cap d'Antibes, vamos para o jardim, sentamos a uma das mesas à sombra dos pinheiros marítimos, ele toma champanhe Salon de bolinhas mínimas, eu laranjada.

Com meu pai, nesta tarde de domingo à mesa da *scopa*, tomamos vinho e eu acabo por mergulhar nele a minha vontade de discutir, poderia ter levado adiante a diatribe, com meu pai não, mesmo que ele faça uma *scopa* atrás da outra. Ele sabe ser irônico com sedosa sutileza, mas sua essência é de uma pimenta que teme picar, pimenta rosa das Ilhas Maurício, excita a língua e o paladar, desce, porém, na ponta dos pés, com cortesia cúmplice. É uma tarde de paz tangível, como se fosse possível uma carícia fora do tempo experimentada em zonas insondáveis estabelecidas no nosso buraco negro, em um avesso de nós mesmos que algum dia adiante me ocorrerá batizar de zona situada entre o coração e a alma, em contraposição àquela miasmática entre o fígado e a alma, a dos sentimentos doloridos. Ah, sim, alma. Haverá maneira de evitar a ideia alma quando tentamos imaginar a dimensão frequentada por emanações fora da realidade que nos cerca?

No tempo do *scopone* no estábulo meu pai nem tinha quarenta anos, escondia-se dos camisas-pretas da República de Saló no derradeiro estertor mussoliniano depois de ter fugido da cadeia dois meses após a prisão. E agora são seis da manhã de um dia de abril de 1944. Minha mãe Claretta sai da casinhola alugada em San Damiano para ir à missa e se vê cercada por cinco homens à paisana, enchapelados e armados, exibem fuzis e pistolas lhes enchem os bolsos. Pergunta: "Mora aqui Giannino Carta?"

"Morava – diz minha mãe –, partiu faz um mês com a família." Ela sustentaria vida adentro ter conseguido conter a emoção. "Sabe onde foram parar?" Abre os braços, receio com exagero teatral, como ator iniciante, de todo modo diz não com a cabeça, fecha a porta atrás de si e encaminha-se na direção da igreja matriz na praça central. Os homens a acompanham, aquele que parece ser o chefe do bando comenta, entre a dúvida e o sarcasmo: "Estranho, muito estranho, tivemos informações seguras de que ele vivia aqui..."

Curto o caminho, a igreja aproxima-se depressa, protetora. Ela se esconde atrás da cortina que separa a porta da nave, olhos atentos como em um jogo infantil, e vê os homens sumirem além da esquina.

Volta para casa, resfolegante, grita enquanto sobe as escadas: "Giannino, Giannino, estão à sua procura." Meu pai salta da cama, entra no quarto contíguo onde Giotto e eu estamos miseravelmente entregues ao sarampo, sussurra: "Tranquilos, não tenham medo."

Punhos martelam a porta da casa, enraivecidos, ouvimos uma voz áspera quando minha mãe abre: "A senhora mentiu." Logo irrompem no nosso quarto, canos hirtos. Meu pai encara impassível os invasores, antecipa-se à voz de prisão e escande: "Vou-me aprontar." O quarto ganhou uma profundidade insuspeita de penumbra espessa, caravaggiesca, nela o grupo armado funde-se em bloco compacto riscado pelos arrepios faiscantes dos instrumentos de guerra, rompe-se à passagem de meu pai, passo firme e olhar reto, fecha-se no banheiro, reaparece meia hora depois, de terno e gravata. Ele apreciava um gênero de nó chamado *scapino*, muito elaborado, a respeito uma dezena de anos depois discordaríamos, eu prefiro simples e fino, à inglesa, embora concordássemos quanto ao fato de que uma gravata confere segurança a quem a usa. Ele não esqueceu de pingar gotas de perfume sobre o lenço branco, cheirava, não sem algum desdém, a citronela.

Giotto e eu manteríamos a memória da cena para sempre, guarda conosco um pai desassombrado diante da ameaça a faiscar debaixo da asa dos chapéus dos captores e no cano de suas armas. Volta e meia, a evocação chega a despertar até o nosso olfato para a recordação do perfume da colônia. Dois meses depois, uma sedição dos carcereiros cria condições para a fuga da cadeia genovesa. Levam-no ao meio da madrugada em um furgão, param na grande praça que rodeia com reverência desprezível um arco triunfal erguido por Mussolini para celebrar vitórias inventadas. Ordena o motorista: "Vai embora, desaparece." Ele sai do veículo e vagarosamente se afasta, pés cautelosos a sondarem o terreno enquanto o arco em mármore de Carrara manifesta na noite leitosa sua monumental indiferença. Pensou que atirariam nele pelas costas, não ouviu estampidos, corre então e se permite passar debaixo do arco, como as coortes das vitórias falsas.

Volta à família e inaugura uma longa temporada de *scopone scientifico* pelos estábulos no inverno de 1945. As paragens buscadas para fugir das bombas que caíam sobre Gênova tornam-se área de atuação dos *partigiani*, os guerrilheiros antifascistas, católicos e liberais amarram ao redor do pescoço lenços azuis, comunistas e socialistas lenços vermelhos. Zona convulsionada por combates diários, de noite ouvimos os aviões americanos passarem sobre nossas cabeças e o ronco nutre a nossa esperança, trazem armas, munição, mantimentos para abastecer a guerrilha. Do alto chove o maná, como de hábito.

E é um dia de agosto de 1944, vamos visitar meu pai, abrigado em uma casinhola posta à sombra de um pinheiro secular, levamos para almoçar ao ar livre uma torta de abobrinhas, iguaria de uma quadra em que se comem sobretudo grão-de-bico e maçãs. Almoçamos na crista da encosta, a contemplar a sequência dos vales até que os morros no horizonte se diluam no azul do céu. Um grupo de guerrilheiros de lenços vermelhos surge na ribalta relvada, vêm contar que três dias antes, em Gênova, meu pai foi julgado à revelia e condenado. Erguemos brindes, e a liberdade que se espelhava no panorama nos levou a um estado de ensolarada plenitude. Leopardi diria: *"E naufragar mi è dolce in questo mare."*

Capítulo II

Abukir era asmático e Waldir proibiu-lhe a bola de couro, seu esporte foi chutar latas e pedras encontradas pelo caminho. Em compensação não perdia os bailecos da noite de sábado, aos quais comparecia de terno, gravata vermelha, sapato preto bem engraxado e meias brancas. Seu objetivo era dançar de rosto colado com uma bela, mas passável já servia, e de vez em quando o plano dava certo. A maioria das moças ia ao baile acompanhada pelas mães, sentavam-se de olhos atentos às margens da pista. Não era fácil distinguir as mães das poltronas que as acolhiam, mas as vistas maternas sobrestavam na atmosfera acalorada, de sorte a tornar arriscadas investidas mais ousadas, entre o beijo e a umbigada.

Graças à influência paterna, Abukir teve vaga no Colégio do Estado e ao completar o ginásio foi para o clássico, com a aprovação de Waldir e Jandira. "O colegial é o começo de uma escolha", sentenciou o pai, e Abukir como sempre anuiu, gravemente.

"Você também poderia ser professor", comentou Waldir. Mas Abukir sabia que jamais tomaria este caminho, o exemplo da vida familiar remediada não o animava, em todo caso não abriu a boca, tratava sempre de não contrariar Waldir, testarudo de princípios "inabaláveis", segundo afirmava com implacável frequência. Trafalgar, macho ou fêmea, não nasceu e Abukir foi o filho único.

Renata era colega no clássico, morena com uma singular marca na testa, pinta levemente mais escura que a pele, e de suave saliência. Os colegas a acham provocante, em apreço às formas bem calibradas, infelizmente trafega com recato compungido, místico dizia o Formiga "parecida com Santa Teresinha do Menino Jesus", traços colhidos em uma gravura antiga. Mesmo assim, a santa comparecia aos bailes do sábado munida de mãe filha de italianos, e lá levava seus olhos

29

verdes-safira e pernas enluvadas em náilon. Abukir sonhava em dançar de rosto colado com Renata, quando a convidava, ela aceitava, mas o mantinha a prudente distância ao aplicar-lhe a palma da mão sobre a omoplata. Mão firme, pensava Abukir, e forte, e um dia, no intervalo entre uma aula e outra, perguntou: "Você pratica algum esporte?" "Sim – respondeu –, vôlei."

Sobressalto, quase solavanco, Abukir padeceu dias depois, noite de sábado, quando viu Formiga dançar com Renata de rosto colado. No plexo solar, ali mesmo, logo acima da boca do estômago. Sentado à mesa tomava cuba-libre e os dois passaram diante dele aos volteios, enlaçados voluptuosamente, não passaria entre eles a lâmina da cimitarra do Saladino. Abukir virou-se à procura da figura materna, como a buscar ajuda da guardiã da fada cobiçada, a senhora em questão conversava com a poltrona ao lado. Foi para casa a ruminar ideias sobre a natureza feminina, mais forte era porém a imagem do abraço que os unia, rostos colados, ó maldição, coladíssimos. No mínimo, pensou, em um rodopio ele a beijou, a beijou mais de uma vez, o Formiga não se contentaria com um único beijo, não, não, ele colheu decerto a brisa e o mel da boca dela. Cada sequência suposta a partir da imagem do fato vivido e inegável assumiu as feições da certeza, tornou-se de concretude avassaladora, e foi como se o abutre do Cáucaso lhe martelasse o costado, de bico furibundo e pausas mínimas entre os ataques bem mirados, um cacho de átimos eternos.

Waldir dias antes perguntara: "Como anda de vida amorosa?"

Abukir surpreendeu-se, o pai nunca tocara em certos assuntos. "Como assim?"

"Digo, alguma namorada..." Ele confessou sua paixão, quase quisesse testar a chance de alguma esperança insuflada pelo pai que supunha experiente.

"Você – sentenciou Waldir – está pronto para se apaixonar, e é muito bom, quem se apaixona sente-se imortal."

No dia seguinte ao baile maldito, domingo antes do almoço que previa leitãozinho ao forno, o pai renovou o perguntório: "E como vai a Renata? Estão namorando?"

Abukir baixou a cabeça, mudo, irritado com a boa memória do pai. E Waldir: "Ela te deu o fora?"

"Fora? Nem deu tempo de uma declaração..."

Desabafou, com todo um capítulo sobre as características do Formiga. Entrão, petulante, desabusado. Jandira e sua irmã Jurema estacionavam na cozinha no aguardo do momento exato de tirar o bicho do forno, e a distância das fêmeas animou Waldir: "Olha, meu filho, mulher é assim mesmo, inconfiável, aprenda, elas gostam é de cafajestes."

Abukir não disse "minha mãe, não". Jurema, mais nova que Jandira, formosa e perfumada, já o obrigara, involuntariamente, apressa-se a esclarecer o acaso, a aplicar o olho sobre o buraco da fechadura para mostrar-lhe debaixo dos panos a cintura fina e as coxas generosas, firmes, porém. Continuava solteira, e era de estranhar, conversas a respeito ele as ouvia fazia uns dez anos e sabia do empenho da mãe em procurar pretendentes, jamais faltaram, seja dito. Ela, no entanto, achava motivos para recusá-los, ou para acabar com namoros recém-iniciados.

"Por que foi dar o fora em Astrogildo, um moço tão bom, simpático, inteligente e bem bonito?", pergunta Jandira.

"Muito ignorante", corta Jurema.

Ela chegara aos trinta, e Waldir, brincalhão, de vez em quando cantarolava: "Todo dia da semana eu preciso ver minha balzaquiana."

Aparentava menos, "se você declara vinte, todo mundo acredita", dizia a irmã, sete anos mais velha. Jurema, formada pela escola normal, trabalhava como secretária de um escritório de advocacia, lera muita ficção, dividia sua preferência entre *Os Miseráveis* e *O Conde de Monte Cristo* e declarava apreço definitivo "pelas pessoas cultas". Como Waldir, professor dado ao emprego de palavras insólitas, a implorar o recurso ao dicionário, além de ostentar um bigode do gênero rabo de rato, tornava-o parecido com Errol Flynn, na opinião de Jandira e suas amigas, a despeito do físico franzino e mais curto do que comprido.

Moravam em apartamento de aluguel em um prédio grande e central, o salário de Waldir dava para atingir o fim do mês sem maiores apertos, Abukir só lamentava que o pai não tivesse carro, ficaria satisfeito até com um pequeno, anão entre os americanos importados, mesmo um Skoda de rodas traseiras tortas como as pernas da vizinha. Ao lado do prédio espalhava-se um casario baixo e pobre entrecortado por ruelas de terra, algum dia seria destruído para oferecer espaço a um feixe de espigões. Por ora um indivíduo atarracado, de chapéu de abas largas como os anéis de Saturno, ramo de arruda atrás da orelha como lápis do contador, caminhava pelo recanto com a passada medida e altaneira de quem manda e vigia. Waldir já notara a figura e o apelidou "pajé", não se exclua que misturasse a função com a de cacique.

"Então, não me cumprimenta?" O homem apostrofa Abukir. Ele para, perplexo.

"Garoto, você passa por aqui há mais de um ano e segue em frente sem dizer bom dia, boa tarde, boa noite... falta de educação."

Abukir observa que o ramo de arruda apoia-se em melenas brancas encaracoladas e que o homem não é alto, mas largo. "Boa tarde", se apressa a dizer, e recebe de volta o sorriso de gato de rua. Abukir sente um arrepio a serpentear nas costas, queda-se ali.

Diz o gato: "Vai, vai para casa..." Aponta o caminho e passa um palito de um canto a outro da boca com habilidade de longo curso.

Por alguns dias Abukir não deu mais com a figura, até que por um triz não tropeça nela, saída de supetão de uma das ruelas. "Desta vez você ficou com medo, não é?" diz o homem, já é de noite e o rosto se ilumina quando, aspira o cigarro, faces cravejadas pelas marcas da varíola.

"Boa noite", murmura Abukir, vai em frente. Ouve a voz dele pelas costas: "Você tem uma tia muito boa."

Mais dias se passam, e o encontro se repete. De noite, novamente. As palavras brotam do rosto lunar: "Vou te contar uma coisa: eu alugo quartos. Quantos anos você tem?"

"Dezesseis."

"E gosta de mulher?" Abukir balbucia um "sim".

"Já dormiu com alguma?" Não, Abukir não dormiu.

E o pajé: "Interessante, muito interessante, mesmo porque sempre haverá uma primeira vez."

Abukir estático se cala. "Vai, vai para casa, meu petiz."

Já na cama, ocorre-lhe uma cena lancinante: poderia o Formiga levar Renata para um quarto alugado pelo pajé, ou cacique que seja? Não, não, claro que não, Renata há de querer casar-se virgem, como todas as colegas de classe. E, mesmo assim, eis que o pensamento volta e volta. Quem é pior para atiçar inquietação: o Formiga ou o senhor do casario? O Formiga engana com brilho na hora das provas, no futebol marca gol e tem fama de bom de dança, talvez só não conheça os passos de tango. Também, quem conhece? De qualquer maneira, um cafajeste. Palavra do pai. E o senhor do casario? Pior ainda. Bandido, talvez. Mesmo assim, a evocação do Formiga dói mais.

Assalta-o outro pensamento, basta para inquietá-lo à larga. E se o Formiga conseguiu levar Renata para a sessão das quatro do Majestic? A matinê do namoro, que o brando proxeneta propicia ao se apagarem as luzes e seu espaço de escuridão morna se agita em guinchos e suspiros. Só uma vez ele foi à sessão acompanhado, era ginasiana, quando ele esticou o braço sobre o espaldar da poltrona que ela ocupava, o filme ia ao meio, a moça prontamente o retirou com o polegar e o indicador da mão direita a formarem uma pinça irredutível, de sorte a desencorajar qualquer nova tentativa. Ao saírem do cinema, ela aceitou um *hot dog* no bar da esquina, só isso, e tchau.

O gato voltaria a aparecer sem ruído, como lhe cabe. Pergunta: "Como está seu pai?" Bem, muito bem. "E quanto a mulheres?" Mulheres, por que mulheres? "Sei lá, homens que gostam de mulheres costumam pular a cerca."

Abukir extático. "Garoto, é um direito deles, não significa deixar de gostar da legítima." O homem pronuncia a palavra legítima com certa solenidade, guarda uma lixa no fundo da garganta. Mais uma conversa para lembrar noite adentro. Que quer dizer o pajé?

Na escola conta-se que até então o Formiga só conseguiu arrancar, este o verbo empregado, três beijos de Renata. "Um furto." Não é bem assim, consta que ela consentiu. Como saber? "Bem, se ela tivesse recusado o primeiro, se ela tivesse parado de dançar na hora..."

E lá vem o pajé, o dia foi ensolarado e o céu agora é cor-de-rosa. "Você não gostaria que, além do quarto, eu lhe arrumasse uma menina bem-apanhada?" Obrigado, obrigado. "Obrigado não?" Sim, obrigado não.

"Você sabe, quem já alugou um dos meus quartos, mais de uma vez, e nem precisou que eu arrumasse companhia, veio acompanhado, e muito bem? Pois é, o senhor seu pai, e teve a bondade de trazer sua tia, mulher de primeira, uma gostosona."

Capítulo III

Sobre o Largo de São Francisco, o prédio da Faculdade de Direito incumbe como pesadelo, maciço, cinzento e insolente, confunde arrogância com solenidade. O pátio interno, o *impluvium* indesejado, obviamente jamais sonhou ser claustro medieval, não passa de paço inútil, cercado pelas célebres arcadas de grosseira estrutura e mesmo assim pretendem um lugar na história. E o edifício impregna-se de uma atmosfera falaciosa, com a promessa de sabedoria a ser inexoravelmente descumprida.

Abukir disse ao pai, ao cabo de muitas noites indormidas: "Me perdoe, mas não quero ser professor, prefiro advogado, me desculpe mesmo, acho que lecionar não é minha vocação."

"E advogar é?", perguntou Waldir com alguma agressividade.

"Não sei, pai, não sei mesmo, o que sei é que não sirvo para professor, se fosse envergonharia o senhor, pode crer."

O pai acabaria por conformar-se e Abukir, que cursava o terceiro clássico, foi aprontar-se para o vestibular em um dos milagrosos cursinhos à disposição dos aspirantes à faculdade. O Formiga foi pelo mesmo caminho e registrou: "Imagine, estudamos anos a fio, tivemos de aguentar professores ridículos e agora somos forçados a frequentar um curso suplementar, quer dizer, onze anos de escola não serviram para nada."

O Formiga, Nepomuceno Formiga da Silva, vinha de uma família pernambucana, "coronéis usineiros" informou o Barbosinha aos quatro ventos, ele, o Barbosinha, morava na Rua Bahia, rincão significativo de Higienópolis, o bairro heráldico na definição dos colunistas sociais, e estava credenciado para a exibição do brasão dos quatrocentões. Ou por outra, os que diziam medrar na cidade há quatrocentos anos, donde um tempo praticamente infinito na visão tropical. Talvez haja algum desprezo na voz do Barbosinha quando declina a origem do Formiga, inflexão malévola. Se as veias do Formiga aflorassem acima da pele indiscutivelmente branca e, feridas pela inveja, vertessem sangue, revelariam ancestrais holandeses, como se não bastassem cabelos loiros e olhos claros. Quanto ao sotaque, não passava de eco remoto.

O Barbosinha era de outra cepa, tinha pele azeitonada e pelo preto, cabelos esticados pelo fixador abundante de sorte a lhes conferir o aspecto de carapaça luzidia. Ah, sim, o sotaque é aquele redondo, pastoso, do quatrocentão, na tonalidade pomposa de Higienópolis.

Contradizer o pai, que o preferia a estudar História e Geografia na PUC, custara muito a Abukir, e, mais ou menos de improviso, no começo para a sua própria surpresa, experimentou o súbito impulso de desafiá-lo, e o atendeu, embora com sutileza e a devida cautela ao deslizar vagaroso na área insólita. Estão no espaço da sala destinado às conversas familiares e a receber amigos, sentados frente a frente nas poltronas forradas com desperdício de cores, dos braços irrompem cabeças de leões esculpidos em madeira preta, mostram os dentes e expandem uns contra os outros sua raiva saliente.

Leitor obediente dos editoriais do *Estadão*, Waldir declara desalento: "O país avança para o caos."

"Não concordo, pai – replica Abukir, melífluo –, esta é a versão dos reacionários... e o senhor não é, absolutamente, do gênero que enxerga perigo onde não tem." Empinou a voz ao pronunciar o advérbio.

Waldir encara-o, incrédulo. Reacionário? Como se dera que a palavra brotasse da boca de Abukir? O filho, a percorrer um atalho inédito, começara a esticar os ouvidos na direção do Formiga, o qual não lia o *Estadão*, e sim livros "destinados a abrir cabeças e compreender o mundo". A antipatia que Abukir sentia por ele dobrou-se a uma curiosa busca de munição para conversas habilitadas a impressionar o interlocutor. Valia, e muito, o fato de que o ensaio de namoro com Renata não havia prosperado. Segundo o Formiga "os donos do poder preparam um golpe". Os donos do poder? "Pois é, os donos do poder, eles percebem que o Brasil começa a mudar, e o tal poder, eles acabarão por perdê-lo." Lera Raymundo Faoro, advogado gaúcho em atividade no Rio, autor de um livro, publicado havia poucos anos, pois é, *Os Donos do Poder*, "que nos fornece a chave para entender o Brasil e os jogos da elite".

"Golpe, como?"

"Querem tirar Jango Goulart da Presidência, inventaram o parlamentarismo para contê-lo, mas a coisa toda rola por conta própria, o Brasil muda e surgem novas situações, políticas, econômicas, sociais." O Formiga leu mesmo, pensa Abukir, admirado a contragosto.

Agora, mãos apoiadas sobre a cabeça dos leões, Abukir põe à prova sua pretensão de conhecimento furtado às crenças do companheiro, e sem abandonar as precauções iniciais, andar peripatético, aventa a hipótese de que "os donos do poder" estão à cata de pretextos para... Waldir interrompe, como se o contagiasse a fúria dos leões: "Besteira desses... comunistazinhos... E que história é esta de donos do poder?"

"Pai, não fique nervoso, estamos trocando ideias e eu avento hipóteses", diz um mansíssimo Abukir enquanto experimenta o arrepio do prazer dissimulado. É sensação nova e estimulante de superioridade, e não o abala recorrer às citações de outrem.

Abukir e o Formiga passam no vestibular da Faculdade de Direito do Largo de São Francisco. Sem infâmia e sem louvor, e entrar já é tido como feito notável, são mais de mil candidatos para duzentas vagas, e os esperam aqueles professores chamados lentes pelos papéis oficiais e mestres pelos alunos. Sempre que podem, acondicionam-se em becas pretas de colarinhos rendados. "Donos do poder?", pergunta Abukir ao Formiga.

"Alguns são, outros são lacaios."

"Não escapa ninguém?"

"Sim, sempre há quem escape, mas é exceção."

Algumas salas de aula são de piso inclinado e neste ambiente de teatro grego os professores declamam como se a lição fosse fala de Ésquilo. Há moças e até alguns moços que se empolgam, sobretudo quem ocupa as fileiras mais próximas à cátedra onde o mestre acha seu palco e a voz ecoa em arenga. Vários alunos e alunas são egressos da JUC, Juventude Universitária Católica, poucos passaram-se para a AP, Ação Popular. O Formiga explica: "Na origem buscavam o socialismo humanista, este era o macete, agora alguns pensam mesmo em revolução, não imagine que são muitos não, uma meia dúzia, se tanto."

"Também garotas", observa Abukir.

"Nem todas da JUC e muito menos, hoje, da AP, mas nas primeiras fileiras os machos sempre foram minoria, os veteranos contam que aquilo é matriarcado."

O Formiga fala esticado no assento em tom distante, quase conformado, embora acompanhado por gestos ríspidos, braço dobrado, mão voando sobre a cabeça, ou então braço esticado, mão mole a apontar os baixios. Quando das fileiras da frente irrompe uma pergunta, e as fêmeas perguntam bem mais que os machos, o Formiga ergue as vistas ao teto, invoca a proteção dos céus. A escolha do perguntado sempre demonstra, no entanto, a percepção da natureza humana, é invariavelmente um daqueles professores que apreciam divagar a respeito de insignificâncias com abundância de argumentação, são enxurradas de palavras em liberdade inglória.

"Que fazer? – gane o Formiga. – O professor Waldemar Ferreira escreveu um livro para contar que comércio marítimo é aquele que por mar se efetua..." Meneia a bela cabeça, sabe que até as meninas ex-JUC olham para ele.

Abukir informa: "Bem que algumas delas gostariam de sair com você."

"Mulher assim não me interessa, na hora agá tira literalmente o corpo."

As circunstâncias me obrigam a intervir e acentuar alguns aspectos da superioridade feminina, observados por mim desde a infância. Desde o primário elas tiram as notas mais altas e desde então não ponho em dúvida a primazia da fêmea. Claros sinais, ignorados pelo macho na hora do confronto da vida adulta, é a lei da selva que o homem mantém no seu cenário de concreto. Acrescento, impelido pelo impulso súbito, que também fui aluno da Faculdade do Largo de São Francisco, donde, sem me aproveitar das lembranças da escola para influenciar de alguma forma o rumo deste enredo, sinto-me em condições de fornecer a seguinte informação: as alunas também no meu tempo sentavam-se nas primeiras fileiras e costumavam crivar os professores de perguntas, em geral hábeis tão só a desatar as falas enfadonhas dos chamados mestres. É a consciência que me força a registrar o fato.

O Formiga preferia frequentar as secretárias dos escritórios de advocacia da Benjamin Constant, sem excluir as escriturárias da Mooca e do Brás, os bairros operários, de noite enrolavam-se nos lençóis e beijavam os travesseiros. A cidade beirava três milhões de habitantes e os paulistanos enchiam o peito ao defini-la como "a que mais cresce no mundo".

Não é que a maioria lhe percebesse os méritos dignos da afirmação. São Paulo construiu há décadas um parque industrial de grande porte, a contar com os braços e as energias vindas do Brás e da Mooca enquanto assentava nestes bairros um gênero *paesano* de vida pelas calçadas ladeadas por sobrados de nicássio, paredes incrustadas pelas asas das mariposas que a brisa noturna captura na auréola dos lampiões. Aldeões dispostos a misturar risadas e palavras ásperas, os homens de noite levam cadeiras para diante dos portões, vêm de camiseta ou de pijama e não esquecem os frascos de vinho, conversam política e futebol, cuidadosamente separados das mulheres que se riem ou se compadecem dos ausentes.

Alguma ostentação morava no centro mais recente das compras do luxo e se expunha na arquitetura do Teatro Municipal, o Olimpia do trópico, enquanto o Viaduto do Chá saltava por sobre o Vale do Anhangabaú sem esconder algum senso de superioridade, algo entre o resguardo e o desprezo pelas filas desdobradas abaixo por quem leva horas para chegar e outras tantas para regressar aos bairros periféricos, perdidos no ocaso. E então sobrevêm o ar misterioso, o clima de segredo de centro antigo, em vão acobertado pela algazarra da Rua Direita, do comércio popular, rua inconfiável que não mantém a promessa e não teme sair da linha.

Tenebrosas veias do triângulo, onde a cidade nasceu, ali vicejam os humores e as vontades dos donos da praça à sombra perene, resistente até aos dedos implicantes do sol do meio-dia. As tramas dos senhores, tecidas no coração dos velhos prédios, alguns enfeitados em excesso pelo estilo floreal, abrigo de bancos e escritórios de negócios, estacam no Pátio do Colégio, primeira construção erguida pelos jesuítas, onde o chão despenca abruptamente para o Vale do Tamanduateí. Ali havia uma pirambeira escavada pelos santos protetores dos seus mensageiros, a começar por Ignácio, a resguardá-los de ataques de surpresa, agora recomposta pelos aterros a bem das ladeiras que levam ao bairro do comércio árabe, recheado de gritos e cheiros orientais.

Quando o sol se põe, os senhores tomam o rumo das suas casas nos Jardins ou, os mais graúdos, para as *ville* da Avenida Paulista, nos estilos mais volúveis, a fornecer a linha do gosto dos paulistanos endinheirados e dos seus aspirantes, aguerrido segundo time, fadados a verticalizar o Louvre, o Palácio Pitti e o casebre do pescador amalfitano, com a alternativa de erguer a casa de Branca de Neve ao lado da mansão de Scarlet O'Hara, o Escorial nas cercanias de um disco voador.

Mal começa o segundo ano de Direito, Abukir é tomado pela dúvida: quer mesmo prosseguir naquele estudo para tornar-se advogado, juiz, delegado? Imagina-se presa de uma rotina medíocre. O Formiga argumenta: por que haveria de ser assim? "Para você é fácil – retruca Abukir –, você tem escritório montado no Recife, vai cuidar dos negócios do seu pai e do seu avô, eu sou filho de remediados..."

Deu para se deixar assaltar pela aspiração a um mister capaz de renovar aquele que o pratica a cada dia. Ainda criança, ouviu de Severino uma frase que lhe volta à memória: "O jornalismo deixa o homem mais jovem." Quem sabe contivesse um toque de ironia, mas ele a entendeu como se a profissão tivesse a virtude de adiar a velhice ao propor situações diferentes a toda hora. Abukir jamais perceberia que os acontecimentos são sempre os mesmos, embora díspares quanto ao local, e as personagens se repetem à exaustão mesmo ao carregarem nomes diversos.

Ainda assim, se alguém se atirasse a esta observação, como fez Severino quando ele o pôs a par das suas dúvidas, não sobre a essência da profissão e sim sobre a simples conveniência de tomar o elixir da juventude, ele poderia argumentar: que importa, se basta mudar o local do evento e o nome das pessoas para que tudo pareça novo em folha? Não foi capaz deste repique. Como de hábito ficou perplexo. E Severino, apiedado, e arrependido pela frase do passado, apressou-se a expor o que o moço não conseguia imaginar.

"Sabe, é como discutir a existência de Deus, ou a imortalidade da alma: se você tem fé, achará sempre no fundo de si mesmo a razão para acreditar, mesmo que crer, no caso, não tenha nada a ver com a razão." As coisas ficaram mais complicadas, mas Abukir fingiu ter entendido.

Tenho simpatia por Severino, muita simpatia, afeto até, mas ninguém suponha que por causa disso o escalei no enredo como se o tivesse inventado. Pessoas como Severino todos conhecem, típicas de uma inteligência a gerar um acurado senso comum em geral incomum na dita nata da sociedade, inclinada a encarar os severinos de cima para baixo, remediados quase ralé. Apresso-me a esclarecer que ele entrou em cena com absoluta naturalidade, negada a mim, de resto, a possibilidade de convocar quem quer que seja. Severino é fruto maduro da terra, dela a responsabilidade por sua presença. Certo é que, apesar de Severino, Abukir abalou-se a conversar com o pai acerca do seu destino, daí partiu de longe. "Viu os últimos editoriais do *Estadão*?"

"Li, sim", respondeu Waldir, seco, na expectativa precavida do que viria em seguida. Os textos ditados pelo doutor Júlio aos escribas portugueses crispavam-se contra "a subversão em marcha e o caos econômico".

"Acho que pretendem derrubar o Jango", arrisca o filho, a encarar a parede dominada pela reprodução em cobre da *Última Ceia*.

"Bem que está na hora – exclama o pai –, este..." Falta-lhe a palavra. "Este, este, este... este coxo vai entregar o Brasil ao Fidel Castro." Os leões negros não hesitam em mostrar prontidão para um ataque feroz.

"Será?" Abukir esmera-se no tom da dúvida e sabe de antemão a resposta. Está equipado por obra das últimas falas do Formiga.

O pai afunda na poltrona como em seu próprio desconforto: "Mas você está cego? Que aprendem na faculdade? Fantasias, invenções? Sou eu que dou alpiste para o Brizola, para os grupos dos onze, para este bando todo de conspiradores comunistas?"

"O Severino diz que você exagera."

"Não me fale do Severino, um amigo querido sim, porém sonhador, iludido."

Quando foi anunciada a marcha iminente, a Marcha da Família, com Deus e pela Liberdade, o Formiga sugeriu "vamos assistir". Abukir dera para segui-lo, recriminava a si próprio por aquela adesão tão resignada e, ao mesmo tempo, sujeitava-se à voz de comando, subjugado. Esforçava-se, inclusive, para ler *O Capital*.

Postaram-se na esquina da Rua Marconi com a Barão de Itapetininga, passarela da marcha, vinham na frente os sócios do Clube Harmonia, secundados por seus choferes, jardineiros, mordomos, pedicuros, cozinheiras, manicures, copeiras, passadeiras, meninos de recado. Desfilaram logo atrás os sócios do Clube Paulistano, acompanhados por fâmulos menos numerosos, e assim por diante, conforme a hierarquia das agremiações frequentadas pela dita classe média. Marulhavam, na risada contida do Formiga, escárnio e raiva.

No alto, içado o corpanzil a bordo de um helicóptero, o governador de São Paulo, Adhemar de Barros, sobrevoava a marcha a desfiar o rosário guardado no bolso do colete e dali extraído sempre que as circunstâncias assim recomendassem. A marcha estacou diante da Faculdade do Largo de São Francisco a criar uma simbiose perfeita entre suas pretensões e as do edifício.

"O golpe não demora", ganiu o Formiga, lívido.

Entreato

Janto no Rio com Raymundo Faoro na casa de um amigo comum, também convidados dois brasilianistas americanos, um deles é famoso, Ralph Della Cava, o outro é outra, bem moça ainda, tem mais jeito de aluna do que de mestra. Tempo de repressão e o cardápio inclui análises do estágio de desmando e prepotência atingido pela ditadura. Faoro está inquieto, retrai os dedos e os comprime contra as palmas. Punhos de montanhês vêneto, pulsos fortes, troncos alpinos.

Os americanos trafegam pelo lugar-comum. "Sejamos objetivos – digo eu –, tivéssemos recursos para contratar dez mercenários belgas, a gente paralisaria Rio e São Paulo e derrubaria a ditadura." Faoro abre as mãos em um deslizar de ponta de dedos que deixa impressa a rota sobre a toalha, e ali as deixa, estendidas e amansadas. Comenta, grave: "Pois é, mas os mercenários belgas são um tanto caros." Prossigo no *pasodoble*: "Sim, mas poderíamos contar, quem sabe, com financiamento de empresários democráticos..."

Os americanos e o próprio anfitrião nos encaram de olhos redondos. "Sim – continua Faoro –, tudo é possível, até que haja empresários democráticos, sobretudo empreiteiros..." "Ou mesmo banqueiros", contribuo.

O anfitrião tenta interferir: "Vamos, gente, vocês estão de brincadeira." Faoro observa-o severamente por sobre os óculos, os convidados americanos veem a serpente do paraíso terrestre descer da árvore com a maçã na boca.

Volto à carga: "Por onde você iniciaria a operação?" E Faoro, com aquele vozeirão pausado ainda impregnado de sotaque gaúcho, erres que se enovelam, eles que se desfraldam, propõe: "Eu começaria por tomar o quartel da Barão de Mesquita." Os americanos entreolham-se aturdidos. O anfitrião recomenda: "Não os levem a sério, o quartel da Barão de Mesquita é o centro da tortura aqui no Rio."

Os estrangeiros não sabem a quem dar ouvidos enquanto o dono da casa insiste: "Encenam uma peça de humorismo."

A noitada acaba às quatro da manhã, Faoro toma uísque aos goles largos e já sem cigarros caça as guimbas nos cinzeiros. Quando a mulher, Pompéia, intervém e trata de esvaziá-los antes de serem alcançados pelo marido, o sarau se encerra.

Na calçada Faoro cambaleante solta a gargalhada represada horas a fio, e já me acho no Rio Minho e é hora de almoço entre paredes azulejadas, Faoro tem mesa cativa no mezanino. Restaurante português, se oferece no fim da Rua do Ouvidor à beira do cais próximo ao atraque das barcas que vão a Niterói. A memória me fez regressar no tempo, dois anos terão de se passar para o jantar com os americanos, agora venho de uma palestra na Universidade Federal, manda ali uma senhora maciça e cordial, é a mulher do governador, a primeira-dama do Estado do Rio.

Ao meio da palestra sou interrompido por um punhado de estudantes esbaforidos, irrompem no auditório e anunciam ofegantes que Cláudio Abramo acaba de ser afastado da direção da redação da *Folha de S.Paulo*, sei como e por que, pela pressão dos generais e pelos erros de cálculo dos patrões. Estes apostam em certo desfecho para a sucessão do ditador Ernesto Geisel, e o desfecho será outro em lugar daquele que imaginam, no momento vivemos a incerteza, e ali, sobre a mesa percorrida por arrepios azuis, Faoro manda pousar um prato de arroz de pato.

Dia 17 de setembro de 1977. Só conhecia o Faoro pela voz, foi dele o primeiro telefonema de solidariedade que recebi depois de me demitir da direção de *Veja*. Verifico que a voz combina com o físico. Há amizades que nascem inabaláveis como templos incrustados na montanha. Falamos das instabilidades daqueles dias de ditadura para acertar de vez o que ambos pensamos a respeito da sua origem a valer ainda e sempre a lição dos donos do poder, pela qual qualificá-la como militar implica enevoar a visão dos fatos. Escapismo velhaco. "Um monumental rocambole de hipocrisia", sugiro, ele aprecia, suponho que, além de tudo, deteste rocambole.

"De hipocrisia, na qualidade de filha da covardia."

"A clássica covardia do mais forte."

Ele gaba-se por ser de Vacaria, fala do seu planalto, em zona mágica de dimensão ignorada ergue-se uma vila empoeirada semelhante àquela do faroeste de John Ford, submetida à passagem de uma manada eterna. Refletida pelos azulejos, faísca a certeza de que covardia e hipocrisia jamais rimariam com Vacaria.

Rememoramos os antecedentes do golpe, eu cito os editoriais dos jornalões, me obrigavam a recordar no estilo aqueles da *Gazeta de Eatansville*, contada por Dickens no seu primeiro livro, *Pickwick Papers*. Verificaria ao longo dos anos que Faoro lera tudo, com exceção das aventuras de Pickwick, das quais me inteirei ao completar dez anos graças a um presente de minha avó materna, Adele, de quem afloram caligrafia de infatigável elegância, a tez de madrepérola e a gargalhada fragorosa.

"Sabe, é aquela retórica sonora, de magnitude zero." Eu ainda pretendo ser mais preciso: "Falo do estilo do senhor Pott, em uma Inglaterra provinciana que Dickens enxerga risonha, ao menos neste livro." Pickwick foi meu companheiro por duas décadas, sai de um livrão de capa azul ilustrado pela reprodução das gravuras originais, tem, o próprio livro, uma postura apaziguante e eu fui tragado, tempo adentro, pela convicção de que sua proximidade me dava sorte. Até que aos trinta anos coube-me dormir ao lado de meu pai, doente terminal, trinta noites a fio, ao cabo ele se foi naquele quarto de hospital no início da trigésima primeira. Enquanto os médicos ainda tentavam entubá-lo, piscou para mim, a significar que não cabia o espanto estampado no meu rosto, e morreu. Eu lera e relera o primeiro romance dickensiano, e o levei para o hospital, enquanto meu pai dormia abria-o ao acaso e passava os olhos sobre o que já sabia de cor. Não houve tempo de abri-lo na trigésima primeira noite, e nunca mais voltei àquelas páginas, sem ressentimento, sem esmorecer no afeto, mas o retorno tornou-se impossível.

Ao Faoro conto esta história e ele balança a cabeça em aprovação. Há nele, claro desde o primeiro encontro, a emanar da figura, uma solenidade involuntária, em contraste com a ironia sempre à flor da pele, acuminada e ágil, não de fácil percepção para a maioria, sobrestada pela imponência do interlocutor. Ele a deixa sair, a ironia, em doses aparentemente homeopáticas, mas cada uma vale uma colherada. Ainda aconselhará: "Não exagere no emprego da ironia, o pessoal tende a achar que você fala sério." Eu respondo: "É exatamente o que busco."

No caso de Faoro, entendo a sua ironia também como forma de resguardo contra as emoções fáceis, a conter o propósito, entre outros, de redimensionar a si mesmo, quase gesto de humildade, conquanto seja praticamente impossível imaginar um Faoro humilde. No fundo, é capaz de grandes e fortes emoções, e por saber disto toma suas cautelas. O que ele não pode contrastar é sua própria inteligência, algum dia me levará a apelidá-lo O Profeta, no sentido de mensageiro, habilitado a antecipar os tempos na ponta do raciocínio e da experiência.

Imersos na luminescência azulada do Rio Minho apuramos também a nossa concordância quanto à situação política que nos acua. A marcha da subversão jamais a veríamos passar e seríamos colônia americana, depois de ter sido portuguesa e britânica, ainda por muito tempo. É razoável esperar pela democracia? E que democracia seria esta, ancorada no trópico?

"Eles querem um país de vinte milhões de habitantes – diz pacatamente – e uma democracia sem povo."

Atiro-me a falar, em um precavido condicional, na possibilidade de alguma revolta popular, em sangue derramado sobre as calçadas. Olha-me com bonomia por cima do copo. "Você perde seu tempo." Algo que se fixa naquele momento é o pensamento de Faoro a respeito da "competência" da direita em manter os privilégios. Pergunto, intrigado: "Competência?"

Sim, competência. Decorre de um longo exercício do poder, praticado pelos séculos dos séculos para mantê-lo sem riscos e ameaças, sobretudo iguais àquelas partidas de um povo disposto a aderir à rebeldia do burguês francês do século XVIII. Vingativo e ambicioso. E este burguês existe nas nossas paragens? O povo é inerte e o burguês se empenha para mantê-lo na inércia como o pernil de cordeiro na vinha-d'alho.

"Há gente que se diz de esquerda, pouquíssimos, a bem da verdade, e alguns são de fato."

"Há quem acredite ser, mas não é. Outros são, mas nada podem diante do poder de fogo de quem manda. Aliás, temos todas as provas desta situação."

Os eventos da manhã cabem na moldura geral, e nela, afora as vítimas, campeiam um general e um dono de jornal. Foi este o verbo que me permiti, campear, soava adequado na conversa com o cavalheiro cioso do berço gaúcho, e do planalto. No instante em que Faoro ergue o copo para o brinde, acho-me na redação da *Folha de S.Paulo*, e vem ao meu encontro o senhor do castelo, Octavio Frias de Oliveira, patrão de Cláudio Abramo.

Afável, cordial, e suponho que tal seja a sua natureza, embora se atire à conquista progressiva de bens variados, a começar por influência e prestígio em esferas cada vez mais altas. Ao se aproximar dos setenta, cinge os lombos com a cinta da minha avó, com a ponta dos dedos certa vez, ao abraçá-lo em mangas de camisas, percebi o espartilho. O rosto poderia ter inspirado Mussino, autor dos desenhos do *Pinocchio* que herdei do meu pai, uma edição de puro encanto dos primeiros anos de 1900, logo observei a alucinante semelhança entre o rosto de Frias e o da raposa, sobretudo quando o percebo suspenso no dilema entre a eventual simpatia pelo interlocutor e a segurança complacente de quem conhece todos os ardis.

O general do enredo, Hugo Abreu, paraquedista, tem feições simiescas que se adaptavam à perfeição ao resto da figura e ao seu andar, de pernas curtas e extraordinariamente tortas. É ele o cabo eleitoral do ministro do Exército do ditador Geisel, quarto da casta fardada, ou seja, do general Silvio Frota, este não surpreenderia no papel de dono da padaria, no entanto é senhor de quatro estrelas e naquela quadra primeiro responsável pelas violências do terror de Estado. Candidato da ala mais feroz do regime à sucessão de Geisel, a despeito das feições plácidas, de fiel na abadia. O ditador mira em outro, será finalmente o general João Baptista Figueiredo, chefe dos serviços de inteligência, oficial da cavalaria a viver em estado de perplexidade aguda diante da escolha, sem que a situação justifique, lágrimas copiosas riscam-lhe constantemente as faces por causa, talvez, de uma invencível conjuntivite.

Cláudio Abramo, depois de viver na sombra por dez anos em seguida ao golpe de 1964, foi enfim nomeado diretor de redação da *Folha de S.Paulo* e transformou um jornal estacionado na platitude em um diário vibrante, pronto a ousar com perigosa frequência. Frias incentiva a evolução e entrega o filho Otavinho, estudante de Direito, aos cuidados de Cláudio, já de olho na sua própria sucessão. Em relação à ditadura, o patrão equilibra-se entre a *Folha de S.Paulo* e o vespertino *Folha da Tarde*, assentado do lado oposto a funcionar como boletim da repressão, gazeta da polícia política. Esta duplicidade é arriscada, o sócio de Frias, Carlos Caldeira Filho, ao criticá-la atemorizado, fornece aos agentes da ditadura, como compensação, veículos destinados ao transporte dos jornais para serem empregados em operações de sequestro dos suspeitos de resistência. Caldeira surge às vezes na redação do jornal, calça chinelos praianos afinados com calças brancas de linho e camisa folgada demais, também branca, a sugerir por baixo dos panos a flacidez de carnes cadavéricas pintadas por Lucien Freud.

O general Hugo não é leitor satisfeito da *Folha de S.Paulo* e passa a pressionar Caldeira. Frias, por tabela, prepara o ânimo para a designação do general Frota. Frias não é capaz de duvidar que o final da história esteja escrito, e sua ignorância a respeito precipita a remoção de Cláudio do quarto andar, o da redação, para o nono, dos senadores nomeados conselheiros para uma roda de conversas exclusivas totalmente inúteis.

"Há algo mais, porém – digo eu, de volta ao Rio Minho, na altura da sobremesa, queijo da Serra da Estrela –, há o Otavinho, as sucessões coincidem, de certa forma."

Olhar interrogativo ao Faoro. "Em tempos distintos, a dos generais é para já, a dos diretores vai mais longe."

"Quer dizer que o papel do Abramo invade o sono dos patrões?"

"Por causa do Otavinho."

"Mais um diretor por direito divino."

O sorriso de Faoro é o leve aceno de ceticismo de quem, em lugar dos ardis, sabe dos ritmos da natureza humana.

"Desta vez – diz Faoro –, o dono do poder não chamou o gendarme, este lhe serviu o pretexto e a desculpa." Saímos. Vejo Faoro que se afasta pela Rua do Ouvidor, imagino que repita exatamente os passos de Machado de Assis.

Capítulo IV

Aqui não fujo à tentação de descrever o cenário, a cidade, começou a transbordar ao acaso, os rios não, ao irromper nas várzeas cumprem a contento a obrigação de inundá-las. Os bairros surgem ao talante errático, às vezes bizarro, ou totalmente irresponsável, dos moradores. Os ricos, em geral, preferem as alturas entregues até então à vegetação, a mata atlântica de sombras pretas, ou já contaminada pela invasão das plantações de eucaliptos importados da Austrália, sugadores de água, ambas prontamente abatidas com desvelo meticuloso. Remediados constroem à imagem e semelhança dos senhores, a imitar-lhes o mau gosto sem o luxo e a jactância dos imitados. Abrem-se quintais mirrados, cimentados, deixam à frente da casa uma ilha relvada, habitada por margaridas ou bocas-de-leão, quando não por plantas gordotas vindas da savana. Os pobres se contentam com casebres térreos destinados à destruição futura, em prazos inversamente proporcionais à distância mantida em relação às ruas habitadas pelos remediados. Os miseráveis procuram a proximidade dos bairros ricos, sobretudo quando ali surgem espigões, a cuja sombra não hesitam em plantar seus barracos, a revelar a vocação de servos da gleba aos pés do castelo.

"Veja só – ganiu o Formiga –, conseguimos imitar o Rio, também temos favelas." E largava frases pesadas como clavas contra a insensibilidade da elite e a injustiça social. "Você não fica revoltado?", pergunta a Abukir, que o encara de olhos embaçados, para murmurar, enfim: "Claro, claro..."

Formiga se atira a leituras perigosas, Abukir arrisca-se a pensar que é preciso ter "saco de filó" para aguentar aquelas páginas maciças assinadas por um certo Gramsci ou um certo Lukács. Há também um Reich, Guilherme claramente judeu, e Abukir os evoca timidamente no almoço domingueiro. "Você já ouviu falar?", Waldir solicita a colaboração de Severino.

"Ouvi, sim, são escritores importantes, todos de esquerda... mas o Guilherme... não sei quem é."

"Fanáticos", sentencia Waldir.

"Olha, li um artigo sobre esse Gramsci, não me parece um fanático, talvez um sonhador, um idealista, inimigo do Mussolini, ficou um tempão na cadeia e saiu de lá para morrer, jovem ainda."

Não suponha o leitor que evoquei Gramsci, autor que prezo, por razões muito minhas, foi o enredo a chamá-lo em causa, já disse e repito, sou escravo do enredo, caminha por conta própria.

Abukir pensa que Severino não perde ocasião para se exibir, como o Formiga. E Waldir para Severino, com expressão irônica: "Você preferiria viver nos Estados Unidos ou na União Soviética?"

"E você?", retruca Severino. "Estados Unidos, está claro." "E eu acho a pergunta boba, prefiro viver aqui mesmo..."

Abukir decide alçar voo, encantado em surpreender os velhos: "Mas aqui estamos sob uma ditadura."

Waldir arregala os olhos, Severino meneia a cabeça, Abukir sente ter atingido o alvo. "A ditadura veio – reza Waldir – para pôr a casa em ordem e para impedir a marcha da subversão."

Severino sorri, melancólico: "Marcha da subversão ninguém viu..."

Abukir avança no jogo do desafio: "Ditadura acaba com a liberdade."

"Por tempo determinado – garante Waldir –, depois de pôr a casa em ordem, devolvem o poder aos civis." Abukir está fascinado por sua própria ousadia e repete aquele "será?" que ao expressar dúvida já contém a certeza. O pai embandeira-se em experiência de vida, pacato mas com a convicção de expor a firmeza que se recomenda no confronto com a mocidade aflita: "Seria bom que você lesse todo dia os editoriais do *Estadão*, o doutor Julinho está por dentro. E o general Castelo Branco é um militar honrado, honradíssimo, e também culto, um verdadeiro intelectual, e vai cumprir o compromisso de retornar à democracia tão logo seja possível."

O silêncio de Severino incomoda Waldir. "Ô Severino, não é verdade que o doutor Julinho está por dentro desta coisa toda?"

"Sei lá, há quem diga pelos corredores do jornal que o doutor Julinho foi ao Rio com uma lista de nomes para o ministério e o Castelo Branco disse: muito obrigado, mas eu já fiz as minhas escolhas. Parece que o doutor Julinho ficou bastante irritado."

Aos cinquenta anos, Severino é um ser de limpidez direta e argúcia de origem campônia, sente literalmente os humores da terra e o que planta dá, um galho de quaresmeira, ou de ipê-roxo, vira árvore com presteza obediente, lê quanto lhe cai nas mãos de forma compulsiva e desordenada, mas em um emaranhado de pensamentos escolhe os mais agudos, com isso constrói suas opiniões com a independência negada a Waldir. Por causa desses talentos, desenvolvidos desde a infância, Severino ganhou um concurso para linotipista do *Estadão*. A amizade com Waldir é antiga e se manteve, embora o outro fosse para a universidade enquanto ele partia para o batente, e, a despeito das diferenças, a mostrarem sua superioridade no confronto com o universitário no trato das coisas da vida em geral e para lhe conferir uma espécie de liderança na relação. Jamais Waldir a admitiria, sofria-a de fato sem dar-se conta.

Desta vez pretendeu dar a última palavra: "Está bem, entendi, o doutor Julinho levou uma invertida, sempre que seja verdadeira a sua versão, mas que está por dentro, está."

Dias depois, Abukir pergunta ao Formiga: "Verdade que o general Castelo Branco é culto, um intelectual?" O outro gargalha: "Sim, consta que ele leu *Os Três Mosqueteiros*."

Abukir não lera, vira *Os Três Mosqueteiros* no Cine Metro, com um dançarino no papel de D'Artagnan. Logo a conversa toma outro rumo. O Formiga insiste para dissuadir Abukir dos seus propósitos recentes: "Jornalismo não se aprende na escola, é óbvio que só a prática faz o jornalista. Tenho uma ideia, faça uma experiência, fica aqui e ao mesmo tempo tenta uma vaga de estagiário. Aquele amigo do seu pai, o Severino, não poderia ajudar?"

Abukir não sabe, trata-se apenas de um linotipista... O linotipista, no entanto, tem amigos na redação do *Estadão* e do *Jornal da Tarde*, o vespertino lançado no começo de 1966. Severino informa-se: aceitam-se estagiários? Claro, sobretudo no *JT*. O linotipista goza de respeito na jovem redação do vespertino.

O Formiga agora Iê Guevara, o Che, e namora uma colega de turma, Noêmia, católica praticante, ex-JUC mas capaz de evadir-se das primeiras fileiras para buscar o fundo penumbroso onde se amoitam os rebeldes, e foi este gesto de extrema audácia que de início chamou sua atenção quando a morena se deslocou. O Formiga deixou para trás um rosário de aventuras desfiado com secretárias e escriturárias, e à maçãzinha de moça sentada ao seu lado pergunta em tom de sabatina: "Como seria possível o advento do socialismo em um país como o Brasil?"

A interrogação perpassa os olhos negros, e ele, de cátedra: "Digo, um país semicolonial, parcialmente industrializado, com larga parte da população vivendo no campo..." Ela não sabe o que dizer. "Só com muito sangue nas calçadas...", provoca o Formiga em busca de um repique revelador.

Ela se arrepia. "Onde, aqui mesmo, em São Paulo?" Noêmia vê as calçadas parcialmente relvadas dos jardins, a percorrem muros e cercas dos casarões, empapadas pelo sangue dos moradores, alguns são amigos, gente de trato impecável.

"Pois é, teria de ser em São Paulo, este Frankenstein moderno." Ele percebe que quando a conversa enverada pelas inquietações do momento, aquele olhar "de veludo" de Noêmia, assim o definira no primeiro encontro, arde de fervor, a recordar a expressão da *mater dolorosa*, orientada de baixo para cima em busca do olhar agonizante do filho crucificado, muito excitante, segundo o Formiga.

Noêmia era formosa, de cabelos pretos angelicamente encaracolados e olhos negros, poderia resultar de um ataque mouro a uma vila do Algarve, morava, porém, em Higienópolis, como o Barbosinha e muitos cavalheiros de crença tão dura e empolada quanto os colarinhos de suas camisas crocantes. O Formiga entregou-se à exploração da caverna político-ideológica, ainda que naquele momento preferisse outro assunto. De todo modo, a empolgação da moça produziria dividendos pouco tempo depois. O Formiga vivia em um pequeno apartamento no centro, espaçosa era a cama, e Noêmia, ao ouvir as diatribes fogosas do namorado, experimentava um forte apelo nas zonas cálidas onde serpenteia o desejo. Ele não deixava por menos: "Em Cuba, as forças revolucionárias estão pulando etapas para forçar a marcha dos eventos." Era um convite ao tálamo.

Noêmia murmurava os riscos de quem ousa demais, e o Formiga, ponderado: "O pragmatismo é necessário, cada avanço tem de ser medido ao sabor das possibilidades reais de êxito. Está claro, porém, que o dever do revolucionário é fazer a revolução."

Às vezes ela não resistia, até quando estavam no bar fronteiriço à faculdade, apinhado no fim das aulas matinais, e o beijava sem incomodar-se com a proximidade dos colegas, a língua tornava-se cabeça da serpente ao dar o bote, o que nem sempre agradava ao Formiga porque o golpe era frenético, escorregadio e tinha sabor de chope. Mais tarde, no apartamento, ela caía-lhe nos braços, abandonavam-se sobre a cama ainda quente de sono maldormido.

Abukir foi conduzido por um contínuo de uniforme azul-escuro até a mesa do chefe de reportagem do *Jornal da Tarde*, o Ulysses, melhor conhecido como Uru, veterano aos trinta e poucos anos, ele finge ser de poucas palavras e são escassas aquelas ouvidas por Abukir embora largamente satisfatórias: apresente-se de manhã na próxima segunda-feira. É preciso pedir transferência para o curso noturno, e Abukir não sabe que na segunda Uru dirá "sai com o Salem, fica na cola dele, é assim que se aprende". Também não sabe como pode ser saborosa a lembrança das sonecas nas últimas fileiras da sala de aula.

No primeiro contato com Uru, tentou encher o espaço vazio. "Sabe, estive aqui quando tinha oito anos, meu pai me trouxe, foi no dia da morte de Getúlio..." Uru interrompe: "Tudo bem, meu jovem, e mãos à obra."

Ulysses Alves de Souza cultiva a imagem de sargentão das redações, o papel chega a envolvê-lo como o de Hamlet aos atores do Old Vic, e, se houver surpresa diante da comparação, leve-se em conta o espírito e o empenho com que Uru atua no seu palco. Não lhe falta o aspecto, qualifica-o a expressão gelada, bem como a calvície reluzente, a emitir relâmpagos para sublinhar ordens secas. Dispensa os agudos, não precisa deles.

O Formiga quer saber do clima da redação. Fala-se muito de política? Abukir diz que contará depois da próxima segunda-feira. É certo que não concluiu ainda a leitura do *O Capital*, e jamais concluirá, o Formiga vaticina enfático: "Algo vai acontecer, algo sério, o mundo todo está fervendo, você viu, acaba de se realizar a reunião da Olas em Havana, a resolução final é muito incisiva: temos de lutar pela independência nacional, a destruição das oligarquias e a implantação do socialismo." Abukir não viu, mas quem vai lutar? "Os povos latino-americanos." Abukir observa o chão do bar, ali passeia uma barata, aparentemente feliz.

"Vem cá – diz o Formiga, com a voz de quem duvida –, você é de esquerda, não é?" Abukir desenha um sim com a cabeça, e se agarra ao rabo de moça suado ainda cheio de chope. Mais tarde, o Formiga se deixaria tomar pela vontade, nunca realizada, de escrever um conto, e Abukir seria o herói de uma história medíocre na qual o destino se chamaria vento, onde soprasse o protagonista iria, homem bandeirola. O Formiga não percebia que o vento, igual ao destino, age sem incomodar-se tanto com as folhas do outono quanto com a alma humana, e com o certo e o errado, e, ao seguir seu impulso, quem está errado pode dar certo, e vice-versa.

Capítulo V

Quando se olhava no espelho, apesar da falta de futebol nas pernas, Abukir via Zizinho, ou Mauro, conforme as dobras do dia, era são-paulino, inclinação familiar. Coisa da adolescência enxergar-se uniformizado para o gramado, sobretudo se estava de cuecas, não importavam as feições dos eleitos, contava o talento. Zizinho era um cafuzo atarracado, sublime na armação, Mauro um moreno de pele branca e porte elevado, rei da área e subitamente capaz de investir, bola nos pés, cabeça soberanamente erguida, para construir, ele mesmo, zagueiro, o gol da vitória. Agora no espelho Abukir encara um jovem de estatura de média para baixa, cabelos castanhos, olhos também, não há em seu rosto um único traço que deixe de torná-lo comum. Gosta-se de todo modo, e muitos, contabiliza, gostam dele, são os autênticos semelhantes, e é bom figurar na tribo.

A maioria na faculdade pensava em um futuro mais ou menos burguês e para tanto pretendia preparar-se. Dinheiro bastante para viver em segurança, se possível muito dinheiro para levar vida abastada. Mais, se possível amealhar fortuna e bens variados, de raiz. Uns sonhavam com um casamento feliz, filhos, família bem-posta, outros com aventuras e prazer em uma vida de valsa. Um grupelho exíguo queixava-se da situação política e um punhado até se dizia ofendido pela prepotência da ditadura e pela miséria a se avolumar como lixo ao relento. Eram levados pelo temperamento, pela situação familiar e as experiências de vida, por mais curta. E nem todos, entre os poucos, eram sinceros, embora às vezes não se dessem conta, deixavam-se empolgar por emoções regadas com desvelo a lhes encher os peitos, proclamavam seu desprezo pelo risco porque não passava de uma palavra. Havia quase dez anos surgira no céu do Cruzeiro do Sul o exemplo cubano, carro de Apolo, e só faltava o fervor da juventude europeia e em parte americana que arrepiava aquele momento, para que alguns se dispusessem a ousadias maiores.

No apartamento do Formiga havia reuniões de meia dúzia de esperançosos, confiantes na capacidade de fazer prosélitos. Certa vez, a convite compareceu Abukir. Depois que o pessoal se foi, ele extraiu a dúvida, não sem constrangimento: "Qual é o alvo: a ditadura ou a injustiça social?"

Deparou-se com a expressão de curiosidade de Formiga. Ou seria surpresa? "Eu sempre entendi que sua revolta nascia do atraso do país dominado por uma elite de merda...", explica Abukir.

"A ditadura veio para favorecer a elite de merda, certo?", argumenta o Formiga. "Donde, combater a ditadura significa combater a elite, a favor do povo espezinhado."

"Resignado", murmura Abukir. O outro replica, sem atentar para a retórica: "Sim, mas gente como nós pode despertá-lo, como aconteceu em Cuba. O Brasil também precisa de socialismo para chegar aonde merece."

Não faltava ao Formiga senso de humor, em outra ocasião teria usado termos e tons menos enfáticos e sorriria enquanto falasse, a provar que o grave propósito havia de ser realizado com aquele grão de ceticismo recomendável em todas as ocasiões. Abukir não era de sutilezas e enxergou o Formiga no topo do mundo. Contudo, ao doutrinar o colega, o subversivo mais agia como lanterninha do cinema do que como missionário.

O namoro com Noêmia esfriava, o desejo começava a arrefecer, de sorte a lhe revelar o que não fora capaz de entender no começo. A volúpia da serpente dava agora para suscitar nele um senso instintivo de repulsa, um desconforto físico a lhe agitar as entranhas, provocado pelo xarope doce demais. Além disso, descobrira em Noêmia a veia frívola, de menina rica, para acordar aos poucos a vontade de puni-la, não fosse de humilhá-la. Não lhe agradavam aqueles sentimentos, vinham, porém, das profundezas do buraco negro.

"Você está mudado", comenta ela, à beira do pressentimento do abandono.

"Venha comigo", disse ele, e a levou até a favela. Foi decisão de estalo, a escolha do caminho de fuga pelo homem acuado, como pensou depois à procura de uma explicação para o gesto que sabia inútil de antemão, e talvez um tanto piegas, a seu modo. Ali morava um dos faxineiros do seu prédio, Messias, com quem trocava duas palavras amiúde provocadas por perguntas sobre o futebol quando não prevalecesse a curiosidade pela vida e pelos sentimentos de um favelado. Messias, velho e viúvo, três filhos a viverem longe de São Paulo e nunca mais encontrados, no seu barraco conta com a companhia de um rato que de noite lhe rói a sola dos pés.

"Por que você me traz aqui?" Noêmia o encara, e ele não vê o olhar que o inebriava, o veludo serve agora para forrar somente noites estreladas. Ele busca uma razão convincente. "Para que você conheça uma vida diferente da sua", diz ele, monocórdio. As ruelas são enrugadas como pele de elefante cravejada por carapaças de tatus e tartarugas, e escorregadias pelo limo revigorado, choveu há pouco. Noêmia apoia-se no Formiga para não escorregar. Uma porta se abre, uma mulher idosa e desgrenhada pergunta: "Não querem um cafezinho?"

Sorriso singularmente radioso. Sim, responde o Formiga, muito obrigado. Lá dentro a luz se insinua pelas frestas deixadas ao acaso entre tijolos malpostos e de dimensões díspares, uns de fábrica, maiores que os comuns, alguns pintados em cores diversas, e o conjunto sugere a roupa de arlequim. O chão é cimentado, gretado em pontos diversos, a velha aponta-o: "É aqui que a lua salpica estrelas. Conhecem a canção?"

Um fogão mambembe, uma geladeira de geração antiga, uma cama patente desfeita, um armário sem portas, a mesa paralítica, as cadeiras também. "Tomem cuidado ao sentar." O café é bom, a velha é viúva, tem filhos e netos, uma filha solteira mora com ela e foi trabalhar, doméstica em um sobrado próximo, a velha descreve a casa dos senhores como se fosse de sua propriedade, declina o número de cômodos e até a metragem do jardim com fluência e satisfação, talvez orgulho. Ao saírem, dão com as crianças que jogam bola na rua. Bola de meia.

"A mulher está feliz da vida", constata Noêmia. "Conformada", revida o Formiga.

"Alegre, cheia de energia."

"Inerte por dentro." Ele mastiga um motivo a mais para deixar Noêmia, "insensível, aceita esta desolação como elemento da paisagem."

E então, por que se encanta com as palavras revolucionárias? Porque não sabe o que significam, contenta-se com o som delas, como se carregassem um ímpeto de vida a ser atendido na cama. Aí, de pronto, a nódoa do contraditório íntimo: ao contrário das meninas bem, ela abandona-se ao sexo. Sim, sim, é um avanço, uma prova de coragem, mas ela não é hoje tão desejável quanto foi seis meses atrás, e mesmo há dois. Convinha enfrentar a realidade vincada por doses crescentes de fastio. Enfim, disse para si mesmo, "é isto, assim há de ser".

Estava, de resto, cada vez mais envolvido nas reuniões conspiratórias e no debate sobre os possíveis caminhos de uma luta armada. No campo ou na cidade? Três ou quatro imaginavam Sierra Maestra, os outros, São Petersburgo. Aqueles acreditavam na adesão do "campesinato", estes confiavam na insatisfação do "proletariado".

"Vocês não veem o que aconteceu com o Guevara?" Abukir veio com a pergunta incômoda, na redação do *Jornal da Tarde* ainda fremia a lembrança de uma edição especial, aquela do dia da morte solitária do Che no coração da floresta boliviana.

"Foi atrás do apoio da população local, e se deu mal, não é mesmo?"

Abukir sentiu-se importante diante da plateia de meia dúzia de conspiradores, capaz de observação aguda, vinha-lhe à mente a imagem de Guevara morto, peito nu alvejado como um São Sebastião contemporâneo, abandonado em estado de surpreendente relaxamento em um carrinho de jardineiro, rosto sereno, quase sorridente. O Formiga apertou os olhos como se quisesse apurar a visão do amigo de hábito encolhido em longos silêncios. Mas ele havia tempo concluíra que se houvesse luta armada haveria de ser urbana embora temesse a escassez de efetivo, disto tinha certeza, a ponto de irritar-se às vezes com certas tiradas triunfalistas dos companheiros.

Agora o assunto passa a ser o iminente Congresso da União Nacional dos Estudantes, marcado para Ibiúna. "Estão fazendo muito barulho, expondo-se estupidamente, os milicos vão baixar lá."

Esta é outra certeza do Formiga. "Quer dizer, você não vai?", pergunta Abukir.

"Acho que ir é uma temeridade inútil, não é o momento de levantar a poeira..."

Quatro concordam, dois dizem que vão pensar. A redação do *Jornal da Tarde* prepara-se para uma jornada de manchete imperiosa e Abukir, ainda loquaz, conta da expectativa em torno de um congresso que haveria de ser secreto e está na boca de todos.

A redação até algum tempo antes foi alvejada diariamente por telefonemas de uma voz estrídula, informa o chefe de reportagem a respeito daquilo que é vetado noticiar. Rosna a ordem a partir de um endereço ignorado, próximo ou remoto não se sabe, subterrâneo cavado no subsolo do poder, forma de censura inédita na história da humanidade. Qual seria a razão? Um senso de vergonha a sugerir o simulacro de disfarce como se, desta maneira, o fato ficasse escondido? A loucura mesclava-se à prepotência pretensamente encoberta, a doidice própria do espírito do Brasil, humor fermentado ao sol impiedoso do trópico ou gerado na sombra como os fungos da selva, entre musgos malignos e folhas apodrecidas.

Eis um desafio para quem escreve, gostaria que o Brasil fosse um país equânime e igualitário, e enquanto eu viver não será, e por muito tempo mais, algum dia certamente, caso não ocorra uma explosão atômica ou uma catástrofe cósmica. "*Prima divelte in mar precipitando/spente nell'imo strideran le stelle*", é a profecia de Leopardi. Estamos, porém, no Brasil de 1968, o regime não deixa de tomar suas precauções e mostra a cara. De improviso, surge na redação um policial de longo curso maneiroso a ostentar elegância, senta-se no meio da redação e cruza as pernas como a contemplar um panorama repousante de uma varanda bem situada, e acaricia o bigode com a ponta dos dedos lânguidos.

Chama-se Lis Monteiro e foi escolhido de caso pensado para a tarefa no jornal da família Mesquita, de fato porta-se como um quatrocentão, e talvez o seja, conforme indica o sotaque arredondado e altivo. Ali está ele sem maiores explicações há mais de um ano, já estava quando Abukir aportou ao *Jornal da Tarde* e os telefonemas vindos da gruta insondável eram atendidos pelo Uru. Que partiu no começo do ano, 1968, juntamente com um punhado de colegas, na esteira do diretor de redação Mino Carta, chamado a dirigir uma semanal da Editora Abril, sai em setembro com o nome de *Veja*, estranho nome, contraditório para uma publicação onde domina o texto.

Ficou o Merlino, que Mino chamava de Mago Merlin, Luiz Eduardo da Rocha Merlino, moço de palavras enxutas e olhos melancólicos, muito concentrado à máquina de escrever, leva vida apartada ao sair da redação. Ou seja, não frequenta de madrugada o Sunday Churra no porão da Galeria Metrópole, onde o pessoal esvazia fileiras de chopes e ao cabo vai cambaleante para as calçadas. Alguns dormem com a cabeça sobre a mesa.

Abukir observa Lis Monteiro enquanto olha Merlino dobrado sobre sua máquina, a batucar, pareceu-lhe insistente a atenção do policial sentado no meio da redação, como plácida ameaça. O tempo galopa, o bolo embatuma, o angu encaroça. Foi o que disse o Formiga no dia do Ato Institucional número 5, baixado pelo ditador Arthur da Costa e Silva dia 13 de dezembro de 68 para conferir à ditadura poderes ainda mais amplos. Plenos, irrestritos. No começo da noite do dia 13, um grupo cerca um rádio em um canto da redação para ouvir, soletrado pomposamente, o texto do anúncio oficial divulgado pelo Palácio do Planalto. Partia da plaga perdida da Praça dos Três Poderes e espalhava, por sobre desertos e selvas, vilas e cidades isoladas e relampejantes no breu como diamantes, mambembes no chão e fabulosas quando vistas do alto, a mensagem do imperador aos súditos inermes e conformados com sua fragilidade. Sempre que a percebessem. Alguém vaticinou, solene: "Isto não vai durar." O grupo sentiu-se reconfortado, Abukir também.

"Isto vai durar, sim", latiu o Formiga, no dia seguinte, ao ouvir de Abukir as reações da redação. Depois, tom aplacado a despeito das palavras: "Chegou a hora de agir." Ergue a cabeça, na escuta súbita de um ruído distante, talvez similar àquele som remoto, mas perfeitamente audível, que alcançava o Jardim das Cerejeiras. "Falemos de futebol", propõe.

Uma semana depois Abukir o procurou pelo telefone, não o encontrou, e não o encontraria nunca mais.

Capítulo VI

Que queria ele da vida? Foi o que se perguntou quando na redação correu a notícia: um certo Formiga foi morto a tiros na Serra do Mar por um destacamento policial comandado pelo delegado Fleury, Sergio Paranhos Fleury. O Formiga e mais alguns, cerca de doze, dois ou três tinham conseguido fugir, entre eles o capitão Lamarca, chefe do grupo.

O Formiga militava no Movimento Revolucionário Oito de Outubro, nome de batismo escolhido em homenagem a Che Guevara, que naquele dia de 1967 fora capturado pela CIA na selva boliviana. Ao movimento havia se unido a Vanguarda Popular Revolucionária do capitão Carlos Lamarca, fugido de um quartel com uma carga respeitável de armas e munições para embrenhar-se na mata serrana e ali treinar seus comandados, o Formiga entre eles. Perceberam simplesmente que o local das exercitações fora mal escolhido, as vilas da costa ouviam os tiros. Mudaram-se para outro ponto da mesma serra, Fleury já estava na pista.

Abukir lembrava-se do delegado da porta do cineteatro Paramount, onde a figura corpulenta se plantara ao chefiar a segurança de uma palestra de Shael Dayan, filha do general Moshe, vencedor da chamada Guerra dos Seis Dias em 1967. Emergia da lembrança um homenzarrão de olhos azuis de frieza aterradora, entregue à volúpia do comando e a índole feroz dos germanos, fossem guerreiros mereceriam o paradisíaco Walhala, recompensa de Odin, exclusiva de quem verte o sangue do inimigo, o deus da violência aos demais mortais reservava inverno para a eternidade. Resta saber qual o destino de Lamarca se Odin fosse o seu deus, certo é que assassinado pelo próprio Fleury ao cabo da fuga até o sertão baiano, rendido e nem por isso poupado, o capitão ascendeu de imediato ao cimo enevoado das lendas. Mas não há lenda que resista neste nosso desmemoriado Brasil, a memória exige esforço dispensável.

De pijama verde-pistache, sentado na cama na enésima tentativa de ler mais de duas páginas de Marx, Abukir desiste depois de uma, e cogita da sua própria vida. Primeiro, claro, claríssimo, queria galgar a carreira jornalística, de elevador, para ser, algum dia próximo é de se esperar, editor de uma seção, chefe de reportagem, redator-chefe. Diretor de redação. Montar família? Havia tempo. No momento inebriava-se com a proximidade de uma jovem repórter morena de formas bem organizadas a ponto de ser conhecida na redação como Modesty Blaise, heroína de uma história em quadrinhos publicada diariamente em tiras pelo *Jornal da Tarde*. Ele tinha a ventura de sentar-se na frente de Modesty e às vezes acesso à visão de algo mais que os joelhos da colega.

Namorar, namorava, com a filha de um amigo de Waldir e Severino, ela era Adalgisa, tinha quinze aninhos e de uns tempos para cá padecia de um começo de furunculose facial. Atormentada, coitadinha, por causa da explosão epidérmica, e, como é de supor, arredia e irritada. No domingo anterior, ao sair da matinê, eles haviam discutido asperamente por uma razão trivial, ele disse que a atriz principal era "muito bonita" e Adalgisa exclamou em tom audível do outro lado da rua: "Você quer me humilhar, quer?"

E o Formiga? Percebia tê-lo invejado em vida e invejá-lo na morte, confessava não sem desalento. Abalava-se a supor que o Formiga lhe faria falta, por conveniência própria, ele o informava a respeito dos pensamentos de uma turma pequena mas aventurosa. Abukir admitia preferir os pensamentos às ações, ao contrário de quem participava das reuniões... Conspiratórias? De saída, o adjetivo seria exagerado, de alguma forma insuflado pela pretensão. De qual conspiração seriam capazes aqueles moços ardentes? As ideias transformadas em gritos de guerra os haviam levado a um inútil sacrifício, era o que meditava de pijama cor de pistache.

Abukir não se perguntou se eles ficariam na história, imaginou, pelo contrário, que o tempo se fecharia sobre eles como o mar sobre um barco furado, e nada disso chegou a excitar as indagações interiores. E aqui não confessou para si mesmo que tal desfecho contava com sua simpatia, assim como se daria com a larga maioria dos brasileiros, a tribo prefere esquecer. E esqueceria.

Em companhia do colega Lucio, chegado ao jornal pouco depois de Abukir, decorridos quatro chopes deixou escapulir a menção à amizade com o Formiga, como se fosse trunfo singular. "Mas você não se envolveu, não é mesmo?", pergunta Lucio, a aparentar a apreensão de praxe.

"Não, claro que não, mas por que você pergunta?"

"Bem, porque, se você andou muito com esse Formiga, corre risco..."

Como assim? De súbito Abukir sentiu-se acuado, recordou aquelas reuniões... sim, sim, despencaram as dúvidas, conspiratórias, e ele participara a ouvir mais do que a falar duas ou três vezes. Mas quem cala consente, isso é do direito romano, de um imperador citado no Largo de São Francisco.

Viu-se frente a frente com o delegado de olhos álgidos, preso em uma bola de penumbra ferida por uma luz acuminada, cegava-o ao colhê-lo em cheio no rosto, do delegado ouvia apenas a voz: "Ah, muito bem, o senhor nas vezes em que compareceu às tais reuniões não abria a boca... Não me faça rir." E gargalhava, como Belzebu a carregar mais uma alma para o inferno.

"Melhor é ficar de fora, a repressão não brinca em serviço, prende e tortura à vontade com a bênção dos generais. E imagine se o Formiga, no pau de arara, ou sentado na cadeira do dragão, dissesse que fui amigo dele... aí os homens vinham me buscar, basta uma suspeita mínima e eles batem à sua porta."

Abukir viu o delegado Fleury sair do Cine Paramount, na mão empunhava um alicate. Até aquele momento não se dera conta do perigo ainda vivo por ter sido ligado ao morto, mesmo que fosse aquela uma amizade, peculiar, diria, se frequentasse o adjetivo. De noite, na redação, recebeu um telefonema de Adalgisa, choramingava, o sismo que lhe atingia a testa, as faces, a ponta do nariz crescia em intensidade. Ele experimentou uma sensação de fastio, quase náusea, ao se figurar abraçado com a namorada à espera do beijo. Ela o chamava Abu, como alguns colegas. "Abu, Abuzinho, estou desesperada..."

Não era por este caminho que Abuzinho conseguiria dissipar a sombra maligna a se alongar depois da conversa com Lucio, só faltava a lacrimejante Adalgisa. Foi empurrado a uma espécie de exame de consciência. Por que havia participado daquelas reuniões? A ditadura realmente o ofendia na qualidade de cidadão, o vexava, o tolhia? Será? Inquiria-se como já fizera com seu pai, em desafio. E o delegado Fleury era figura opressora? Neste caso, anuiu por dentro, mesmo assim valia viver a vida, é isso, sem se imiscuir. Verdade é que o Formiga via nos generais os gendarmes da entidade superior, a "classe dominante", cujos humores e vontades formavam um caldo espesso para inundar o solo e impregnar as entranhas da terra com o poder da lava que coa nas encostas do vulcão. O Formiga queria um país socialista, garantia da autêntica igualdade. Mas ele, Abu, Abuzinho, também queria? Para encher a boca certas palavras eram perfeitas, soltas no ar ganhavam uma sonoridade guerreira, a infundir em quem as pronunciasse a imponência dos monumentos épicos. De mármore, ou bronze. Somos porém de carne, uma carne que teme e se alegra, sofre e goza, ri e chora.

Força-me a circunstância a admitir, o delegado Fleury também passou pela minha vida, mas não é por isso que invade a de Abukir. Mais uma personagem da dita realidade a se apossar, prepotente, de um espaço deste enredo, e a figura foi decerto de exorbitante prepotência. No meu caso, deu-se o encontro em uma encruzilhada da minha experiência como diretor de redação de *Veja*, em 1971. No aparelho de Joaquim Câmara Ferreira, o Velho, capturado e assassinado por Fleury a sangue-frio, foram encontradas páginas e páginas da pesquisa realizada por uma equipe comandada por Raimundo Pereira destinada a embasar uma larga reportagem sobre tortura, a qual enfim publicada levara à apreensão da revista nas bancas cerca de dois anos antes.

Os censores ainda não haviam chegado à redação e as proibições censoriais vinham pelo telefone. A partir da noite de sexta, senhor do Edifício Abril, mandei as telefonistas cortar de vez nossa comunicação com o mundo, a reportagem foi publicada e teve o destino acima relatado. Dois anos depois, Fleury sobraça o material em poder do

Velho e ali colhe a anotação que o coloca na minha pista. Alude-se ali a um repórter da equipe, Armando Salem, o delegado manda prendê-lo à meia-noite daquele dia quando, de pijama e descalço, assiste a um programa da tevê. Carregado, e tal é o verbo, até o Dops, rude construção de tijolos aparentes furtada a algum centro da zona carvoeira da Inglaterra, e instado de baixo de ameaças variadas a explicar as razões do estranho rumo tomado por aquela papelada, Salem oferece, como única resposta, meu nome e endereço. Dá-se assim a vez de me defrontar com Fleury.

Na chegada ao Dops, sou conduzido a uma sala ampla, chão de tábuas rangentes, paredes tisnadas para que a umidade trace mapas imaginosos, sofá de almofadas murchas, ali sento. Tenho companhia. À minha frente, abandonado em uma cadeira como embrulho incômodo, um escombro humano permanece em equilíbrio duvidoso, em desalinho atroz, camisa rasgada fora das calças sem cinto, sapatos sem cadarços, braços pensos, queixo apoiado sobre o peito, olhos engolidos pelo vácuo de Torricelli. Abre-se a porta, entra o delegado, vejo-o como o viu Abukir quatro anos antes, sem me encarar caminha na direção do recém-torturado, expressão caridosa pergunta: "Quer um copo de leite? Um cigarro?" A figura moída aceita um cigarro, Fleury coloca-o entre os lábios da vítima como se fosse uma tachinha, acende-o, sai a prometer: "Já vem o copo de leite."

A tortura é a forma mais vil da covardia, e toda essa encenação torna-a ainda mais hedionda. Mas vem o anspeçada com o leite, e eu ainda espero duas horas para ser levado à presença do torturador emérito, tão representativo de uma ferocidade nativa, sorrateira como verme da terra gorda, desde sempre o Brasil é campeão mundial em sevícia policial e ninguém o supera em volume anual de assassínios, em boa parte praticados pelas ditas forças da ordem. Fui interrogado por Fleury, mais de uma hora em cada sessão, três dias seguidos, ameaçou-me fartamente com palavras em lugar dos alicates que Abukir lhe punha nas mãos, ao cabo inventei uma história plausível para explicar a presença do material de *Veja* onde não haveria de estar, ele a aceitou, espero tê-lo cansado.

Outro assassinado pela repressão foi o Mago Merlin, naquele mesmo ano de 1971. Saíra do *Jornal da Tarde* três anos antes, passara pela *Folha de S.Paulo* e enfim sumira. Do fim dele pelas redações pouco se sabia, apenas da sua militância no Partido Comunista, sonhava com a vitória final do proletariado e seu grupo não passava de duas dezenas de idealistas. A direção do PC, de resto, condenava a luta armada.

No *Estadão* houve quem sentenciasse: "Só podia acabar deste jeito." Abukir recordava ter ouvido na faculdade menções a um Movimento da Universidade Crítica, mantinha contatos no meio operário paulistano e lá pelas tantas tornou-se POC. Ceifado pelos agentes da ditadura, que além de Merlino mataram mais dois.

Três anos antes Abukir de olhos escancarados vive o pesadelo da presença do delegado Fleury saído de um canto do quarto. De súbito, ergue-se da cama, caminha veloz até a cozinha e atira ao lixo *O Capital*, três volumes parrudos. No dia seguinte, pensou que melhor teria sido queimá-los. Onde? Pois é, onde? Em um terreno baldio, eis aí... Bom lugar, um terreno baldio. Era tarde, o lixo do dia anterior sumira, com Marx e tudo o mais.

Entreato

Sentado no alpendre, uma galinha-d'Angola passa debaixo da minha cadeira de vime, catadura um tanto oriental, pedestal da modorra. Galinhas em bando atravessam o alpendre a cacarejar roucamente enquanto ciscam, o movimento sincopado das cabeças contrasta com o andar altaneiro igual ao do cavalo de parada, acharia solene não fossem galinhas, donde cômico. Aposentado na sua casa de Luziânia, a sessenta quilômetros de Brasília, o general Golbery me recebe entre seriemas e galinhas em liberdade e imensas gaiolas de pássaros, todos os da terra imagino, em cubos de céu represado, vibrante de cores e formas em movimento de caleidoscópio.

Almoçamos arroz e feijão, bife, chuchu refogado, o café foi servido no alpendre e eu penso, apaziguado pela generosidade da cadeira de vime, como é brasileiro no sentido físico o ambiente criado à sua volta por quem chamam de Mago do Planalto. Constato que este gaúcho, militar por conveniência da família remediada, cuidou de buscar raízes, como a reforçar a identificação.

É um homem enxuto e miúdo, fisicamente nervoso e de temperamento quase sempre pacato, ri com gosto quando é o caso, sabe ouvir e perguntar, e das raízes, e das vísceras dos bichos, assim me parece neste momento no alpendre, até das escamas das carapaças de tatu ali a figurar como decoração, extraiu alguma poção capaz de torná-lo conhecedor arguto da natureza nativa. Quando ri, os olhos por trás das lentes espessas são pontas de agulha.

Não sei se, na sesta prazerosa do alpendre, cochilo para sonhar, ou se fecho os olhos de consciência desperta, percebo e sigo, a se desenrolar na retina, um enredo romanesco. Vejo Golbery personagem de um romance autobiográfico, talvez refúgio à dor da mulher doente há décadas, bela e amada, e aos dissabores provocados pelo filho desmiolado, sequioso de fortunas. Ou mero atendimento à vocação insopitável.

Conta o enredo como ele se apoderou da concepção maniqueia da Guerra Fria e a adaptou à ideologia do golpe de 1964. Precedido por uma doutrinação capilar, desenrolada pelos meios fardados ditos sorbonnianos, porque menos iletrados e ferozes que os demais, e nos gabinetes dos senhores paisanos instalados na proximidade dos botões do comando dissimulado. Diz o entrecho ter sido exercício de magia para encantar os parvos, executado, contudo, na certeza do dever cumprido. Golbery acredita no que prega.

Os gendarmes mais mansos, por serem desta natureza, ficam aquém das expectativas do memorialista e o rio toma outro curso, à força por conta própria. A facção mais tosca da corporação prevalece e os capítulos seguintes afastam do papel inicial o próprio autor, mago das articulações.

Atenção, muito atenção, no entanto: ele manobra no bastidor, disfarçado por uma presidência de ocasião da Dow Chemical, sucursal brasileira, na esteira da sucessão do terceiro ditador, Emilio Garrastazu Médici. O quarto, na mira de Golbery, haverá de ser alguém capaz de engatar no ponto da interrupção o fio da meada cortado pelos mais fortes. E também mais incautos, mais desprovidos. Na miragem do alpendre morno, ou no sonho, Golbery sabe que a violência gera o pessimismo, e que este sentimento não convém ao seu plano.

E, de súbito, a figura do destino aparece ao microscópio, ou algo parecido, instrumento destinado a indicar a escolha de alguém habilitado a realizar a tarefa que o romancista lhe reserva, desfazer para recosturar, sem atentar para significados e efeitos, satisfeito com a autoridade aparente. Um títere. Imponente, graúdo, mas títere. Golbery despreza os colegas estrelados, salvo duas ou três exceções. A recíproca fecha-se implacável, do lado oposto quase todos o detestam. Ele não haverá de amansar os cães enfurecidos. É preciso recorrer a um guarda-caça de silvo agudo, ao seu comando os bichos acorrem e lhe lambem as botas.

Aí está, Ernesto Geisel, vem no meu cochilo de uma família de guarda-caças provavelmente originária da Floresta Negra, seu irmão, Orlando, é guarda-costas de Médici. Poderes de Richelieu, ferocidade de Ignácio de Loyola, alcance intelectual de remediado da província, aptidões guerreiras desconhecidas, estes generais ganharam estrelas, jamais batalhas. Golbery esteve ao lado de Ernesto Geisel no primeiro governo da ditadura, aquele de Humberto Castello Branco. Ele sabe que Orlando mira no irmão como sucessor de Médici, e lá vai ele a recompor a escrita.

Primeiro passo, convencer o homem da Floresta Negra a funcionar a contento dentro do seu *script*. Segundo, obter sua aprovação para certos nomes chamados a integrar o novo governo. Ernesto Geisel e Golbery, leio no sonho, ou na vigília, não são os amigões que a mídia propala, tratam-se é com formalidade, demonstração do respeito devido ao quatro-estrelas por um general de brigada por obra da aposentadoria, de fato coronel. Ainda assim, Golbery consegue servir suas poções em largas colheradas até ao guarda-caça da Floresta Negra. De fato, quando Médici convoca Geisel para ungi-lo sucessor, pergunta se, por infeliz acaso, Golbery tem espaço no futuro gabinete. Não, absolutamente, garante o ungido.

Livros volumosos foram publicados sobre a ditadura de Geisel, sem contar uma longa entrevista que o próprio deu, já de pijama, a professores do CPDOC da Fundação Getulio Vargas, editada em 1994. Os livros o apresentam como autor da distensão, primeiro movimento rumo ao retorno aos propósitos iniciais do golpe e à devolução do poder aos civis. Algo assim como o juízo final no Vale de Josaphat no fim dos tempos. A entrevista desmente esta versão pela boca do próprio ditador, o qual se gaba dos êxitos econômicos do seu governo, enxerga na tortura recurso válido para combater a subversão, aprova a censura a alguns órgãos de imprensa inclinados à resistência. E a distensão? Praticamente a ignora.

Entregue ao abraço da poltrona de vime no alpendre da casa de Luziânia, saio abruptamente da tepidez da tarde, e me acho no Palácio do Planalto, em um gabinete que não é o de sempre, saleta com poltronas de couro e mesinha central, e sobre ela pousam algumas folhas datilografadas, anotadas à margem por uma caneta nervosa. É dia 4 de agosto de 1975 e Golbery, sentado ao meu lado, aponta: "É o discurso que Geisel fez ontem."

Pega umas folhas e as estica na minha direção. "Leia, leia." O tom fica entre o desalento e a irritação, por mais velada.

"Já li nos jornais – digo eu –, e suponho que o senhor tenha sido colocado diante do fato consumado."

Golbery assente, e o gesto carrega também um tanto de melancolia. "Quem escreveu foi o João Paulo."

João Paulo dos Reis Velloso, ministro do Planejamento, notável por suas camisas de punho duplo que deixam de fora somente a ponta dos dedos. Comento: "Não sabia que era *ghostwriter* de Geisel."

Golbery acaba de voltar ao palácio depois de uma longa recuperação no Rio, seguida a uma operação da retina sofrida na Espanha. Ficou longe alguns meses e o ditador aproveitou-se da sua ausência para pronunciar o discurso chamado "da pá de cal". Anunciava que "a distensão lenta, gradual, porém segura" teria de sofrer uma interrupção. "Agora – diz Golbery – terá de arrostar um risco gravíssimo." Ele gasta generosamente o verbo arrostar, e também diz cousa, palavra que usa com extrema naturalidade.

E qual seria o risco? A repressão vai endurecer, explica, a ala dura do regime vive a excogitar a volta do parafuso. Valeram-se da escuridão em que, literalmente, mergulhou Golbery meses a fio, para restabelecer a deles, a treva funda. As folhas datilografadas estão cobertas por anotações atormentadas, às vezes irônicas ou francamente sarcásticas, e são sublinhados os trechos mais candentes com traço agressivo.

Há outro risco, boneco de mola do primeiro. Os cães de verdade são lobos, e, se a alcateia se fortalecer no ataque, "Geisel não vai fazer seu sucessor". Neste momento não sei quem Golbery prefere, embora tenha certa desconfiança. Estou a par, isto sim, do escolhido natural da ala dura, o ministro do Exército Silvio Frota, aquele gordote com cara de padeiro.

Onde vai acabar este enredo? Com a demissão de Frota, se Geisel entender a gravidade da parada em que se meteu. Arregalo os olhos. "Espantado?" Um pouco. Ele se entrega ao primeiro sorriso da manhã. "Você me conhece, sou boquirroto." Não é a primeira vez que o ouço a confessar sua fraqueza, mas tanto não sei se é, quanto com quem se faz de boquirroto.

"Você é jornalista e sabe qual é a lógica destas cousas, não há alternativa, ou Geisel se livra de Frota ou não faz o sucessor."

"Mas haveria de ser já?"

"Claro que não, mas em um instante propício daqui para a frente. Até dia 12 de outubro de 1977, esta é a data final, esgota o prazo."

Estou perplexo: 12 de outubro de 1977 por quê? Aniversário do descobrimento da América, festa da Aparecida, Dia da Criança. Ergue a mão espalmada, a pedir calma, e o gesto significa também deixa comigo. E com ele estou de novo no alpendre, e abro os olhos. A abóbada celeste em Brasília não se envergonha por ser barroca em oposição à cidade fascistoide desenhada por arquitetos que se dizem comunistas. Entre as nuvens *tiepolesche*, o sol atira um raio no alvo do alpendre, atinge a cadeira de vime, e, como de costume indiferente, me devolve à realidade.

Capítulo VII

Quando Abukir foi promovido a repórter A, time titular, deram-se três fatos relevantes. Primeiro, foi convidado a se passar do *JT* para o *Estadão*, o que fez dele tripulante da nau capitânia. Segundo, abandonou de vez o curso de Direito. Terceiro, conseguiu nome e endereço do alfaiate de Júlio de Mesquita Neto. Os velhos donos, Júlio e Francisco, haviam descido ao Hades fazia dois anos, e a família tinha certeza de que Caronte lhes oferecera o lugar de honra no barco da travessia do Stix. Júlio Neto, o Lili dos familiares e amigos mais chegados, beirava os cinquenta de físico aprumado e cuidava de acondicioná-lo em ternos bem-cortados com resultados apreciáveis. Não lhe faltava gosto na escolha dos demais elementos da composição, com toques de afinação aparentemente relaxada, quase descuidada, dignos de um violinista habilitado a lidar com um Stradivarius.

Abukir ouviu Otavio Galinha, em uma das suas derradeiras visitas à redação, decretar com a voz de senador romano: "Veste-se como um príncipe." Abukir aproximou-se: "Doutor Otavio, aposto que aprendeu com o senhor."

"Não, não – disse gravemente o velho agora encurvado –, herdou do pai a elegância, o Julinho era um camarada elegantíssimo. Só posso dizer, para meu eterno orgulho, que o pai servia-se no meu camiseiro, e o filho também, meu camiseiro é o melhor de São Paulo, que digo eu?, do Brasil. Você sabe dos argentinos, não é que eu tenha paixão por eles, mas existem uns *estancieros* por lá que sabem se vestir... pois alguns deles vêm a São Paulo para mandar fazer as camisas no meu camiseiro."

Otavio Galinha explodia em satisfação, do peito volumoso prorrompeu uma gargalhada triunfal capaz de pôr em risco todo o sistema respiratório, de fato a cena prosseguiu com um prolongado acesso de tosse, vinha de grutas submarinas a se considerar o som líquido, de profundezas pedregosas.

"Verdade é que – solfejou Abukir quando a tempestade amainou – o senhor também é muito elegante, até pensei que o doutor Júlio Neto se servisse no seu alfaiate." Não era o dele, se fosse, o ataque recomeçaria.

"Devem ser caríssimos", suspirou Abukir. Não eram, segundo o Galinha, um terno dele valia uns dois contos. Era o que um repórter A ganha por mês e ele teria de esperar por uma nova promoção. Dois contos... E o Galinha achava pouco... Mas os ternos cortados pelo alfaiate do doutor Júlio Neto ele algum dia os encomendaria, era compromisso consigo mesmo a ser cumprido no menor tempo possível.

O *Estadão* estava sob censura porque, depois da cassação de Carlos Lacerda, "o nosso Demóstenes", segundo o Galinha, o jornal dera para "espernear" contra os ditadores fardados na queixa veemente a promessas não cumpridas, e "espernear" era verbo do agrado de alguns redatores conquanto não o fosse do doutor Júlio Neto, achava-o chulo, adjetivo este recomendável para qualificar o linguajar da ralé. O *Estadão* cultiva idiossincrasias em relação ao vernáculo na busca do português mais cristalino, e para tanto instala sobre todas as mesas da redação uma caixinha de cor amarela, contém a lista completa dos galicismos, as regras da ênclise e da mesóclise, bem como as situações em que o próprio pronome faz valer sua força de gravidade, e ditames intransponíveis sobre a exata colocação dos advérbios, inclusive o porém, elegante quando se segue ao verbo.

Alguns colegas que haviam participado da primeira redação da *Edição de Esportes do Estado*, espécie de ensaio do *Jornal da Tarde*, contavam da proibição de usar a palavra gol. O diretor da Edição, Mino Carta, batera o pé, "assim não dá", exclamara, segundo informava o Goulart, com firmeza suficiente para o fim da proibição. Constava que Mino "esperneasse" com certa frequência e talvez com gosto, como se o "esperneio" fosse vitamina, era o admirado relato de dias saudosos.

O Goulart, Charles Goulart, diretor de arte, para todos os efeitos simplesmente o Gula, passara por uma transformação radical nos anos sessenta ao descobrir Freud. Outra descoberta havia acontecido no final da década anterior, a de Marx, a ambos permaneceria fiel por toda a vida. Havia quem se espantasse com aquilo que tinha como façanha, conjugar Marx com Freud, mas Gula sustentava ser perfeitamente possível, quando não aconselhável. Praticante de lutas marciais japonesas, ele, ainda bem jovem, poderia tornar-se especialmente agressivo de supetão, e por razões às vezes obscuras, outras pueris, tomado pela fúria de um índio bêbado. Decerto, carregava no sangue e em alguns traços do rosto resquícios de herança dos silvícolas da fronteira.

Este aspecto do seu temperamento sofreria brusca alteração no espaço de um ano, graças, justamente, ao encontro com Freud, pela intermediação de um psiquiatra que o recebia três vezes por semana. As lições vienenses acabaram por infundir no Gula uma tranquilidade recheada de desbragada sensatez à beira do fatalismo, amiúde tediosa. Havia quem observasse que a mudança estava na origem da tendência do Gula ao discurso prolixo de sorte a levar os interlocutores à inexorável exaustão. Abukir não se permitia manifestações desse gênero nem a aprová-las quando pronunciadas pelos colegas, tanto mais após os elogios que o Gula dedicara a uma sua reportagem sobre a vida arriscada dos motoristas de táxi, sobretudo ao trafegarem de noite. "Boa, boa mesmo – sentenciou –, e pegam muito bem certas cenas noturnas, por exemplo aquela história dos travestis que tiram a roupa pelas esquinas dos jardins."

O centro da cidade degradava-se entregue à lassidão dos governantes, as mariposas das calçadas percutiam os saltos até pelas calçadas da Augusta, a rua que se obstina, determinada ao extremo, a seguir em linha reta desde a face sul do prédio do *Estadão* até as várzeas do Rio Pinheiros, oito quilômetros à frente, depois de galgar a crista da Avenida Paulista e logo descambar ladeira abaixo na visão das colinas do Morumbi. Muda de nome ao longo do caminho, mas é sempre a Augusta, como se chamava a senhora daquelas terras em tempos idos, de encostas ainda largamente tomadas pela Mata

Atlântica. Os travestis evitam a companhia das moças dadivosas, vão para os bairros acidentados, onde os sobrados surgem sobre muros de arrimo iguais a bastiões de castelos e nunca faltam fregueses ao volante de carrões.

"Ouça aqui, Abu – apostrofa o Gula –, você sabe que há motoristas de praça ao serviço da polícia política?"

Como assim? "Carregam fitas de hinos vermelhos, a começar pela Internacional, e tocam para ver como reage o freguês, que comentários faz, se fica incomodado ou impassível, enfim, se tem ou não algum tipo de comportamento suspeito, melhor, se cai na ratoeira e chama o motorista de camarada, aliás, anteontem à noite..." Abukir interrompe. "Pode acontecer com qualquer um..."

"Pois é, fique alerta", recomenda o Gula. Abukir não conhece hinos vermelhos, cuida, porém, de silenciar, teme que o outro não lhe perdoe a lacuna.

Antes que o Gula disserte sobre as bizarrias do acaso e a imprevisibilidade dos deuses gregos, Abukir observa: "Seria uma matéria fantástica, mas nunca poderia ser publicada." "Impossível...", reconhece o Gula, "estamos sob censura, e, se não estivéssemos, o doutor Júlio Neto não deixaria sair."

O Gula reserva-lhe um olhar penetrante, quase como se o visse pela primeira vez. "Vem cá, Abu, você acredita em que... digo, politicamente?"

Abukir recorda as falas do Formiga, deixa-se levar pela oportunidade de, quem sabe, despertar o interesse no colega algo entre a surpresa e admiração. "Anos atrás, tempos de faculdade – diz, com burilada seriedade –, participei de algumas reuniões de gente... inconformada."

Logo toma-o a contrição: ai, ai, ai, deixei-me levar pelo propósito de impressionar o auditório, sou um imbecil. E por um instante defronta-se novamente com o delegado Fleury.

"Um pessoal... iludido", comenta o Gula com pouco-caso. Parece que falhei, rumina Abukir, que bom, preocupei-me à toa.

"Coisas da juventude", apressa-se a sublinhar.

"Menos mal, porque entrar nessas dá problema – expõe o outro –, e nem se fale de luta armada, sou contra este tipo de aventura... mas vamos lá, hora de trabalhar."

Abukir imagina que, ao contrário do que havia pensado, deixou-o assustado, em guarda, diante de um interlocutor de passado turvo. Em todo caso, em ocasiões como esta, caluda.

Capítulo VIII

As redações apreciariam ser americanas, situa-se, porém, no futuro o momento em que o jornalismo brasileiro aderiria à era predatória da verdade factual a serviço do poder. Assim nasceu como apanágio natural da oligarquia, mas não eclodira ainda em toda a pujança de sua vulgaridade e alcance capilar a preponderância da televisão. Esta seria também primeiro fator da súbita elevação dos salários e *fringe benefits*, expressão sagrada e consagrada, dos executivos de alto bordo, âncoras, titulares de programas, comentaristas tendenciosos, humoristas de sucesso, beldades capitosas, lacaios titulares e aspirantes. Pouco bastou para que Abukir se considerasse assentado economicamente, donde credenciado ao casamento com Adalgisa, ela de branco, ele de terno cinza-fumaça-de-londres, na capela da Pontifícia Universidade Católica, onde a noiva cursava o segundo ano de História e Geografia, para a satisfação de Waldir, a imaginar que ao menos a nora seguiria seu caminho. "É um alívio", segredou ao Severino, padrinho cativo de Abukir.

Não deixou de ser confeccionado o álbum das fotos do casamento, obra de um fotógrafo do *Estadão* que costumava acompanhar Abukir nas andanças profissionais. Ao percorrer a memória recente arrumada com diligência sobre cartolina enrugada, a simular tecido de tom sépia, tia Jurema solfejou "mimoso" e sorriu na direção de Waldir, haviam marcado o encontro semanal para o dia seguinte, havia algum tempo em certo motel. A perspectiva deixava Waldir arrepiado.

Ela havia sugerido que a luxúria sofresse intervalos de sete dias e Waldir condescendera ao lembrar que uma escola filosófica da antiga Roma recomendava *semel in hebdomada*. Qual seria o porquê da regra? Optou pela manifestação de uma sabedoria sutil embora suavemente perversa, o desejo fermentaria com o passar dos dias, estimulado ao sabor de agulhadas cada vez mais fundas e difusas em um misto de prazer e dor capaz de tirar o sono, mas de conduzir, ao cabo, a uma liberação espasmódica. Pensou coincidir com as ideias de Jussara, embora entendesse que ela nada sabia de escolas filosóficas, suspirou "safadinha" e ficou mais excitado. Aplacava-se durante a pausa graças a rápidos contatos com Jandira, a esparramar suas carnes entre os lençóis.

Enquanto isso, Jurema dedicava suas atenções ao patrão advogado endinheirado, de meia-idade, casado e alvejado pelo tormento de fetiches pueris, fáceis, porém, de atender, e com efeitos de empolgante duração. Ao longo dos amplexos, o advogado às vezes era tomado por leves tremores e lacrimejava copiosamente, sinais de deleite supremo, que premiava com ricos presentes, entre eles, lá pelas tantas, um carro da melhor produção nacional novo em folha, incumbido inclusive de levar Jurema e Waldir ao motel do arrabalde. Ela não teve dificuldade em explicar o veículo: salto na carreira e no ordenado, deu para recorrer às economias de mais de quinze anos de trabalho. "Minha irmã é muito inteligente", comentou Jandira.

Abukir também estava motorizado, comprara um fusca usado e nele, ao reclinar o banco dianteiro reservado ao passageiro, cuidara de antecipar a noite de núpcias nas alturas do Morumbi, ao lado da capelinha de sapé da antiga fazenda de chá que por ali se espalhava cem anos antes. Adalgisa achava "romântico" o panorama da cidade iluminada que se via do alto, às vezes por sobre a cabeça de Abukir, aos trancos, luzes ao longe intercaladas à penumbra a envolvê-los, arrepiada de suspiros. Compareceu ao casamento o Goulart, solidário como de hábito, pronto a se ajoelhar na igreja e a conversar animado com Waldir, e até anuiu com gravidade quando ele disse, enfático, que o ar estava ficando respirável. Referia-se ao País.

"Claro, claro", concordou o Gula.

"Os homens vieram mesmo para pôr a casa em ordem, e eu diria que já conseguiram." "Claro, claro."

De volta da lua de mel, passada em Salvador, Abukir pergunta ao Gula: "Você concorda com as opiniões do meu pai... mesmo? Ora, ora, você quer é agradar ao velho."

"É isso aí", e Gula assumiu um tom professoral. "E por que não? Seu pai estava alegre e que adiantaria contrariá-lo? Além do mais, jamais conseguiria abalar suas convicções. É um homem de certezas, se bem me parece."

"Hum, e você não é de certezas?"

"Poucas", murmurou o Gula, expressão de cinema mudo.

Um colega da redação diria depois a Abukir: "Cuidado com o Gula, ele é comuna." E riu como se duvidasse do que dizia.

"Comuna, como?"

"Ao menos, ele se acha." E o colega riu novamente, chamava-se Ramiro e trabalhava na Editoria de Esportes, ou melhor, dedicava-se integralmente aos fatos do futebol, preenchiam quase todos os seus espaços, a mulher dele gania "você deveria ter casado com a bola, seu chato prepotente".

Era esperto, porém, e até matreiro igual a um ponta-esquerda driblador, emitia do peito de pomba uma voz de trombone, brilhoso na tez amulatada, torcia com ardor pelo mesmo time dos patrões, são-paulinos desde a fundação do clube, e sobre os feitos do São Paulo derramava adjetivos arrebatados em caso de vitória, enquanto na hora da derrota a atribuía à interferência de fados, mal-humorados na ocasião.

O futebol, ah, o futebol é um deus, desceu do Olimpo para estabelecer-se no Brasil e fazer de todos, ricos, remediados e pobres, seus fiéis, e todos unidos na crença, fator de uma homogeneidade negada longe do gramado pela vontade de quem está por cima. No *Estadão*, a larga maioria dos empregados é são-paulina, e aqueles que não são esmeram-se em não fazer alarde da sua preferência, Abukir agradece ao deus futebol o fato de ser são-paulino de nascença. O Gula se diz agnóstico. E seria comuna?

"Vem cá – pergunta Abu ao Ramiro –, comuna, porque é de esquerda?"

"De carteirinha, filiado à entidade clandestina, o partidão fora da lei."

"E como sabe disso?" Ramiro partiu para o drible: "Vai por mim, sei o que estou dizendo. Mas o cara é inofensivo."

"E o doutor Júlio Neto sabe?"

"Deve saber, mas não se incomoda."

"E só eu não sei?"

"Você e muitos outros, é assim, a turma, em geral, cuida da própria vida."

A maioria dos colegas andava sobre trilhos de bitola estreita e não se atirava a opiniões políticas, a não ser que coincidissem com aquelas do jornal. Salvo algumas exceções, a redação era uma assembleia de almas impermeáveis a quaisquer conversas sobre escolhas íntimas capazes de indicar espírito crítico. Não por resguardo, pois a presença dos censores era constante, não, não, absolutamente, e sim por causa de suas naturezas, a navegar por uma zona de inércia originada no hábito e na cultura familiar. Em matéria de definições sobre política, e mesmo sobre ética e estética, não iam além de observações superficiais e banalidades variadas, presas de cautela espontânea, explicável com frequência pelo sangue misto que lhes corria nas veias, sangue de escravo resignado ou do branco chegado há um século, ou menos ainda, desejoso de aclimatar-se rapidamente, até para viver a satisfação da escolha acertada.

Não faltava quem trabalhasse com paixão, alguns movidos pelo talento, outros pela competição, um punhado apenas lera o que convinha à boa escrita, distinta do estilo cartorial do *Estadão*, onde o *Jornal da Tarde* era tido reduto de rebeldes dispostos a usar o jargão das ruas. De lá saiu Abukir, logo adaptado à regra da caixinha amarela. Não era muito o que sabia a respeito da sua ancestralidade, pendurava-se na árvore materna um bisavô ibérico, o mesmo do lado paterno com a intromissão inopinada de uma bisavó polaca, provavelmente judia.

Foi tomar um cafezinho com o Goulart no bar da Major Quedinho, a bocarra halitava fritura de sardinha, mas ficava aos pés do jornal, no mesmo prédio, ao lado da saída dos caminhões da distribuição. Observou depois de construir a frase nos ladrilhos do bar: "Você não gosta de falar de política..."

"Nada disso, falo de política, até demais, às vezes, acontece que hoje em dia é melhor tomar certos cuidados, você pode ser mal interpretado, ou tido por aquilo que você não é, tá certo?"

"Queria dizer que você não se define com clareza, respeito isso, óbvio, anoto apenas..."

"Todos sabem que sou de esquerda, ao menos que não sou de direita e nem de centro." O ritmo apressado das palavras trai alguma irritação. "Veja só – diz o chefe de arte, já na calçada de volta à redação, e o tom agora é um tanto arrastado para ser didático –, veja só, não sou a favor da chamada luta armada, a entenderia se a população estivesse aí para dar apoio... mas a população não está aí." O elevador os engoliu juntamente com outras pessoas e a conversa terminou.

Do conhecimento geral era que o Gula gostava de jogo apostado, dividia-se entre duas praças aparentemente díspares, o Jóquei e a Bolsa de Valores. O hipódromo é da antiga, a aristocracia quatrocentona dispõe de camarotes próprios e em dias de gala as damas surgem de chapéu, a sorrir debaixo de baldaquins. Não segura a malta, contudo, nela galopa o Gula nos fins de semana e, se o trabalho permite, nas noites de quinta, o autor destas linhas o colhe amiúde ao telefone aos sussurros, de olhos camaleônicos, a segredar escolhas de pontas e *placés* nos ouvidos do *bookmaker*. A Bolsa é de projeção recente e também seletiva, a especulação graúda é de estrita competência dos senhores que ali não estão a cogitar do peso e da qualidade desta ou daquela empresa, e sim à espera da informação privilegiada a bem exclusivo dos seus bolsos. A tendência, presságio de males maiores liberados nas décadas seguintes, fermenta em segurança enquanto plebeus como o Gula, mesmo ateus, ficam à espera da inspiração divina.

Não é para partilhar sugestões caídas do céu que de noite, ao saírem da redação, Abu volta à carga. "Explica melhor essa sua ideia sobre luta armada."

"Se a população se envolve, vira guerrilha, no campo ou na cidade. O povo é que conhece o terreno, esconderijos e atalhos, e oferece abrigo quando necessário, esta colaboração aqui é impossível, a maioria dos brasileiros vive de cabeça baixa, falta o espírito da revolta porque falta a consciência dos direitos, o homem do campo é um servo da gleba, na cidade ainda não surgiu um proletariado."

E então? "E então a tal de luta armada, que conta, aliás, com efetivo ridículo, só funciona a favor da repressão porque lhe oferece a chance do revide maciço, da escalada da prepotência do terror de Estado... Não sei se me explico, ela põe os fardados a treinar."

Goulart é casado, com dois filhos, mora não muito longe do jornal, não tem carro e nesta noite conta com a carona de Abukir. Inflamou-se há pouco, empolgado pela oportunidade de deixar rolar seu pensamento em proveito de um desprovido em política, assim enxerga o tateante Abukir, talvez a buscar um caminho sem dar-se conta de algum impulso subterrâneo.

"Para mim – diz antes de se despedir –, é cômodo cuidar da arte do jornal, não escrevo, pagino e fico na minha."

Entreato

Dois ovos fritos me encaram. Armando Falcão tem órbitas abissais e lá no fundo se instalam os ovos. Almoço no restaurante do Hotel Ouro Verde, no Rio, fevereiro de 1974. Quem sugeriu o encontro foi o general Golbery, articulador do governo Geisel cuja posse está marcada para 15 de março. Falcão será o próximo ministro da Justiça e ali estou para conversar sobre os rumos da censura que há quatro anos invade a redação de *Veja*. Segredou-me Golbery, futuro chefe da Casa Civil, que a intenção é retirá-la de vez, a censura, em nome da distensão, a palavra recentemente entrou no jargão político para indicar uma cautelosa abertura do sistema.

Nada disse aos patrões Civita a respeito do almoço porque só podem atrapalhar, se a reunião der bons resultados aí sim farei meu relato. A despeito do olhar avermelhado que brota das crateras como faísca antes da erupção, o futuro ministro mostra a cordialidade do velho amigo, embora eu o tenha conhecido faz pouco tempo, apresentado no ano anterior pelo então editor de Política de *Veja*, Elio Gaspari. Diz ele que o novo governo da ditadura vai acabar com a censura não somente em *Veja* mas também no *Estadão* e, portanto, no *Jornal da Tarde*, e nos jornais alternativos, ditos também nanicos.

Pergunto por que *Folha*, *Globo*, *Jornal do Brasil* nunca foram censurados. "Está claro, não é? Nunca deram motivos, sempre estiveram conosco."

Conosco? Algo resmunga por dentro. Ainda assim, arrisco outra pergunta: "E o *Estadão* não estava com vocês?"

"O jornal da família Mesquita teve um papel importante antes da revolução e também logo depois. O problema é que os donos são muito ligados ao Lacerda, o Carlos acabou por se indispor conosco porque o poder não sobrou com ele, além disso os Mesquita se têm em alta conta, alta demais..."

Conosco... A palavra ensombrece a mesa. Que esperava, no entanto? Que Falcão não fosse um "revolucionário"? Ele deixa-se enfaixar pelo terno branco, azul a gravata, pretos os sapatos, lenço de cambraia no bolsinho do paletó. É gordo, nariz bulboso, as mãos sobre a mesa são dois sapos a engatilhar o salto, a pele do rosto também evoca o batráquio. Dele nada emana que inspire simpatia, e sou tomado pela sensação depressiva que a companhia gera na obrigação de dar ouvidos a um medíocre provinciano, empolado, e subdoloso, um sargento de repente promovido a capitão. Ele garante que a censura vive seus estertores, aos poucos sairá de todas as redações hoje atingidas, parece emocioná-lo a perspectiva de retirá-la do *Estadão* em janeiro do ano seguinte, no centenário da fundação do jornal.

E nós? "Vocês serão os primeiros, vou chamá-lo a Brasília logo depois da posse para acertar os ponteiros." Saio do Ouro Verde e me reencontro no gabinete do ministro da Justiça em Brasília, dia 19 de março. Falcão trocou de terno, este azul-marinho, o lenço de cambraia é o mesmo. "Viu? Cumpri a promessa."

É começo da semana, de volta a São Paulo não encontrarei mais os censores. "Vocês estão livres."

"Isso não implica qualquer compromisso de nossa parte", acentuo em tom manso.

"Óbvio, meu caro, nada pedimos em troca."

O ministro vive seu papel com sofreguidão contida com parcimônia em um gesto ou noutro, no repentino tom de voz a ganhar ressonância de um dó de peito, sinto-o cioso do cargo em um esforço malogrado por quanto há de caricato no seu comportamento. E como se ele próprio estivesse a olhar a cena pelo buraco da fechadura, e a se comprazer com seu desempenho. Mas é de principiante.

Ando pelos corredores anódinos e intermináveis de Brasília, saio do Ministério da Justiça e vou ao Planalto e me percebo no mesmo, exato lugar, é a maldição do labirinto da capital sem as circunvoluções enganosas daquele de Creta, seu ardil reside na repetição exaustiva do trajeto ausente de mudanças de cenário, as mesmas portas, os mesmos lambris, os mesmos carpetes, os mesmos mármores. Alain Resnais aqui faria outro filme para contar Marienbad. As mesmas secretárias, os mesmos contínuos, as mesmas recepcionistas... Não procuro, porém, o Minotauro, no Planalto vou ao gabinete do chefe da Casa Civil, Golbery pediu-me para aparecer depois da audiência com Falcão.

"Tudo bem – relato –, a censura já se foi e ele até me deu, com dedicatória, o seu último livro."

"Sei, sei – diz Golbery –, *A Revolução Permanente*, o Falcão é nosso Trotski."

Dedicatória: "Ao Mino Carta, com o abraço de Armando Falcão."

E subitamente estou na sala de Victor Civita, *boss* da Editora Abril, sete andares de concreto, alumínio e vidro às margens do Tietê, o rio humilhado carrega os dejetos da cidade e sobre a sua pele escura, impermeável, pantanosa, já vi passar carcaças de animais e armações de velhas poltronas tiradas do sótão. Começo de abril de 1974, segunda-feira. Mal chego à redação de *Veja* e recebo o apelo de Vici, como Civita Senior é chamado pelos Juniores. Desço ao sexto andar, reservado aos donos, perseguido a caminho pela sombra opressiva dos quadros que estupidamente se penduram nas paredes, Vici posta-se atrás de sua larga mesa em formato de feijão, de hábito em pose relaxada, agora de peito esticado à frente, prorrompente, mãos crispadas sobre os braços da poltrona giratória de couro, exclama, quase grito: "A censura voltou."

Vivemos sem ela três semanas e no período eu me ative aos termos da conversa com Falcão: sem compromissos. Com cautela, contudo. Na primeira semana extraio da gaveta uma reportagem sobre os exilados graúdos, Arraes, Brizola e alguns outros. Texto olímpico, de puro registro dos fatos, sem qualificativos, ilustrado por uma foto de Brizola, de boné, agachado no meio do campo uruguaio, abraçado a um cordeiro. Passam incólumes, o bom pastor e os demais, embora me alcance por meio do diretor responsável da editora, Edgard de Silvio Faria, o eco de vagas queixas fardadas.

Na semana seguinte, no décimo aniversário do golpe, que também nós aceitávamos na escrita como revolução, fizemos o balanço em uma série de textos bastante comedidos, bem menos talvez, na visão de olhos sensíveis, que a própria capa, estampa em clima funeralesco um xis de ferro, sinistro, opressivo. Passaram as reportagens e o sombrio dez romano, mas o eco das lamentações ficou mais audível. Inclusive pela voz de trovejante locutor a transferir para a política toda a selvageria da cobertura futebolística, um certo Amaral Netto, dono de um largo espaço na tevê Globo. Definia-me como um enviado do Kremlin para pregar marxismo-leninismo e enganar os Civita, família de argentários de ligações mafiosas.

Não era a primeira vez em que me via apontado como missionário soviético, já houvera um redator do *Estadão*, Lenildo Tabosa Pessoa, disposto a escrever uma suntuosa diatribe a meu respeito para me apontar à execração pública não somente por minhas incursões ideológicas, talvez nem de todo sinceras, e vinha aí a segunda bordoada, porque escolhidas por modismo próprio de um radicalismo pretensamente chique. Lenildo havia trabalhado na editoria Internacional sob a chefia de meu pai e, fundamentalista católico, não me perdoava por ter impedido que na hora da morte, 30 de outubro de 1964, o chefe recebesse a extrema-unção. Seis anos depois, Lenildo publicou sua *minica*, intitulada contudo "O Senhor Demetrio", singular figura, ele dedicava poema de pornografia extrema a jovens redatoras.

Quatro anos depois, ao som hidrófobo das invectivas de Amaral Netto, em *Veja* precipitou a crise na terceira semana uma charge de Millôr Fernandes, na seção que ocupava duas páginas havia tempo, mostra um torturado crucificado em sua cela enquanto um balão sai de trás da porta para revelar: "Nada consta."

Da mesa de Vici ligo para o gabinete de Golbery. A ligação recorda as transmissões radiofônicas de jogos da seleção canarinho na África, mas ouço claramente o chefe da Casa Civil dizer "desta vez vocês passaram da conta".

"Se a carapuça serve", rosno. A ligação cai. A vigilância do diretor responsável da Abril desta vez não funcionou. Incumbido de analisar diariamente o material a ser publicado por *Veja*, Edgard de Silvio Faria aprovou a seção de Millôr. E a censura voltava com a exigência de receber textos e fotos em Brasília toda terça-feira.

Vici perdeu a pose inicial, parece um marionete atirado a um canto do bastidor. No fim da tarde volto a ligar para Golbery, digo: "Gostaria de ir a Brasília amanhã, para uma conversa com o senhor."

"Sem dúvida, precisamos conversar, hoje de manhã a ligação estava muito ruim, não se ouvia cousa alguma..."

Aviso o patrão e ele me informa: chegou um telex da sucursal de Brasília, do diretor Pompeu de Souza, diz que, segundo Falcão, Mino é codinome. "Olha só que surpresa...", digo. Colho do outro lado o silêncio do *chairman of the board*.

Peço três passagens de ida e volta à capital e uma limusine para me esperar no aeroporto, levo meus dois filhos, Manuela e Gianni, doze e dez anos. Ficam deslumbrados com a ideia de visitar a celebrada capital. Quanto à limusine, é simbólica do desafio, amplo, geral e irrestrito.

A secretária do ministro, dona Lurdinha, senhora de modos caseiros, redonda rola sobre o carpete sem perder o sorriso, chega-se ao meu ouvido, murmura: "Veio também o senhor Roberto Civita, quer ser recebido mas não tem hora marcada." Não deixo que o tempo se estique inutilmente, tomo a visão panorâmica da antessala e vejo Arci, entalado em uma poltrona, com expressão perdida na paisagem da savana descortinada além das vidraças. "Que faz aqui?", e ouço o meu próprio latido.

Evoco a cena, mas a memória ignara da cronologia me precipita em um tempo anterior em catorze anos, acabo de conhecer Roberto Civita, moço de vinte e quatro, tez avermelhada e brilhosa qual fosse untada, o nariz de bico esponjoso suporta óculos de lentes espessas, não demora para me perguntar qual é meu quociente de inteligência. Por insistência dele, a Abril exige antes da contratação que o candidato seja submetido a um exame psicotécnico. As altas esferas concederam que eu não o fizesse, mas ele acha oportuno conhecer minhas aptidões, concentradas em um número cabalístico. Confesso que nunca enfrentei o tal exame, de sorte a ignorar meu QI. Generoso, ele me comunica o dele, daí minha pergunta "e é satisfatório?".

"Bem – soletra ele, sem piscar –, há um QI como o meu a cada vinte e cinco milhões de pessoas."

O Brasil conta com setenta milhões de habitantes, deduzo, não sem ingenuidade: "Então só pode haver mais dois iguais a você."

Atalha: "Pode, sim, mas também pode não haver e então eu seria o único, o cálculo leva em conta a população mundial."

Ganhei a certeza da inconfiabilidade dos exames psicotécnicos e ao longo dos anos todo contato com Arci convalidou a percepção inicial, o ego do rapaz sempre bailou insopitável na demonstração de sua mediocridade. Agora, na antessala do gabinete ministerial, saboreio sua aflição a reduzi-lo a uma súbita humildade.

"Vici me contou que você viria, e eu gostaria..."

"Você não pediu audiência, não tem hora", proclamo.

Ele insiste, à beira da imploração. O meu tom chama a atenção de Manuela e Gianni, encaram a cena sem entender o assunto, percebem porém que o pai está muito irritado enquanto o outro tem jeito de pedinte. Lurdinha traz uma laranjada para as crianças e avisa que o general está à espera. Admito: "Você entra comigo, mas se compromete a não abrir a boca." Ele promete.

Na conversa que se segue no gabinete da Casa Civil o meu argumento é óbvio: *Veja* é uma revista semanal que encerra o trabalho na noite de sábado e vai às bancas às segundas-feiras, obrigá-la a submeter textos e fotos aos censores na terça significa inviabilizá-la. Pergunto a Golbery: "Os senhores pretendem que *Veja* simplesmente acabe?" Não, nada disso. "Então é preciso pôr em prática outro sistema."

O chefe da Casa Civil entende e concorda. Diz: "Vá até o Ministério da Justiça, fale com Falcão, a Lurdinha já vai avisá-lo, diga a ele que vamos procurar uma saída até amanhã no máximo, a próxima edição tem de sair regularmente."

Golbery fica de pé, hora da despedida. O general não conhecia o patrãozinho que até aquele momento cumpriu a promessa feita na antessala. E de supetão abre a boca: "General, se o senhor acha que devemos tomar alguma providência em relação ao Millôr Fernandes..."

Golbery fulmina-o: "Senhor Civita, não pedi a cabeça de ninguém."

Há quem diga que Arci se parece com um cachorrão pelancudo, nunca como nesse instante a semelhança me pareceu tão evidente. Como cão enxotado do quarto sai de focinho a fazer cócegas ao carpete. Na antessala digo, com irrecorrível desprezo: "Bem que tinha pedido que você ficasse calado, mas você é um imbecil."

Eis-me agora com Falcão, já ensaiei o encontro e de saída extraio do bolso minha cédula de identidade como o promotor que traz a prova do crime, e a jogo sobre a mesa ministerial: "Olhe, olhe, aqui sou Demetrio, Mino não é codinome, é apelido." Vejo novamente ovos fritos em lugar de olhos.

De limusine, damos uma larga volta, com parada nos pontos de atração. No retorno de avião, conversamos como turistas, Gianni pergunta, no tom da incredulidade: "Mas é mesmo a capital?" Nunca viram cenário igual, que se pareça tão remotamente, ou que não se pareça por completo com uma cidade. "Vocês têm de entender – digo eu – que ela não foi bolada para ser habitada por seres humanos, é sob medida para os carros, em Brasília eles escancaram os capôs e dão risadas." Meus herdeiros associam-se aos veículos automotores.

Estranha cidade, construída para induzir o País a segui-la como se conviesse ao Brasil preencher a solidão da savana. O rei distanciou-se dos súditos, às vezes me pergunto se deles não a incomodasse a proximidade, de sorte a preferir cometer seus pecados ao longe, protegidos por imensidões sem outra serventia. Um presidente muito louvado, Juscelino, aquele que a construiu, foi coerente, inaugurou uma indústria automobilística e de Brasília fez sua capital muito antes de ser a do Brasil. Décadas após, repetiu, com redobrada eficácia, outro presidente, Washington Luís, o qual asseverava "governar é construir estradas". Quando fomos colônia inglesa os albiônicos pretendiam tecer sobre o país-continente uma infinda e providencial teia ferroviária, o plano mal passou à execução e no relâmpago de um lustro enterrou seus trilhos.

Brasília é a capital do nosso intransponível delírio infanto-tropical, matriz da loucura foliônica e dos interesses rasteiros que nos moldam, mas esta parte da minha pensata omiti para Manuela e Gianni.

Capítulo IX

No Sunday Churra, os assuntos às mesas eram: um, futebol, dois, moçoilas fáceis, três, jornalismo. E neste ponto a melhor técnica tornava-se motivo de debates, frequentemente abstrusos para ouvidos não iniciados e para moçoilas fáceis. Construíam-se também hierarquias dos bons na escrita ou na investigação, ou em ambas, para fazer do profissional um "senhor repórter".

Goulart sustentou certo dia que os editores, também conhecidos como *copy-desk* por razões insondáveis, eram de fato os guardiões dos interesses do patrão, tudo passava por eles para ser retocado ao sabor da missão. "São os sacerdotes da língua com ampla autonomia para preservar os dogmas", disse o Gula com inflexão áspera a aparar a ironia.

Não foi no Sunday Churra, Goulart nunca aparecia por lá, mas quando Abukir, na noitada pós-trabalho, repetiu-lhe a ideia qual fosse da sua lavra, um editor o apostrofou com ímpeto: "Que bobagem é esta, sô?" Nasceu uma discussão de calor médio, logo engolida por outro tema, sem contar que ninguém ali estava interessado em dogmas de qualquer espécie. Abukir se apressou a esclarecer: "Foi só de brincadeira." "Provocação", sentenciou o editor.

Toda uma geração de notívagos passa pelo Sunday Churra embora o nome prometa sol, de verdade é catacumba a convocar os fregueses a uma descida até às entranhas da Galeria Metrópole logo atrás da Biblioteca Municipal que às suas costas preza manter um renque de seringueiras, folhas gordas agitadas pela brisa da noite saúdam os visitantes. Bem abaixo do nível da rua, o Sunday Churra poderia ser um patamar do inferno, a julgar pelo cheiro de gordura queimada que o invade e caracteriza sua penumbra favorável a beijos e amassos pecadores e às conversas ruidosas dos crentes do jornalismo. Assunto do dia: abriu-se uma vaga importante na redação, chefia da reportagem, o titular, especialista em cavalos de corrida na qualidade de solerte frequentador do hipódromo, iria aposentar-se. "Aos cinquenta e cinco anos?" "Vem cá, trabalha há quarenta."

Quem estava na fila? Uma voz isolada disse Ramiro, ninguém entre os presentes contava que no rol também figurasse aquele repórter. "O Ramiro? Mas cobre futebol."

"O doutor Júlio Neto gosta dele, a família toda. Coisas de são-paulinos..."

Vingara no *Estadão* a lenda de que o doutor Chiquinho, após uma derrota do São Paulo diante do Palmeiras, havia jogado o chapéu ao chão em plena redação e pulado de pés juntos sobre aquele complemento então indispensável à elegância masculina, e feminina, aliás, na cidade da garoa, até torná-lo irrecuperável.

Um certo espanto baixou no Sunday Churra, depois de um sopro de transgressão às duas da manhã, e estacionou por algum tempo, até a tigrada começar a se retirar. Abukir havia exagerado na cerveja, Luciano, o fotógrafo, também, ficaram à última mesa de copos novamente cheios. "Você acredita em Deus?", pergunta o mestre da objetiva, voz embargada, quase rouca.

Abukir ergue os olhos ao teto: "Sei lá."

"Pergunto... porque se casou na igreja."

"Você sabe como são estas coisas, Adalgisa queria casar-se de branco, minha mãe insistia..." Passou-lhe pela cabeça uma das recomendações da caixinha amarela: casar-se é sempre reflexivo.

"Eu acredito", declarou Luciano, referia-se ao Altíssimo e cambaleava de leve mesmo sentado. Esse momento da madrugada prestava-se a vasculhar zonas íntimas dos escassos fregueses sem esperança de serem atingidas, à espera da chegada dos jogadores de pôquer, de órbitas violetadas, leva derradeira de frequentadores.

A volta para casa de uns tempos para cá era penosa, embora Abukir não ousasse pensar de forma tão drástica, não poderia negar, porém, a insurgência de uma espécie de escurecimento interior quando chegava a hora. A relação com Adalgisa esfriava, primeiro na cama, ela o procurava de manhãzinha no exato instante em que o sono para ele tinha mais sabor. Depois emergiram outros motivos. Adalgisa pouco havia aprendido na faculdade, como a maioria dos colegas, e ele se surpreendeu ao pensar que a mulher era um tanto "varzeana", esta foi a palavra que vibrou rudemente por dentro, e para sua surpresa, teria preferido pensar, como se deu em seguida, falta classe. Sentiu-se amadurecido, experiente, mas infeliz, e sofreu um arrepio à flor da pele ao entender que seu casamento era "simplesmente desigual".

Moravam em um apartamento modesto no bairro de Perdizes, sala, dois quartos, banheiro, lavabo, área de serviço com seus varais a pingar, sempre a pingar, faxineira três vezes por semana. Pois é, faltava classe também na moradia. Esta específica infelicidade era indiscutível, a despeito do salário, bom para um repórter aos vinte e oito anos. Adalgisa andava pela casa de chinelos, a cada passo abriam alternadamente uma boca vulgar debaixo da sola do pé, e emitiam um som deprimente, plaque, plaque, plaque, quase igual a um estalar de língua. plaque, plaque, plaque, é o fundo musical da vida familiar. No fusca azul-claro toma o rumo useiro e sabe que o espera a cama desarrumada pelo sono dela, e o apartamento não é a toca do bicho, tépida e segura, tornou-se hostil. Pior se ela acordar, olhará o relógio sobre o criado-mudo, resmungará contrariada, "estas são horas de chegar?".

Há vezes em que Abukir deixa-se arrastar pelos colegas mais notívagos para um barzinho da Nestor Pestana, ali leiloam-se fêmeas jovens e nem tanto, não falam de jornalismo, e do barzinho sai-se para o apartamento do Pitanga, solteirão endiabrado, a carregar três ou quatro flores daquela estufa. No reino acarpetado do Pitanga corpos rolam no chão fora de sintonia, é dança rasteira e desconexa a revelar fragilidades fadadas ao olvido. Na última sessão, a Abukir coube uma mulata quarentona e farta, neste momento na direção do fusca sente um prurido agudo abaixo dos panos, áreas subequatoriais, mas o pensamento do retorno e os efeitos da cerveja afastam ideias pessimistas.

Adalgisa não acorda, que bom, que bom. Ao apoiar a cabeça no travesseiro enquanto tenta em vão puxar uma franja do cobertor que Adalgisa requisitou por inteiro, ocorre-lhe uma pergunta: por que o Goulart nunca aparece no Sunday Churra? Diz o Gula: "E daí?"

"Bem, todo mundo vai, a gente se diverte depois do expediente..."

"Nada contra o Sunday Churra e quem vai lá, mas prefiro cuidar da saúde, física e mental... sem ofensa. Depois do expediente, a turma fala muita bobagem, e mais ainda depois de beber."

"É só um pouco de relaxamento."

Goulart entrega-se enternecido ao abraço sisudo de Freud, Abukir experimenta de novo a estranha coceira. "Sabe – diz Goulart –, um dia destes te convido para a minha casa, assim você conhece meus amigos e minha família."

"Todo um pessoal que só fala coisas sérias", atalha Abukir, em tom de troça.

"Falamos de tudo, também de coisas sérias." Goulart sorri e Abukir nota alguma tensão por trás do sorriso. "Me convida que eu vou."

A coceira não arrefece, Abukir conta para o Pitanga, o colega levanta o sobrolho e a cabeça toda, queixo a meio-pau, olhos semicerrados, entre intrigado e responsável, invoca os sintomas, emite enfim o diagnóstico depois do silêncio compenetrado que indica meditação funda, ou mesmo científica: "Você apanhou uma venérea."

Pitanga domina o assunto e fornece o destino, doutor Gonzaguinha. Na sala de espera, poltronas e sofá a ponto de exibir as molas, Bukara falso e puído, mesinha central idêntica àquela da casa dos pais. Uma melancolia opressiva impregna o ambiente percorrido pelo passo pesado de uma enfermeira-secretária de avental manchado e expressão suspensa entre o enfado e o desprezo. Estacionam em silêncio quatro velhotes moídos pela vida, mesmo assim arvoram olhares de jactância, e um jovem pouco mais que adolescente, rosto tomado pela palidez lívida do pavor. Pitanga garante, "o Gonza é gênio". Arthur Fleming também, hora do antibiótico e de fugir abertamente de Adalgisa. Um dia ela sai da cozinha aos gritos: "Como é, seu Abu, nesta casa não se trepa mais?"

"Domingo à noite te espero em casa, leva a mulher", Goulart convida. No domingo a redação folga, trabalha a do *Jornal da Tarde*. Convidado mais um casal. Salgadinhos para começar, prato de resistência *rigatoni al sugo*, conforme Goulart informa, e "*al dente*", "graças à lição do Mino", obviamente inútil, mas ninguém se dá conta.

Guaraná, Coca, cerveja. Paulo trouxe um vinho português, Periquita. Sobremesa romeu e julieta, goiabada com catupiry, saudada pelos aplausos gerais. Por causa dos filhos, de Paulo e Gula o assunto passa a ser aulas de Educação Moral e Cívica. Paulo diz sem interrogação, mais constatação, como se a pergunta já contivesse a resposta: "Que será destas crianças..."

"Moral e civismo, imaginem só", exclama Abukir para mostrar solidariedade, embora ele e Adalgisa não tenham filhos, não chegou a hora.

"Pois é – diz Paulo naquele seu tom compassado –, pretendem ensinar moral e civismo, e não há como imaginar quando a tragédia vai terminar, até porque falta resistência, falta indignação, a minoria rica ou remediada é conivente, a maioria é abandonada ao seu destino, de resto, como falar de democracia a quem não tem a mais pálida noção do que signifique?"

"Mas nem a minoria sabe – diz Goulart –, meus patrões, por exemplo, gostam de uma ficção destinada a servir somente a eles, algo assim como um nirvana exclusivo."

Abukir recorda palavras do Formiga, "será que todos passaram pela mesma doutrinação?". Adalgisa apreciaria outro assunto, "mais feminino". E Abukir: "Mas os patrões não parecem muito irritados com a censura."

"Sim, sim, a famosa censura – ironiza Goulart –, esta que permite que os cortes sejam preenchidos com versos de Camões e receitas de bolos, belos versos e boas receitas, diga-se..."

"Tudo bem – revida Abukir –, mas não tem censura na *Folha*, no *Globo*, no *JB*."

"E nem teria no *Estadão* não fosse uma briga lá deles, desavença em família, é que os nossos patrões queriam o poder para o Lacerda e para a UDN, botaram banca e foram suavemente removidos da ribalta."

"Diz que o Geisel vai acabar com a censura."

"Acabou na *Veja* por três semanas e voltou pior do que antes, distensão uma ova."

"Lenta, gradual, porém segura – intervém Paulo –, como diz o próprio Geisel, o qual, está claro, claríssimo, não entende o que apronta o Golbery, não é que discorde, não percebe a pensata, executa, no entanto, porque o outro sabe levá-lo na conversa. Estranha figura este Golbery, para mim ele ou Geisel dá na mesma, mas é um sujeito interessante, o Golbery, e o Geisel nem um pouco, há nele, no Golbery, um toque singular em um militar. Vocês lembram Kafka?" Ninguém quer lembrar Kafka.

"É aquele conto sobre Dom Quixote, curtinho, começa mais ou menos assim: Sancho Pança tinha um demônio que mais tarde chamou de Dom Quixote, e com ele viveu aventuras que o divertiram muito. Adaptado aos nossos dias, eu diria: Golbery tinha um demônio, que mais tarde chamou de Geisel."

Gula gosta mais de Sancho do que de Golbery. "Se é por isso, também Kafka gosta mais", Paulo atalha. Advogado, beira os quarenta, alto e magro, caminha levemente encurvado, a argúcia natural do rosto se deve ao brilho do olhar a resvalar na ponta do nariz afilado.

"Dom Quixote, em todo caso, não se parece com Geisel, certamente", faz questão de sublinhar o Gula.

"Estava a falar de demônios", Paulo esclarece.

Os antibióticos funcionaram, nesta noite, como convém por ser domingo, Abukir vai calar Adalgisa.

Capítulo X

Tormentosa a tarefa do escritor que recusa o papel de destino, melhor, da própria vida, em busca de uma justificativa dos acontecimentos desenrolados a sua revelia, sem a possibilidade de interferir, por mais remota. Todo esclarecimento que as circunstâncias me habilitam a dar merece um tom contrito, embora sincero. O enredo toma por conta própria certo rumo que, ao se permitir misturar figuras reais com personagens de ficção, às vezes propõe cenas a envolverem umas e outras, aparentemente nascidas de invencionice descabida. Ressalvada a minha inocência, abalo-me a insistir no seguinte ponto, essencial a meu ver: assentada a premissa, o entrecho assume rota própria e nem por isso inverídica. Trata-se de uma realidade de outra esfera, jamais forjada, sempre da dimensão humana.

Adalgisa, por exemplo. Registro apenas que pela rua ela anda com a expressão da castidade ameaçada como se as calçadas fossem invadidas por uma matilha de faunos e sátiros. Não é bonita, é "comum", como a definiu Paulo quando a mulher perguntou que havia achado dela e do Abukir, daí a minha surpresa ao verificar que Adalgisa se porta qual fosse de atração irresistível. A bem da verdade, Paulo disse "casal comum", e logo acrescentou que, segundo o Goulart, Abukir era repórter muito promissor.

Não se tratava de pensamento exclusivo do Gula. Ramiro, chamado para a chefia de reportagem conforme a bolsa de apostas do Sunday Churra, procurou Abukir e o arrastou para o corredor. "Olhaqui, acho que você serve para ser meu vice."

Abukir não esperava pelo convite, padeceu uma contração do plexo solar e exalou um "puxa, rapaz, que surpresa". "Pois é, andei pensando – Ramiro já assumia o novo posto na inflexão vocal – que você é talhado para a tarefa, é o seu lugar."

Abukir viu um envelope do holerite mais gordo e o relâmpago de um raciocínio ainda no esboço, valioso, no entanto, digno de ser trabalhado com mão de miniaturista. "Ramiro só entende mesmo de futebol."

Este gênero de descargas é próprio dos vivos em geral, ainda que convenha escondê-lo dos interlocutores. De fato, também Ramiro já sofrera a sua, com a vantagem de ter gozado de tempo bastante para trabalhar o raciocínio subsequente. "Abukir é modesto, contido, cuidadoso, como jornalista tem melhorado, mas falta cancha, por um bom tempo não vai atrapalhar, pelo contrário, vou aprender alguma coisa com ele enquanto ele acha que aprende comigo."

O holerite de fato engordou e o trabalho diminuiu, vice de chefe tem suas regalias, sai raramente para uma reportagem, e dá até para ir tomar um cafezinho em um bar da São Luís. Singular rua de prédios senhoriais, capaz de aposentos com quatro metros de pé-direito, um certo ar europeu a percorrê-la com a colaboração de várias lojas de companhias aéreas, as vitrines exibem paisagens de Veneza e Paris em tamanho gigante. Abukir passou indiferente diante do Coliseu e ouviu uma voz às suas costas: "E onde anda aquela sua tia gostosona?"

O Pajé. O Pajé? Desta vez o enxergou com P grande. Foragido do Inferno, onde, vale apostar, seduzira o demônio, mas Abukir seria incapaz de imaginar a história de Mefistófeles às avessas. Viu o homem e sentiu uma espécie de pavor infantil, como se a rua luminosa tivesse assumido a escuridão noturna do seu quarto de menino. Balbuciou: "O senhor de onde vem..."

O Pajé encolhera e se alargara ainda mais, sem sugerir, porém, uma impressão de obesidade, cada quilo a mais encaixava-se nele em um espaço sempre livre e voraz. No rosto lunar a mesma expressão reforçada por vincos novos, vales e crateras, só faltava o ramo de arruda. "Venho – a voz como outrora passava sobre lixa – do quilombo."

Abukir lembrou-se de Palmares, a página de história aprendida do ginásio. Quilombo? "Pois você não sabe? Há mais de um no Vale do Paraíba, descobri o lugar e agora moro lá, venho para São Paulo de vez em quando, sempre menos, aliás." Ergueu o sobrolho, no sorriso um aceno de escárnio, talvez em relação à vida e ao mundo, ou a si próprio: "Mas é assim mesmo, tenho de vir para cuidar dos negócios."

Mora no quilombo de Nepomuceno, reúne algumas centenas de descendentes de escravos fugidos no final de 1700 para as margens do Paraíba em vão à espera de que o usucapião valha para eles. "Venha me visitar algum dia, tem umas mocinhas jeitosas por lá..." Portava-se como se conhecesse Abukir desde sempre e boas recordações fossem comuns a ambos. Despediu-se com a efusão de velho amigo, sem deixar de insistir: "É fácil chegar, não esqueça, quilombo de Nepomuceno, vai gostar, garanto." Saiu, passou diante da Ponte de Londres, virou-se da direção de Abukir, estático, ergueu o polegar, sumiu.

Ouço a objeção de um leitor, que quilombo é este chamado Nepomuceno? Aqui não estamos, creio eu, para discutir a presença de quilombos em certo trecho do Paraíba. Quanto ao nome, Nepomuceno, que, diga-se, soa bem aos meus ouvidos, assim o chama o Pajé, corretamente, como será provado. Careço da mais tênue possibilidade de contrariar o rumo do enredo, e portanto de pôr em dúvida o que diz uma personagem e outras comprovam.

Logo Abukir perguntaria a Ramiro se sabia dos tais quilombos, sim, sabia, por alto. Dá uma bela reportagem, não dá? Para o jornal de domingo, não é mesmo? E foram para o Vale do Paraíba, Abukir e Luciano. Os quilombos espalham-se entre as curvas do rio, em paz com os morros que docemente lhe ensinam o curso. Os quilombolas têm suas roças e criam galinhas caipiras. Nos matagais espessos, aqui e acolá, as jaguatiricas deslizam em passadas aveludadas imersas em sombras negras salpicadas por súbitas manchas de luz faiscante, com a misteriosa consciência do seu poder, senhoras do espaço a se esgueirarem sinuosas entre troncos e arbustos, enquanto os gambás se escondem nas tocas e os macacos buscam os galhos mais altos.

Na encosta de morros nus na outra margem do rio, árvores solitárias atiram seu manto de sombra sobre o chão calvo, e esta é paisagem que os fugitivos deixaram às suas costas despidas brutalmente pelos patrões desmatadores. Na margem oposta, a floresta se manteve,

misericordiosa, foi santuário por bem mais que um século a mime-
tizar o povo perdido no jogo cambiante da folhagem onde o olho do
céu penetra por frestas exíguas.

Ocorre no quilombo um curioso encontro fora do tempo entre
passado e futuro, passa despercebido a Abukir e Luciano dispostos
apenas à surpresa de que não descobriram mais uma favela. Pois é,
sublinha o guia Pajé, casas de alvenaria, roupas de boa qualidade, até
a língua é usada com propriedade. Ali o Pajé chegou um dia, "por
pura curiosidade", afirma, embora não seja claro aonde a curiosidade
pode levá-lo. "Gostei porque estou ficando velho, em outros tempos
não teria permanecido por um minuto, e de repente me deu vontade
de descansar... quer dizer, não é que me deu vontade, percebi que estava cansado e que este é um lugar especial."

Pajé é pardo-escuro, absoluto representante da miscigenação que
nele se esmerou, nada impede que um negro fugido seja seu ancestral,
Luciano atira-se alegremente na direção desta possibilidade, e observa: "Olhaí como se entendem." O Pajé chegou há seis anos, cativou
a todos, e assumiu a comercialização de frangos e ovos caipiras. "No
mercado paulistano, não roubo um único tostão, estejam certos."

Os fugidos despertaram algo preexistente e agora lateja a indis-
solúvel conexão entre os homens e os bichos da roça e do mato, e as
árvores protetoras. Tudo se interliga neste rincão único, terra sem
fronteiras e no entanto totalmente isolada dentro da terra maior.
Não faltou o lampejo da transcendência no dia em que um barquei-
ro, ao acreditar ter fisgado um dourado, trouxe do fundo do rio a
imagem da virgem de Aparecida, a Madonna negra, mas não foi o
que Abukir escreveu na sua reportagem, o lampejo faltou a ele, não
era de lampejos.

"A duzentos quilômetros da capital de São Paulo – escreveu
Abukir para os leitores de domingo –, quinhentos e vinte e três descendentes de escravos que fugiram das fazendas do Vale do Paraíba
no final de 1700 vivem no Quilombo de Nepomuceno, que figura
entre os quinze que o rio banha."

Impávido, Abukir crepitou na máquina de escrever a história de
um povoado à beira d'água mansa e frequentemente límpida, além

do mais piscosa, e ao pé da letra registrou as conversas sobre os cuidados indispensáveis à feliz criação de galinhas caipiras, destinadas a cacarejar a sobrevida de Nepomuceno.

A reportagem causou elogios e invejas. Ramiro disse apenas "muito boa". Goulart: "Excelente, bem descrito o ambiente e as personagens, inclusive seus cacoetes e erros de português." Waldir e Jandira ficaram orgulhosos, já na cúspide de uma pirâmide de satisfações. O doutor Júlio Neto mandou chamar Abukir, decretou: "Parabéns, continua assim, você vai longe." Abukir pensou que o doutor estava elegantíssimo, como sempre, mas não seria possível por ora encomendar um terno no alfaiate dele.

"Você gostou?", perguntou Abukir a Adalgisa. E ela: "Do quê?"

Capítulo XI

E quem haveria de ser aquele alferes de meio período, no outro era dentista, na província mineira do final de 1700? A pergunta não surgiria subitamente para a curiosidade de Abukir não fosse Mary Lou. Ao conhecê-la, ela chilreou: "Sou das Alterosas, da terra inconfidente do Tiradentes."

Ele não sabia que Mary Lou havia mandado de cor a frase lida em um livro e amiúde a pronunciava para impressionar quem estivesse à sua frente e merecesse um mínimo de atenção, ou seja, se lhe colhesse admiração no olhar, o que configurava situação comum, de fato merecia, morena de olhos negros e cintura fina. Filha de um empreiteiro chegado a vários generais, colega de uma das netas do doutor Julinho, primeiro e único, em visita ao jornalão, ponto turístico para quatrocentões ilustres de outros cantos, surgira diante da mesa de Abukir no exato instante em que Ramiro era ausência providencial por obra de uma benfazeja consulta médica marcada no meio da tarde.

Acentuo que a palavra quatrocentão credencia-se a assumir sentido lato para designar pessoas bem-postas na vida de forma ostensiva ao menos no porte e na vestimenta, mesmo quando precedidas na árvore genealógica por ancestrais chegados ao Brasil há menos de quatrocentos anos. Era o que talvez se desse com a mineira Mary Lou, e aqui me permiti uma anotação movida pelo perfeccionismo jornalístico, de fato de interesse relativo para os leitores, e nenhum para Abukir.

Mary Lou, comboiada pela amiga, visitara o arquivo, agora passava pelas áreas quentes da redação, ao cabo lhe caberia a visão das máquinas impressoras, amoitadas no porão, era ponto final do roteiro turístico. Abukir ergueu-se de um pulo, bastaria a presença da neta do doutor Julinho para justificar a presteza, e encantado pelo sortilégio daquela aparição prestou os esclarecimentos devidos sobre funções suas e da seção. "Ponto nevrálgico", comentou a visitante com um sorriso, e as longas pestanas acariciaram como asas de borboleta noturna as centelhas do olhar. Ela fez perguntas, com interesse aparentemente sincero, e, quando ele propôs a sua, falou do Tiradentes como de um tio-bisavô. Saiu em um rastro perfumado. Inebriado, Abukir cogitou do herói mineiro que lhe fora apresentado na adolescência como herói e mártir da liberdade.

Não imaginou as aldeias hoje cidades históricas como povoados a recenderem a gordura suína e o Tiradentes como mocetão tosco metido em uma aventura arriscada sem entender-lhe o alcance, seduzido por um grupelho de moços letrados, consumidores de páginas por ele ignoradas. Também não pensou em uma veia artística surpreendente para a época e o lugar, a produzir igrejas de ouro, música barroca, e o cinzel de Aleijadinho enobrecia a pedra porosa inspirado nas gravuras da Roma michelangiolesca e berniniana que alcançavam as Alterosas por rotas de fábula. Recordou uma conspiração de poetas e o ouro predado pelos colonizadores, e em um relance viu a imagem do marquês de Pombal de um livro do ginásio, sim, o aristocrata que reergueu Lisboa destruída pelo terremoto com os frutos da predação. E pensou em Mary Lou, linda, elegante, "de classe".

No embalo, regressou às já constantes reflexões sobre o fracasso do seu casamento e a "inadequação", exatamente, a inadequação de Adalgisa, enxergou um poço, uma ravina, uma falésia, e por sobre o panorama cada vez mais abissal as fagulhas intermitentes dos olhos negros ritmadas pela asa das pestanas. "Bela moça", disse o Goulart. Abukir concordou.

"Ficaste impressionado", insistiu o Gula. E quem não ficaria? "E o que você daria para passar uma noite com ela?"

"Uma vida", exclamou Abukir de impulso.

O Gula deu-lhe um olhar freudiano: "Para uma vida é preciso dispor de um certo cacife, nem falo de dinheiro, e aí são milhões. Quanto você mede?"

"Um e setenta e um."

"Pois é, elas querem de um metro e oitenta", decretou Goulart.

"Mulher não liga tanto para o aspecto, mulher é diferente de homem", arriscou o outro.

"Estas não, meu caro, estas não, para elas a estética é importante, o porte, as roupas, tudo, absolutamente tudo, até as meias. Que meias você usa? "Abukir puxou as calças com a ponta dos dedos, mostrou soquetes marrom. "Imagine se o doutor Júlio Neto calçaria estas meias. Nem a pau!"

A conversa deixou Abukir deprimido, e nem por isso disposto a buscar consolo com Adalgisa. Não tinha mais dúvidas quanto ao malogro mas não percebia a saída. "Talvez precise de análise." À análise, portanto, o Goulart saberia aconselhá-lo a respeito. "Olha, Abu, meu analista é freudiano muito bom, vê se tem horas livres, com ele pode pronunciar meu santo nome, vai facilitar."

O analista não tomava assento ao lado do sofá e sim atrás da mesa, enquanto o paciente adernava em uma poltrona de espaldar bastante reclinado. Obediente à praxe da sua escola, era de poucas palavras e expressão fixa, mesmo assim Abukir queria acertar o desempenho qual estivesse a enfrentar uma sabatina, sobreleva nele a inesgotável vontade de agradar. E que esperava o doutor ao descerrar com as mãos gordotas os umbrais do silêncio absoluto? Que o paciente o preenchesse sem a necessidade imperiosa de pronunciar a verdade, bastava e sobrava a versão, mesmo inventada na hora, reveladora implacável, de todo modo, dos sentimentos mais subterrâneos, dos impulsos recônditos, dos recalques arduamente reprimidos. Os vícios, até mesmo os vícios, não obrigatoriamente um dos sete capitais, mas insólitos, peculiares, em outrem insignificantes e nele graves porque sintomáticos da doença daquela específica alma.

Coube assim a Abukir o tormento de encobrir com palavras apressadas pausas silentes para destaque da respiração das duas figuras a se entreolharem, uma cavernosa, a outra ofegante, e se esforçou no sentido da sinceridade a ponto de evocar a aventura paterna com a cunhada, revelação do Pajé em um fim de tarde cor-de-rosa. Depois de quatro sessões, descobriu que o material a ser atirado naquele buraco negro escasseava, era, ao menos, o que sentia, embora tivesse chegado a duas conclusões inescapáveis. Primeira: admitia, levado a tanto pelas conversas mantidas naquele tempo consigo mesmo, não conhecer os limites da sua consciência. Segundo: seu casamento estava acabado e não seria analista quem dos céus destinasse a lhe ofertar o mapa da fuga.

Fuga. Foi esta a primeira imagem formada dentro dele, viu-se correr sem meta de chegada. E viu uma galeria de rostos, como retratos pendurados pelo corredor a caminho do salão nobre a encarar sua passagem de carreira. Deteve-se. Teria de andar a passo usual, e não seria para cancelar eventuais suspeitas e sim para afirmar sua determinação. Decisão irrevogável e, no entanto, generosa para as partes, tomada, enfim, para o bem de todos.

Entre os retratos surgiu até, meu Deus, não é possível, o doutor Júlio Neto. Não, não, é perfeitamente possível. Que diria o doutor Júlio Neto, um cavalheiro tão elegante em tudo e por tudo? Da família Mesquita nada se murmurava em tom de fuxico, só escapara à regra o Luís Carlos, o irmão menor, o simpático Carlão, doidivanas arguto, talvez por isso os irmãos não o respeitassem como teria merecido, dele se conhecia a vida desregrada, mas era a argúcia que não deixava a família à vontade, e aquele desconforto somente se aplacou quando ele se foi aos quarenta anos, devastado pela cirrose, quando Abukir ainda não chegara a repórter.

"Parei com a análise – comunicou ao Goulart –, cheguei à conclusão de que não dá certo, e o analista concordou..."

"Claro, em situações assim ele sempre concorda."

"Bem, é que comecei a bater na parede, ele queria me enfiar em uma terapia de grupo."

"Quem sabe fosse a solução. Quanto a essa tal parede, todos batem nela, sobretudo no início, submeter-se à análise exige coragem."

A parede, a impiedosa parede. Abaixou o tom: "Sabe, quero muito te contar uma coisa..."

Goulart assumiu um olhar de solidariedade antecipada. Era capaz de tomar decisões corajosas, no entanto também ele padecia da doença de pretender agradar a quem o rodeava, o que poderia levá-lo a gestos precipitados, embora este não fosse o caso, e até a manifestar sentimentos improváveis forjados na hora. Via em Abukir um ser implume, era o bastante para dedicar-lhe atenção e às vezes animá-lo com elogios, sem dar-se conta de que o outro o renegaria ao primeiro cantar do galo.

"Aconteceu – dizia Abukir, contrito – que meu casamento não anda bem, com os anos poucos andam, aliás, é como se as diferenças entre Adalgisa e mim tivessem se acentuado, somos duas pessoas... díspares, muito mais do que possa parecer."

"E você tateia em busca do caminho da separação."

"É isso. No fundo fui ao analista para achar a saída, mas é até ridículo esperar que a análise a aponte, mesmo porque eu sei o que me aflige... e tudo isso é muito triste, a se considerar que minha vida profissional vai bem..."

"De vento em popa", garantiu o Gula. E partiu, a chafurdar naquela preciosa oportunidade, para uma elaborada dissertação a respeito das pressões da sociedade burguesa que nos pretende encaixados no sistema "ao sabor de um programa preestabelecido".

Não deixou de rir com escárnio ao citar a *celula mater* e insistiu: é por ela que passa a disciplina imposta ao homem sem que ele perceba, pelo contrário, somos vítimas de uma lavagem cerebral desde o nascimento, "digerimos as regras com o leite materno e atravessamos a vida inseridos no rebanho".

Goulart entrou em empolgação. "Mas você – interferiu rapidamente Abukir – está bem-casado, é o que parece, pelo menos." Goulart não tinha queixas, mas, para começar, casamento não era. "Juntamos os trapos."

"E botaram no mundo três filhos", observou Abukir.

"E daí? Sabemos quais são as obrigações dos pais, e as cumprimos, mas nada disso impede que a gente possa se separar, se houver razões para tanto. Aliás, dentro da regra burguesa, você leva uma vantagem: não tem filhos com Adalgisa."

Abukir pensou que Goulart fora mais útil do que o analista e por um longo instante teve a certeza de que ainda conseguiria se evadir da angústia, vinha sobretudo no fim da tarde. Galopavam os dias de outubro de 1975, a repressão da ditadura endurecera novamente depois de um largo período de relativa calmaria, os agentes do terror de

Estado sequestravam jornalistas e os encapuzavam para trancafiá-los na masmorra chamada DOI-Codi, onde ficavam à espreita a cadeira do dragão, a maquininha dos choques elétricos, o pau de arara.

O *Estadão* já aposentara Camões e as receitas de bolo, abandonado pela censura graças ao presente dos primos fardados, presente de aniversário, o centésimo, celebrado no começo de janeiro. Na efeméride, o jornal publicara a elegia do seu passado em volumoso suplemento em que não se regateavam loas ao desempenho de quatrocentões de vários calibres habilitados a figurar na sua diretoria, e ignorava-se Cláudio Abramo, redator-chefe por uma década e autor de uma reforma fundamental. Nem uma palavra sobre ele. Quanto ao iniciador da reforma, Giannino Carta, pela leitura de algumas ralas passagens do suplemento, não se entendia qual fora seu papel entre 1947 e 1964, ano em que faleceu. Constatavam-se a cortesia e a cultura do cidadão, de fina educação certamente, comia com garfo e faca, mas não se definia a sua utilidade.

Em outras páginas da imprensa paulistana, de um *Shopping News* destinado a promover aqueles que se tornariam locais do consumismo e do lazer de ricos e remediados, praças jamais abertas para o debate da cidadania, um obscuro delator de nome Claudio e sobrenome Marques elaborava em sua coluna a lista dos jornalistas inimigos do regime.

As praças de São Paulo era como se não existissem, a da Sé inclusive não chegou a cumprir um destino honrado, tornou-se a ribalta dos ambulantes, o abrigo de rotos e esfarrapados, o refúgio dos meninos de rua com seus olhos atrevidos e melancólicos e de seres no ocaso à hora diária da agonia. A praça haveria de ser o espaço público excelente e em São Paulo nem as calçadas o são mesmo quando se apinham, é um vaivém sonoro de passos díspares, de vozes desafinadas, de distâncias infindáveis mesmo no toque dos ombros, sem encontros, sem trocas, sem solidariedade. Eu gostaria de oferecer aos leitores a visão de uma praça que cumpre seu papel de congraçamento, o ponto de reunião aonde todos convergem, o lugar do balanço geral em busca da esperança. Nada posso fazer, as circunstâncias não me fornecem uma praça capaz de represar a discussão da política e do futebol ou o beijo dos namorados, sei lá, uma praça que de um lado conta com a fachada de San Petronio e do outro com aquela do palácio de Re Enzo, de noite contém os humores da cidade, sua alma. Perdoem, só tenho à mão o *shopping center*, suas versões começam a espalhar-se por São Paulo como os templos evangélicos, não são praça, absolutamente, embora a cidade neles se deixe enredar, de uma maneira ou de outra, carregada como os ratos pela flauta mágica.

Claudio Marques é corneteiro, trombeteia aos ouvidos dos senhores paisanos e dos seus gendarmes, e acrescenta um som diverso à sinfonia da sedução e do engodo. E um dia foi de espanto na redação do *Estadão*, prenderam o Goulart.

Entreato

Caminho pela Lapa de Baixo no fim de tarde violeta, velhas fundições empinam resignadas suas chaminés na aposentadoria e antigos armazéns de café à margem da ferrovia não passam de carcaças ocas, o apito do trem soa melancólico. Trechos de mato, as árvores jamais se despem de um ar outonal em qualquer estação, cristalizadas pela poeira da poluição, ali busco inspiração, depois de catorze anos voltei a pintar e me disponho a recomeçar por esta paisagem capaz de expressar minha veia nevoenta. Dirijo a redação de *Veja* sob censura, e experimento toscos sentimentos, entre a ansiedade, a angústia e o desalento.

Embalado pela vontade soberana de ser pintor, aos doze anos comecei a lidar com aquarela e têmpera, aos catorze com o óleo, aos vinte e dois fui para a Itália, jornalista em Turim, mas não acordei do devaneio e fiz minha exposição individual em Milão, em galeria de renome e com o apreço de Carlos Carrá, um dos grandes futuristas. No retorno ao Brasil em 1960, desisti, vítima de ebulição interior, antes de mais nada a volta me doía, havia porém outros motivos. Agora palmilho a área arcaica da Lapa de Baixo munido de lápis e caderno de anotações e transfiro para o papel os elementos da paisagem que me tocam, sobre o desenho deito observações para registrar as cores do momento, denunciam meus humores. Meu pai dizia que assim obrava Turner, desenho ao ar livre enquanto a tela espera paciente entre quatro paredes, espaço desabrido, ouso repetir Turner ao menos no método.

Precipito-me, passado adentro, é a noite de Natal de 46 em São Paulo, o peru adernou no meio da mesa no remanso do purê de castanhas. Os donos da casa são amigos e há outros convidados, um casal, Pietro Maria Bardi e Lina Bo, de passagem pela cidade a chamado de Assis Chateaubriand em busca de um diretor para o museu que habita seu projeto mais recente. Bardi é um cavalheiro vigoroso de expressão aparentemente serena, a compor uma fachada quase severa, anteparo, descobrirei ainda, à vocação irônica e ao temperamento eventualmente explosivo. Está para completar quarenta e sete anos,

Lina é vinte mais moça, olhos chamejantes debaixo da franja negra, nada cuida de disfarçar. Chegam de Buenos Aires, onde Bardi organizou uma exposição de pintura moderna italiana, a conversa com Chateaubriand já aconteceu, voltarão dali a dois meses para selar o acordo final.

A memória viaja pelos buracos do tempo, agora estou com Bardi vinte e nove anos depois, ele soube da minha inofensiva reação à censura e quer ver seus resultados, exponho a minha Lapa de Baixo na sala de estar. A essa altura, Chateaubriand ergueu o Masp sobre este Pietro, que se tornou "o professor", como todos o chamam, melhor seria taumaturgo. Seus milagres doaram a São Paulo um museu digno das grandes capitais europeias, de valor transbordante embora montado com gastos quase irrisórios na comparação com a qualidade das pinturas farejadas por Bardi no labirinto do mercado confuso e atordoado do imediato pós-guerra. Traz Ticiano, Goya, Chardin, os mestres do impressionismo, Van Gogh, Modigliani, uma assembleia de obras-primas. O lance mais espantoso é um pequeno Rafael, transferido de um sótão empoeirado, onde jazia humilhado pela ignorância de quem não lhe conhecia a autoria, para um salão dos Diários Associados, em uma imprevisível Rua Sete de Abril.

Ouço a voz de Bardi enquanto perlustra a Lapa de Baixo: "Fez muito bem em voltar à pintura."

Os suspensórios do "professor" me lembram as raízes à mostra da seringueira, sugerem a determinação de impedir o voo pela rota celeste de Montgolfier. Ele insinua os polegares debaixo das tiras elásticas, confirma a impressão. Ainda assim, às vezes voa. Sentado na poltrona de veludo, decreta: "Você é um pintor."

Agrada-me lembrar que o ouvi pronunciar a mesma frase ao folhear o catálogo de uma exposição de Lucien Freud. Ele acrescenta: "Há mais Morandi em você do que Carrá. Quer dizer, não aludo a Morandi paisagista e sim ao pintor de naturezas-mortas. Você pintou naturezas-mortas envoltas em paisagem, o seu casario não tem janelas, é uma composição metafísica em que as construções viram objetos, sem contar que as chaminés das fundições se assemelham às garrafas morandianas, entende?"

Entendo e admito. Entende na boca de Bardi tornou-se interjeição recorrente, como se o movesse constantemente uma dúvida a respeito da compreensão alheia, mas tem, de quando em quando, o valor de um "puxa vida" ou um "cáspite". Trata-se, por exemplo, de entender suas catilinárias contra a chamada arte conceitual, sem o menor parentesco com pintura. Entende? No Mirante das Artes, o estabelecimento comercial de sua propriedade em sociedade com Renato Magalhães Gouveia, não desdenha pôr à venda campeões da arte contemporânea e aos preços mais salgados, é o *marchand* em ação. No museu a conversa é outra, entende?

"Vamos organizar uma exposição sua no Masp, no segundo andar, na própria pinacoteca, empurro Goya e Cézanne para lá..."

"Que dirão Goya e Cézanne?"

"Não ligarão, eles são sempre muito generosos conosco."

Sei que ele não deixa por menos, também é muito generoso com os amigos e não hesita em promover mostras discutíveis de figuras simpáticas, ao menos a ele, que detesta e é detestado por tantos e, se for o caso, briga de soco. Digo: "Não faça isso porque somos amigos."

Nada disso, garante, gostou mesmo e vai explicar por que, e por escrito, na apresentação do meu catálogo. Bardi é personagem singular. Impulsivo e ponderado, desafiador e tolerante, fazedor otimista e cético inclinado a toques eventuais de cinismo, como chocolate com berinjelas, o doce típico de Amalfi. Dado a súbitas definições de lâmina afiada e a meditadas reflexões sobre fatos e semelhantes. Um sábio capaz de surpreender com traquinagens adolescentes.

Em outros tempos, quando o Masp nascia ainda instalado à Rua Sete de Abril, sofreu os ataques do *Estadão*, que enxergava nele o lacaio mafioso e fascistoide do grande desafeto, Chatô. O jornal alegava o conluio de dois chantagistas, empenhados em aliviar com mão de punguista de alto bordo a fortuna de quatrocentões eminentes em troca da promessa de torná-los beneméritos sem revelar-lhes os podres. Até hoje Bardi pranteia a morte de Chatô como carpideira inconsolável e eu só entendo a amizade entre os dois à luz da personalidade contraditória do meu amigo.

Recordo Chateaubriand de vinte anos antes, foi almoçar na casa dos Carta, chegou de terno branco, panamá, sapatos bicolores. Pele azeitonada, nariz predador, olhos negros, parece-me mais siciliano do que qualquer siciliano nato. Chegou de carro preto imponente demais para aquelas ruas de terra do Jardim Paulistano, a misturar casinholas pobres e sobrados burguesotes. De outro carro preto prorrompeu uma multidão de três ou quatro jagunços engravatados, trajavam ternos escuros como o corpo de baile de um musical da Broadway convenientemente ajambrado para destacar o astro do espetáculo. O "professor" não se incomodava com esses lances de coronel nordestino, talvez o enxergasse por dentro. Decerto não via em Chatô, figura indispensável ao entrecho, o instrumento dócil ao comando dissimulado em sugestões pronunciadas em tom quase distraído. Pelo contrário, Bardi admirava sinceramente o aventureiro, dono dos segredos do pessoal graúdo e de uma determinação passível de atingir, fosse necessário, a mais completa falta de escrúpulos, nem se fale de compaixão. Além do mais, disposto a se rir dos ataques do *Estadão*. "Que quer você? – dizia a Bardi –, eles me acham um bandido retirante, um cangaceiro de cartola, e você, coitado, você é carcamano."

Mais uma surtida pelo buraco do tempo, de improviso, vou ao Masp, em companhia de Golbery, manhã de sábado, setembro de 1984. O ex-Merlin do Planalto vive em Luziânia e bate ponto diariamente em um conjunto que o banqueiro Safdié pôs à sua disposição na capital, vai lá para ler os jornais e os livros recomendados pelo suplemento dominical do *New York Times*, e recebe amigos e informantes, as "cousas" da política são ainda seu primeiro interesse. De Brasília ligou no dia anterior, gostaria de conhecer o "professor" e de visitar o museu pela primeira vez. Constato, durante o encontro, que se dão bem, coincidem em vários pontos, embora Bardi, cicerone o tempo inteiro, não se permita qualquer indagação a respeito das "cousas".

Quem faz perguntas é Golbery, sobre arte e história, declara-se deslumbrado, com uma expressão de beatitude permanente, sublinhada por frases maravilhadas. Percebo também uma espécie de ufanismo diante de um museu tão importante, e brasileiro. A visita dura mais de duas horas, ao cabo diz: "*Signor* Bardi, fiquei muito honrado, e encantado, todos nós somos seus devedores." Quer dizer, nós, desta terra distante da sua.

Golbery foi à Itália como tenente da FEB nos dois últimos anos da Segunda Guerra Mundial, recorda um país devastado e no entanto de uma beleza quase irreal, no filtro do tempo incomparável pela mão da natureza e do homem, sobra-lhe a memória viva de encostas tomadas pela vibração prateada das oliveiras, fachadas solares de palácios de mármore, ciprestes solitários apontados contra a abóbada do deus da guerra como os campanários românicos, a invocarem em vão misericórdia. E de figuras e cenários fulgurados para sempre sobre tela, madeira, paredes, sequência infinda de gestos e olhares a criar entrechos por bosques, salões, grutas, campinas que se perdem no horizonte montanhoso. A arte o tocou no âmago naquela sua viagem forçada além-mar e no museu viveu o deleite de um reencontro "direto", é a palavra dele, a significar mais prazeroso do que aquele propiciado ao folhear os livros.

Saímos na Avenida Paulista, surge nas bancas a nova edição da revista *Senhor* que pela Editora Três dirijo, traz na capa um formigão com o rosto de Paulo Maluf, candidato às eleições indiretas do próximo janeiro contra Tancredo Neves, e a chamada parafraseia o ditado de outros tempos sobre a voracidade da saúva: "Ou o Brasil acaba com Maluf, ou Maluf acaba com o Brasil." Maluf, como candidato à Presidência, é invenção de Golbery. Ele gargalha, e eu sei por quê: Tancredo também é candidato dele, há anos ele construiu este confronto em meio a tempestades que define como turbulências periódicas, e de certa forma anunciadas, na história do Brasil.

Volto ao Masp, galope ao contrário de nove anos, noite de 22 de outubro de 1975, a Lapa de Baixo empurra Van Gogh e Modigliani para os fundos da pinacoteca no vertiginoso espaço criado por Lina Bo, os mestres cuidam de aparentar indiferença. Acabo de ser informado que o Duque, diretor de arte, amigo e companheiro em *Quatro Rodas*, *Jornal da Tarde* e *Veja*, autor do *layout* do meu catálogo, não virá, foi sequestrado juntamente com um punhado de outros jornalistas. George Benigno Jatahy Duque Estrada, de ilustre família gaúcha, marxista e freudiano, praticante de artes marciais do Oriente. A noite povoa-se de visitantes, alguns são autoridades, a começar pelo governador Paulo Egydio Martins. Nomeado por Geisel, que vê nele o primeiro presidente civil pós-ditadura.

Há tempo Paulo Egydio se aproxima, em nome do respeito por um jornalista e uma revista, a *Veja*, que enfrentam a censura mas não perdem a esperança. Apresenta-se como intérprete da abertura lenta, gradual, porém segura, agita a grande cabeça com um movimento rotatório bem calibrado, voz de barítono e sotaque quatrocentão, jamais perde a oportunidade, ao menos quando está comigo, de proclamar sua fé no "retorno à democracia". Já se desenha o embate entre pombas e falcões do regime e ele está do lado dos pássaros mansos.

O comportamento do governador me leva a crer que busca minha amizade, logo me convida para um jantar em palácio, a brutal sanfona de pedra desdobrada nas alturas do Morumbi, tudo de praxe, do cardápio às senhoras de longo, secundadas pelos cavalheiros a caráter, entre eles o ministro Simonsen e o secretário da Cultura Mindlin. Nem se passam duas semanas e o convite é para a sua residência particular, aninhada em fundo de vale, incluídos os redatores-chefes e os editores de *Veja* e com a exigência de que eu demonstre meu talento culinário na feitura de um *trenette al pesto*, receita de Gênova, minha cidade natal. Toma-se vinho, solta-se a fala, o governador atira-se a frases retumbantes na previsão de um próximo retorno à "normalidade democrática", do lado de cá há quem acredite e se empolgue.

Não falta à noite da inauguração da exposição, descobrirei no dia seguinte que comprou uma das minhas visões da Lapa de Baixo infiltrada por tonalidades alaranjadas. Vem com ele o secretário José Mindlin, a Televisão Cultura, a dos jornalistas sob suspeita, é da sua responsabilidade, basta isso para que o comando do II Exército o empurre para dentro da zona de sombra a envolver os demais na mira. Mindlin, empresário e culto bibliófilo, sem afinidades precisas com o golpe, aceitou o cargo porque também ele acredita em Paulo Egydio, vive agora um momento de extrema tensão, e eu, sem querer, para minha surpresa até, começo a ser absorvido pelo clima da noite.

117

Nuvens negras penetram o salão pelos janelões como ectoplasmas condensados em uma neblina translúcida na qual as luzes se esparramam em nódoas ofuscantes. Pressentimentos graves emanam da Lapa de Baixo enquanto os *Retirantes* de Portinari nos inquietam em desespero da parede dos fundos. Mindlin baixa a voz: "Soube das prisões?" Pergunto: "Que diz o governador?" "Está muito preocupado, vários entre os presos são da Cultura." Ele não diz, mas tenho certeza que pensa "ainda vai sobrar para mim".

Estão presentes Millôr Fernandes e Roberto Civita. Concordam na crítica, meus quadros são melancólicos demais, de tristeza insuportável, soturnos.

Capítulo XII

A prisão de Goulart tirou-lhe o sono. Abukir sabia que o Gula lera Marx e outros condenados ao índex ditatorial, confortou-se ao lembrar que anos antes jogara *O Capital* no lixo. Nem por isso conseguia afastar a ideia de que o colega pudesse dizer algo comprometedor a seu respeito. Por exemplo? Uma frase que lhe tivesse escapado, ou a interpretação apressada de uma atitude sua, a soar engajada ideologicamente. A amizade com o Formiga, por exemplo, que ele confessara para se exibir. Mas, de resto, quais poderiam ser os pecados do Goulart? Bastava ter lido Marx, mesmo com inefável apreço, para ser preso e, quem sabe, entregue aos torturadores?

Em meio à insônia, recordou ter guardado o número de telefone de Paulo, logo de manhã iria ligar para ele. "Soube da prisão?" Paulo sabia. Esforçou-se para não exibir a ansiedade, controlou a voz, deixou cair: "Mas por quê?" Era a pergunta certa, indicava ignorância, talvez ingenuidade. "Não faço ideia", respondeu Paulo, logo propôs: "Que tal um cafezinho, hoje à tarde? Meu escritório fica perto do *Estadão*."

Paulo, a depender da audiência, não faz alarde dos seus ideais igualitários ou os declina sem alterações ou poses retóricas, mas não participa dos rompantes de alguns amigos mais atirados. É um cidadão de fala límpida e semblante relaxado. "Os rapazes – registra Paulo à beira da xícara fumegante no bar da São Luís – faziam reuniões inocentes para falar de política e baixar a lenha na ditadura... nada que pudesse incomodá-la, está claro... o problema é que comentavam estes encontros publicamente e, ao mesmo tempo, com ar de mistério. Você perguntou por que o Goulart foi preso, eu acho que a explicação fica por aí, e há outros que ainda terão o mesmo destino..."

"Puxa, passo horas e horas perto do Gula, nunca percebi nada e ele nunca me falou destas coisas..."

"Tomava alguns cuidados, suponho, ainda mais na redação de um jornal tão conservador, mas davam com a língua nos dentes em outros lugares, trocavam senhas indecifráveis que obviamente deixavam algumas pessoas com a pulga atrás da orelha, além do mais falavam pelo telefone sem qualquer censura."

"Percebo, em todo caso, que você está fora desta..."

Paulo anui. "Não é que as ideias deles não batam em boa parte com as minhas e não faço segredo do que penso quando estou entre amigos, sou um cidadão comum e falo com franqueza, mas não convoco reuniões pretensamente secretas e não participo delas com ares de conspirador, levam a nada, servem apenas para colocá-los em risco, e às suas famílias."

"E aos amigos...", murmura Abukir, entre a pergunta e a constatação.

"Bem, você disse que Goulart na redação fechava-se em copas, pelo jeito nunca trocaram figurinhas políticas, tanto que você ficou surpreso com a prisão..."

"Claro, claro, estou é preocupado com ele."

Naquele exato instante Goulart enxergava uma assembleia de sapatos sem cadarço, calçavam os pés de pessoas conhecidas, mas deles era apenas aquilo que podia ver, de alguns mais próximos, a bainha das calças. Um ou outro identificava pelos calçados, reparara neles em outras ocasiões, recordou uma noite de baile e daquele par preto de amarrar, estilo vagamente inglês, brilhava à sombra das saias farfalhantes, esbelto e gracioso, agora assume a catadura de um casal de baratões cansados.

Soturna, taciturna reunião de figuras encapuzadas reunidas em círculo nos porões do DOI-Codi, a masmorra do terror de Estado, o capuz descia até a ponta do nariz e permitia somente a visão dos sapatos imóveis sobre o chão de lajotas, ninguém cruzava as pernas. Assim esperavam pela chamada para o interrogatório, repetido e repetido, no ritmo e no tom das mesmas perguntas. Se a resposta não fosse satisfatória, o interrogado estava sujeito a sofrer choques elétricos ou seria forçado a cheirar amoníaco e respirar pela boca de sorte a permitir que a mão do algoz atirasse goela abaixo um punhado de sal. No dia anterior, Goulart passara pela provação, a padecer a sensação do afogamento, um minuto de tormento extremo sem tempo de experimentar pavor, embora ouvisse o seu próprio estertor esganiçado enquanto se debatia em meio à tempestade do mar virtual. Às vezes nem havia perguntas, a sessão começava pela tortura, no mínimo caíam a esmo chicotadas de uma toalha enrolada e molhada, ao atravessar o pátio interno antes da sessão jovens agentes punham a rodar sobre suas cabeças os chicotes insólitos como se fossem clavas, e lançavam ao ar a risada do parque de diversão.

De noite, Abukir recaiu no pensamento do casório desesperançado, Adalgisa recebeu-o de olhos acesos e ele alegou a costumeira azia, "comi dois pastéis no bar". Estava de excelente apetite, para manter a farsa rejeitou estoicamente a carne com quiabo. Conhecia a solução à qual havia chegado há tempo, temia as reações. Preciso enfrentar a situação, disse aos botões, além de tudo não tenho amante, ninguém pode me acusar de trair Adalgisa, sou apenas um homem civilizado e responsável que chegou ao fim da linha. Somos adultos, que diabo. De trás da cômoda saiu Mary Lou, nunca mais aparecera na redação em companhia da amiguinha Mesquita, ficara impressa na memória. O que seria ser amante da Mary Lou... Abandonou-se ao devaneio, ouvia um refrão romântico, enlaçou a moça, um junco de tão flexível, mão sobre a cintura sentiu o volume permissivo das ilhargas. Até casar-se com ela seria uma glória. Uma dádiva do céu. Um passo decisivo no caminho da sociedade dos graúdos, onde medram os Mesquita e outros do mesmo porte.

O terno do doutor Júlio Neto ainda era projeto, mas Ramiro, que já frequentava uns quatrocentões e árabes ricos, conhecidos como turcos porque pais ou avós haviam chegado de passaporte do império otomano, aconselhou o alfaiate Panzica, desde os anos sessenta abastecia a moçada de alto bordo, àquela altura nem tão moçada, de fato o alfaiate dilatara seus preços sem precipitar resistência. "Mesmo assim, não é careiro, pode crer."

Panzica cuidava de aderir ao físico do freguês de sorte que os ternos saídos do seu ateliê pareciam dispensar a tomada das medidas para serem costurados diretamente sobre o corpo sem deixar folgas, por menores que fossem, por obra de uma cola poderosa a substituir o trabalho da agulha. O resultado incomodaria um lorde enquanto era apreciado sobremaneira nos logradouros chiques de Piratininga. Em compensação, Panzica privilegiava lapelas abundantes e abria sobre o sul do paletó dois cortes laterais vertiginosos. Descoberto o Panzica, Abukir passou a cultivar uma opinião melhor a seu próprio respeito. Não foi por isso, entretanto, que decidiu iniciar a operação descasamento por uma conversa com seu pai. Enxergava nele uma resistência forte, o saltador de cerca não descasara. Pelo contrário, com Jandira não regateava carinho. No domingo, almoço na casa paterna, "com aquilo que você adora", cuscuz-paulista, as redes voltaram cheias de sardinhas. Quando as mulheres foram conversar na cozinha, Abukir abriu-se com o pai, este reagiu de *kriss* malaio, envenenado: "Mas Adalgisa é uma flor de menina."

Abukir perdeu o leme. O velho ganso grasnou: "Você tem uma amante." Neste ponto, o filho não conteve o pensamento: hipócrita empedernido, hipócrita até a medula, e a conclusão imediata o satisfez, como se fosse o caso de cumprimentar a si mesmo. "Não senhor – disse, calmaria forçada –, não tenho, não."

O pai não sabia que ele estava a par pela boca do Pajé da história dos tempos idos, mantinha-se intacta na sua lembrança embora o casario dominado pelo Pajé tivesse sido engolido pelos bisnetos dos dinossauros. Repetiu "não tenho não senhor", mas, ao encher sua velas de suspeita, o velho ganso não acreditava porque incapaz de entender que a descoberta das diferenças poderia ser motivo de desapetência e anseio de mudança. "Pai, estou aqui em busca de conselhos, e o senhor me vem com esta? Ora, fiquei desacorçoado."

Waldir coçou a orelha, ainda não puxara a sonda. "Quer dizer que você não arranjou uma amante? Ou não prevarica adoidado por aí? Se você quer um conselho, tem de ser honesto comigo, sincero... e consigo mesmo."

Abukir ficou tocado. "O senhor está certo, mas eu sei qual é o preço de um conselho, então lhe digo: cansei, é isso, com a vida em comum descobri que somos muito diferentes..." Mudou o tom, agora contido, desolado: "Nem sei se ela se dá conta, eu me dou, temos ambições diferentes, visões, sonhos, tudo..."

"Entendo", diz o pai, como se já tivesse frequentado o mesmo sentimento, as palavras carregam um subtexto legível. "Pois, vou lhe dar um conselho: deixe tudo como está e arrume uma amante, mais de uma, se for possível."

Abukir pegou o rosto entre as mãos. E não seria este, exatamente, o conselho que poderia esperar do pai? Sim, certamente. Achou, porém, que lhe cabia de certa forma ser mais preciso, quem sabe o pai percebesse a verdade. "Adalgisa não está à altura da minha carreira, digamos assim..." Hesitou, enfim prosseguiu: "Sinto ter condições de ir muito longe, socialmente inclusive... não sei se me explico..." Forçou a mão: "E vou dizer uma coisa para o senhor, com toda sinceridade, melhor, com toda honestidade: ela não se sairia bem, sei lá, na casa do doutor Júlio Neto."

Waldir nunca sonhava em frequentar a casa de quatrocentões graúdos, disse, contudo: "Certo, ela não tem condições de acompanhá-lo na sua evolução, e uma coisa puxa a outra, você hoje é vice-editor, e ainda muito moço, um dia desses o doutor Júlio Neto o convida para jantar, pois é, entendo, mas a menina vai sofrer um bocado..."

O que menos incomodava Abukir era o sofrimento da menina.

Capítulo XIII

Paulo convida para um cafezinho, ao abrigo do bar da São Luís, explica: "O *Estadão* não é mais censurado, a *blitz* continua mas não leio as notícias das prisões. Olha, não estou cobrando de você, é que tenho a curiosidade de entender." Medida cautelar, diz Abukir, é bom tomar cuidado, "com estes milicos...".

Que a *Folha* e os jornais cariocas não noticiem, Paulo entende, mas o *Estadão*, que sofreu censura por tanto tempo, esquisito, não é mesmo? Além do mais, são prisões de colegas jornalistas. "A censura – explica Abukir – era, como direi, branda, você sabe como é, fomos os únicos autorizados a preencher os cortes com versos de Camões e no *Jornal da Tarde* com receitas de bolo, formalmente autorizados."

"Quanto a Camões – comenta Paulo com um sorriso –, não me queixo, bolo não é importante para mim, mas tem aí uma ironia apreciável."

"Pois é, ironia tranquilamente digerida. De resto, o jornal sempre foi muito chegado à milicalha."

"Não é que haja alguma ordem de cima, algum regulamento interno, pelo qual um determinado tipo de notícia não sai?"

"Não, nada disso, a própria redação sabe como agir."

"Autocensura automática, praticada pelos súditos mais realistas que o rei?"

Abukir encara Paulo, intrigado. Diz o outro: "Não estou de cobrança, já disse, quero é entender."

Despediram-se sem a cordialidade da vez precedente. As prisões eram conhecidas de todas as redações, e as notícias, embora não lidas, chegavam a alguns ouvidos. Abukir apostrofa Ramiro: "Vem cá, o doutor Júlio Neto mandou censurar as notícias da prisão dos jornalistas?"

"Ô rapaz, que pergunta é essa?"

"Bem, a gente tem as informações, mas o jornal não publica."

"Não é que a gente esteja cobrindo a história das prisões, as notícias vêm de qualquer forma mas não temos repórteres destacados para a porta do DOI-Codi."

"O que pergunto é se houve alguma ordem para não cobrir."

"Não houve, o doutor Júlio Neto nada disse a respeito."

"E estaria errado ir nem que seja para falar do assunto, quer dizer, não seria o caso de dar algo, mesmo que fosse uma informação curta, sucinta?"

"Meu Deus, que deu em você? Nós sempre sabemos o que tem e o que não tem de ser noticiado."

Abukir calou-se a bem da sua própria saúde. E se Ramiro desse para falar do súbito interesse do seu "braço direito", como costumava dizer, por um assunto "automaticamente" proibido? Ou o advérbio certo não seria "naturalmente"? Sim, naturalmente impublicável e, portanto, automaticamente.

No domingo seguinte, no almoço na casa paterna, Severino e senhora também compareceram. Severino aposentara-se, por obra dos fados do avanço tecnológico, juntamente com sua linotipo, negro inseto frenético a recender a graxa. Um dos temas da conversa era justamente o progresso, este que torna Severino inútil. Ele não se queixa. "Não é que eu tivesse previsto – diz tranquilo –, mas que ia acontecer, ia, agora é fácil profetizar que ainda vamos aposentar as máquinas de escrever."

Abukir assumiu um ar incrédulo. "Não perde por esperar", vaticinou Severino. "Você não conhece uma redação sem máquina de escrever e eu não imaginava um jornal sem linotipos, sem textos de chumbo enquadrados sobre as mesas de aço da oficina, pois é, quando a coisa acontece nos pega de surpresa."

Waldir põe à prova sua vocação retórica ao cantar loas ao progresso. "Estão prendendo jornalistas", interrompe Severino, Waldir registra prontamente: "Também, se metem onde não devem."

Severino ergue os olhos ao céu, pede ajuda aos astros. "Você não se emenda", diz, com alguma aspereza.

"Já sei, já sei – retruca Waldir ao assumir a voz da experiência de quem já viu tudo e todas –, trata-se de jovens revoltados, mas eu pergunto: é hora de dar uma de valente? Procuram sarna, é isso que eu digo." E Severino, com sarcasmo acentuado, para melhor compreensão do amigo: "Donde, semearam vento..."

Waldir encara a parede, a sublinhar que abdica da resposta. "E nosso jovem e bem-sucedido jornalista, tem observações a respeito?", pergunta Severino.

Abukir abre os braços, não sabe o que dizer. Intervém Waldir: "Mas não prenderam também o seu amigo Goulart?"

Abukir anui gravemente, coa a mesta expressão que o momento exige. "Quem diria – comenta o pai, de olhar perdido na lembrança –, simpaticão, alegre, um sujeito bem legal, nunca imaginaria que ele pudesse estar envolvido em uma conspiração."

"Conspiração? E esta garotada por acaso tem condições de urdir uma conspiração?" Severino falou um decibel acima, entra em cena o frango assado. Ao sentar-se à mesa ainda pretende esclarecer: "Prendem, torturam provavelmente, mas esta moçada, vamos e venhamos, que risco pode representar para a ditadura?" Waldir encerra: "Deixa para lá, vamos ao que interessa." Afunda o garfo, as mulheres batem palmas.

Na noite da sexta seguinte, a redação comenta em estado de excitação sem tormento, como se vendaval fosse movido a brisa, as últimas prisões. E sobre as mesas começa a desenrolar-se um estranho novelo de informações na aparência desencontradas. O diretor do jornalismo da TV Cultura, Vlado Herzog, recebeu em casa a visita de agentes do DOI-Codi, no entanto não foi preso no ato. Misteriosa figura abre espaço em meio à matilha e se oferece para passar a noite ao lado de Vlado, com o compromisso de com ele se apresentar na manhã de sábado no portão da masmorra, avalista da entrega. Vlado e a personagem inesperada parecem conhecer-se, e o homem vai pousar na casa. Quem é? Dormiria no sofá da sala ou no próprio quarto de Vlado? Enquanto isso, que fariam a mulher e os filhos do preso iminente, sequestrado a domicílio? Apavorados e aturdidos, a sofrerem a presença do captor desconhecido? Quem sabe figurasse, até com destaque, no grupo seleto dos torturadores corteses, cabe a eles o papel de quem, em vez de girar a manivela, exibe familiaridade com o torturado, compaixão ao surfarem as ondas das preces derradeiras do náufrago em busca de um escombro.

Talvez, talvez, era um rosário de talvez, ou um pente de metralhadora, misturado com temores oblíquos. Mas havia quem se postasse diante dos fatos como se assistisse ao seriado policial da Universal. Não faltou a previsão, vão pegar a turma toda da Cultura. Observa Ramiro: "O Luiz Weis já não está lá, há duas semanas passou-se para a *Veja*."

"Que tal ligar para a *Veja*?", propõe Abukir. "Fala com o Paulo Totti – sugere Ramiro –, mas cuidado com aquilo que você diz pelo telefone."

Abukir toma cuidado. "Como andam as coisas por aí? Algum problema? Soube que o Weis agora entrou no time..."

O chefe de reportagem de *Veja* informa que está tudo bem, Weis inclusive. O último capítulo da história deste jornalista formado em sociologia e tido como insolitamente culto o vê sair da Cultura e atravessar o Tietê na rota da Editora Abril. Há muito tempo ligado a Vlado já na *Visão* de propriedade do ex-publicitário Said Farhat, acompanhou o amigo à tevê do estado paulista, cuja sede fica próxima ao rio, quase em frente ao edifício da Editora Abril na outra margem. Sabe-se de uma reunião da equipe da tevê e da decisão de que um da turma sairia, dizia-se para sondar as intenções dos repressores. Alguma confusão havia a respeito. Seria Weis o mais visado?

A companheira de Weis, Cecília Thompson, redatora do *Estadão*, contara na redação como se dera a contratação do jornalista pela *Veja*. Ele havia procurado diretamente o diretor da redação da revista, Mino Carta, e sem meias palavras pedira emprego. É para já, decidiu Mino. O italiano atravessava um momento de extrema tensão à testa de uma publicação ferozmente censurada, havia dois anos nas dependências da Polícia Federal no centro de São Paulo, depois de ter sido por quatro na redação, sem direito de recorrer a Camões. Ali aportavam diariamente peruas da Abril para entregar o material em fechamento às tesouras censoriais e dali retornavam textos devastados e fotos rasuradas. Aos sábados, dia do fechamento final, as peruas cumpriam outro trajeto, entre a editora e a casa dos censores, aos quais o regime garantia o fim de semana na comodidade do lar.

Houve duas tentativas de burlar a censura a imitar o *Estadão* por parte de *Veja*. A primeira foi a de substituir trechos cortados por diabinhos saídos de um livro de antigas gravuras, graciosos belzebus e astarotes evocados por buril esperto. Depois de três semanas alguma instância superior cuidou de acordar os censores, e aquele ameno inferno foi ceifado por enérgicas tesouradas. A segunda durou um pouco mais, o próprio Mino inaugurou uma nova rubrica, "História", e passou a desenrolar um singular enredo, até então desconhecido, revelado, lia-se ali, por um manuscrito descoberto por pesquisadores da Universidade de Oxford. Por seis semanas, *Veja* contou fatos e personagens que colocavam a terceira Cruzada em nova perspectiva, percorrida pelas aventuras de um guerreiro normando chamado Drapeau disposto a ferocidades sem conta, de um monge Falcus, maligno e pervertido, de um xeque torpe e intrigante. Eventos terrificantes ocorreram a caminho do Santo Sepulcro ao longo de um mês e meio de diversão para os jornalistas de *Veja* e seus parentes próximos, somente eles sabiam que por trás das personagens inventadas pela Olivetti de Mino escondiam-se figuras da ditadura, envolvidas em violências, tramoias, velhacarias dos mais variados matizes. Drapeau, por exemplo, era o general Bandeira, Armando Falcão tornara-se o Monge Falcus. Os censores e a maioria dos leitores digeriram informações tão incríveis quanto impensáveis prestadas por seis edições de *Veja*, a revista tentou mais uma e veio o veto. Aqueles anos da década de setenta apinhavam-se de sombras embora a maioria trafegasse pela área turva sem percebê-las.

Em agosto de 1975, logo após o discurso dito "da pá de cal" do ditador Geisel, Mino havia contratado como colunista o comediante e teatrólogo Plínio Marcos, escreveria sobre futebol de forma a permitir que a bola se oferecesse às metáforas de quanto se dava fora dos gramados, a última peça dele, *Abajur Lilás*, acabava de ser proibida pelo ministro Falcão. Mino, segundo os comentários, regalou-se com mais um desafio ao contratar Weis, fizera a travessia a montante para avaliar os humores das piranhas. Seria sacrificado ou salvaria a pele? Dava-se que nas suas investidas pelas páginas do *Shopping News*, Claudio Marques, escriba missionário da repressão fardada, acusava a redação da Cultura em peso, sem apontar diferenças entre os jornalistas que pretendia conspiradores.

Entreato

Toca a campainha, antes de abrir dou a precedência ao olho mágico, a precaução manda nestes tempos foscos. Ampliadas pela lente que lhes impõe uma volúvel elefantíase, dou com feições orientais, os olhos são duas fendas oblíquas e terrificantes. Logo o suspanto. Consta que os torturadores nativos às vezes terceirizam o serviço e empregam coreanos disponíveis, bastante refinados no mister, desconhecem as virtudes teologais. Na ponta dos pés saio à procura de Angélica, sussurro concitado "sai pela porta dos fundos".

Pela tonalidade, minha mulher entende que válidas razões a justificam, mas não sai do lugar. Insisto, puxo-a pelo braço, creio que o oriental venha para me prender à moda do momento. Trila, tomado de estranha sonoridade, o interfone, diz o zelador que ali está um motorista da Abril a se defrontar com a porta trancada e ouvidos moucos. A editora, como o terror do Estado, também contrata coreanos, embora para um serviço mais leve do que o de outros conterrâneos.

Um passo atrás, a memória aprecia dá-los sem mais nem menos. Estou na redação, subitamente alcançada pela informação de que Vlado Herzog irá apresentar-se de espontânea vontade à porta da casamata do terror em certo ponto do bairro chamado Paraíso, sinistra ironia, cercada por prédios burguesotes de cujas sacadas aqui e acolá desabrocham flores, nas áreas de serviço domésticas cantarolam e papagaios executam a paródia. São duas da manhã e às oito teria de ocorrer a entrega voluntária de Vlado.

A repressão não atinge somente os jornalistas da Cultura, mas também alcança a redação de *Veja*, estamos na iminência da prisão de Luiz Weis, amigo de longa data e colega de trabalho de Vlado até três semanas antes, recém-contratado por mim sem consulta prévia aos patrões Civita. De madrugada uma C14 do DOI-Codi estacionou em frente à casa de Weis, o veículo que o momento faz portador do pesadelo, ele faltou à captura porque ainda não chegou, sobra a certeza de que as horas estão contadas.

Cinco da manhã de sábado. A quem recorrer? Eis aí, ao governador Paulo Egydio. "Não se encontra", escande a voz radiofônica do funcionário. Foi inaugurar uma hidrelétrica a mais de mil quilômetros, pareceu-me que o anspeçada estivesse satisfeito como o balconista quando diz "não tem", ou "fico devendo".

Ligo para o general Golbery, foi passar o fim de semana na sua casa de Luziânia e lá não há telefone. Recorro a Dom Paulo Evaristo, cardeal arcebispo de São Paulo, não é com o passo que já me levou ao confessionário.

Volta e meia visito o cardeal em seu sobrado do Sumaré e nele tudo me agrada, arguto sem malícia, e sorridente sem afetação sacerdotal, atribuem-lhe o tom meloso das conversas da sacristia sem entender que o andante se deve às inflexões germânicas de um nascido em Santa Catarina. De resto, os senhores da cidade o consideram inclinado à subversão. São seis da manhã, deve acordar com os galos. Faísca o pavio aceso como se fosse o próprio fio telefônico, e eu peço ajuda para apagar aquele fogo. Ele pergunta a que horas irei para casa, por volta das nove. Decide: "Vai e descansa, verei o que posso fazer, ligo mais tarde."

E volto à chegada do provável coreano, vem com o recado de Dom Paulo, quer falar comigo urgente. Às duas e meia da tarde o cardeal me diz que o governador inaugurou sua hidrelétrica e conta de regressar a São Paulo amanhã, por ora encontra-se, para tranquilidade daquela voz do Palácio, em Jales, a novecentos quilômetros da capital, do remoto recanto envia uma mensagem de apoio e me incumbe de uma missão. Pede-me para ir a Santos, conforme transmite Dom Paulo, e lá procurar o coronel Erasmo Dias, secretário de Segurança, no estádio da Vila Belmiro, devo informá-lo a respeito do que está acontecendo e solicitar-lhe "regressar imediatamente para São Paulo a fim de assumir o controle da situação".

"Dom Paulo, pelo amor de Deus – replico –, o governador dispõe certamente de um mensageiro mais qualificado do que eu, sem contar que, se apareço diante do coronel, ele é capaz de me prender."

"De Deus entendo mais que você, este é o recado que recebi do governador, o coronel não é lá um sujeito fácil, mas Paulo Egydio me pareceu certo do que dizia."

Vou a Santos em um fusca da Abril dirigido pelo oriental, seguem comigo Paulo Totti e Angélica, que em vão tentei demover do propósito de me acompanhar. "Não quero perder a oportunidade de assistir à sua prisão pelo coronel Erasmo."

Pelo caminho pouco falamos, rumino a óbvia previsão do insucesso da missão. O céu é uma pradaria para a disparada de uma manada de bisontes, descem a serra conosco a tornar mais negras as sombras coadas dos morros e dos nossos pensamentos e mergulham nas brumas pérfidas sopradas na Baixada pelas refinarias, a esta hora sem o patético apelo do perfume das damas-da-noite que ali medram, teimosas. O coronel não aparecia na Vila Belmiro havia duas semanas, "mas ele costuma visitar o doutor Caldeira". Prestimoso, o porteiro fornece o telefone, ligo, o coronel não está, e a voz, em vez de radiofônica, é áspera, ou mesmo irada, como se eu incomodasse além do aceitável.

Agora são sete da noite e com Angélica sento à mesa da Pizzaria Paulino, propus "vamos lá" e nem foi para agradá-la, pizza não é seu prato preferido menos ainda o meu, não venho aqui há bem mais de vinte anos, desde os tempos da faculdade, quando, ao meio da noite destinada a devorar apostilas para os exames de segunda época, interrompi a tormentosa tarefa para enfrentar uma pizza acompanhada por um vinho de nome alemão, Liebfraumilch, branco nacional hediondo. Aviso a redação, que àquela hora dá os derradeiros retoques à edição da semana, e logo me chamam ao telefone. Liga Juca de Oliveira, o ator amigo, diz sem preâmbulos "Vlado morreu". Com seu belo timbre da ribalta, fala da versão do suicídio e da sua própria, será a de todos, nítida e impiedosa para quem a pronuncia e quem a ouve, a morte sob tortura, o assassínio.

Juca é casado com a filha de Fernando Faro, responsável pelo formato dos programas da Cultura e superior hierárquico de Vlado, coube a ele reconhecer o corpo depois de ver as fotos do morto abandonado contra a parede da cela, cabeça pensa, joelhos dobrados aos pés da janela. Logo mais irei à casa de Vlado repleta de visitas desoladas, chega também Dom Paulo e enquanto me abraça sobre uma cômoda vejo fotos de uma família sorridente, fixam-me em um resumo de vida, parábola do homem frágil e indefeso, e dentro dela Vlado, o moço risonho no alto da cômoda.

Já é domingo fim de tarde, ligo para a Granja do Torto, para onde talvez o general Golbery tenha retornado. De fato acaba de chegar e está às escuras quanto aos últimos capítulos da história. "Vlado Herzog morreu, suicida segundo a versão do DOI-Codi."

Pela primeira vez ouço Golbery erguer a voz infindos decibéis. Grita "é mentira", e repete mais uma vez, *in crescendo*. Percebo angústia, talvez desespero. No fim de 1974, depois das eleições consentidas para a renovação do Congresso, ele me disse: "Sou muito boquirroto." E sorriu sem ironia, pensei na artimanha do enganador de ofício, embora ele tivesse acabado de manifestar sua satisfação pelo resultado eleitoral. Observei: "Mas como? Ganhou o MDB do doutor Ulysses, e o senhor se alegra?"

Estamos no assento traseiro do carro oficial, escorre pelos lados a vegetação rala, mostruário de bonsais, é o que brota desta terra chata que, segundo Dom Bosco, haveria de verter leite e mel. Vamos à Granja do Torto, Golbery convidou-me para um dos seus frugais almoços em que o prato de resistência é a conversa. À minha observação sobre a vitória eleitoral emedebista retruca, quase xistoso e nem por isso insincero: "Pois é, me alegro porque reforça a necessidade da distensão." Acrescenta: "Está vendo? Sou muito boquirroto." E agora ri.

E ocorre que desse instante de 74, evocado pelo grito do boquirroto, a memória produza o salto de um ano, ouço-o, recomposto na totalidade habitual, explicar que o assassínio de Vlado, jornalista da emissora controlada pelo governo do estado de São Paulo, ensombrece tragicamente a situação, é mais um degrau da escalada dos falcões do regime, cujo objetivo é fomentar um clima de tensão capaz de justificar a intervenção fardada e sustar o processo de abertura política. Cada palavra soa dolorosa para o boquirroto. Conto que o governador voltou para São Paulo. "Vai lá, visita o Paulo."

Vou ao Palácio dos Bandeirantes, nunca a sanfona de pedra me pareceu tão carente do som popular dos bailes do arrabalde ou do agreste, excede-se apenas em retórica. O governador recebe-me no escritório do seu apartamento palaciano, chegou há algum tempo um casal de amigos, o arquiteto Eurico Prado Lopes, presidente da entidade de classe, e sua mulher, Maria Helena. Pálidos, não escondem o pavor, nos semblantes e nas palavras. A sede da entidade foi invadida pelos agentes do DOI-Codi e depredada, levaram papéis importantes e ele tem razões para temer por sua própria segurança. "Temos um trunfo – diz Paulo Egydio, em pose soberana –, Maria Helena é neta do general Adhemar de Queiroz."

Sorboniano ilustre, o avô quatro-estrelas, "revolucionário" da primeira hora, goza do respeito quase veneração de Geisel e Golbery. "Vou falar com eles", tranquiliza o governador. Acrescenta: "Essa história vai acabar logo, haverá um basta." O rosto do arquiteto nem por isso ganha cor, mas o casal se retira.

O ato, talvez contado pelas Parcas, em todo caso prossegue, e no quadro seguinte surgem o presidente da Fundação Padre Anchieta, que administra a Cultura, Rui Nogueira Martins e Fernando Faro. Proponho minha retirada, "fica aí, pode ouvir e participar", determina Paulo Egydio. Desenrola-se uma conversa espessa, o presidente extrai do fundo do peito algo assim como um suspiro de tormento precipitado pela frase "não sabíamos que ele era comunista", empenham-se no garimpo das responsabilidades e o telefone toca sobre a mesa falso Chippendale. O governador atende, receio que o instinto o tenha levado a assumir a posição de sentido, repete: "Sim, coronel... pois não, coronel... até logo, coronel..." Coronel Paiva, superior direto dos torturadores.

Peço para falar. "Me perdoem, mas já que Paulo disse que posso participar, participo. Me parece, se me permitem, que a questão é outra, ou seja, não se trata de saber se Vlado era comunista ou não, nem se são comunistas os demais presos, aliás, podem se achar comunistas sem ser, acontece, isto sim, que a rapaziada nem presa com mandado foi, sequestrada é a palavra certa, e é submetida a um tratamento que contraria frontalmente os direitos humanos, até matar o Vlado."

O coronel Paiva, relata Paulo Egydio, foi taxativo na defesa da versão oficial. Faro meneia a cabeça: "Mas nem há espaço suficiente entre o chão e a grade da janela..." Os dois da Cultura se retiram, "fica, fica", insiste o governador. Jantamos omelete, a dele recheada de Diempax. "Os homens querem acabar com a distensão", repete com a voz em declínio, e vai dormir exausto.

Saio pior do que entrei, no imenso saguão do palácio a luz da lua penetra pelos janelões abertos no alto das paredes de pé-direito a esta hora infindo e deita sobre o chão poças leitosas, piso nelas com a alma aflita, mas não me dou conta de como e quanto o episódio me acompanhará anos adentro. Sinto, porém, o desconforto de guardar no peito o voo de um grande pássaro, bate as asas muito maiores que o espaço oferecido. Sei o que, de imediato, me ofende, a violência estulta à beira da insanidade e a leonina imposição de uma verdade impossível muito além da hipocrisia. Há, porém, em progresso a agulhada das ilações, a se sucederem rapidamente no seu jogo de conexões obrigatórias. A primeira conta o ódio represado no espírito do torturador disposto à infâmia ao sabor certamente de alguma torcedura interna da qual se orgulha, mas também de uma espécie de fé milenarista, do fanático do Apocalipse voltado à redenção do mundo, nutrida pelas tradições de um exército de ocupação.

Quartéis cheiram como conventos. Bispos graduados, cardeais de uma a quatro estrelas, a hierarquia desdobra-se sem subterfúgios, primeiro motor da prepotência e infinitamente mais responsável que o subalterno disposto a ser sicário, doutrinado para sê-lo com a certeza de fazer o bem da comunidade. E da cúspide à base, todos tolhidos para a compreensão do que fazem. Cerca-os a indiferença geral dos paisanos, excluídos os donos do poder substancial, disfarçado até onde é possível, perene na essência embora mutável nos protagonistas. Neste enredo, são os que levam invariavelmente a melhor, pelo menos até hoje a levaram.

Sempre na ativa nunca esmorecem. Seu passo mais recente é a subvenção ofertada ao terror de Estado, aos torturadores em geral, militares e civis. Alguns nomes de quem aposta cifras polpudas nesta operação são conhecidos, empresários, comerciantes, banqueiros, primeiro escalão nas colunas sociais, assim como de certas somas que saem do Banco do Estado, sentinela alva da capital a imitar os arranha-céus nova-iorquinos das décadas de vinte e trinta. Um deles acabará metralhado à luz do dia em uma rua dos Jardins, Henning Albert Boilesen, do Grupo Ultra, é daqueles que se regalavam ao assistir às sessões de tortura. Talvez para apreciar o refinamento atingido pelos especialistas nativos, treinados pela CIA mas habilitados a superar os mestres em técnicas cada vez mais avançadas. Exemplo de rendição alienígena ao talento verde-amarelo: logo após a derrubada e a morte de Allende, o delegado Fleury seguiu para o Chile de Pinochet chamado a ministrar aulas aos verdugos locais.

À mais pálida ameaça, até na previsão dela ou na crença estúpida de que existe um tênue aceno de ameaça onde, de fato, não há, o sistema se move presa do mecanismo azeitado para todo o sempre com automatismo invencível. A realidade às vezes se ri do sistema ao mostrar-lhe a falácia, nem por isso o mecanismo sofrerá desarranjos porque as mãos de quem o manobra são as mesmas conquanto mude o nome dos seus titulares. Os jornalistas do núcleo principal entre os sequestrados em outubro de 1975, todos com o tempo desabaram para a direita, com exceção de três, e o primeiro é Vlado, assassinado. Rodolfo Konder, depois de um período de fidelidade aos ideais, chegou à praia malufista, e ainda assim é cidadão melhor do que muitos. Duque Estrada continuou implacavelmente a misturar Marx com Freud, com atrevidas incursões por Antonio Gramsci.

O episódio ficará na minha memória para sempre, a me agulharem a inutilidade e a estupidez, a morte vã daquele jovem que meu pai me apresentara catorze anos antes, cortês no trato, grácil no físico, olhos sonhadores. Prisões descabidas de um grupo de crenças frágeis, incapaz de representar a mais pálida ameaça. Dói fatalmente a violência de uma doidice desvairada e covarde, desfechada a bem de uma pátria inexistente.

Capítulo XIV

E apareceu o Pajé de óculos escuros, era tarde de sol. Fez-se anunciar por um telefonema, um contínuo o guiou até a mesa de Abukir, gingou ao atravessar a redação como se fosse boteco do arrabalde. "Estou em São Paulo para cuidar dos negócios e decidi visitá-lo para saber das novidades, em Nepomuceno ficamos à margem do mundo."

"Duvido que você fique – ironizou Abukir –, além do mais, se bem lembro, lá não faltam rádio e televisão."

"O pessoal não escuta e não vê os noticiários, quanto a mim, só de vez em quando, mas se você me permite, em nome da velha amizade, gostaria de fazer umas observações sobre a sua reportagem a respeito do nosso quilombo."

"Então você lê jornal", interrompe Abukir.

"Aquele eu li, um parceiro de negócios até guardou dez exemplares, mas o que eu queria dizer é o seguinte: a reportagem é muito simpática, mostra o seu belo caráter, não pegou, porém, o espírito da coisa, não sei se me explico."

Abukir olhou perplexo, na expectativa de entender melhor. "Ouça, você ficou surpreso com a existência de quilombos nos dias de hoje e no estado de São Paulo, como se o mundo não estivesse preparado para os quilombos, e o que se dá é o contrário... não somos brasileiros à revelia, somos quilombolas e ignoramos o resto... não temos a noção do país..."

A perplexidade de Abukir não diminui. "A reportagem não afirma coisa alguma, conta o lugar, os moradores, a vida que levam. É reportagem, não é ensaio sociológico."

"Não me venha com complicações, você é o profissional, do lado de cá tem leitores... de palavras, uma atrás da outra, pouco importa como o profissional define o conjunto, dá para entender? Então, eu lhe digo, o texto é bom, li de cabo a rabo, mas faltou alguma coisa..." O Pajé entregou-se a uma pausa diante dos olhos atentos de Abukir, como se buscasse o esclarecimento definitivo em seu próprio proveito. "É a diferença dos tempos que mexe comigo..."

Parou novamente, insatisfeito e incomodado na zona morta criada pelo silêncio do outro. Insistiu: "Vivemos no mesmo espaço, mas os tempos não... os tempos são distintos."

"Você fala como um crítico de teatro", comentou Abukir, de súbito sorridente.

"É que eu sinto algo por dentro, mas não acho as palavras certas, é isso, veja, as coisas são tão diferentes que os quilombolas não têm uma visão do mundo... não, não, o quilombo é o mundo para eles, de uma forma total... que não admite outras visões mesmo com rádio e televisão... eu sei que não sei dizer o que sinto, achei que conseguiria ao vir para cá, e agora... confundo tudo, mas espera aí, outra coisa é que o Brasil tem a chance de observar o ex-escravo que voltou à sua origem... Talvez... em todo caso não é o ex-escravo que virou brasileiro... eu acho que o pessoal de lá é estrangeiro."

Abukir está surpreso com a inquietação do visitante, inesperada, e com a fluência com que se exprime. E o Pajé ainda se empenha: "Vou dar um exemplo: aconteceram situações graves por aqui, um jornalista morreu lá nos porões, pretendem que a gente acredite no suicídio, é uma história importante, não é? Em Nepomuceno ninguém sabe dela, como de tantas outras... Do outro lado ninguém se incomoda com aquilo que ocorre em Nepomuceno."

O Brasil também não se incomoda com a morte de Vlado, e Abukir com as observações do Pajé, embora colha a referência ao assassínio: "Pois é, um fato grave."

"Grave? Acho gravíssimo, era um de vocês", exclama o Pajé.

"Bem, eu me cuido, mas não dou a cara para bater."

"Quer dizer que, na sua opinião, os rapazes tiveram o que mereciam?"

"Expuseram-se demais, e inutilmente."

O Pajé, ao se despedir, recomenda: "Lembranças para o seu pai e para a gostosona."

Foi-se sem gingar, coçava-se atrás da orelha, no ponto onde em tempos idos raminhos de arruda murmuravam conselhos. Outro que fez referência à reportagem foi Paulo no café da São Luís, iluminava o Pajé sem saber dele. Alma gentil, convocou um talvez: "Talvez você pudesse ter aproveitado a deixa para falar da escravidão... dela os quilombolas escaparam para recuperar uma identidade desconhecida para os brasileiros descendentes dos escravos, não lhe parece um aspecto muito interessante?"

Abukir repetiu-se: "Reportagem não é ensaio sociológico."

"Eu entendo – diz Paulo –, mas não seria possível introduzir umas observações a respeito desta, como direi, unicidade do quilombola...? Pensa bem, no fundo um estrangeiro no Brasil, alguém que não se integrou, e até criou o seu próprio mundo, distinto do nosso, e, certamente, sem se aperceber da diferença, sem dar-se conta do resto, ignorando-o..."

"Ora, ora, você fala como um poeta."

A ideia de Paulo ia longe, ele via na escravidão a sina do País, irreparável por ora, e por quanto tempo ainda é impossível prever, muito, decerto. Somos herdeiros da casa-grande e da senzala, costumava dizer, a depender das nossas condições sociais, e a separação se manteve nítida, a vincar os comportamentos de uns e outros, ricos e pobres. O assunto levantado pela reportagem de Abukir o empolgava ao observar no quilombola aquele que fugiu da maldição e se tornou um ser especial. Paulo em todo caso deixou o tema cair, mesmo porque lhe ocorreu a súbita dúvida de que Abukir entendesse.

Poucos na redação entenderiam o pensamento de Paulo, e coisas mais. Naquele momento, a ideia dominante rezava que quem acaba no DOI-Codi alguma culpa em cartório tem. É inevitável que o seviciador muito zeloso se torne algoz, ainda mais quando o seviciado apresenta problemas de saúde. Vlado, todos repetiam, tinha sopro no coração, ele havia começado sua carreira no próprio *Estadão* e dele os colegas pretendiam conhecer até as condições de saúde. Alguma surpresa houvera em relação ao Goulart, devida na convicção geral ao seu jeitão reservado, "profissional ao extremo", disse o doutor Júlio Neto com a bonomia tradicional.

A morte de Vlado só causou mesmo agitação no sindicato paulista, com uma sequela de reuniões comandadas pelo presidente Audálio Dantas, resistente de data antiga, tido como "um tanto tresloucado" por muitos colegas e como alguém em odor de oportunismo por um grupelho de profissionais arvorados a intelectuais ao alegarem leituras infatigáveis. Um punhado não se dava conta da sua má-fé ao professar uma crença vagamente esquerdista, outro punhado tinha clara noção do engodo, praticava-o no entanto com a conveniente desfaçatez, conquanto com cautela. Estes expunham as ideias em que de fato não acreditavam em lugares e rodas seguros, onde a massa cinzenta dos hipócritas sobrestava sem a mais pálida possibilidade de risco. Ali eram encarados como oráculos e guias, na profissão e na vida.

Vlado foi enterrado no Cemitério Israelita e por decisão do rabino Sobel em área comum em lugar daquela reservada aos suicidas, forma de afirmar o que ele e seus fiéis prezavam acima de tudo: a verdade factual contra a versão oficial. No sétimo dia, um culto ecumênico proposto inicialmente por Audálio Dantas, com a imediata aprovação de Dom Paulo, foi celebrado na Catedral da Sé, pelo cardeal arcebispo, Sobel e o pastor evangélico Wright. Dom Hélder Câmara veio do Recife e teve acesso ao altar-mor.

É uma tarde cinzenta como se tivesse consciência dos riscos que nela palpitam, a começar pelos comandos montados pelo Exército ao longo dos caminhos para a Praça da Sé. A catedral anacrônica no seu gótico discrepante ganha dignidade. A praça ainda conserva um ar burguês de inspiração europeia nos prédios que a cercam, um deles ilustre, chama-se Santa Helena e foi habitado por um punhado de artistas, a maioria de sobrenome e influência italianos, tingiram suas paisagens de cores vagamente toscanas reunidos por um estilo batizado escola. Hoje, no Santa Helena os pintores foram substituídos por atiradores de elite de miras apontadas para a praça, os canos dos fuzis desenham sobre os muros tisnados sombras oblíquas. Alguns milhares de cidadãos enfrentam a ameaça e comparecem, enchem as naves sem deixar frestas.

Paulo não entra em uma igreja há mais de trinta anos, agora o movem seus ideais. Abukir também se apresenta, por dever de ofício. Por

141

decisão de Ramiro é enviado à praça, pergunta: "O doutor Júlio Neto aprova?" O chefe de reportagem sente-se na condição de assumir as rédeas: "Vai, vai, e traz um relatório." Por escrito? "A gente vê depois."

Ao chegar, Abukir dá com Paulo, trocaram olás. "Quer dizer que o *Estadão* vai cobrir o evento?", pergunta Paulo. Abukir abre os braços: "Não sei se será permitido." O outro, com levíssimo timbre irônico, repete a pergunta de tempos antes: "Mas o jornal não está sem censura?" Abukir se cala, Paulo comenta: "Acho que este é o começo de alguma coisa..."

A perplexidade do jornalista leva Paulo a uma observação na vã pretensão de ser entendido: "Este culto é contra os calibãs, e o Brasil nem é a Ilha de Próspero."

Empurrado, por Golbery, Geisel está em São Paulo para mostrar quem manda e ordena algumas demissões, parece ter percebido a conspirata urdida por impor o próximo ditador da casta em lugar de um delfim por ele escolhido. Os presos logo serão postos em liberdade. Luiz Weis, destinado ao sequestro que enfim não houve ao cabo de uma negociação de bastidor, durante quatro dias escondido na casa de Luis Roberto Guzzo, um dos dois redatores-chefes de *Veja*, é levado à presença do coronel Paiva por Audálio Dantas e Mino Carta. Cumpre-se o compromisso de libertá-lo logo após um interrogatório de poucas horas e sem ameaças à sua integridade física.

De volta à redação, Abukir conta da presença de Paulo Duarte, no culto, velho espigado e rijo, sonhador de um socialismo impossível, "a certa altura pega pela mão quem estava ao seu lado, ergueram os braços ao céu e começaram a cantar, até me pareceu que ele cantasse também, ou fingia..."

"E dizer que foi redator-chefe deste jornal, este... inocente útil", sentencia Ramiro.

"Vem cá – pergunta Abukir. – Você já ouviu falar dos calibãs?".

Ramiro nunca ouviu, "mas desembucha logo, como foi o evento?"

Nada de mais, segundo o vice-editor. Bastante gente, os festeiros oficialmente previstos, muita cantoria, sermões imagináveis, inúmeros padres de passeata e estagiárias da PUC. "Em todo caso, um desafio", acerta o editor.

"Que foi, foi", admite Abukir.

Os editorialistas portugueses incumbiram-se de um texto de louvores ao ditador que chamavam de presidente da República, resistiam em São Paulo os lusitanos doutrinados, outros, mais firmes nas crenças, já haviam regressado a Portugal logo após a Revolução dos Cravos. Elogiava-se a atuação de Geisel, "firme, porém serena", mas não houve quem imaginasse o esforço despendido por Golbery para convencê-lo à ação, qual o raciocínio central a precipitar a advertência decisiva, e quais as palavras usadas para vesti-lo, escolhidas com paciência beneditina e sutileza jesuíta, a favor de um trabalho de ourivesaria destinado a convencer o próprio alvejado de que seria ele o autor da decisão final.

Na hora de dormir, Abukir achou ter matado a charada: o Próspero citado por Paulo era Geisel. Um ano antes, depois do choque do petróleo, que deixara o mundo em crise, decretara que o Brasil "era uma ilha de prosperidade". Abukir lastimou-se por não ter chegado de imediato à compreensão. E os calibãs? Só podiam ser os torturadores do DOI-Codi. Mesmo assim uma sombra ainda se alongava sobre a frase de Paulo, o Brasil não é a Ilha de Próspero... Sequestrou-o o sono, ao acordar não pensou mais no assunto.

Capítulo XV

O alfaiate Panzica cumpria a missão com desvelo e o filho do doutor Júlio Neto, o Julinho, deu seu beneplácito, "você está muito elegante", sancionou ao brindar Abukir com um olhar panorâmico. "Agora vai", murmurou Goulart, em liberdade havia um mês retomara seu posto na redação. A turma da arte e mais alguns colegas tinham organizado a noitada do reencontro em uma pizzaria, Goulart estava risonho e comovido e estranhamente expandiu-se no consumo de cerveja, nem por isso quis falar da passagem pela masmorra, embora não faltassem as perguntas. Repetia "melhor esquecer", ou "recordar é viver mal". Parecia certo que, caso não tivesse sofrido tortura física, "dá e sobra a psicológica", conforme o doutor Júlio Neto.

Não faltou quem chamasse a atenção dos herdeiros do doutor Julinho quanto ao fato de que, "na melhor das hipóteses", a prisão assentara a fé política de Goulart. Vermelho, encarnado, rubro, escarlate. Ruy Mesquita alisou o rosto e aguçou os olhos férvidos, mas em palavras não expressou surpresa ou contrariedade. Júlio Neto manifestou a dúvida: comunista ou acredita ser? "Estes moços são um tanto exibicionistas, dá cartaz ser de esquerda." Alguém insistia: se é, ou acredita ser, ao cabo são elas por elas. Júlio Neto encerrou a questão: "Então é o nosso novo comunista."

Com a volta do Gula, Abukir ficou aliviado, e com ele todos os notívagos da redação. Já não era tempo do Sunday Churra, outras ribaltas se ofereciam às madrugadas, desde as boates elegantes como o Tonton Macoute até os lupanares de luxo, mais falado o Scarabocchio, onde se servia iodo em lugar de uísque, mas seria possível tropeçar no ex-ministro Roberto Campos de mãos dadas com uma borboleta noturna, a namorar às beijocas em um dos sofás do primeiro andar à luz de um abajur. No térreo, as moças iam e vinham como no poema, mas não falavam de Michelangelo. A duas centenas de metros, o Gigetto, restaurante-cantina, contava na ceia com a presença dos atores recém-descidos dos palcos e de quem quisesse vê-los de perto, enquanto na churrascaria Rodeio, capaz de deslocar para os Jardins a longa noite ardente, os fregueses esperam em vão há duas décadas a chegada do príncipe de Gales.

Entre o Gigetto e o Tonton, com vinte passos pela mesma calçada é oferecida a qualquer um a ventura de sair de um ambiente meridional a espargir odores díspares e dominantes, de alho frito, pimentão refogado, orégano e alecrim, carne assada e sopa de peixe, para aportar ao recanto preferido da juventude dourada, a dos filhos dos banqueiros e empreiteiros e de quatrocentões empenhados em dilapidar o que sobra da fortuna deixada pelos avós e já bastante encolhida pela mão veloz dos pais.

Hoje Ramiro propõe o Gigetto, quinze para meia-noite, nada de sanduíches, vamos jantar direito. Há tempo morreu Luigi, o fundador e organizador do eterno cardápio toscano como ele, andar de *banderillero* ao se esgueirar entre os cotovelos das mesas, há tempo alguns garçons debandaram para criar seus gigettos, o mais endiabrado, vocação de Polichinelo, é Giovanni Bruno, campano dos contrafortes apenínicos, a mãe remete-lhe periodicamente quilos e quilos de *sopressata*.

Ramiro jantará "vitela assada com batatas sut". Poderiam ser coradas, mas ele as prefere sut. Um toscano atirou-se a desenhar uma palavra francesa sem consultar o dicionário. Abukir pede uma entrada, vôngole à provençal, são cozinhados em caldo de galinha, na Provença ninguém sabe. Ele se enternece com sua própria paz interior, é um círculo vicioso em torno do nirvana, arregala os olhos quando entra a atriz loira de blusa transparente. Suspira: "É preciso ter muito peito para usar uma blusa dessas." Não é ironia.

"Pois é – diz Ramiro, quase em êxtase por obra da vitela –, peito ela não tem." Desenrola-se um diálogo sobre o formato ideal dos seios e Ramiro exemplifica ao pedir uma pera descascada. Na hora do café, divagações. "Você sabe que dentro desses cardápios forrados de couro havia o destino de cada freguês quando eram trazidos à mesa pelo velho Luigi, ou pelo Giovanni Bruno?"

"Como assim? Em lugar do nome dos pratos?"

"Isso mesmo... você lembra o velho Uru, não lembra? Pois ele contava uma história do Mino Carta, certa noite, sabe, quando o *Jornal da Tarde* era vespertino, as turmas da redação se revezavam... e então, certa noite, saído daqui, Mino voltou para a redação em plena madrugada e disse ter lido no cardápio que logo mais algo importante aconteceria, pois não foi naquela manhã que morreu o marechal Castelo Branco, em um acidente aéreo, coisa de louco..."

"Sim, sim, esta história eles inventaram dias depois, vai por mim."

"Olha, o Uru jurava de pés juntos, naquele dia o *Jornal da Tarde* deu salto na tiragem, vendeu barbaridade."

Abukir incrédulo, Ramiro propõe: "Vamos dar uma passada pelo Tonton, tomamos uma saideira e vamos dormir."

Na calçadas da Nestor Pestana o passo ganha uma graça bailarina, cem metros de distância do Gigetto ao Tonton a percorrer em excitação vaga pelos impulsos que a movem, talvez o sucedâneo de sentimentos esperançosos na expectativa do inesperado. Invade o Tonton uma névoa agridoce, nela se contorcem pares enlaçados.

Uma voz de surpresa: "Veja só, vocês aqui?" É o Julinho, Abukir de imediato estremece, picado por uma estranha sensação como se tivesse sido pego a praticar gazeta. Julinho insiste. "Venham, venham, sentem aqui."

Conta com a companhia de uma morena brutalmente silenciosa e toma uísque. E nada mais esperava do que um auditório, desenrola um enredo tortuoso na quadra de tênis, "rápida, rapidíssima", nela a bola anda a cem por hora, e ele ali em plena batalha, falta Píndaro mas temos Ramiro, ele deve entender de paralelas, deixadas, *aces*, revés cruzado, é um manual que se escancara para o deleite do tenista. Ramiro sabe somente de futebol, finge porém interesse, chefe de esporte tem de conhecer todas as modalidades, arvora a expressão compenetrada do degustador. Abukir deixa-se assaltar pela admoestação interior: como se deu que ainda não tenha tomado umas aulas de tênis?

A asma infantil e adolescente arrefeceu, é quase uma lembrança, e tênis lhe aparece como sinônimo de elegância, até na falta de contato físico. Raquete, roupas, aulas, tudo caro, aluguel da quadra por não ser sócio de clube, no entanto qualquer sacrifício valeria a pena, o tênis é mais um degrau a galgar.

E eis o Bob, uma cascata de seda salpicada de miúdos desenhos *cashmere* jorra do bolsinho do jaquetão azul-marinho, de intenções navais a julgar pelos botões dourados, é amigo de Julinho, e a mesa é reservada para ele pela eternidade. Bob Bulhões Pereira, delgado e moreno, figura na categoria que adere ao fixador com sofreguidão e transforma a cabeleira em asa de besouro luzidia, rochosa, impenetrável. O uísque servido é Cutty Sark, Abukir descobre que a moça silente não pestaneja, Ramiro observa com surpresa que no recinto há mais loiras do que morenas, "afinal, estamos no Brasil".

"Loiras? – intervém Bob. – Tingem, meu bom amigo, a larga maioria é de morenas mas o loiro está na moda, a gente descobre quando tiram a roupa." Gargalha, Abukir chegou ao segundo copo de uísque *on the rocks* e o nirvana se alarga.

Bob aluga um apartamento, "pequeno, fosse possível alugaria apenas uma cama com colchão d'água", no prédio da esquina, é "o matadouro". "Meu pai diria *rendez-vous*." Veio a receita: "Espaçoso, geladeira abastecida de presunto cru e patê, salgadinhos na dispensa, champanhe e uísque, tudo perfeito para a prática do *bedroom's sport*."

Bob informa-se: onde jantaram? Informado, desaprova: "Por que o Gigetto?" Lugar simpático, diz Ramiro, "de verdade uma cantina, muito atraente, porém, a partir de onze horas, onze e pouco, chega um rebanho de atrizes, muitas são de tirar o fôlego".

"E você vai só para olhar..." Soou como constatação.

"Bem – atalha Ramiro –, de hábito chegam acasaladas."

Bob duvida que Ramiro seja capaz de seduzir uma atriz, Abukir quem sabe, ele também fora freguês do Panzica, reconheceria o corte até em meio a um temporal enfrentado sem guarda-chuva. "Da próxima vez vamos a outro lugar, ao Freddy, ou ao La Popotte... não, não, ao Marcel."

"E lá pintam mulheres fantásticas?" Ramiro piscou.

"Não é isso, claro que podem aparecer, mas provavelmente mais difíceis que as atrizes, quero é dizer que vamos comer bem, e eu acho isso muito importante, comer bem."

Bob apreciava sobretudo filé com fritas, acebolado, em companhia de doses energéticas de alho, mas em público pedia um *bourguignon*, ou mandava cobrir o naco de *mignon* com mostarda de Dijon. Ainda levaria Ramiro e Abukir ao Marcel, chegou com uma hora de atraso às onze horas, ordenou a retirada imediata do uísque nacional que os dois tomavam, prontamente substituído pelo escocês, impôs o consumo do louvadíssimo *soufflé* e *crepe suzette* na sobremesa, encomendada de estalo por ser "iguaria de feitura lenta". Ao cabo, "uma passada" pelo Tonton seria de praxe.

Ramiro e Abukir limparam os pratos, Bob deixou mais que a metade, saudoso do filé com fritas, e partiu cambaleante na rota do Tonton, os dois o seguiram como cauda de cometa. Vinham de uma noite fresca e estrelada e a atmosfera da boate os agrediu e absorveu na sua cerração úmida. Entre as sombras meneantes Abukir distinguiu, a se definirem aos poucos sem deixar de vez em quando de ameaçar esvair-se na névoa, as feições de Mary Lou, sim era ela sentada à mesa com um cavalheiro aparentemente de meia-idade aos olhos de quem ainda não alcançara os trinta, e ele segurava-lhe a mão sobre a mesa, conversavam com intensidade. Incômoda, desagradável. Abukir tomou dois goles de uísque certo de que em casa recorreria ao Alka-Seltzer, olhou o relógio e constatou a hora miúda, pediu licença e foi embora.

Sonharia com Mary Lou, atravessavam a Avenida Ipiranga em sentidos opostos, ele ia ao Tonton, ela ao Marcel, sorriu e seguiu adiante, ele a acompanhou com os olhos e a chamou pelo nome, ela prosseguiu com passo firme e então ele se achou na cama, Adalgisa o sacudia, "acorda deste pesadelo". Abriu os olhos e viu a mulher, não passara o pente nos cabelos cacheados e lhe recordou o retrato da Medusa.

Voltou ao pensamento da ruptura e entendeu que as noitadas recentes e as futuras aulas de tênis o tornariam mais forte, determinado a abrir o jogo e reconquistar a liberdade, é isto, a liberdade. Almoçou frugalmente em prazerosa solidão, Adalgisa saíra para compras no supermercado, e preparou-se a partir animado para o *Estadão*. Na porta do prédio deu com a faxineira: "Se dona Adalgisa aparecer, por

favor diga a ela que já fui trabalhar, espero que tenha levado a chave."
"Olha – avisou a faxineira –, eu vi a sua mulher entrar, não faz muito tempo, no apartamento do zelador."

No térreo, a porta do zelador estava encostada e Abukir pediu "com licença". Silêncio, entrou, no sofá viu Adalgisa abraçada ao filho de seu Jorge, o prestimoso seu Jorge, Lincon, moço dos seus vinte e poucos, ela gemia enquanto ele vasculhava, aparentemente com a ponta do nariz, o desfiladeiro a se aprofundar entre os seios da mulher.

Entreato.

A *villa* é palácio em uma esquina da Avenida Paulista, e no seu ventre ofuscante de luzes os pés de um casal deslizam sobre o chão paladiano, prestativos interpretam o tango. É uma exibição. Ao longo das paredes do salão alinham-se os assistentes, e aqui estou eu a seguir os rodopios sincopados do esvoaçante casal quarentão, apertado em roupa preta da cintura para baixo, ele de camisa imaculada daí para cima, ela de blusa salpicada de paetês e de boina, *gigolô* e *gigolette*. Dançam com razoável leveza, ela compenetrada e competente aplica-se com empenho responsável, ele plantou no rosto afilado um largo sorriso facilitado pela dentadura de acrílico, relampeja em sintonia com os efeitos luminosos propiciados pela brilhantina que empasta os cabelos. Não desfigurariam na Place Pigalle, o público bate palmas.

Quem são? O sobrenome é Civita, Victor e Silvana, recém-chegados de Nova York, onde se refugiaram em 1938, judeus italianos, no alvorecer do cataclismo nazista. Treze anos se passaram, é 1951, festa à fantasia em casa dos Bonomi e Maria, a filha dos donos, é sua alma. Os Civita vieram na esteira do irmão de Victor, Cesare, em Buenos Aires desde 1946, ali fundou uma editora de nome Abril, simbolizada por uma arvorezinha frondosa plantada por engano na crença de que abril é primavera também no hemisfério sul. Cesare levou para a Argentina os direitos de publicação das revistas de Walt Disney, mostrou a rota a Victor, que a repete cinco anos depois para aportar no Brasil.

Réveillon de 51 para 52, Janus sorri dos dois lados e aprecia o tango, chego em tempo para assistir à dança, a minha fantasia o temporal levou. De marajá, segundo minha mãe e sua irmã, Bruna, sôfregas e gulosas esmeraram-se no preparo ao recorrer a velhas cortinas adamascadas e às calças brancas dos desfiles de 7 de setembro, tempo do colégio, já entrei na faculdade, mas o fato não me habilita a resistências. Cedo desarmado, e ainda há quem fale do meu gênio forte, pingentes enfeitam o conjunto, uma echarpe volumosa para compor um turbante e a pedra de vidro fincada no topo na pretensão de ser diamante é patética na tentativa de imitar até o cristal. Saio de casa arreado na direção da esquina onde há um ponto de táxi, apavorado pela possibilidade de cruzar com algum companheiro de Corintinha pronto a gargalhar diante do meia-esquerda trajado como marajá. Ao lado da rua de terra escorre o campo de futebol, empina uma ladeira a partir da meia-lua de suleste, bom é jogar em sentido contrário, corre-se menos. Estou, ao menos agora, em noite de sorte, de fato o boteco em frente ao campo está às escuras, ainda não chegaram os fregueses da *morra* ou do palitinho, agredirão a noite com seus gritos, erguidos na fúria da adivinhação. Sobre o cenário felizmente deserto desaba de repente o vendaval, obra de fados benignos, corro na escuridão e peça a peça sou despido dos trapos enganadores, no ponto da esquina há um táxi, fordeco vetusto, tomo-o grato aos deus da chuva, sobraram somente as calças do desfile. Estou salvo e à porta da *villa* declino a fantasia de náufrago.

Esfuma a lembrança. A memória tem singulares comportamentos, ora sofre um corte abrupto e propõe de pronto outro momento, ora se dissolve com vagar, igual a lento adormecer em névoas brandas para acordar no mesmo embalo suave, separadas as fases por um átimo infinitesimal que é a própria eternidade. E vejo à cabeceira da mesa, que nos reflete como cartas do baralho, Victor Civita, não sei se ainda dança tango, passaram-se porém vinte e quatro anos e a editora da arvorezinha é a maior da América Latina e a semanal *Veja* capitaneia a armada. O *board* da empresa reúne-se, como se dá periodicamente. Participam, além do *chairman* Victor, os cinco conselheiros: os dois filhos, Robert e Richard, o sócio minoritário Gordiano Rossi, o diretor responsável Edgard de Silvio Faria, casado com a filha de Rossi. E eu. Diretor de redação de *Veja*, fui elevado ao posto desde os começos de 1974, conforme trombeteada motivação em sinal de promoção, mas também, creio, para que me inteire das dificuldades políticas e econômicas da editora e do tamanho das minhas responsabilidades.

Civita é muito ativo, vulcânico fazedor que fixa ideias produzidas em continuidade sobre papeluchos guardados com desvelo e eventualmente exibidos para amigos e colaboradores, a mostrar seus dotes empresariais e mesmo proféticos e comprovar os alcances da sua energia. Não duvido que tenha simpatia por mim, sei porém que os seus interesses vêm antes de tudo, são as suas razões de Estado. Discute-se na reunião o ponto morto das negociações junto à Caixa Econômica Federal para consolidar no Brasil as dívidas contraídas no exterior, trata-se de 50 milhões de dólares e Civita oferece garantias tidas como suficientes pelo próprio presidente da Caixa, Karlos Rischbieter. Empréstimo político, o aval de Rischbieter não é o bastante. A solicitação da Abril atolou na mesa do ministro Falcão, com a interferência direta do próprio Ernesto Geisel, não gosta de mim, o que me honra muito. Assim me informa o próprio presidente da Caixa, competente, digno, honestíssimo funcionário de carreira.

Os generais, Victor Civita fala no plural a indicar a casta, consideram a *Veja* inimiga, esta a palavra usada pelo *chairman* e endossada por um grave movimento da cabeça pelo diretor responsável, este mantém relações com figuras muito chegadas aos estrelados, nunca saberei de quem se trata mas isso não me incomoda, certo é que o empréstimo da Caixa não sai. De supetão, Civita ergue-se, vira de costas, faz menção de tirar as calças enquanto proclama: "Eu, para agradar aos generais, até me disponho a isso." Meu desalento brota do desprezo, há uma ameaça a mim no gesto do patrão, não me assusta, me irrita, digo porém aos meus estupefatos botões que me cabe achar uma saída desta situação.

E eis que estou diante de Victor Civita sentado à mesa em forma de feijão na sua sala espaçosa, tudo aqui é muito espaçoso. Digo: "Tenho uma solução, começa pelo meu afastamento da direção de *Veja*, fico no bastidor pelo tempo necessário a uma transição tranquila e aí, se o senhor quiser, permaneço na Abril como, por exemplo, chefe dos correspondentes no exterior, sediado possivelmente em Roma, então a editora ganha a possibilidade de mudar sua atual linha política, recebe o empréstimo e a censura vai embora." Está perplexo. "Não me parece a solução correta..."

"Pense nela, converse com seus filhos, com o Rossi e o genro, para mim, deixo claro, é uma solução boa e Roma é minha cidade preferida."

Julho de 1975. E de novo estou na sala espaçosa, sentado em frente à mesa em forma de feijão, decorreu uma semana e o dono da casa me diz que não vai aceitar minha proposta. Retruco: "Se permaneço em *Veja* não muda coisa alguma, com meu nome no expediente a revista fica como está." Ele concorda.

Meteorologia política cada vez mais inquieta, logo Geisel pronuncia o discurso "da pá de cal" e Golbery vaticina a escalada da repressão. Quando menino, minha avó materna, Eugenia, me admoestava com um sorriso: "Desce do cavalo de Orlando." Orlando, o paladino lendário que Ariosto contou como ninguém, a frase batia asas quando eu armava queixas iradas dos castigos impostos por minha mãe, senhora volitiva de mão pesada que não hesitava em se abater sobre mim, sem escolha prévia do local a ser atingido e com frequência cavalariana. Na casa da vovó uma aliança militar se estabelecera entre Orlando, Ulysses, o Odisseu, e os marechais de Napoleão, evadiam-se dos livros de gravuras, seus sabres soltavam faíscas ao raspar o chão enquanto Orlando sonhava a princesa do Catai debaixo das oliveiras e Ulysses partia para a caça aos polvos amoitados entre algas e pedras no coração da bonança. Agora, ao sair da sala do *chairman*, invadido por uma fúria silenciosa, sinto-me Orlando, e no passo inicial do meu galope convido Plínio Marcos, o dramaturgo autor de *O Abajur Lilás*, peça que acaba de ser proibida por Armando Falcão, para assinar uma coluna de esportes, assim esclareço ao apresentá-la aos leitores, mas seus alcances vão muito além dos gramados, das quadras, das pistas, Plínio deleita-se em metáforas escassamente disfarçadas e sempre pontiagudas.

Depois do assassínio de Vlado, volto à mesa em forma de feijão. Até hoje não entendi por que o patrão não aceitou a minha proposta, há algum motivo que escapa, volto à carga, contudo, e não mudo uma vírgula. Desta vez o velho convoca o filho Robert. "Quantos meses de férias vencidos você tem?", pergunta Arci. Três meses. "Saia de férias por seis."

Ele será o sucessor do pai, é o delfim natural, por ser primogênito e porque é tido em família de inteligência sublime. Ocorre-me que este senhorzinho de dentes enormes e sotaque da Filadélfia possa ter vendido ao pai a ideia de que, ao me afastar por algum tempo, será dele no hiato o papel do Moisés do povo abriliano até a outra margem, à terra dos 50 milhões de dólares prometidos e de uma *Veja* sem censura. O pai estará sempre disposto a abaixar as calças, ele também.

Acredito ver as coisas com clareza, mas desta vez dou ouvidos a vovó Eugenia, o cavalo do paladino furibundo sai a pastar pelas várzeas do Tietê. "São três meses – digo – e três vou tirar no fim de dezembro, retorno dia 1º de abril, para celebrar o aniversário do golpe de 64." Ponho, porém, algumas condições: a orientação da revista não muda e os redatores-chefes me substituem. Mais: não haverá demissões por motivos políticos durante a minha ausência. "Vamos elaborar um protocolo e todos iremos assiná-lo", sanciona o *chairman*.

A palavra protocolo me impressiona, e me arranca um sorriso irônico, mas o próprio, umas escassas páginas datilografadas, com diligência registra as minhas condições. Viajo dia 27 de dezembro, regresso dia 21 de janeiro de 76, pretendemos agora, Angélica e eu, viajar para Porto Seguro. Mal piso na terra, recebo a mensagem urgente de Victor Civita, pede-me para conversar naquela tarde mesmo na Editora, Geisel acaba de demitir o comandante do II Exército, sediado em São Paulo, o general Ednardo D'Ávila Mello, depois do assassínio do operário, Manuel Fiel Filho, pelos torturadores do DOI-Codi. O irmão do ditador, Orlando, ciclope do exército de ocupação já assumido pela lenda, recomendou ao Ernesto: "Demita-o com humilhação."

"Tenho razões para achar que a censura está para sair da revista", comunica o patrão, de saída.

"Ah, é? Pensei que o senhor quisesse conversar a respeito da demissão de Ednardo..."

"Ednardo? Não, absolutamente, queria lhe contar que o Arci esteve com o ministro Falcão em Brasília, e recebeu garantias de que a censura vai deixar logo a redação."

"Bom, muito bom, mas teremos de dar algo em troca?"

"Sim – diz ele, grave e solene –, a cabeça de Plínio Marcos, você tem de demiti-lo imediatamente."

São quase oito horas da noite e os janelões, que à luz do sol encaram a Lapa de Baixo e o Tietê a escorrer os dejetos da metrópole, agora negam a visão do panorama desolado, tornaram-se espelhos, e, refletido, percebo pela expressão pendurada no meu rosto que desta vez saltei na sela do cavalo de Orlando. Exclamo: "E o protocolo, seu Victor, e o protocolo?" Ouço a minha própria voz, é um uivo.

"Até o Tratado de Versalhes foi rasgado, mais simples rasgar o protocolo." Já vi aquele esgar no rosto de Shylock.

"Ora, o senhor que é judeu evoca o Tratado de Versalhes? O protocolo é válido até 1º de abril, e nele se lê que não haverá demissões por motivos políticos enquanto em vigor."

Não se contém, grita: "Demita Plínio imediatamente."

"Demita o senhor, eu me demito." Há um gordo cinzeiro de cristal sobre a mesa em forma de feijão, empurro-o na direção do *chairman*, desliza com deleite sobre a madeira encerada, ele estica as duas mãos, segura-o antes de ser atingido no meio do peito que costuma exibir na praia ao balanço tilintante de um emaranhado de colares, dariam inveja às baianas no adro do Bonfim.

Bato a porta com força ao sair e o baque me acompanha pelo corredor, os quadros pendurados nas paredes evocam um inferno de horrores.

Capítulo XVI

Abukir passou uma semana em depressão profunda. Ao dar com Adalgisa nos braços do filho do zelador, Lincon sem o ele antes do ene porque o pai achou ser esta a grafia do nome do presidente americano, tinha fama de bonitão nos seus flamantes vinte e dois anos, Abukir de início ficou de pedra, bem como o casal enlaçado, em seguida, questão de segundos, singrou fases diversas de um ataque nervoso, destinado, está claro, a acabar em asma. "Foi uma cena dantesca", disse um dos espectadores convocados pelos ruídos, não foram muitos, felizmente, registrou Jandira ao ser inquirida por amigas. Na primeira fase, Abukir prorrompeu em gritos desconexos, silvícola acuado, ou mesmo de bicho apanhado no ardil, cativo do inelutável sem pré-aviso, presa tão somente do terror causado pelo desconhecido. A segunda fase foi igual a acordar e dar-se conta do ocorrido para invectivar sem nexo na celebração dos palavrões corriqueiros, enfim deixar-se cair dentro de uma poltrona que esticava os braços, caridosa, e ali ficar de olhos postos no vácuo, ofegante, quase aos soluços. E sobreveio a doença da infância.

Foi carregado até o apartamento e deposto sobre a cama como Cristo no túmulo, mas a crise, embora forte, durou pouco, e ali ficou ele de olhos cerrados, na treva percorrida por sensações diversas e todas negativas, entre vergonha e ódio. O jornal foi avisado que ele passava mal por causa de uma gripe brava e Abukir manteve os olhos fechados horas a fio sem ameaça de sono. Não houve um único instante da meditação em que se abalasse a aflorar a ideia decisiva: Adalgisa servira-lhe a razão do desenlace, a motivação almejada, a ocasião de ouro tolhida por respeito humano. Enquanto isso, a adúltera foi exilada na casa dos pais, Waldir e Jandira compungidos visitaram o filho e ele abriu os olhos para dizer "me deixem em paz, não quero conversas". Extenuado e sem jantar, de noite dormiu.

157

No dia seguinte lembrou uma frase ouvida de Severino na adolescência, "melhor ser deixado do que deixar", e por um átimo sorriu para si mesmo. Rápida, logo se mostrou a outra face sombria, permanência do tormento diante da evidência, o corno largava a traidora. O Corno. E tergiversara anos a fio, adiara cem vezes a decisão que Adalgisa merecia, ser desinteressante e vil. Foi tentado a aprofundar a ideia de que, no fundo, sua intenção era salvar o casamento, padeceu de um rompante de sinceridade, conquanto tímido, e reconheceu "não, não foi isso", embora, para uso público, entendesse a validade de aprimorar a ideia. Sim, poderia sair-se por esta tangente, fazia tempo cogitava da separação e havia até quem soubesse da sua vontade, pesava no entanto seu senso de responsabilidade, seu respeito pelo sacramento. Pegou-se a murmurar sacramento, soprou do lado oposto um ventinho encanado: "Quem vai acreditar?" O pai acreditaria, a mãe, está claro. Jurema, se o pai tivesse falado com ela, e se Waldir não contara, contaria. Pai, mãe, tia, pouca coisa, certo? Foi assim que caiu em depressão.

Adalgisa ficou na casa dos pais, Waldir compareceu para recomendar "por ora é melhor assim, depois veremos". Na redação os mais próximos de Abukir notaram seu estado, Goulart constatou, olhos na direção do amigo, rosto inclinado do lado oposto: "Você está muito abatido, triste..."

A notícia da traição de Adalgisa ainda não chegara à redação, era inevitável, porém, que a alcançasse antes ainda do anúncio da separação, questão de dias, talvez de horas. Em lugar de dizer "não é nada, são fases", abaixou o tom: "Meu casamento foi para o vinagre."

Foi como se Goulart cruzasse as pernas à beira do divã, sentiu-se ali no seu elemento, e de maneira tão convincente a ponto de Abukir dar início a uma confissão sem perceber que estava a abrir a porta da saída. "Você sabe, ando pulando a cerca há um tempo, Adalgisa não me motiva..."

Cada vez mais doutoral, o Gula assentia gravemente. "Não vou para a cama com ela faz... seis meses..." O Gula arregalou os olhos, Abu ficou animado, atirou-se: "Não ficaria surpreso se de repente descobrisse que ela tem um caso, sabe como é."

A redação deixara o Centro para estabelecer-se às margens do Tietê e aspirar-lhe os humores do alto do *bunker* da liberdade dos seus donos de descreverem o país e o mundo segundo suas próprias visões, forma de imitar Deus sem escapar à morte. A terra, no sentido amplo e reduzido, ia em frente por sua conta, indiferente, e a maioria do público leitor continuava no entanto a pautar a sua vida ao sabor da orientação do jornalão, ao qual atribuía o papel de arauto da verdade. Não é que as demais buscassem caminhos diversos daquele da exclusiva conveniência dos seus donos, com as exceções de quem sofria censura, a *Veja* e as miúdas publicações alternativas. A *Folha de S.Paulo* não era censurada, mas, desde quando Cláudio Abramo assumira a chefia da redação, ganhara vida graças ao sopro do diretor. Afora estes faiscadores da verdade dos fatos, nem sempre bem-sucedidos, a mídia nativa banhava diariamente princípios, ideias e suas versões nos pântanos víscidos e malcheirosos do Tietê e do Pinheiros.

A cidade crescia em anarquia para semear aleatoriamente bairros de tijolos e cal, e também de madeira, zinco e papelão, pelas suas rotas veleitárias, inflada pelas ondas crescentes dos retirantes a fermentarem miséria e o crime selvagem de quem mata para roubar um relógio. Bastava um copo d'água a mais caído do céu para os rios alastrarem sua doença, contidos somente pela barreira distante dos morros. Mesmo o Tamanduateí, pouco mais que um riacho, sabia como ficar impetuoso ao agredir os antigos bairros operários e a baixada do Parque Dom Pedro e enxotar os moradores de suas casas a nado ou de barco até o limiar do planalto.

Escoavam dias plúmbeos, Goulart, de hábito ausente na hora dos boatos, sabia de novidades da área profissional, vinham de *Veja*, vizinha naquela margem miasmática, e ele desta vez contava porque não eram rumores e a história envolvia amigos dele. Caíra a noite, Cástor e Pólux piscavam logo abaixo do Cruzeiro do Sul, intrometidos. A redação de *Veja* chegara ao ponto de fervura, Mino Carta acabava de demitir-se e estava claro que alguns iriam embora com ele. Quem? O Tão, certamente, o Salem, o Nirlando, Lancelotti, Sandoval, o frila Helio Campos Mello.

Demissão por quê? A redação sabia sem maiores detalhes de um entrevero entre Mino e Victor Civita. Brotaram comentários. "O Mino sempre foi muito esquentado." "Não foi assim no *Jornal da Tarde*." "Em termos, porque também lá..." "Bem, o Mino ganhou muito, deve estar rico, pode até se dar ao luxo..." "O Civita cansou-se dele." "Ele também exagerou, os censores não são idiotas."

No dia seguinte, o jornal do sindicato dos jornalistas estampava uma entrevista com Mino. Contava o porquê do desentendimento com Civita, a partir da tentativa de obrigá-lo a demitir Plínio Marcos, singular colunista de esportes. Falava de uma conversa prévia entre o filho do patrão, Robert, e o ministro Armando Falcão. E de certo documento que comprometia a Abril a determinados comportamentos até o fim das férias dele, marcado para 1º de abril.

"Está tudo claro – proclamou Goulart –, armaram para ele, sabiam que ia se demitir."

Houve quem discordasse, ora, o jornal do sindicato publicou foi a versão dele. "Não, estão enganados – rosnou o Gula –, ele não é de mentir, ainda mais numa situação dessas."

"Se for como ele diz – interferiu Ramiro –, este negócio da conversa do filho do Civita com o Falcão, por que o tal general Golbery, que é amigo do Mino, não entrou em cena para protegê-lo? Não, a história é mal contada."

O diretor de *Veja* não fazia mistério acerca da fonte preciosa, era um dos dois jornalistas recebidos pelo chamado Merlin do Planalto, o que despertava frequentemente suspeitas, como se ambos pudessem prestar-se ao jogo do chefe da Casa Civil a pôr em circulação as informações que ele desejava tornar conhecidas. O outro era Elio Gaspari, do *Jornal do Brasil*, profissional amante do bastidor, era da sua índole, não gostava de aparecer na certeza de que esse comportamento o favorecesse na colheita. Tinha um passado de esquerda muito próximo do partidão e se honrava de ter ficado preso por dois meses em companhia de Darcy Ribeiro, antropólogo ex-ministro de Jango Goulart, cassado na primeira leva atingida pelo golpe. Mesmo o Castelinho, consagrado autor da Coluna do Castelo no *Jornal do Brasil*, manifestava em conversas reservadas, do gênero audível em um raio de inúmeros quilômetros, suas dúvidas sobre a relação de Elio e Mino com Golbery, tanto mais grave a suspeição por atingir um jornalista que era peça muito importante na redação do *JB*. O que levava Elio a dizer: "Aposto que se ele pedir para ser recebido pelo general vai conseguir sem problemas. Então, por que não pede?" Mino dava de ombros.

O Gula ouvia as análises dos colegas e concluía: "Vocês não sabem de nada." E em conversa com Paulo: "Parecem um grupelho de mexeriqueiras à porta da igreja depois da missa das sete."

Solerte na amizade e nos conselhos de especialistas, mais uma vez sugeriu a Abukir a ida a um psiquiatra, "você precisa de ajuda". Com expressão de santo taumaturgo entregou-lhe nome e endereço de safra recentíssima, o pioneiro na tentativa de devassa dos precórdios de Abukir não fora feliz, era preciso designar outro, sempre freudiano, está claro. O Gula era incapaz de trair o velho Sigmund e assim confrontar Abukir com mais uma temporada de silêncios aterradores. Enquanto o médico, braços cruzados sobre o peito de pomba, o encarava sem piscar, o paciente, depois de experimentar desconforto aparentado com terror, achou na gruta silente cavada em um décimo terceiro andar condições inesperadas de reflexão.

Na quarta sessão como da vez anterior, sem ter ouvido mais de vinte e três palavras em mais de duzentos minutos, ele se convenceu de que sua situação não se revestia da gravidade pretendida. A notícia da separação havia chegado, talvez também a da traição, para a alegria ou o deboche de alguns, outros sabiam das suas noites mais ou menos bravas e além de tudo havia o Gula para dar explicações a quem quisesse. O Gula era bem melhor do que o inquisidor taciturno à sua frente, reconhecido porém o mérito de arrancar-lhe sem esforço a solução enquanto estava à cata de detalhes insignificantes da sua infância.

Entreato

De novo olhos de ovo frito me encaram dentro da moldura de um rosto gordo outrora devastado pela varíola e hoje por uma tempestade de cravos. Acabo de dizer ao Falcão que pedi esta audiência para entender como se deu seu recente encontro com Robert Civita.

Melífluo, Falcão recita: "Você está muito tenso, tem trabalhado demais, chegou a hora de descansar, que tal uma temporada na minha fazenda de Quixeramobim?"

A gema se faz mais vermelha. Atalho: "Obrigado, mas o que busco agora é outra coisa."

"Tá vendo, ansiedade pura, imagina o que seria balançar na rede de Quixeramobim, esticada entre as árvores frondosas, cada paineira gigante, uma beleza, e água de coco, ar bom..."

"Quem sabe em outra ocasião, agora eu gostaria de saber como foi o tal encontro."

"Já que você insiste... Corriqueiro, mais um dos que tenho tido com Victor e Robert Civita, com Edgard Faria e com o Pompeu de Souza. Todos repetem há mais de dois anos que a *Veja* fica aí latindo contra a gente por sua causa, que você é o único responsável pela linha editorial tão agressiva em relação ao governo. Então, o que você queria que eu fizesse? Disse: se vocês estão com a gente e o homem não, tirem o homem de lá."

"Quem pode, pode", digo eu, e saio de passo leve. Também no palácio do Ministério da Justiça o mármore foi esbanjado. Mussolini preferia o travertino, poroso e sem o brilho da pedra de Carrara. Caminho refletido pelas paredes que me acompanham, pegam-me a meditar sobre as razões de Vici e Arci, preferiram o passa-moleque velhaco à honrosa solução que eu propusera duas vezes durante o ano anterior. Por quê? Imagino o rompante de Robert, figuro o momento em que diz ao pai "deixa comigo". Vinha ele ao trote na direção do ministro para revelar o tino e a energia do castelão estadista. A antecipar os dias do seu reinado, até para mostrar-se mais decisivo do que o fundador.

Rumino as situações vividas nos últimos vinte dias, desde minha ciclônica saída da sala do *chairman*. A primeira decisão do estadista foi proibir minha entrada no Edifício Abril e cancelar meu nome do expediente, mas a redação borbulhava em agitação. Dorrit Harazim, boa jornalista de vocação diplomática, arguta na mente e pacata no trato, empenhou-se em uma espécie de mediação. Tive razões para supor que havia em *Veja* quem desejasse meu retorno e a consideração me deu prazer, embora para mim a saída fosse irremediável.

"Olhaqui – diz Dorrit ao telefone –, convenci o velho a promover um encontro contigo, ele quer ser representado pelo filho, topa?"

Ah, o estadista... Topo, amanhã às sete da noite, na minha casa. Arci é pontual. Digo: "Propus duas vezes uma saída tranquila, por que escolher a traumática?"

Agora senta-se à minha frente, expressão pretensamente altiva, está claro que prefigurou o diálogo com todas as falas de um lado e do outro. Ocorre, esclarece, ter surgido de improviso a oportunidade de nos livrarmos da censura. Interrompo: "E de receber o empréstimo." Ele concorda, barítono de pausas americanas entremeadas a grunhidos, o que levava o Faoro a definir gago todo cidadão de Tio Sam.

"E como apareceu esta oportunidade de ouro?" Simples: Falcão a desenhou com mão de fada. "Tão somente ao tilintar de trinta moedas, perdão, de cinquenta milhões de dólares?" Não, claro que não, os dólares são apenas a consequência.

"Como se desenrolou a conversa com o Falcão?"

"Sim, a conversa... Muito boa, cordial. Ele observou que você anda muito nervoso, inquieto, sobretudo pessimista."

"E você disse o quê?"

"Não pude deixar de concordar, o Falcão constatou o fato."

"Bom saber. E depois?"

"Depois, foi muito claro: o Mino ganhou espaço demais e a esta altura o que convém à Abril é colocar alguém de total confiança no lugar dele, Pompeu de Souza, por exemplo..."

Em tom polar, insólito, digo sem descruzar as pernas: "Contarei até três, como advertia minha mãe, e se você não estiver dentro do elevador, irei quebrar-lhe os dentes."

Alvo fácil, dentes descomunais sempre à mostra. Faço a minha contagem com as pausas de Cabo Kennedy mas sem regressão, um... dois... Nem chego ao três e o senhorzinho já se enfurnou no elevador. Arci não estava em Massada, creio pertença à tribo dos fugitivos no Egito, ao certo é batizado pela Santa Romana: por que abraçar a fé de um mero messias se a família escapara ao holocausto e estava em segurança em solo americano?

O pessoal da redação, os dois redatores-chefes e os editores, reunidos em volta de uma mesa, esperam por um bom naco de carne e de um relato sobre meu encontro, alguns torcem pela conciliação, de minha parte prefiro maminha malpassada. E explico: "Se alguém pensa que os homens me querem de volta está enganado, me querem é o mais longe possível. Aliás, não voltaria de jeito algum, interessava-me era saber dos detalhes da conversa do Robert com Falcão, os detalhes, entendem, a essência era perfeitamente imaginável, Falcão pediu minha cabeça e eles montaram a ratoeira, embora eu não tenha ficado preso porque me tolhe o senso de honra, pior para eles seria se eu não me demitisse e declarasse, tranquilo, sorridente, está bem, vou embora, mas pretendo levar uma boa grana, quem sabe uma comissão sobre os milhões de dólares do empréstimo... mas sou uma besta, não quero um único escasso tostão desses filhos da puta."

Faz-se um silêncio que interpreto de desolação, mas Dorrit não desiste. "Não foi dita a última palavra", comenta, não acredita que tenha sido pronunciada pelo herdeiro. E foi ao pai. Fosse ele Abraão, deveria ter executado sem delongas a ordem divina, Arci, no entanto, não é Jacó, ainda que anos depois viesse a ser capaz de armar para Esaú, o irmão Ricardo. Não precisava tirar-lhe a primogenitura e certamente não o seduziria com um prato de lentilhas, agiu subdoloso ao perceber que o pai, lá pelas tantas, deu para enxergar no menor qualidades de que o maior carecia. Não sei como ocorreu a mudança, foi clara, porém, a muitos olhos, Richard é de ir direto ao ponto, comigo sempre foi claro sem meias palavras e muito menos subterfúgios, sei que teria aceitado a minha proposta de 1975 e foi voto vencido, cabia-lhe a direção da gráfica e de hábito se mantinha a boa distância das questões editoriais, até hoje, se o encontro, não deixo de

165

cumprimentá-lo. Quando o velho morreu, Robert teve apoios internos suficientes para enxotá-lo da Abril.

Dorrit telefona: "Seu Victor quer falar com você." Dia 15 de fevereiro de 1976, Edifício Abril, alegra-me constatar que os guardas me cumprimentam com efusão. No saguão e nos patamares o mármore reflete nesgas de pernas das recepcionistas diligentemente uniformizadas, em outros tempos abrilianos desenrolei no cenário um musical da Metro entre sonho e devaneio, recepcionistas e secretárias formariam o corpo de baile juntamente com guardas e contínuos, sapateariam *à la* Broadway e de súbito alas se abririam à passagem do porteiro-mor, assumiria o microfone e desataria a voz de tenor para uma canção de enlanguescer.

Agora Victor Civita sai de trás da mesa em forma de feijão e com gesto fidalgo, depois de me abraçar, me conduz até o sofá, senta-se na poltrona à frente, e diz: "Me ajude, Mino, por favor me ajude." O indivíduo que alvejei com um cinzeiro de cristal mudou bastante.

"Seu Victor, como premissa esclareço que não cogitei da possibilidade de um retorno a *Veja*, que não interessa a ninguém, jamais voltarei a trabalhar na Editora Abril, e uma das razões é a presença inevitável do seu filho, que é um cretino..."

"Não diga isso, ingênuo, diga ingênuo." A voz de Vici soa implorante.

"Ingênuo, então. A saída que enxergo é a seguinte: volta a vigorar o famoso protocolo, o meu nome retorna ao expediente enquanto os senhores devolvem a Plínio Marcos a sua coluna. De todo modo, desde já entrego uma carta de demissão aos redatores-chefes e o senhor pode ter certeza de que a receberá antes de primeiro de abril."

Pausa meditativa, arrepiada por forte receio: "Mas que dirá o Falcão?"

Treme-lhe a voz. Tranquilizo-o: já pedi audiência ao Falcão e cuidarei de esclarecê-lo a respeito de tudo. Do sexto andar, o da diretoria, subo até o sétimo, da redação. Bato a carta de demissão na Olivetti que me aguentou por oito anos. Sem voleios: "Demito-me da direção da redação de *Veja*, sem mais." Nem atenciosamente. Caberá aos redatores-chefes colocar a data. Despeço-me dos colegas. Alguns já fecharam as gavetas e foram embora. Os previstos. Plínio Marcos recusa-se a retomar e *Veja* fica de vez sem sua inquietante visão do esporte.

Dia 17 de fevereiro de 1976. Antes de ir ao Falcão, visito Golbery no Planalto. Li e leio colegas que me descrevem como protegido do chefe da Casa Civil. No entanto, Golbery, para a estupefação da tigrada, não mexeu uma palha para evitar o desfecho da história. Agora Golbery abre os braços como a se dizer impotente, escravo da razão de Estado e da vontade de Geisel, decerto neste tabuleiro não passo de peão. Apresso-me a sublinhar: "Está claro, este gênero de desgaste não lhe convém." Ele comenta: "A *Veja* fica pior, mas vai apoiar o governo." Então, o último capítulo diante dos ovos fritos, o derradeiro.

Do próprio Ministério da Justiça, ligo para a redação: "Entreguem a carta, agora sei de tudo."

Capítulo XVII

Abukir e Adalgisa entraram no rol dos desquitados, dois meses de separação de fato facilitariam a missão de Waldir, comunicar aos pais da moça a decisão irrevogável do filho, quem lamentou mais foi Jandira, acreditava na instituição do santo matrimônio, com a aprovação de Jurema que não deixou de verter lágrimas. Waldir de saída disse a Abukir "você é que deve cuidar da coisa toda" mas acabou por aceitar a tarefa, empurrado, em seguida a um desempenho passável por Jurema na cama do motel, "quem prevaricou foi Adalgisa, se a questão for a juízo ela nem ganha os alimentos", a fala era muito convincente, de fato a amante estava bem assessorada embora Waldir não soubesse do assessor.

"Vamos ao Tonton celebrar", sugeriu Ramiro. Bob à mesa cativa comentou: "Agora você pode se esbaldar, um dia desses organizo uma festinha em casa e convido moçoilas finas, você verá que iguarias." Bob ostentava uma rosa na lapela, rosa cor-de-rosa, assistira a um filme e nele o intérprete de um lorde também usava e, como o nobre inglês, reclinava-se de banda de quando em quando para aspirar o perfume.

"Que carro você tem?", pergunta a Abukir. Fusquinha. "Carro de cigarra é fundamental", sustenta Bob. Ele tem um amigo que ficou com um MP Lafer por três meses, "cara volúvel" agora quer vendê-lo, "vai sair barato". Na opinião de Bob, o MP Lafer é muito conveniente ao perfil do jovem jornalista desquitado. O motor e o chassi são do fusquinha, a carroceria, "beleza", é de fibra de vidro e imita à perfeição o MG, o lorde do filme, ainda garotão, andava de MG. "Olha – associa-se Ramiro –, dica e tanto."

O Cutty Sark velejou sobre a mesa como fragata, Abukir começou a se imaginar na direção do conversível inglês ao lado de uma fada apaixonada, quem sabe não lhe faltasse a ousadia de condecorar a lapela com uma rosa, vermelha, é isso, seria vermelho-carmesim, assim a entendeu. Deixou-se envaidecer pela ideia dos companheiros de noitada que enxergavam nele um casanova e se achou digno da expectativa, a fragata navegava de velas enfunadas por uma euforia enevoada, ansiedade em meio ao torpor.

Na redação da *Jornal da Tarde* um punhado de ex-colegas de Mino Carta falava de uma equipe mínima que ele havia reunido para lançar uma nova publicação de nome singular, *IstoÉ*, de periodicidade mensal. Ele se abrigara à sombra da Editora Três, fundada quatro anos antes pelo irmão de Mino, Luis, e por Domingo Alzugaray, ambos saídos da Editora Abril em 1972, dispostos a abandonar belos cargos para tentar a aventura própria, com o apoio de um terceiro amigo, Fabrizio Fasano, àquela altura já fora da sociedade ao valorizar a sua própria vocação de fundador de bares e restaurantes e comerciante de bebidas finas. Alguns dos frequentadores do corredor previam uma revista de qualidade, outros seu fracasso, todos concordavam quanto aos riscos da empreitada. Sabia-se que Luis e Domingo recomendavam a abstenção absoluta de temas políticos melindrosos para evitar a censura da qual *Veja* já se livrara. Alguém tinha ouvido de segunda mão que o próprio Mino avisava: "Em matéria de política, *IstoÉ* será por ora anódina e inodora."

Entrelaçavam-se ao decorrer da jornada comentários díspares, "a curiosidade é própria da profissão", sentenciou Goulart. Tece-se a trama aleatória dos palpites. Enfim, Goulart resume: "Eles têm tempo para perder."

Telefona Bob: "Vai sair a festinha em sua homenagem de solteiro, será um coquetel com um ou outro prato de comida, não me refiro às meninas..."

Abukir anunciou seu definitivo interesse pelo MP de fibra de vidro, gostaria de conhecer-lhe preço e condições. Bob morava nos Jardins, casa normanda no aguardo da neve, surgia de relvado bem penteado como ilha vulcânica do mar. Abukir envergou o melhor terno do Panzica, lenço de seda no bolsinho do paletó, arrepio lampejante do céu londrino sobre o tropical sedoso escolhido pelo alfaiate.

Introito alvissareiro a constatação de que o MP estava ao alcance de seu bolso, com a contribuição da venda do fusquinha.

Então Afrodite trouxe Mary Lou, fragrante e torneada, a moça desabrochada tempos antes na redação, mas Abukir não era um príncipe troiano e também não lera a *Ilíada*, tampouco a haviam lido os demais convivas. Ela veio envolta em vapor de gazes ciciantes e perfume de camélia no momento em que Bob, o quarentão, contava como vinte anos atrás costumava subir de carro pela Augusta, a toda e sem parar nos cruzamentos ao criar a versão paulistana da roleta-russa. Mary Lou atirou a cabeça para trás e riu com uma promessa de fulgor, valeu pelo gesto, os cabelos frementes caíam-lhe abaixo da cintura. Em êxtase, Abukir reparou na exuberância dos colares que lhe fluíam sobre o decote condescendente, e no cinto dourado, destinado a realçar o perfeito calado das ilhargas, Bob fez menção de apresentá-los, ele balbuciou: "Já nos conhecemos."

Ela franziu os olhos: "Como? Onde?"

"Na redação do *Estado*, você estava de visita..."

"Ah, é? Sim, me lembro, sou amiga de infância dos moços da família. Prazer em revê-lo, então." Afastou-se, convocada pelos acenos e gritinhos de uma roda gárrula. Falava com o clássico sotaque quatrocentão, de quem se concede e desde o começo da vida consciente sentia-se dona da cidade, talvez desde a concepção. Abukir empinou uma expressão robótica e Bob entendeu a seu modo: "Sim, é isso mesmo, a moça é linda, elegante, charmosa, de cinema."

Príncipe troiano talvez o fosse aquele que sequestrou Mary Lou pouco após sua chegada e a levou até o alpendre, onde o jasmim expandia sua volúpia enlaçado a atarracadas colunas de vago aspecto mexicano, determinadas no propósito de humilhar o estilo normando. Abukir fingiu saborear conversas sobre modas e vezos do momento, com passagem pelas lavandas, que vinham depois dos pratos, um sapo de jade debaixo d'água exibia a intenção de saltar sobre o ombro de quem se aproximasse. Abukir não entendeu aquela presença do inopino, estático cogitou de alguma beveragem especial até que Bob ergueu a direita e simulou um mergulho de ponta de dedos, recipiente adentro.

Abukir voltou para casa tomado por um aceno de melancolia, mas fortalecido pela determinação de uma grande mudança, o sentimento de frustração gerava um cacho de decisões, a configurar, disse para si mesmo, um plano redentor, alugar um apartamento em uma das ruas que despencam na Paulista para os Jardins, comprar o MP, iniciar um curso de inglês, prosseguir nas aulas de tênis.

Disse o Goulart: "Bem-apanhadinha, culta." Falava de Rebeca recém-chegada à editoria Internacional embora aspirante à reportagem. Olhos azul-piscina, cravados sobre um rosto almofadinha, em contraste com o corpo miúdo, frágil, estatueta de porcelana na beirada da cômoda. Como de hábito, Goulart era generoso nas suas avaliações e pela vocação solidária já havia conversado com Rebeca, ela aparentava algo mais que seus trinta anos, lera, porém, alguns livros, o que o impressionava. Sublinhou: "Culta e meiga." O interesse a empurrou para a área da reportagem, tropeçou no olhar de Abukir, puxou conversa. "Fascinante o seu trabalho, não é mesmo?"

Abukir evocou as definições de Goulart, assumiu um ar de quem já viveu mil situações: "Às vezes é, outras são rotina." O interesse dela tocou alguma corda subterrânea, olhos radiosos considerou como a buscar explicações. Ou seriam justificativas? Mas por que vasculhar os meandros em vez de deixar que as coisas tomassem seu leito à vontade? E por que preocupar-se pelo aparente, é isso, aparente, interesse de um colega... razoável? E se outra fosse a razão dela, conquistar-lhe a simpatia e algum dia apoio para transferir-se à reportagem?

Rebeca abriu-se em um sorriso sustentado pela claridade dos olhos. "Acho que um repórter nunca cai na rotina", gorjeou com voz de contralto, não combinava com a figura, voz de cabaré com inflexões suavemente roucas. Abukir encantou-se com a voz e o sorriso, "vou tomar um café, não quer vir comigo?", ela foi. Na conversa aflora o currículo, formada em comunicações, está para completar o curso de História na USP, fala inglês. Abukir bateu palma. "Meu sonho é ser boa na profissão, perdoe se disse sonho." Ele a encarou intrigado. "Por quê?"

"Sonho... muito banal, não concorda?" Rebeca reeditou o sorriso, acrescentou: "Bom jornalista deveria usar a palavra sonho com parcimônia."

Ele usava com frequência expressões como "a-nível-de" e "ponto-de-clivagem", esta, aliás, o deixava orgulhoso ao colocá-la no papel, e "com-certeza", e também palavras como "gabarito", sem falar do advérbio "afinal". Rico mora em "mansão". Alguns ministros e empresários são "todo-poderosos". Temeu que ela fosse perigosamente irônica, mesmo assim sentiu-se atraído.

Capítulo XVIII

Foram jantar no Marcel, levou-a de MP, sugeriu: "Vamos pedir patê primeiro, *soufflé* depois, é a especialidade da casa."

"Não imaginava que você tivesse um carrinho, meio esportivo, estou certa? E que frequentasse esse tipo de restaurante", comentou Rebeca, a voz cabia ali ao assumir o timbre da dama, não é que ela a modulasse conforme o cenário, a adaptação se dava com naturalidade, obra de geração espontânea.

Abukir temeu a crítica. "Por quê?"

"Não me leve a mal, pensei em você na direção de um fusca."

"Não gostou do carro... do restaurante?"

"Gostei, gostei, o restaurante é delicioso, e você fica muito bem neste terno, de gravata e lenço de seda..."

Abukir velejou sobre a bonança e passou a dissertar a respeito das virtudes do jornalismo, sentiu-se charmoso e didático ao dedicar uma longa fala à construção de um texto eficaz, graças à meticulosa composição do *lead* e do *sublead*, e ao recurso à peculiar inversão da pirâmide, a base olha para o céu e a cúspide enterra-se no deserto, "o que há de mais suculento para ser contado tem de vir logo porque é com isso que você agarra o leitor, entendeu? É natural que o leitor perca o interesse pelo caminho e então você, gradualmente, sem deixar de hierarquizá-las, despeja as informações menos interessantes."

"Bem, esta era a fórmula daquele repórter da Guerra de Secessão que formulou as cinco perguntas básicas, a serem respondidas no *lead*." Avisava não ser noviça, mas ele não supôs que achasse o assunto embolorado. De fato recebeu o aviso com um "muito bem" enquanto passava o patê sobre a torrada com gesto competente, apreendido na observação de Bob, sentiu que a imitação lhe saía de forma impecável.

"Ouvi dizer – disse Rebeca – que o *Jornal da Tarde* até há pouco tempo deixou de praticar esse gênero de jornalismo, publicava matérias grandes buscando um estilo, digamos assim, literário."

"É verdade, eu comecei lá, mas aquela moda não resistiu."

"Voltaram à Guerra de Secessão..."

"Entendeu-se o óbvio, o leitor refinado, letrado, é raro, minoria da minoria, se você pretende aumentar a tiragem, e aumentar a tiragem satisfaz tanto o dono do jornal quanto o profissional que gosta de ser lido por mais gente, você tem de se tornar, como direi, acessível à maioria, não sei se me explico." Ele se explica, decerto, sem contar que o patê é "fantástico", Rebeca pronunciou o adjetivo no tom do cabaré. Ele arremata "divino".

Empolgado, insiste: "Além do mais, tiragem é o que pedem os publicitários, maior a tiragem, maior o volume de anúncios."

"E um jornal é também uma empresa."

"Que menina ajuizada", ele pensou, e disse: "Exatamente. De qualquer maneira, o jornalismo tem de ser objetivo, absolutamente objetivo, a voz da verdade nua e crua."

Ele enfrentou o *soufflé* pelas beiradas com extrema doçura. "Estou aprendendo muito", disse ela com a voz da aspirante à primeira linha do coro. Embalado, Abukir lecionou: "Jornalismo objetivo, direto, sem enfeites, sem palavras difíceis. Você sabe que Ernest Hemingway, que foi trabalhar jovenzinho em um jornal, se não me engano canadense, foi treinado até para empregar sempre palavras curtas?"

A evocação de Hemingway pareceu responsável por uma pausa silenciosa dedicada ao *soufflé* por ambos, ela a rompeu com uma pergunta de certa maneira abrupta: "E a política?"

A política? Ele deteve o garfo a meia altura. Rebeca explicou: "Digo, como conciliar a posição política individual com a do jornal e dos seus donos?"

"Você fala academicamente, ou tem em mente um específico profissional?"

"Sim, de qualquer jornalista e de qualquer jornal, embora possa enxergar em você um bom exemplo."

"De que ponto de vista?"

"Ouvi na redação que você é... tende para a esquerda, como o Goulart... e o jornal é conservador."

Abukir perguntou se ser de esquerda haveria de figurar como qualidade para Rebeca, como fora para aquela remota estudante de Direito apaixonada pelo Formiga, donde não hesitou em tomar o tapete e voar, empolgado: "Sou um jornalista sério, interessado no social, mas sou leal, não irei trair a confiança de quem nos emprega, de resto a família Mesquita tem toda uma tradição de dar abrigo a progressistas." Duvidava até que o doutor Júlio Neto o incluísse na categoria, mas evocou o Formiga como um grande amigo, esteve a pique de referir-se à "morte trágica, sacrificado pela repressão", deteve-se, faiscavam os olhos cor-de-piscina e sofreu a dúvida, suas cotações chegam ao firmamento ou a conversa arrisca-se a consequências perigosas?

"Que sujeito notável deve ter sido esse Formiga." A apreciação reverberou sobre ele raios de admiração e ele chegou a sentir-se iluminado de luz própria. Levou-a para casa e, parado o carrinho falso-esporte, segurou-lhe a mão da despedida e a puxou para si com a ternura reservada ao *soufflé*, ela não opôs resistência e ele a beijou. Logo se surpreendeu com a volúpia dela embora a boca fosse capaz de emitir notas graves. Rebeca murmurou "querido, querido", e voltou a beijá-lo com ímpeto. De chofre se afastou, saltou do carro e saiu rápida na direção do edifício onde morava com os pais, acenou antes de desaparecer atrás do portão.

Abukir deteve-se por um tempo, "este não é um simples caso passageiro, a moça tem trinta anos e não está de brincadeiras, de mais a mais é colega, na redação vai dar um fuxico do capeta".

A situação recomendava cuidados, ao engatar a primeira pareceu-lhe concluir que melhor seria interromper a história naquele ponto. Sim, sofrera um momento de... fraqueza. Fraqueza? E por que a beijara? E por que não admitir que se sentia atraído, pelos olhos, pela voz, pelo sorriso, pelo interesse dela? Claro, claríssimo, todas as perguntas sobre jornalismo e suas técnicas escondiam algo sintomático, ora se escondiam... Enquanto ministrava uma aula, ele colocara a mão sobre a dela, duas ou três vezes, e na palma ficara a impressão

175

da carícia arrancada, ou nem tanto, ela não havia retirado a mão pousada sobre a toalha como se estivesse preparada ao contato. Abukir convenceu-se, Rebeca o esperava, ou mesmo o provocava ao se colocar ao alcance fácil. Antes de adormecer, pensou que da próxima vez a levaria ao Tonton.

No dia seguinte, quase no fim do expediente, Ramiro perguntou: "E então, como foi?" E piscou. Fingiu não ter ouvido, o outro insistiu. "Como foi o quê?"

"Ora, ora, seu jantar com a moça da Internacional, só se fala disso em Paris."

"Foi bem, jantar de cortesia, entre colegas..."

"Bem, ela é mulher", disse Ramiro, e piscou de novo. Rebeca, da mesa lá do fundo, tão afastada de sorte a garantir que nada ouvira, acenou para Abukir, agitava largamente a mão como na despedida do cais. Ele mastigou um palavrão. Mais tarde, ao levar Goulart para casa deixou cair a pergunta: "Você também sabe que fui jantar com a Rebeca?"

"Muita gente sabe, é o comentário do dia."

"Eu não entendo – rosnou Abukir – como se forma este gênero de diz que diz, é um episódio sem importância, um encontro corriqueiro entre colegas, e todo mundo fica aos murmúrios pelos cantos. Uma lástima."

"Vai ver ela contou para uma amiga, e ela tem alguns amigos na redação... contou que você é garanhão." Goulart riu.

"Está vendo? Até você me vem com esta, não houve nada, entendeu, nada, jantamos e em seguida a levei para casa."

Goulart era cordato: "Não esquenta, eu acredito, estava brincando."

No sonho daquela noite veio Rebeca em caminhada incerta entre as mesas da redação, em meio ao vozerio do salão apinhado, havia quem, mesmo sentado, esticasse braços tentaculares para deter-lhe o passo inseguro e ainda assim ela conseguiu chegar até ele para sumir na névoa do sono interrompido de repente. Deu-se conta ao boiar na vigília que a falta de desfecho ao enredo sonhado o incomodava, suscitava a necessidade premente de uma conclusão. Achou na cerração que viria ao retomar o sono, não veio. No dia seguinte, da mesa dele ligou para Rebeca sentada à dela. Disse: "Finja que está falando com outra pessoa, queria convidá-la para ir dançar sábado à noite, saímos daqui às nove, trocamos de roupa, às dez estamos no Tonton."

Rebeca ignorava o Tonton, mas no caso sua ignorância pouco contava e a mim não surpreende, intriga-me é a personalidade da moça, figura singular, contraditória, como direi, multifacetada, com o perdão pela palavra, não me ocorre outra, ao menos neste momento. Ladina e ao mesmo tempo de boa índole, capaz de ironia sutil, sabidamente velada ao perceber os limites do interlocutor, e ao mesmo tempo compreensiva, disposta a relevar. Certamente enérgica, a explicitar o alerta inclusive no frêmito da carne. Não sei que rumos haverá de tomar, sinto-a volitiva, habilitada a escolhas claras e firmes, não necessariamente certas. Embora certo e errado sejam conceitos discutíveis, quem sabe estranhos.

Entreato

Sobrevém o impulso de uma comparação, duas figuras díspares de políticos que entraram na minha vida, ambos governadores nomeados pela ditadura. Na memória plantam-se telefonemas em momentos próximos. Ligo para Paulo Egydio Martins, governador de São Paulo, Golbery recomendou "conte ao Paulo como correram as cousas", refere-se à minha saída de *Veja*, é fim de fevereiro de 1976. Um ajudante de ordens fardado declina sua patente e função, o governador não está. Telefono mais duas vezes no mesmo dia e a terceira no seguinte. O governador continua ausente. Deixo recado, não liga de volta.

Quem liga naqueles dias é Antonio Carlos Magalhães, governador da Bahia. Governador? Suserano? Donatário? Imperador talvez. Conheci pela mão de Elio Gaspari em 1972, quando ACM visitou a Abril. Tempo depois fui a Salvador, palestrar para estudantes, ele me convidou para jantar no Palácio da Ondina, residência oficial no topo do morro engalanado de coqueiros, fez questão de tirar uma foto ao meu lado, há nela espaço também para uma senhora desbotada, a primeira-dama não se parece com uma imperatriz. Os estudantes ouviram a minha costumeira diatribe contra a ditadura e o chamado *establishment*, começava pela apresentação "sou um jornalista censurado há sete anos" e se encerrava, quarenta minutos depois, com uma frase de Hannah Arendt. Não haveria de ter faltado um relato policialesco ao dono da praça, mas ele evitou qualquer menção aos meus comportamentos recentes e pregressos. Como disse ao Elio no dia em que o conheci, ele também poderia ser um potentado do deserto, de turbante enodoado, sentado à porta da tenda percorre as dunas fulvas com o olhar aparentemente mortiço da hora de descanso, aparentemente, insisto. Ele telefona e propõe: "Vem para cá, vou lançar o meu jornal e gostaria que você o dirigisse, mas venha já para preparar o lançamento."

Golbery não lhe pronunciava o nome, chamava-o de Toninho Malvadeza, decerto tinha por ele simpatia com atenuantes, reconhecia-lhe a vocação para o conchavo e um espírito vingativo frequentemente moldado pelas conveniências e umas tantas vezes pelo temperamento impulsivo na hora deixado sem rédeas. Poderia tornar-se, então, de violências medievais, de ferocidades sicilianas. Move-o a confiança em si mesmo e no seu poder, dentro das suas fronteiras e fora delas, e eu, naquele instante, torno-me instrumento de um desafio que ele só pode permitir-se a provar alcances além da minha imaginação. Como muitos que de quando em quando liberam emoção, desbordante, no bem e no mal, Toninho Malvadeza exibe-se em carinhos surpreendentes, com a mão gordota me acaricia as faces. Agradeço mas declino do convite. Digo que se esboça uma nova empreitada, uma revista em sociedade com meu irmão e com Domingo Alzugaray, mas esclareço que se no futuro ele vislumbrar utilidade nos meus palpites eu os darei.

Reencontro-me dois anos e alguns meses depois na redação de *IstoÉ*, instalada em sobrado de estilo indefinido e espaço largo, vem a factótum secretária-telefonista Zezé: "O governador Paulo Egydio no telefone." "Diga que não estou." Telefona Antonio Carlos, eu estou. Diz: "Posso mandar para São Paulo o futuro redator-chefe do meu jornal para que aprenda com vocês? É um gaúcho esperto e alegre, vocês vão gostar." O gaúcho vem e faz estágio em *IstoÉ* semanal, esclareci de saída "esta é uma revista, não é um jornal diário, e não bajula e não cuida dos interesses de ninguém". Creio que o visitante tenha entendido.

A memória recua e me leva de avião a Nova York, ali faria meu primeiro estágio na *Time-Life* a mando da Abril em companhia do meu irmão, diretor editorial da empresa e diretor de redação da mensal *Claudia*, que havia fundado em 61. A bordo leio um texto escrito anos antes por um diretor do *New York Times*. Não peça ao profissional que ele seja objetivo, escrevia, por mais que se esforce será sempre subjetivo, ou seja ele mesmo, até ao depositar uma vírgula ao meio de um período. Peça, isto sim, que seja honesto ao informar seus leitores. O diretor falava bastante, mas com sabedoria, e apontava ainda a melhor maneira de se escrever uma reportagem: não incomodem os rapazes em obedecer a esta ou àquela técnica ensinada por quem de hábito pontifica na matéria, a única regra válida manda capturar a atenção do leitor desde a primeira linha, da maneira que lhe soar mais apta, e sem receio de conferir ao texto qualidade literária. No mais, imagine-se convocado para produzir uma carta, para os pais, a namorada, o amigo, e a pretenda lida de fio e pavio. Aquela leitura no avião foi muito salutar, bem como, anos após, a de um ensaio de Hannah Arendt, *Entre o Passado e o Futuro*. A bem de eventuais palestras, com ela aprendi o conceito da verdade factual, aquela incontestável como é dizer que me chamo Mino, diferente dos milhões de verdades que cevamos nas nossas cabeças ao longo da vida.

Omitida, ou encoberta fatalmente pela mentira, a verdade factual soçobra como um barco furado e nunca mais será recuperada. Nos tempos da ditadura, costumava repetir, não somente em público mas também na solidão dos meus buracos negros, igual a jaculatória, uma frase extirpada com determinação de posse definitiva do ensaio da pensadora judia: "Não há possibilidade de sobrevivência humana sem que haja homens para contar o que acontece, e que acontece porque é." Houve quem afirmasse que a segunda parte da sentença "... e que acontece porque é", eu a inventara. Acontece porque é? Que significa? O verbo ser na terceira pessoa do singular estaria aí de gaiato. Está aí, contudo, porque há de estar. Significa que o fato existe, apontado na eternidade por um clipe definitivo. Acho que estas observações não servem para o jornalista a serviço de ACM, estão além da técnica. Mesmo assim, a partir destas ralas leituras, com a desfaçatez e a sinceridade habituais, exponho ao visitante a minha lei, pela qual o jornalismo há de obedecer a três princípios básicos: fidelidade canina à verdade factual, exercício desabrido do espírito crítico, fiscalização destemida do poder onde quer que se manifeste. É o que digo ao gaúcho alegre, certo da impossibilidade de aplicar os tais princípios em Salvador.

Volta a ligar Paulo Egydio. "Não estou." E liga de novo, e de novo. "Não estou." É começo da noite na redação, nos espera trabalho até o sol do dia seguinte, o pessoal foi jantar e me acho sozinho. Toca o impiedoso aparelho, atendo: "Sou eu – diz a voz de barítono quatrocentão –, Paulo Egydio." Não há como mandá-lo às favas de pronto. "Sei, sei", digo apenas.

"Estou ligando faz meses." É verão de 78.

"Não diga, eu deixei recados há dois anos e muitos meses."

"Eu não..." Interrompo de pura compaixão. "Você se negou a me atender então com a clara intenção de evitar contato com o réprobo, quem me recomendou procurá-lo foi o Golbery. Você não me deu uma prova de destemor e muito menos de amizade, a amizade que você se empenhava em demonstrar." Ele repetia "precisamos nos encontrar, vamos almoçar um dia destes". Toma-me enfim um raro sentimento de tolerância, mas também de curiosidade. Por que me procura agora? Que pretende me segredar às vésperas da nomeação de seu sucessor?

Almoçamos no restaurante do Hotel Ca'd'Oro, capaz de evocar a província do norte da Itália e servir pratos respeitáveis, seu dono mediu São Paulo com um metro europeu, se não mesmo de Bérgamo, sua cidade natal, e ergueu o hotel em um ponto que imaginava ideal embora mais ou menos central, agora começa a ser eleito pelas passeadoras noturnas para bater saltos em busca de fregueses, com todas as consequências deste gênero de frequentação.

Paulo Egydio passa o tempo a falar de Paulo Maluf, inescapável futuro governador, embora mereça muita atenção o recém-chegado *bollito* de excelente feitura. Murmuro entre dentes "os fados gregos são volúveis", ele não registra a frase, na aparência fora da moldura, de verdade bem dentro, penso no malogro político do meu comensal. Ele desfia as intermináveis mazelas do desafeto com sua voz de ópera, está mais para Falstaff do que para Scarpia.

Evito comentar que Golbery faz tempo desenha o futuro e nele certamente inclui Maluf. Saio do Ca'd'Oro em meio à poluição de um certo mau humor, condoído mais pelas perspectivas do que pelo destino medíocre do governador, e entro, quase dez anos depois, no escritório de Paulinho Machado de Carvalho, filho do Marechal da Vitória, patrão da Record, instalada no espaço outrora ocupado, a caminho do Aeroporto de Congonhas, por fantasmagórica construção chamada Tropical, onde se organizavam festas-baile e onde dancei nos tempos de clássico no Dante Alighieri, estruturas daqueles tempos se perpetuam na sede da tevê. Digo ao Paulinho, com quem simpatizo: "Vou embora, deixo o meu programa sem que isso interfira na nossa amizade, em perfeita paz de espírito, é o que convém a você, e, já que entendo os seus problemas, convém também a mim."

Há dois anos e meio sou âncora de um programa de tevê que a Record põe no ar às onze horas da noite de segunda-feira, *Jogo de Carta*. Paulinho, faz tempo, recomenda que seja cuidadoso na escolha dos entrevistados e, por favor, "menos irônico" ao me referir ao governo de José Sarney, cujo ministro das Comunicações é Antonio Carlos Magalhães. O sultão do deserto, ou imperador da Bahia, deixou seu reino em mãos confiáveis para apossar-se na capital da República de uma pasta decisiva. A Record pretende espaço em Brasília, tem de receber para tanto o aval governista, e Toninho Malvadeza entrega-se à interpretação do papel que outrora coube a Armando Falcão, outro amigão da família Marinho, ambos com resultados excelentes. O nó da questão está precisamente no *Jogo de Carta*, desabrido demais, chistoso até, nas críticas ao governo aos olhos do próprio. O que me leva a sair de cena antes que Paulinho seja obrigado a me demitir. Mas os Machado de Carvalho não são os Civita, e eu me vou sem ressentimentos.

Estou a comparar, neste exato instante, ACM com Paulo Egydio. Aquele é o predador medieval ao assalto do trópico, coronel do agreste, age em tempos curtos e não precisa às suas costas de uma estirpe, se bem que este gênero de personagem nas nossas latitudes esteja habilitado a alegá-la sem provas. Cresceu no poder cercado pela plebe dos libertos ignaros, à sombra barroca de palacetes salpicados de enfeites de cimento moldado e de igrejas de ventres dourados, as cores externas dominadas pelo branco ofuscante com permissão para a comedida interferência, muito eventual, do azul-celeste, do ocre e do amarelo indiano. A trajetória é ascendente na violência tanto explícita quanto sorrateira, e na audácia, multiplicada lance a lance, sempre vitoriosos.

Paulo Egydio é herdeiro da segunda ou terceira geração de rica família paulista, aristocrática à maneira do lugar, de raízes à flor da terra, vida à larga aproveitada sobretudo no gáudio e na acomodação, a aparentar a certeza de uma superioridade baseada sobretudo na subserviência alheia e em modos falsamente corteses, europeus na visão da sua roda. Destinado a cuidar da fortuna familiar, declarou um irresistível pendor para a política depois do golpe de 64, e não lhe faltou a gratidão dos generais que viram nele o representante dos marchadores com Deus e pela liberdade, os generais sorbonnianos. A imponência da figura, encimada por uma grande cabeça capaz de emitir sons de ecos amplos, facilitou inicialmente a carreira. Faltaram-lhe as características de Toninho Malvadeza, que poderia ter substituído para usufruir das boas chances, tidas de saída, por outras mais adequadas aos seus modelos ideais, cavalheiros de colete hábeis na manobra de bastidores, peremptórios e firmes quando é preciso. Ele é tíbio, assustadiço, frágil apesar da mole.

Capítulo XIX

Represava uma corrente impetuosa, rompido o dique extravasava energia de fúria insuspeita, Rebeca no sexo. A volúpia subia em golfadas da fonte de localização difusa e os langores iniciais logo se transmudavam em impulsos sedentos acompanhados por tremores intermitentes, aos solavancos, guinchos borbulhantes e outros ruídos de escala baixa similares e uivos reprimidos. Desnudado, o corpo miúdo, grácil qualquer um diria, revelava firmeza, solidez até nos pontos de maior atração, inclusive nos volumes que se oferecem ao toque e ao achego. Rebeca devorou Abukir e se deu conta de seu poder de anaconda, com a sabedoria, no entanto, da primeira fêmea saciada pela maçã do bem e do mal, deixou, portanto, que ele julgasse seus os méritos do amplexo formidável e mesmo ainda presa do desejo entregou-se ao abandono exausto ansiado por ele. Naquele torpor Abukir inseria palavras de amor raramente pronunciadas, à beira de uma declaração definitiva. E não demorou o dia em que passaram a viver debaixo do mesmo teto, um apartamento no Pacaembu, próximo à Praça Buenos Aires, bairro de inegável compostura.

"Juntaram os trapos", comentou Ramiro. "Estava escrito", garantiu Goulart. Março de 77, o outono ainda hesitava enquanto a chuva acostumara-se a cair toda tarde e às vezes de noite, nas alturas do Pacaembu e, de um décimo quarto andar, Rebeca se alegrava: "Aqui nunca haverá inundações." A cidade sem rédeas alastrava-se como se a movesse a compulsão masoquista de procurar os alagados, a criar espelhos de lama para refletir a miséria às costas da casamata gigante do *Estadão*. No Congresso em Brasília, a capital remota na savana, o partido da oposição consentida, Movimento Democrático Brasileiro, dirigido por aquele enxuto, irônico Ulysses Guimarães, mais uma vez exagerava na crença em seu próprio papel e alguns dos seus militantes exibiam-se em rebeldias ousadas em demasia. Rompeu-se a corda esticada ao máximo segundo o general Golbery, de sorte a pôr em risco seu plano de distensão programado em etapas graduais e sob controle milimétrico, ele entendeu que a tigrada pretendia adiantar os ponteiros e aplicou o corretivo. Chama-se pacote de abril, e cassam um punhado de emedebistas inquietos. Obsequente à ditadura a reação da mídia, com as exceções costumeiras, os alternativos e a revista *IstoÉ*, que se tornara semanal.

"Você devia mudar-se para lá", diz Ramiro em tom de troça. Por quê? "Homessa, você é de esquerda." Ramiro não muda a inflexão, e de uns tempos para cá pronuncia "homessa" com a ênfase necessária, colheu a palavra na boca do doutor Júlio, confere a quem a emprega a pose do cavalheiro de antanho desde que tenha *le physique du rôle*, outra expressão mesquitiana, não era o caso de Ramiro, com ele ganhava um som tórpido. Abukir achava que a ideia de alguns colegas a seu respeito mesmo cercada pela incerteza valia-lhe uma deferência qualquer, forma peculiar de respeito misturado com receio, como se dava com Goulart, e àquela altura esmaecia na visão dele a diferença entre a crença do amigo e a sua indiferença substancial, mascarada por frases feitas, largadas aqui e acolá para impressionar o ouvinte, escombros do nada. Deixava-se empurrar pela brisa alheia, e o desfecho seria acreditar nas palavras dos outros, e com convicção que os outros não tinham, muitos falavam para preencher o vácuo.

Veio Rebeca na hora de dormir: "Você bem que poderia me levar para a reportagem." Ele não diria ter sido pego de surpresa. Respondeu mesmo assim, para ganhar tempo: "Quer dizer que você ainda sonha em ser repórter?" Arrastava-se nas entrelinhas um vago desalento.

"Pois é, o sonho de sempre."

"Mas você não entende que seria minha subordinada? Imagine o que dirão os coleguinhas... E o doutor Júlio permitiria?" Inaugura um timbre solene: "O conflito de interesses é evidente."

"Eu sei – ela suspirou –, é apenas um sonho... Você nunca foi redator, sempre repórter..."

Abukir interrompeu para repetir uma sentença ouvida com vezes. "Todo jornalista tem de ser repórter."

"Bonito, mas você não imagina os tormentos do redator da Internacional, a gente lida com o material das agências ou dos correspondentes, quer dizer, com as informações dos outros, as situações que eles viveram, os personagens que eles entrevistaram, importantes e nem tanto, a gente fica é com inveja enquanto edita, às vezes é um trabalho miserável, uma colagem do noticiário da Reuters, da Associated, da United, um mosaico sem glória, outras vezes pego o texto do correspondente e passo para a revisão sem retoques porque não precisa, só resta fazer título, entretítulos e legendas."

Ele disse entender, "claro, claro", e entender "só complica as coisas". Lamentava a insatisfação da mulher, entristecia-o, e nem por isso enxergava saída, "por ora", apressou-se a sublinhar. Por que hoje não e amanhã quem sabe? "Posso ser levado a outro posto, que desfaça o conflito." Enrolaram-se nos lençóis com a fúria que ao cabo gera o êxtase.

Um caso suspeito foi deflagrado nas esferas da administração do estado, envolvia a construção de um viaduto elevado que partia de uma franja do centro paulistano para invadi-lo com uma golfada de cimento, uma erupção a coar entre prédios da avenida outrora larga e agora humilhada, a fim de garantir dois andares à passagem dos carros, vetado, obviamente, o tráfego de ônibus, para confirmar a orientação geral do trânsito metropolitano. Ao carro a primazia, ao transporte público o descaso.

Pelo elevado, batizado com o nome de um ditador falecido, os automóveis roçam as paredes dos terceiros andares, motoristas e demais passageiros gozam da possibilidade de conhecerem a decoração de inúmeros apartamentos e chegam a aparentar a intenção de visitá-los. O *Estadão* não tem boas relações com o prefeito Paulo Maluf, herdeiro do Adhemar de Barros cassado mais de dez anos antes por corrupção embora tivesse sido tão prestimoso ao organizar a Marcha da Família, com Deus e pela Liberdade. Segundo o jornal, Adhemar nascera em pecado mortal por ter sido interventor do estado de São Paulo por escolha de Getúlio, o desafeto-mor, enfim confirmado no governo pelas eleições de 1950, levado ao Senado em 1960 e à prefeitura em 1962. Por onde passara, o homem, pançudo de cabelos pintados na tonalidade acaju, rosto flácido de tez rosada em que se plantavam duas seteiras em lugar dos olhos, deixara um rastro de assaltos aos cofres públicos, e o *Estadão* o punia ao lhe negar o nome de batismo, citava-o como A. de Barros. Goulart declamou mais de uma vez desde a posse de Maluf: "Adhemar, perto dele, é ficha pequena."

Sempre há alguém para pedir explicações. "Ora, quais são os golpes de Adhemar? Superfaturamento modesto das obras, uma transação mal explicada de ambulâncias para o Hospital das Clínicas, o roubo de algumas urnas marajoaras que tirou do museu e levou para casa. Maluf superfatura grosso em cima de túneis, viadutos, avenidas totalmente desnecessários, ele inventa e cobra pedágio altíssimo." O Gula não sabia que, tempos à frente, Maluf governador criaria uma empresa do governo de São Paulo para extrair água em lugar do pretendido e impossível petróleo, ao preço de centenas de milhões de dólares.

Era normal que, ao aparecerem figuras deste naipe, o *Estadão* fizesse questão de se erguer a "paladino" da moral de Piratininga. Contagiado, Abukir tomou-se do ímpeto de um *bulldozer* ao escalar a si próprio para uma série de reportagens arrasadoras, se não do elevado, ao menos de Maluf. Avisou: "Deixem comigo."

"Vai, vai, meu paladino, baixa a durindana", encorajou Goulart.

Foram dias de ataque concentrado, premiados pelos elogios gerais, doutor Júlio sorria, a partir das sete da noite a máquina de Abukir, de regresso das surtidas investigativas, assumia-se como metralhadora, cada palavra era uma bala, cada período uma saraivada.

No sexto dia, Abukir retorna cabeça em brasa, falanges ardentes, chega-se ao Ramiro, afogueado: "Escuta, parece que um banco está na tramoia." "Um banco? Como?"

"Uma fonte da Bolsa ligou no começo da tarde, um cara importante... me chamou para conversar, consta que o banco criou algo assim como um fundo para favorecer a empreiteira e repartir o que vier com o superfaturamento. Financia e leva o dele, sabe como é, turbina as ações." Abukir já se apossara do verbo turbinar, caíra da boca do homem da Bolsa e já o usava como se figurasse no seu vocabulário desde sempre.

"Informação interessante. Mas que banco é este?"

"O cara supõe que se trate do Mercantil."

Ramiro vê a raposa transmudar-se em rinoceronte.

"O Mercantil? Esquece."

"Como, esquece? É um furo e tanto, se eu conseguir confirmar, moita por hora, mas amanhã investigo junto a outras fontes, vou mais ao fundo da questão..."

"Deixa para lá, o dono do Mercantil... Você sabe quem é o dono do Mercantil e quais são as ligações dele com a casa?" Abuzinho ignora. "Pois saiba que o dono do Mercantil manda no Conselho do jornal, desiste dessa, e agora mesmo, que se você mexer no assunto a coisa vem à tona e alguém telefona para o doutor Júlio, entendeu?"

"Então abandonamos a pista?"

"Continua, continua, mas por favor nada de banco envolvido, nem uma palavra, nem uma entrelinha, banqueiros em geral são amigos da casa."

A metralhadora reduziu-se a espingardinha de ar comprimido. Mais tarde Abukir viu Ramiro e o redator-chefe muito próximos em um canto da redação, pareciam entretidos em uma confissão fora do confessionário, o redator-chefe meneava gravemente a cabeça, não era possível estabelecer se em sinal de desaprovação ou de pasmo.

Capítulo XX

Encaçapada languidamente no sofá da sala, Rebeca falou na ponta dos lábios: "É pena que você não possa publicar a matéria certa sobre o caso do elevado." Ele exalou um "nem me fale" sofrido.

"E se você a publicasse, sei lá, na *IstoÉ*, com um pseudônimo?" Logo acrescentou, desvencilhada da posição inicial: "Esquece, deixa para lá, uma coisa dessas encerra muitos riscos." O suspiro de Abukir teve o som da concordância. Ainda assim, mostrou-se picado: "Você acha mesmo que *IstoÉ* publicaria?" Ela acha: "Eles não fazem autocensura."

Abukir interpela Goulart. "Como você classificaria *IstoÉ*? Revista de esquerda?"

"De oposição, sincera, acho eu, no seu empenho de contar a verdade, é isso. Hoje em dia, é o que basta para ser de esquerda, e do ponto de vista do regime certamente é, mas os caras da redação não são de esquerda, são liberais radicais dentro das circunstâncias, com exceção de Mino, que se declara anarcossindicalista."

"Que é, anarcossindicalista?"

"Coisa de italiano, o anarcossindicalismo é precursor do comunismo à moda peninsular, o Mino é sobretudo um leitor de Antonio Gramsci." Ou seja? "Gramsci, um revisor moderno de Marx sem Lenin e muito menos Stalin. Aí está, comunista à moda peninsular. Os amigos da redação vão atrás dele e ali há quem saiba escrever a bico de pena, o Nirlando, o Tão..."

O Gula desenha uma das grandes contradições brasileiras, pinça um dos sinais do desvario do nativo que estudou e leu alguns livros, ao menos obliquamente. Muitos, em proporção, se arvoram a declamar ideias tidas como esquerdistas e às vezes supõem acreditar no que dizem, são as manifestações de uma hipocrisia senhorial, no caso das damas da nata social leva-as à prática da beneficência. O enredo ganha um viés farsesco em várias redações onde os patrões temem, sempre de prontidão, a traição das entrelinhas, o golpe baixo do escriba vermelho, embora esta rubéola seja tão rara. A partir daí, o lado bufo pode transmudar-se em trágico, praticamente inatingível ao sabor da certeza, doida e parva, de quem sinceramente enxerga a ameaça em lugar do faz de conta, a começar pelos generais estrelados. Antes da hipocrisia vêm a pobreza de espírito, o primarismo selvagem, a parvoíce, a gerarem covardia e ferocidade em realimentação mútua.

A história do elevado poupara Abukir por tempo determinado da pressão de um pensamento que às vezes poluía a consciência, ao avaliar a desabrida entrega de Rebeca aos prazeres do sexo figurava o mergulho em uma negra lagoa de margens incertas até atingir o fundo de uma caverna onde se escondiam sensações inéditas até então, entregavam-no no êxtase da rendição a um poder maior. Deleite feito de arrepios crescentes, transmudados em progresso em solavancos irrefutáveis, espasmos de gozo precipitados pela percepção da sua própria sujeição, como se fosse aquele o primeiro movente do deleite. Desde o começo este fora o resultado buscado com sofreguidão, sentir-se dominado era a fonte do seu desejo, aceso com frequência antes inimaginada. De volta ao habitual, Abukir deu para refletir sobre a novidade dos seus impulsos, supunha-os definitivamente testados por todas as situações e no entanto descobria nele algo insuspeito, e muito profundo. A turva vontade da entrega passiva à dela tomava-o em qualquer momento do dia, tentava controlá-la em vão, mas nem por isso experimentava desconforto, pelo contrário, curvava-se enlevado "às artes de Rebeca", maga dominadora vinda para obrigá-lo a uma forma prazerosa de humilhação.

Sem querer? Sim, sem querer, está claro, mas a involuntariedade não a aliviava. Pois é, as artes de Rebeca... Ela inquietava momentos cada vez mais largos do seu dia, e sofria uma pontada dolorosa com a súbita ideia, soprada por força oculta segundo ele amoitada à sua revelia, de que Rebeca viesse de longas e ricas experiências sexuais.

"Você é muito fogosa", ganhou coragem de comentar.

"E você gosta?" Voz do cabaré.

"Gosto muito", gaguejou Abukir. Latejou o desejo, atiraram-se à cama. Quando amainou a tempestade, ele voltou à carga. "Viu, é isto que eu digo." "E eu digo que você é muito fogoso, e estamos quites, a gente se gosta."

Ele cogitou de declarar-se ciumento do passado dela e concluiu que com isso fortalecia o sentimento da humilhação. Sugeriu então: "Fale-me um pouco da sua vida."

"Comum, tudo bastante comum, vida familiar, escola, namorados..."

"Muitos?"

"Não, três ou quatro depois do primeiro, foi o namoro dos quinze anos..."

Ele achou que devia parar, ela prosseguiu: "O último queria casar comigo, quatro anos atrás..."

Abukir interrompeu: "Sim, entendi, você não precisa me contar nada."

"Nem quer saber por que não me casei?"

"Você deve ter tido boas razões."

"Não o amava, embora gostasse dele. Julgava-o muito, com rigor excessivo, depois de um ano tudo acabou."

"E você me julga também?"

"Também, mas cresci, fiquei adulta. O julgamento de um semelhante tão próximo é inevitável. Gosto de você, muito, gosto de como você é, ou de como o enxergo, e ponto."

No silêncio seguinte, Abukir recriminou-se por ter evitado outras perguntas, deveria ter descido mais e mais na busca espeleológica. E por que se deteve? Porque naquela circunstância não era preciso aprofundar-se, outras ocasiões surgiriam naturalmente... Ou o inspiraria o temor de se defrontar com revelações destinadas a tornar mais agudas as pontadas? Na dúvida tratou de consolar-se com a apreciação do mestre de tênis: "Você está indo muito bem, alguns dos seus golpes já são internacionais."

O mestre era o Maneco, velho campeão e bom cozinheiro, seu bacalhau à espanhola, com pimentão e batata, era celebrado pelos frequentadores de meia-idade do Clube Paulistano. E ao bacalhau Abukir teve acesso na sala de jantar de um sobrado nos Jardins onde o empresário Mario Amato instalara seu escritório. Filho de um alfaiate italiano com voz de tenor para encanto dos bares do Brás em tempos idos. Mario Amato, futuro presidente da Federação das Indústrias e sócio remido do Paulistano. O mestre da raquete disse: "Vai lá, almoço de sábado, você é meu convidado de honra."

Amato tinha belo porte e paletós de *tweed* de corte inglês a despeito do sotaque do Brás, e era naturalmente afável. Entre os convivas surgia um jovem jornalista, pouco além dos trinta, Armando Salem, repórter de *IstoÉ* e veterano na amizade de Mino Carta, trabalhava com ele desde os tempos do *Jornal da Tarde*. Salem gostava de falar e de se ouvir, e vendia simpatia, Abukir aproximou-se, escolheu as palavras para dizer da sua admiração por *IstoÉ*, de resto compartilhada por tantos, redações afora. Amato sentenciou: "É um bando de subversivos mas eu gosto deles, não concordo mas gosto."

Antes do bacalhau, em camadas sobrepostas sem omissão de cebola e salsinha picada, foi servido talharim com camarão, obra também do Maneco, e Amato abriu um tinto bordolês, explicava: "Meu pai condenaria, só tomava frascos de Chianti, mas eu vou dizer uma coisa para vocês, vinho italiano não desce tão fácil quanto este néctar, é uma carícia no palato e no fundo da garganta."

Alguns preferiram tomar ininterruptamente uísque para uma combinação discutível com bacalhau e camarão, mesmo cozinhados por um campeão da raquete. Eram doze ao todo os comensais, profissionais liberais e empresários, divertiam-se sobretudo com as aventuras de um grupo de políticos que alugavam um sobrado próximo para organizar medíocres orgias das quais estava credenciado a participar Jânio Quadros, o presidente da renúncia. Um banqueiro rotundo riu muito ao lembrar que Quadros chamava de senhorinha célebre cortesã por quem todos ali, ou quase todos, haviam passado.

Jânio, magrelo empinado, olhar assimétrico, ares de galo de rinha, era personagem querida de vasto anedotário, e o penalista príncipe do foro bem como catedrático da Faculdade de Direito do Largo de São Francisco contou um episódio surrado, mas sempre ouvido como se fosse a primeira vez, em que Jânio, ao receber eleitores graúdos dispostos a investir na sua campanha a governador do estado, pegou do pacote embrulhado em papel-jornal entregue pelos visitantes e o jogou na lata de lixo próxima ao proclamar seu definitivo desinteresse em lhe conhecer o conteúdo. Abukir associava-se às gargalhadas, presa de uma espécie de encantamento precipitado pela convivência, por mais breve, com cidadãos de peso, a importância dos engravatados refletia sobre ele uma sensação apaziguadora.

O autor destas linhas foi aluno de Jânio Quadros, professor de Geografia no Colégio Dante Alighieri no imediato pós-guerra, mas, *repetita juvant*, não é por isso que o ex-presidente comparece neste capítulo, aqui está porque os convivas falam dele. Quanto a mim, só posso dizer que o homem era a seu modo muito autêntico pelo menos em um ponto, acusado de borrifar os ombros com talco a se fingir de caspa, atribuía-se o recurso à vocação de histrião, de minha parte asseguro ser a caspa absolutamente verdadeira. Dava aula de terno, como todos os professores de então, os dele amarfanhados e manchados com sôfrega determinação, destinados, muito tempo após, à substituição por casimira inglesa risca de giz. Vinha depois de parar em um bar pelo caminho para um desjejum à base de cachaça que o deixava de olhos luzidios sem alterações de monta na fala. Professor meticuloso, obsessivo, estabelecia a média, a meu ver injusta, entre a nota da sabatina e a do caderno das lições de casa, premiado com dez se o aluno empregasse cores diversas de tinta como suporte de uma bela caligrafia, se possível de inspiração rococó. Em frente ao Dante, o Parque Siqueira Campos era habitado por uma colônia de bichos-preguiça, e alguns, creio eu, foram chamados a lecionar no Colégio com excelentes resultados, Jânio não era, porém, um deles. Perdoe o leitor a digressão, surgiu de estalo exigida pela memória ao se dissiparem as últimas gargalhadas suscitadas no almoço do bacalhau pela lembrança de Jânio político.

À altura do último gole, alguém lançou sobre a sobremesa quase intocada o nome de um certo Lula, presidente do Sindicato dos Metalúrgicos de São Bernardo, e somente um dos presentes precisou de esclarecimentos, os demais tinham ouvido falar daquele nordestino intrigante sem chegar a entender a que viera, embora não duvidassem da periculosidade da figura. "Muito ignorante e muito metido", rosnou Mario Amato, que tinha ouvido o Lula falar no rádio. "Não me surpreenderia – interferiu o banqueiro rotundo, reconhecidamente bem-informado –, se fosse agente da CIA." "Bem, se for assim...", murmurou Amato.

Ao se despedir de Salem, Abukir pronunciou a enésima mesura: "Queria lhe perguntar como uma redação tão pequena consegue produzir uma revista semanal." O outro comoveu-se, dependesse do seu estado de ânimo, dissertaria a tarde inteira a respeito, haviam chegado à calçada e Abukir esticava a mão, disse apenas: "Outro dia lhe conto, vai lá visitar a gente."

Salem era um belo jovem voluntarioso, contrapunha uma ambição espontânea de riqueza luxuosa, própria da sua natureza, a um projeto intelectual que o levara ao jornalismo depois de haver cometido alguns versos. Tinha êxito junto a fêmeas tenras, e certa vez havia sustentado a tese de que mulher bonita só se entrega a homem bonito. "Ah, como você se ilude", repicara o Mino.

Entreato

"Ô general, faltam menos de dois meses para o dia 12 de outubro...", digo em tom declamativo. "Quer dizer que sabe fazer contas de somar e subtrair?", revida Golbery.

É final de agosto de 1977 e 12 de outubro é data-limite, segundo o Merlin do Planalto, para desatar o nó da sucessão de Geisel. O general confirma a data? Confirma. E quais são as perspectivas? "Boas", responde. "Ótimas é exagero?" Insiste, boas, nem muito, nem bastante.

Volto a São Paulo de Brasília, pouco depois das sete da noite, sigo diretamente para a redação da *Folha*, no quarto andar invado a sala de Cláudio Abramo, "tenho boas-novas". Não é que a sucessão do ditador para impor outro no lugar nos tire o sono, são boas iguais às expectativas de Golbery, mas por razões diversas. Do nosso lado, é a situação que o jornal vive a inquietar o meu amigo. A *Folha* que Cláudio enfim passou a dirigir é um jornal vivaz e assertivo, bem ao contrário de sua versão anterior, e obviamente incomoda o chamado *establishment*, fardado e paisano. Uma crônica do colunista Lourenço Diaféria oferece aos militares a oportunidade de meter seu rombudo bedelho. Diaféria escreveu a respeito da estátua do Duque de Caxias, comandante do Exército que no século XIX derrotou o Paraguai e contra a indiada daquelas alturas cometeu atrocidades de requinte ibérico, e por tais méritos foi elevado à categoria de herói definitivo e à glória de um monumento equestre. Caxias ensaia um galope de bronze na praça fronteiriça à Estação da Luz e sobre o vaivém dos brasileiros ignaros da sua condição de cidadãos deita um olhar altaneiro, sabe da sua condição de herói. Diaféria guarda objeções em relação a mais um pai da pátria e da ditadura e as resume ao registrar que a espada do general está "oxidada". Blasfêmia para os de farda e os de pijama.

O colunista é preso, o jornal sofre pressão para baixar o tom enquanto ninguém se incomoda em restaurar a estátua. Incumbido de manifestar a irritação militar o general de divisão Hugo Abreu, o paraquedista com porte de jóquei, ainda e sempre cabo eleitoral do ministro do Exército Silvio Frota, candidato da ala dura à sucessão de

Geisel. Conto a Cláudio minha conversa encerrada há três horas com Golbery.

"Vamos chamar o Frias, já." Não é de expandir-se em ocasiões que dizem respeito ao serviço, entendo agora sua agitação. Chega Frias com seu sorriso de ponta de lábios e o espartilho da vovó a lhe amoldar os lombos, percebo-o como de hábito quando me abraça, digo: "O Cláudio hoje está de bom humor." Prolonga o sorriso: "Não me conte como está o Cláudio, sou especialista em Cláudio Abramo." "Fala, fala", me convida o amigo. Falo. Frias já não sorri, meneia a cabeça: "O Golbery se ilude." Como assim? Explica com o dom da certeza: a disputa foi resolvida há tempo, Silvio Frota é o futuro. Ele não se permite dúvidas e eu me pergunto se não seria esta a solução que prefere.

Saio da *Folha*, noite de inverno, me deixo arrastar pelo desconforto, mesmo porque a esta hora os táxis vazios não param, alguns motoristas, mais atenciosos, executam com a direita, dorso escancarado, um sinal diante da boca aberta, informam que vão jantar, invectivo da calçada e me acho no auditório da universidade carioca, palestrante do dia, quando irrompe a notícia de que Cláudio Abramo foi removido sem pré-aviso do quarto para o oitavo andar para tornar-se um notável inútil. Dia 17 de setembro de 77, vou almoçar com Raymundo Faoro no Rio Minho, viveiro azul de bacalhau, inclusive à Zé do Pipo. De noite estou com Cláudio, não se queixa, repete "era inevitável". Frias escolhe Frota, incompatível com a *Folha* que ele dirige. Pergunto se alguém sai com ele, sei lá, Eduardo Suplicy, que Cláudio chamou para cuidar de Economia e com quem se encontra amiúde longe do trabalho, mulheres incluídas. Não, Eduardo disse que precisa defender seu espaço. Mesmo amanhã, em um jornal mudado? Sim, diz Cláudio, "e é melhor assim". Na casa dele, intrépidos móveis de madeira escura, obra de artesãos italianos dos começos do século, participam da reunião, compenetrados mas serenos. Lidamos prazerosamente com as *raclettes* preparadas por Radha, a combativa Radha do Cláudio, e eu percebo nele o intérprete de um *spleen* outonal, o ceticismo melancólico torna-o romanticamente conformado.

Eduardo Suplicy é um fio condutor, dou com ele nos bastidores do Teatro Ruth Escobar, atriz e empresária nascida em Portugal, casada no momento com um moço apelidado de judeu errante, por ser judeu que erra muito. De propaladas crenças democráticas, Ruth cuida entretanto de praticar o ecumenismo, em seu belo sobrado convida para coquetéis e jantares gregos e troianos, de Fernando Henrique Cardoso, presente como o coentro na comida do Nordeste, a Ruy Mesquita, com o contorno de atores e poetas.

Mas por que a memória me coloca no palco? É uma noite de novembro de 1976, e lá vou para ocupar o centro da mesa do debate encenado no Ruth Escobar lotado por mais de mil pessoas, sem contar outras tantas, aglomeradas na rua à volta dos alto-falantes. Debate sobre jornalismo ao qual fui chamado para o papel de mediador. Houve, há duas semanas, a tentativa de realizá-lo, e só ao chegar ao teatro, Eurico Andrade, Raimundo Pereira, Ruy Mesquita e eu, mais Audálio Dantas, presidente do sindicato, que então seria mediador, soubemos da proibição emanada dos mais altos escalões de Brasília a nos alvejar com a plateia já lotada. Ruth liga para o general Otavio Costa, ex-*ghost writer* de Emilio Garrastazu Médici, para saber do porquê da censura. Costa é autor do discurso de posse do ditador escolhido pela casta no final de 69 para substituir Costa e Silva doente, e suas veleidades literárias o levaram a oferecer a Emilio Garrastazu Médici, dotado da arrogância dos recalcados que chegaram ao topo, um texto pretensamente poético, apresenta-o como chegado nas asas do minuano, o vento do Sul, resta saber se tépido ou raivoso. Ruth trata o general com familiaridade, alegra-se com sua boa saúde sem deixar de mandar beijos para a generala, que chama pelo nome. Verificamos, não sem surpresa movida por motivações diferentes, que o entrave fatal é representado por mim. Reprimo um sorriso de satisfação, Angélica, que me acompanha, ri sem disfarces diante da decepção dos demais, Ruy Mesquita inclusive, ex-perseguido pela censura. Ruth é volitiva e determinada, corajosa no episódio e em outros a despeito do seu ecumenismo, próprio de estalajadeiros, garçons, motoristas de praça, barbeiros, empresários de teatro e muitas outras categorias.

Enfim, os generais rendem-se a Ruth, o debate recebe o *nihil obstat* duas semanas depois desde que eu seja o âncora e me limite a dar voz aos debatedores. Nada disso me espanta, faz quatro meses um programa de entrevista que iria conduzir para a televisão Tupi dos Diários Associados foi proibido por Armando Falcão, haveria de ser quinzenal, reuniria figuras de notoriedade para discutir temas anódinos, dois programas estavam gravados e anunciada a estreia para 4 de julho, no dia 3 Brasília disse *niet* e eu colecionei mais uma história para contar aos netos.

Esta noite a tarefa é outra, arco com o papel de mediador e, precavido, mantenho ao meu alcance um copo cheio de vodca até a borda a se fingir de água. Quero arrebimbar o malho, gosto muito da expressão arrebimbar o malho, ao menos neste momento, quer dizer, não perco a oportunidade de desrespeitar o sinal de perigo para invadir a área vetada e ao avançar da noite me empolgo mais e mais graças ao álcool pesado. Depois de um par de horas, ergo-me de copo em punho como se a ausência eventual do mediador fosse prevista e com passos solenes atravesso a cena no rumo dos bastidores, onde farei o reabastecimento da falsa água. Dou com Suplicy com sua expressão perdida no vácuo de Torricelli e sua fala trôpega, pergunta "o que isso?" ao se referir ao conteúdo do copo, respondo água, é, de fato, o que parece. Suplicy está sempre presente e frequentemente em lugares insuspeitos onde faz aparições súbitas e, há quem diga, concomitantes, a despeito da distância entre um cenário e outro, donde a minha convicção de que dispõe do dom da ubiquidade.

Volto à mesa e pergunto a Ruy Mesquita: "Por que, quando a censura se abateu sobre alguns entre nós, você não procurou a todos os patrões, censurados ou não, para compor uma frente comum contra a enésima prepotência do regime?" Ruy me encara severo: "E você acha possível que a minha família se misture com Civita, Marinho, Frias, Nascimento Brito?"

Reencontro Suplicy um ano depois no casamento de Berenice, uma das duas filhas de Cláudio e Radha, sou o padrinho. Cerimônia ao ar livre em dia de sol, celebrada por um tabelião de Guarulhos, em cujo território se alastra sem ambições exageradas o sítio de Ruth, amiga de Radha e madrinha da noiva. Segue-se o almoço, servido no interior da casa térrea erguida em meio ao verde, formam-se grupos, um deles reunido em torno do diretor de teatro Flavio Rangel, de ótima veia e bom humor, sentado arregaça as calças, cruza a perna e sobre o joelho direito pousa um par de óculos, e apresenta para a risada dos presentes a caricatura de Magalhães Pinto, banqueiro e raposa da política mineira, golpista histórico chegou a ministro da ditadura. Os assuntos são atuais e vem à tona o nome de Lula, fica sobre a pele das conversas por pouco tempo, nem todos sabem de quem se trate, mesmo assim alguém o aponta como marxista formado em escola moscovita, logo contestado por quem enxerga nele, com a nitidez da evidência, o agente da CIA. Na roda, com o olhar daquele que perdeu o trem mas ainda não se deu conta, Suplicy aprova a segunda versão.

Meses antes, escrevi uma larga reportagem a respeito do presidente do Sindicato dos Metalúrgicos, acompanhada de entrevista, mas ninguém ali me leu. Estava para encerrar-se o mandato de Geisel e o nome do sucessor era conhecido havia tempo, João Baptista Figueiredo, general da cavalaria. Frias fez a aposta errada.

Dia 12 de outubro de 1977 Severo Gomes liga para *IstoÉ*, pergunta animado "sabe das novas?". Sei, Silvio Frota convocado por Geisel ao Palácio do Planalto, ao cabo de uma reunião do Alto Comando foi sumariamente demitido do Ministério do Exército. "Ainda bem, nos livramos dele", diz Severo. Morno, deixo cair um cauteloso "veremos". *We shall see what we shall see*, dizia Danny Kaye em um filme inspirado em Gogol que divertiu muito meus anos verdes.

Capítulo XXI

A cidade perde-se no horizonte brumoso do planalto com o propósito de escapar a qualquer medição dos seus limites. Na Praça da Sé, centro exato sulcado pelo trópico, pedintes e crianças de rua dormem aos pés das palmeiras-imperiais para gozar à luz do sol da companhia dos homens-sanduíches que expõem em letras de fôrma a contraditória missão de comprar ouro. Os alpinistas do concreto escalam paredes impérvias para cobri-las até o topo com seus hieróglifos sinistros destinados a inquietar o espírito dos transeuntes, e os vanguardistas da arquitetura cogitam do futuro inspirados nas histórias em quadrinhos do Homem-Morcego. Cresce o número dos bairros que não convém frequentar de noite, chusmas de ambulantes estacionam nos semáforos, a vida humana vale um relógio ou um par de tênis. Moradores de rua instalam-se debaixo de pontes, viadutos e elevados, talvez elevem preces aos seus construtores. Dois deles preferem dormir a escassos metros do portão do prédio onde moram Abukir e Rebeca enrolados em seus cobertores de papel-jornal. Nada disso foi motivo para Goulart ao mudar-se para o Rio, cansou-se foi do *Estadão* e vai trabalhar em um jornal carioca. "Vou trocar os ares, está na hora."

Paulo convida para um jantar de despedida e um coro de lamentações. "O regime sustenta que o País nunca cresceu tanto – diz o dono da casa – e estamos assistindo a esse espetáculo deprimente, uma decadência sem precedentes..."

"Aumentam são os preços...", lamenta Rebeca.

Breve discussão se desenrola quando Paulo observa que o Partidão exige do Brasil algo impossível. Ou seja? "A revolução burguesa." Goulart reage com a mansidão que Freud lhe ensinou: "Não é bem assim, o Partidão sabe ser pragmático e por isso sempre foi contra a luta armada, esta é muito menos recomendável neste país do que a Revolução Francesa. A luta armada serviu somente para atiçar os cães de farda."

Paulo corrige: "Tudo bem, só queria provocá-lo."

"Há conquistas que têm de ser alcançadas por etapas", diz Goulart, para encerrar, mas o ponto final é de Paulo: "Por enquanto, tudo fica no estaleiro, sem esperança."

Passam a outro assunto, uma reportagem de capa de *IstoÉ* a respeito de uma nova liderança sindical que se afirma em São Bernardo do Campo, é um certo Lula, Luiz Inácio da Silva, "autêntico exemplar de olhos rútilos, como diria Nelson Rodrigues", sugere Paulo.

"Resta ver qual é exatamente a dele", diz Goulart, que sabe do irmão de Lula, Chico, dito "o frei", por causa do princípio de calva que lhe desenha uma tonsura generosa no alto da cabeça. "Acho que Lula não tem uma precisa definição ideológica enquanto o frei Chico já esteve em Moscou." Operário como o irmão mais novo? "Sim, trabalha na Ford." Na Ford? Incrível, não diga, a Ford...

A reportagem de *IstoÉ* é acompanhada por uma entrevista, "e o homem pode não ser preparado ideologicamente, como diz Goulart, mas parece muito inteligente". "Forte", segundo Rebeca, ela leu a reportagem e achou bem-feita. A presença de Lula manifesta-se também na redação do *Estado*, embora o jornal ainda não se refira ao novo intérprete do sindicalismo brasileiro, o nome aflora nas conversas como o do convocado do além a uma sessão espírita, com o condão de pôr à prova as contradições de Ruy Mesquita, "aparentes" segundo Ramiro. De fato, Ruy Mesquita parece nutrir certa simpatia pela estrela nascente como se percebesse em Lula um líder conciliador e não comprometido partidariamente, disposto a negociar com o patronato conforme aqueles que, na inquebrantável convicção de Ruy, são os interesses das partes. Em uma roda de conservadores das horas pequenas, estes que na redação ainda se entregam ao papo derradeiro quando a maioria se retirou, instados pela modorrenta aflição capaz de enxergar no sono a sombra da própria morte a adiar o encontro com o travesseiro, Oliveiros Ferreira, redator-chefe, recorda: "O Ruy simpatiza? Foi assim também com Fidel Castro."

Oliveiros, fidelíssimo da família Mesquita e peça fixa nos esquemas do jornal, embocou também um rumo acadêmico que fez dele um intelectual de direita respeitado e lhe conferiu peso crescente nas definições editoriais, na roda é o mestre e os demais, alunos. Velho amigo de Ruy, formado com ele sob o comando de Giannino Carta na Internacional, encanta-se com a visão do céu estrelado, mas em política é partidário de um pragmatismo fincado sobre a inabalável certeza de que Washington é o umbigo do mundo. Traços caucasianos, pele pardacenta a provar ancestralidade com a senzala da qual provavelmente se orgulha, ele canalizou genéticos sentimentos de revolta para a conquista de posições de mando dentro de uma inabalável estrutura conservadora. E quando recorda a simpatia de Ruy por Fidel Castro na primeira hora, quer dizer que a mudança de humores é inevitável. Abukir está na roda, ficou por causa de Oliveiros, anima-o a proximidade com o notável. Pergunta: "Se bem entendi, Lula ainda será um inimigo."

"Resta ver se ele tem tamanho para ser inimigo do *Estado*, e quanto vai durar sua liderança, não é mesmo?", pondera Oliveiros, consciente do poder que emana dele.

"Este Lula, além do mais, não é Fidel, certo?", intervém outro da roda.

"Por ora – esclarece Oliveiros –, o jornal vai deixar que as coisas amadureçam, vem aí a renovação dos contratos das montadoras, daqui a dois meses, e veremos então qual é a posição do Sindicato de São Bernardo."

"Um momento importante", afirma Abukir nos ouvidos de Ramiro no dia seguinte como se falasse do nascer do sol. O olhar perplexo do chefe de reportagem obriga-o a explicar. "O dissídio nas montadoras, teoricamente uma negociação difícil."

"Difícil como?"

"O personagem central é o tal de Lula, se ele amolece a coisa vai, mas a gente não sabe bem dele, o cara é uma incógnita. E se partir para a greve?"

Abukir insiste no assunto: "Gostaria de cobrir, se houver greve."

"Não se apresse, teremos de esperar pelas decisões do doutor Júlio Neto."

"Em todo caso – avisa Abukir –, quero estar preparado." No pensamento dele já se instalou a figura cordial de Armando Salem, companheiro de bacalhoada do Maneco. "Venha aqui – propõe Salem –, venha visitar a gente."

Um sobrado construído nos anos trinta, com um vitral vagamente *art nouveau* no patamar ao meio da escada de madeira escura, a redação de *IstoÉ* reúne-se em torno de uma longa mesa de trabalho no andar de cima, aceita a todos, são dez os profissionais, ao chegar, um ano depois, Wagner Carelli se ajeitaria diante da *bay-window* à beira de uma mesa mirrada, o caçula. A rua é uma daquelas que se arvoram a torrente bravia ao cair do temporal, despencam na crista da Paulista para os Jardins outrora loteados por uma companhia inglesa orgulhosa do traçado correto, humilhadas pela falta de galerias de águas pluviais. No térreo há um pequeno escritório forrado de estantes vazias e atapetado por um carpete puído, ali Salem recebe Abukir. Acostumado com as dimensões da casamata gigante, sibila um "poxa" entre a surpresa e a admiração. Foi logo ao ponto: "Li a reportagem sobre Luiz Inácio do Sindicato de São Bernardo, o Lula, muito boa, como tudo aquilo que vocês fazem, me deu vontade de saber mais sobre o homem..."

Interrompe-o a entrada de Tão Gomes Pinto, redator-chefe, Salem informa-o a que vem o visitante. Tão extrai um olhar distante como se recomenda a quem busca entender melhor e, enquanto ganha tempo, envereda pelas conjecturas. Se Abukir tivesse lido Dostoievski, poderia pensar no inspetor de *Crime e Castigo*. Não tinha. "Sabe, até o momento não conheço a posição do jornal em relação ao Lula, a seus comportamentos e ao dissídio que se aproxima... sou porém o vice-chefe da reportagem, e gostaria de estar preparado."

"Preparado... muito bem, é sempre bom estar preparado", murmura o Tão, sem mudar a expressão, que poderia ser atribuída a um vidente ou a um profeta, a julgar pelas lonjuras aparentemente miradas.

"Pois é, mesmo porque a certa altura o jornal não vai deixar de cobrir, quer haja greve ou não", explica Abukir, um tanto intimidado.

"Sim, sim – escande o Tão, e de súbito fixa o interlocutor –, e então, o que você quer da gente?"

Abukir imagina que da reportagem publicada pela revista pudesse ter resultado uma visão acurada das perspectivas, quem sabe houvesse a possibilidade de saber de alguns nomes próximos do próprio Lula, ou credenciados a falar dele, ou por ele. "Bem, a gente pode...", disse Salem. Tão corta: "Quem fez a reportagem foi o Mino, que também o entrevistou juntamente com o Bernardo Lerer, e o Mino já está sendo acusado de botar ideias, subversivas, digamos, na cabeça do Lula, um dia dizem que o Mino leva grana do Golbery, outra que está com Lula... Mino fica muito irritado. Acho que não é bom negócio falar com ele nestes dias..."

Faz uma pausa sustentada por uma careta de Grand Guignol ao erguer o sobrolho, de sorte a permitir que Abukir espere pela sequência: "Se você falar com o Mino, ele vai achar um pretexto para baixar a lenha na imprensa nativa, nos sabujos das redações, e na subida das escalas vai acabar aos gritos... ele é muito mediterrâneo... você não vai ficar à vontade... creia-me." Abukir acreditou, despediu-se célere. Salem observou com Tão: "Você foi muito duro..."

"Não me agradou, o rapaz."

"Tadinho, tava ali humilde, você o espremeu no canto..."

"Você chegou a ver o carro dele, encostado lá fora, na calçada?"

Salem não vira. "Um MP Lafer", informou Tão, no timbre em que a gravidade começa a tomar o rumo da chacota.

Capítulo XXII

O doutor Ruy Mesquita acordou de mau humor, passou o bastão de tinta preta sobre o cabelo esticado com energia vetusta e a contribuição do fixador de sempre, e foi para o jornal antes do meio-dia. Além do nervosismo que lhe marcava os gestos, parecia portar-se com a autoridade de quem galgou o topo do organograma. Onde andaria o doutor Júlio Neto? O contínuo Luís, de uniforme azul-claro em harmonia com a cor dos olhos e voz de eventuais inflexões germânicas apesar do tom quase sussurrado, murmurou sua ignorância quanto ao paradeiro do doutor Júlio Neto. Disse, aliás: "Até agora não vi o doutor Julinho." Mas o doutor Julinho não se tinha passado para outra havia muito tempo? E o próprio Luís não o seguira, fiel e obediente? O dia começava estranho, mas Abukir adaptou-se sem delongas, a ponto de achar tudo normal, corriqueiro até.

O doutor Ruy convocou no aquário um dos seus escribas, apresentava singular semelhança com Giovanni Balsamo, o alquimista, saído da gravura de um livro setecentesco, não é que Abukir soubesse quem foi Balsamo, mas era ele mesmo, quem o sonhava não lhe conhecia o nome e os feitos, sou eu, o autor, quem explica, Abukir viu apenas alguém nunca visto. O segundogênito da estirpe, a quem a direção do *Estado* não coubera em virtude da severa aplicação da regra da primogenitura, agora agia como se a lei tivesse caducado e dizia a Balsamo da necessidade de um editorial candente contra o Lula. O doutor Ruy tinha agudo interesse pela situação internacional e tendência a enxergar em seus desafetos políticos outros tantos corruptos. No caso de Lula, e atuava com ardor nesta segunda área, cogitava de um editorial sobre a política exterior do presidente. Do presidente do sindicato? Não dá para acreditar, por maior que seja a irritação do doutor Ruy. O diretor insiste, contudo, como se um metalúrgico tivesse chegado, no mínimo, a chanceler. Ou não seria à Presidência da República? Resultado de um golpe, ou de uma revolução? Na treva iluminada ao arbítrio do sonho, Abukir arrepiou-se na tentativa de acordar, no entanto não era pesadelo.

A questão estaria localizada na Pérsia, cuja presença no mapa não estava bem definida e que, à simples menção despertava minaretes erguidos no meio do deserto por uma daquelas máquinas destinadas a repor de pé os pinos do boliche, mas quem sabe fossem poços de petróleo. E não é que Lula viajara à Pérsia? O doutor Ruy não se conformava com isso, porque o presidente do sindicato visitara uma espécie de califa de nome impronunciável e péssima reputação, em companhia de um turco, e só faltava o turco. Em geral, os quatrocentões não nutrem maior apreço pelos turcos, são, porém, outros turcos, pensou Abukir.

O Mesquita enfurecido já traçara um rascunho do editorial e pretendia discutir o texto final com o alquimista. A trama era tecida em torno da pretensão exorbitante de Lula ao se meter a pacificador de uma pendenga de proporções colossais a ponto de ameaçar a paz do mundo. Que topete, o deste infeliz nordestino, desastrado e ignorante, atira-se a uma tarefa superior às suas forças e às do Brasil, país necessariamente caudatário do Grande Irmão do Norte, o qual via na Pérsia um perigosíssimo inimigo. E, de mais a mais, seu parceiro na operação é um turco... A palavra foi pronunciada no mesmo tom usado pelo doutor Ruy para referir-se a Paulo Maluf.

Entre dentes, Balsamo avisa: "Consta que há uma carta do presidente americano a Lula, incentivando-o à viagem para tentar..." O doutor Ruy interrompe, tentar coisíssima alguma, deve ser invenção da esquerda, Tio Sam não faria uma coisa dessas, tão categórica a afirmação que Balsamo e Abukir se convencem, o presidente dos EUA não dá um passo sem consultar previamente Ruy Mesquita, ou, pelo menos, sem ler o *Estadão*.

O doutor Ruy perdia as estribeiras, aos poucos seus agudos pavarotianos ecoam pela casamata gigante: "O papelão dele é nosso também, entendeu?" O alquimista entendera, disse: "Claro, ele compromete nosso Brasil."

O editorial havia de se emoldurar garbosa e peremptoriamente dentro da campanha movida pelo jornal contra o propósito do ex-operário de fazer seu sucessor, ou melhor, sua sucessora, composta senhora de nome Dilma, expressão firme em um rosto de traços suaves. O candidato do jornal é o presidente da UNE quando do golpe, foragido no Chile, segundo o enredo que foi projetado por forte ambição ancorada em méritos variáveis, embora o sangue calabrês dos pais nele alcance amiúde o ponto de fervura. Abukir encara Ramiro: "Poxa, como mudou o doutor Ruy, que *Estadão* é este?" O chefe de reportagem abre os braços, mas não aparenta desconsolo. O professor Oliveiros emerge de estalo: "Não se apresse, nada mudou, está tudo na mesma, quem mudou foi o nosso candidato, José Serra." É de esquerda? Era. É, porém, carcamano. E Oliveiros, seguro: "Não foi assim com Fernando Henrique? Os homens têm o direito de migrar para um novo ideário, se for da crença deles, não concorda?" Nesta peça não há quem discorde, a referência a Fernando Henrique causa, no entanto, alguma perplexidade, não coincide com os humores atuais do jornalão.

A limitação de Serra é a face sombria por causa da testa proeminente a derramar sobre o rosto um lusco-fusco em que os traços se afogam como acidentes na cerração. Há quem afirme sua incapacidade de sorrir, se sabe ou não é mistério, a luz que vasculharia o sorriso, mesmo raro, igual ao *spot* sobre o ator, na névoa não logra penetrar. Um crítico feroz sustenta por escrito que Serra deveria ser contratado pela Fox, ou pela Metro, ou por qualquer outra das grandes de Hollywood, para reeditar os filmes de vampiros no papel imortalizado por Bela Lugosi. Fisicamente, leu-se, ele é melhor do que Lugosi no sentido de mais convincente, mas se repetir na tela quanto mostrou na campanha eleitoral vai superá-lo também na interpretação.

Lula está de gravata e terno escuro e transformou o Brasil em uma infinda Vila Euclydes, ali semeia a mesma euforia e colhe os mesmos aplausos multiplicados ao infinito. O doutor Ruy declara seu horror diante da ascensão de um ser tão desprovido de saber, decoro, humildade, senso das medidas e precipita na redação um coro afinadíssimo de chiados a manifestarem surpresa e até espanto diante da sua decisão de declamar "alto e bom som" o apoio do jornal ao candidato carcamano. Os "ooooohs" da plateia superam em extensão e potência o grito de "gooool" emitido pelos marchadores da Família, com Deus e pela Liberdade quando marca o São Paulo Futebol Clube. Certo até então havia sido apoiar sem declarar, mesmo apoiar desbragadamente enquanto se alega isenção, equidistância, independência, em santa hipocrisia. Nada disso, cartas na mesa, estamos com Deus, Família, Liberdade e José Serra, o qual adere agora à marcha de 1964, nunca é tarde para se redimir.

Abukir rola na cama, agitado, acalma-se quando o enredo o enfurna de improviso nos vapores do Tonton e Bob de flor na lapela declama que Lula é um dos mais imponentes corruptos da história do Brasil e que Dilma esconde debaixo de uma aparência comum o uniforme de guerrilheira, armas de diversos portes e calibres, talvez bazucas, bombas à mão certamente. Os fregueses do Tonton sentados à volta do Cutty Sark ou do Chivas Regal imediatamente buscam refúgio embaixo das mesas, os bailarinos interrompem a dança e pretendem seguir-lhes o exemplo em espaço já tomado, é um instante de aperto e pânico, Rebeca sacode Abukir, ele murmura frases desconexas, engole saliva e vira do outro lado, imerso no sonho.

Vê o rosto de Dilma enquadrado na janela de um carro, espera aí, é um Rolls-Royce de um preto suntuoso, para na entrada do Senado, gente alvoroçada por todo lado, que exagero, um Rolls-Royce, certamente vieram por causa dele. Os senadores curvam-se diante de Dilma, mas por quê? Quem não sai do lado da guerrilheira de terninho é um professor de Direito que enveredou pela política há tempo, fica aí ansioso, como quem teme perder o lugar e promete segurá-lo a qualquer custo. Dilma discursa, os senadores da República batem palmas aos pés da subversiva, embora, verdade seja dita, a fala dela não ameace as instituições e não acene com a cubanização do País. "Dá para confiar?", pergunta Ramiro. O doutor Ruy em princípio não confia, Bob e sua mãe não confiam no princípio e no fim, sobretudo a dama, pois o cavalheiro já entornou quatro doses de uísque postado diante da televisão que acompanha os eventos.

O enredo escala a multidão a estrugir em hosanas em frente ao Palácio do Planalto, de quando em quando chove, de acordo com o *script* trata-se de uma tentativa de remeter a choldra ululante para casa, a resultar de um acordo entre Serra e o papa, e que o Altíssimo executa sem muita fé, mesmo porque como sempre está distraído.

Lula e Dilma estão juntos na tribuna do palácio, e também o professor de Direito na velha e sempre nova academia do Largo de São Francisco parece infinitamente mais interessado na guerrilheira de meia-idade do que na bela moçoila ao seu lado, mas que faz ali a maçãzinha empetecada, no palanque de mármore? Quem sabe o programa preveja um show com atores improvisados, o povo delira.

E então Lula, ele mesmo, o presidente do sindicato, desce a rampa do Planalto como as vedetes desciam as escadas do teatro de revista no ponto alto do espetáculo e a plateia vive a sequência qual fosse o pico no diagrama da vida de cada espectador, ignara do efêmero, logo mais a Praça dos Três Poderes apresentará panorama idêntico àquele da Praia do Zé Menino no começo da noite de domingo. Lula também vive seu pico ao mergulhar no meio da turba e, entregue às ondas, beija e abraça a todos, os jornais dirão que eram cinquenta mil e que Lula ao longo da empreitada chorou. Por quê? E a greve saiu? As montadoras chamaram os milicos?

Sem responder e ainda em lágrimas, Lula vai embora com sua inseparável Marisa. E Dilma some palácio adentro, secundada pelo professor, tudo indica que alugou um quarto no Planalto. Abukir abre os olhos ao chamado do despertador. "Ô Rebeca, tive um sonho muito engraçado."

"Achei agitado."

"Em certas passagens um pouco, mas em geral muito... diverti-do... uma loucura, um amontoado de absurdos hilariantes... Bem, os sonhos são assim mesmo."

Entreato

Na sede do Sindicato dos Metalúrgicos de São Bernardo e Diadema, logo no *hall* de entrada há uma reprodução de bom tamanho de uma tela de Pelizza da Volpedo intitulada *O Quarto Estado*, retrata um povaréu em marcha encabeçado por um barbudo de chapéu e cenho escuro, em cuja direção, como saída de uma multidão alinhada às margens, se dirige uma jovem mulher de criança no colo. É o retrato impetuoso de proletários conscientes de sua força, dispostos a vingar alguma injustiça, talvez a invadir uma fábrica, em um norte da Itália do fim de 1800. Um barbudo de cabeça descoberta sai da tela e vem ao meu encontro, contudo sorri. É o presidente do sindicato, é Luiz Inácio da Silva dito Lula, faz as honras da casa.

Estou aqui para entrevistá-lo, em companhia de Bernardo Lerer, que conhece Lula há alguns meses e fala dele com admirado entusiasmo. Eu disse "me apresenta, vamos juntos entrevistá-lo". Em São Bernardo, tinha dez mil habitantes quando cheguei a São Paulo e hoje há de ter duzentos mil e ainda um bom trecho de rodovia a separa da capital. Cresce à moda da terra, ao acaso, a empilhar casas nas encostas dos dois lados da estrada, e seu umbigo é a fábrica da Volkswagen. A matriz ostenta com transparente orgulho uma torre campanária de inspiração veneziana enquanto os habitantes se gabam de um paço municipal de estilo sombrio-magniloquente e andares em excesso para uma cidade daquele tamanho.

Lula fala comigo como se privássemos desde a infância e logo observo neste nordestino, de pelo e olhos negros, que sobre o fundo escuro brilham o otimismo, a autoconfiança, a vocação da alegria. Tudo o que diz é marcado por estes sentimentos, a razão prepondera, no entanto, o senso do real e o conhecimento da natureza de quem o cerca, muito agudos para um cidadão de pouco mais de trinta anos. Intui-se o negociador astuto, sempre disposto, porém, a contemplar a chance esperta do recuo. A teoria é fantasma que não assombra, "sou da prática", diz, quem se entrega cegamente às ideias, ou mesmo aos ideais, corre o risco de sujeitar-se aos dogmas quando não às ilusões. E não seria: portanto às ilusões? Sublinho o advérbio. "Gostei desta ideia", exclama.

213

"Mas você é de esquerda, não é mesmo?" Quer entender: esquerda em que sentido? Bem, o presidente de um sindicato no Brasil dos ditadores e dos pelegos tem de ser de esquerda, ou não?

"A mim interessa o futuro da classe trabalhadora, tão carente, tão humilhada... Você sabe que em São Bernardo muitas famílias operárias jantam ratos?"

Olho o quadro de Pelizza da Volpedo, para me inspirar: "Você é a favor da justiça, da igualdade, ao se bater, por exemplo, por melhores salários." Ele é. "Então, é de esquerda." Neste sentido, sim, certamente.

Reconstituímos a vida dele, a retirada de Garanhuns na boleia de um caminhão, a mãe indomável, sozinha a cuidar da meninada toda, um monte de filhos, ao partir para fazer faxina na casa dos ricos enterrava os dois menores até o pescoço no quintal, para que não saíssem por aí. Pego-me de volta para São Paulo, comento com Bernardo, bom repórter de tez rosada e sorriso de manhã campestre: fiquei muito impressionado, pouco estudo, muita inteligência, simpatia avassaladora, poder de sedução. E ali está ele na capa de *IstoÉ* de 9 de fevereiro de 1978, a chamada diz "Lula e os trabalhadores do Brasil" porque enxergo nele uma liderança nova que ganhará dimensão nacional.

Saio da redação e me acho à mesa da grande sala anexa ao gabinete do presidente da República no Palácio do Planalto, na minha frente senta-se Lula e entre nós há um gravador. Lula de terno escuro e gravata, é uma tarde de fim de novembro de 2005 em Brasília, passam sobre nós as nuvens azul da prússia dos temporais da savana, parecem dispostas a transpor os janelões e a carregar para dentro a trovoada.

Lula me convidou há duas semanas para jantar na Granja do Torto, onde trinta anos atrás morava Golbery, cheguei atrasado por causa das confusões da aviação civil e encontro Lula entregue a uma rodada de rouba-montes com sua Marisa. Ela está preocupada com a crise do chamado mensalão, caso de corrupção governista que faz tempo convoca as manchetes. Digo "você vai sair desta", ela sacode a cabeça, em desconforto, ele comenta "fizeram umas besteiras sem tamanho". Jantamos a uma mesa distante daquela do frango com polenta nas cercanias da fábrica da Volkswagen onde estive tantas vezes com o casal e Angélica, e certo dia do fim dos anos setenta com um famoso jornalista italiano, Arrigo Levi, para que conhecesse um sindicalista destinado "a ir longe". Levi entendeu a personagem e viu em mim alguém dado a grandes esperanças, quem sabe exageradas, e não deixou de anotar no *Corriere della Sera* as suas observações.

À mesa do Torto, servidos por inimagináveis copeiros, o assunto foi o mensalão, Lula insiste na ideia de ter sido pego "de calça curta" pela turma afoita do PT, não se trata, de todo modo, de um depósito mensal a favor deste ou daquele congressista e sim do tradicional uso do caixa 2 para o financiamento das campanhas eleitorais. "Sim, sim – diz Marisa –, mas a coisa está feia." Depois do jantar o presidente da República já não toma pinga com cambuci, prefere uísque. Lembrei que, levado por um grupo de graúdos a uma boate da noite paulistana, começo dos anos 80, foi propiciado seu primeiro contato com champanhe autêntico, Don Perignon, e logo a imprensa raivosamente condenou o metalúrgico seduzido pelo luxo dos ricos. Rimos.

Eu tinha hotel reservado, mas ele fez questão, "não, você vai dormir aqui, e de manhã a gente conversa mais". Os aposentos do Torto são monásticos, deitamos à uma da manhã e ele bateu à minha porta às seis e meia. Pela janela do banheiro enquanto me preparava para um novo dia vi o presidente caminhar com passo enérgico pelo jardim, de calção e regata vermelha. Eu tinha avião às onze e não o perdi, mas antes de partir propus a entrevista.

Passaram-se quase vinte e oito anos desde a primeira diante da marcha dos proletários de Pelizza da Volpedo e eu repito a pergunta de então: "Você é de esquerda?" Atendo a uma convicção do mundo e dos cidadãos da minoria nativa, aqueles certos de que, se eleito em 1989 na disputa com Fernando Collor, Lula lhes tomaria as casas, as fazendas, os veículos automotores. No caso de alguns, os iates, os helicópteros, os aviões particulares. Impassível, Lula responde: "Você sabe que nunca fui de esquerda." Vinte e oito anos depois, a conversa se repete como se abríssemos a caixa de um carrilhão. E assim como então, ao cabo ele admite: "Ninguém como eu é tão a favor da igualdade."

215

Na dissolvência imposta pela memória, o Planalto fica às minhas costas, alcanço o gabinete do chefe do Dops, Romeu Tuma, em companhia de Raymundo Faoro, chegamos para visitar Luiz Inácio da Silva, dito Lula, preso em uma das celas que o casarão abriga em consequência da greve do ABC, a terceira e mais aguerrida.

É começo de maio de 80. Houve em 78 e 79, a deste ano chamou ao Estádio de Vila Euclydes os brucutus do Exército e ao céu de São Bernardo os helicópteros com suas metralhadoras apontadas contra a multidão. A greve prolongou-se por um mês, a despeito da intervenção militar, enfim os fardados agiram como as tropas de ventura medievais cuja ordem era abater o chefe dos inimigos. Prenderam Lula, para quem foi mal menor ter sido entregue aos cuidados de Tuma. Todo dia, uma perua da polícia vai buscar Marisa e os filhos e os traz para visitar o preso em uma grande sala anexa ao gabinete de Tuma. Quando no período a mãe de Lula adoece, permite-se que a visite conforme decisão do chefe do Dops tomada às escondidas do governo, quando ela morre, tem licença para ir ao enterro secundado por dois agentes disfarçados em cidadãos comuns. De vez em quando, lulas *à doré* preparadas em restaurante próximo são almoçadas pelo homônimo. Me animo a ligar para Tuma, que não conheço, para solicitar uma visita ao presidente do sindicato. "Venha quando quiser." Vou com Faoro que pretende oferecer a Lula seus préstimos de advogado. O chefe do Dops é um ser cortês, e assim nos recebe, com cordialidade, e nos convida a sentar em um canto do gabinete tornado saleta de estar burguesota. Manda chamar Lula, diz "fiquem à vontade", e se retira.

Lula não perdeu o bom humor, sorri à proposta de Faoro, diz: "Doutor Raymundo, guarde o seu tempo e seu saber para outra oportunidade, esta tem desfecho marcado e mesmo o senhor não pode evitá-lo. Para funcionar agora, o Greenhalgh serve."

Fala do bom tratamento que recebe, faz o elogio de Tuma, declara sua fé no surgimento do Partido dos Trabalhadores com uma plataforma "bem avançada". Socialista? Ele sorri, "você como sempre insiste". Esclareço: pergunta normal. "Temos ideias corajosas, de certa forma novas", diz ele.

Um tempo depois, Greenhalgh me pediria para apresentá-lo ao Faoro, jantamos juntos em uma noite de outubro, o jovem advogado estava muito agitado, suas mãos batiam asas como pássaro enjaulado. Depois do jantar, quando Greenhalgh se foi, Faoro disse: "Este rapaz é inconfiável."

Como assim? "Para chegar aonde quer passa por cima do cadáver da mãe." Experimentei uma espécie de remorso por ter promovido o encontro. "Não se incomode – logo recomendou o amigo –, foi bom descobrir o sujeito e sua índole, o rapaz é um enganador... mas é menos esperto do que supõe, bem menos." Passei por outra sensação, a do crédulo, aquele que se deixa enganar.

Antes da despedida, no gabinete de Tuma, Lula conta com voz de anedota: "Ontem vieram pela segunda vez dois caras de terno e gravata, atenciosos, cerimoniosos, e nas duas vezes me fazem perguntas sobre o que penso da vida, assim, sobre o sindicato, a família, os amigos, a política, enfim, por aí... eu respondo, aliás não tenho o que esconder... eles dizem que vêm a mando do cacique, mas eu sei lá quem é o cacique... mistério... engraçado, uma diversão a mais."

Serpenteio pelo tempo volúvel e dou com o delegado Tuma em diferentes ocasiões que o colhem a galgar os degraus da carreira antes policial, depois política, e mais de uma vez pergunto se sabe de um anônimo cacique, ou se descobriu quem fosse. Sempre meneia a cabeça e pronuncia um não peremptório. Da última vez, vinte e seis anos depois da prisão de Lula, ele revela, tranquilo: "Era o Golbery."

Parece surpreso que eu até aquele momento não tivesse entendido. Talvez devesse, porque o general materializa-se e me assunta: "Li a sua reportagem sobre esse Lula do sindicato, parece uma figura interessante, insólita... falemos mais dele."

Falo, mas Golbery, como muitas outras figuras da minha vida, tinha-me como um sonhador anárquico e um tanto ingênuo. Preferiu ouvir o relato dos emissários engravatados, ao imaginar de que forma o sindicalista insólito poderia ter algum papel no seu enredo.

Capítulo XXIII

Andava inquieto, sobretudo no fim da tarde quando pelas janelas via a paisagem assumir uma fosca coloração violeta, o porquê do desconforto não sabia definir, para escapar recorria ao pensamento do sexo com Rebeca, naquele momento sentada a vinte metros de distância à mesa de trabalho, imaginava um movimento das pernas debaixo da saia. O sexo sim, mas não confessaria a ela o tormento da hora opaca, Rebeca enveredaria por suposições insatisfatórias embora pudesse mostrar carinho e disposição para o amplexo, disso tinha certeza. Fosse o caso de expor-se aos olhos de alguém, teria de ser experiente de longo curso. Aflorava de todo modo a necessidade de trocar ideias com quem fosse capaz de dar ouvidos, poderia ser o Goulart mas ele estava longe, ocorreu-lhe o Paulo.

Ligou no dia seguinte, lamentou não encontrá-lo havia tempo, fez seu desafio jocoso: "Quer dizer que você só aparecia por causa do Goulart." Combinaram um almoço em uma cantina do Centro, tratava-se de uma fábrica de azia, mas eles dispunham de estômagos invulneráveis, às suas costas uma tradição de alho socado para temperar até bife à milanesa, mais coentro abundante, toicinho defumado, banha na fritura, dendê. Abukir partiu para temas previsíveis na moldura dos interesses de Paulo, coisas da política do momento, e nas perguntas do outro colhia a sensação de ter acertado o alvo. Lá pelas tantas não deixou de se dizer desanimado.

"Bem – observou Paulo –, algo mudou, Geisel escolheu o sucessor, não é que o nome justifique maiores esperanças, mas Frota saiu de cena, é melhor que nada." Abukir anui, mas com expressão tristonha. Paulo acha ter entendido: "Bem, se a gente ficar se perguntando quanto nos separa de dias melhores, digo... de um Brasil sem ditadura, então o desânimo é inevitável, em todo caso... vale perguntar-se também que Brasil teremos quando os militares se forem, não sei não..."

Abukir ficou nestes trilhos: "Imagino que a democracia estaria de volta." Paulo embalou, o assunto o estimulava: "Sim, seria a famosa redemocratização, já ouvi a palavra e confesso que me causa uma certa perplexidade, por que, meu Deus... já houve democracia no Brasil?"

Havia eleições livres, antes, Abukir brandiu de pronto o argumento, estava na ponta de muitas línguas. Paulo encarou-o fixamente, a um milímetro da irritação: "Livres? Não diga isso, vivíamos o tempo do voto de cabresto."

Abukir sentiu o desafio, empunhou o florete. "No sul do País, não, o Brasil elegeu Getúlio..."

"Seus patrões detestavam Getúlio..."

"Meu pai também, mas eu não peguei o Getúlio do Estado Novo, falo dos anos cinquenta..."

"Aquele que se matou, acuado no Catete pela direita mais retrógrada."

"Sim, mas veio Juscelino."

"Quer saber de uma coisa? Não acho o JK o estadista que muitos pretendem, errou claramente várias apostas, sem contar a atitude servil em relação aos Estados Unidos... foi um desenvolvimentista no rumo equivocado... E depois Jânio, com seu discurso populista e péssimas intenções... basta dizer que seus patrões estavam com ele..."

"Mesmo assim havia um Parlamento, partidos..."

"Clubes recreativos dos senhores, e, como pano de fundo, o desequilíbrio social a se aprofundar... eu me pergunto que democracia foi essa para desejarmos recomeçar por ela?"

O diálogo havia assumido o timbre áspero na troca das falas, os dois entreolharam-se e riram, "não vamos brigar por causa disso", exclamou Paulo, logo os humores generosos próprios do seu espírito, carga parcimoniosa mas irresistível em certas ocasiões, o levaram a buscar uma razão de algum alento. "Ao menos podemos dizer que os conscientes da cidadania, desejosos de liberdade, não são muitos, é verdade, mas neste período estão juntos do mesmo lado, a aspiração é comum acima de quaisquer diferenças... é positivo, penso eu."

Quando de calças curtas, e Jandira aos domingos o levava com ela à missa das onze horas, se o percebesse abatido recorreria ao médico ou ao padre, a depender das razões do mal-estar. Não fosse físico o motivo, o pouso no confessionário seria de praxe. Ele se acostumara com um enredo tornado rotina e agora via em Paulo o confessor. Chegou a hora do café, diz: "Sim, está claro que a situação do País contribui para esta minha fase, estou cansado de lenga-lenga, de chove e não molha, há dias em que fico deprimido."

Paulo interrompe: "Desculpe se entro na área pessoal... você está satisfeito com o trabalho? Com o casamento?"

"O casamento não é de papel passado, você sabe, e funciona muito bem, Rebeca é uma companheira e tanto." Na cama, Abukir gostaria de acrescentar, e se detém. E quanto ao trabalho? "O ambiente é muito bom, sou um vice-editor... Não haveria de ser este o problema."

"Você usou o condicional", observou Paulo, e acendeu um cigarro.

"De caso pensado, não haveria de ser, no entanto, é."

Paulo ergue o sobrolho, solta a baforada: "A rotina cansa, não há dúvidas, a repetição de qualquer coisa acaba em tédio, você nem imagina o que sinto quando tenho de botar no papel uma petição. Aliás, você entendeu, entendeu mesmo, por que o Gula se mandou? Não foi só por causa de um fastio com o trabalho lá no jornal, foi também porque a rotina se tinha instalado na vida familiar, é comum que isso aconteça... nas melhores famílias. Ele estava em busca da solteirice."

Eram duas da tarde e Abukir foi tomado pela mesma sensação que o agredia ao pôr do sol. Impelido a um insólito rompante de sinceridade, diz: "E você não imagina como esta conversa me ajuda... sim, você não vai me dar o remédio, mas eu fico muito agradecido com o simples fato de que você me ouve." Poderia ter acrescentado "e você é alguém que prezo porque se faz prezar", não conseguiu, porém, compor o pensamento.

Paulo sorriu, as palavras de Abukir de certa forma o surpreendiam. "Que posso dizer? Uma montanha de obviedades, de fato não tenho o remédio, e sei que não o consolo ao constatar sua juventude e a importância do seu cargo na redação. Digo apenas que o entendo, e também que creio positiva sua inquietação... saiba que não acho a ambição um defeito, somente é quando não mede consequências para chegar lá, certo? Quando o empurra a passar por cima dos outros."

Abukir pôs ordem nas ideias. Estava estacionado, preso à mesma mesa e às mesmas tarefas. Não era a rotina, porém, que se cobria de bolor e provocava tédio, era a larga pausa na carreira, a fase estática no patamar de uma escada de muitos lances acima no rumo do momento sublime em que o vestiria o terno cortado pelo alfaiate do doutor Júlio Neto. Atirou-se nos braços de Rebeca, o lenitivo mais uma vez foi a luxúria.

O consolo era necessário, e acessível, "ainda bem", a ansiedade da insatisfação não arrefecia, sua razão, contudo, se aclarara. Como curar o mal enfim diagnosticado? Seria possível a curto prazo uma promoção? Não via a chance, os postos de chefia estavam ocupados, e na mente formou-se a imagem de formidáveis traseiros esparramados nas cadeiras acolchoadas da redação, traseiros monumentais, desbordantes, o único risco é a estabilidade do assento, implacáveis, entretanto, na determinação de não sair do lugar. Se a cadeira ruísse, seria imediatamente substituída.

No almoço domingueiro, Abukir abriu uma fresta da sua insatisfação ao conversar com o pai e o onipresente Severino, no canto habitual onde a sala de jantar se tornava de estar. Declarou-se cansado da rotina e obteve a inescapável convergência entre a observação dos interlocutores com aquela ouvida de Paulo dias antes. "Você é uma peça importante na redação – observou o pai –, ganhou autoridade, por que não troca umas ideias com o doutor Júlio Neto?"

Severino aprovou, "sujeito bem-educado", não deixou de inserir uma observação: "Resta ver se há vagas disponíveis, quer dizer, melhores do que vice-chefe da reportagem." Rebeca saíra da cozinha, o almoço ia ser servido, intervém ao ouvir a derradeira franja do papo: "O Abu pode ocupar qualquer cargo, é um jornalista completo." Sorriu: "Sabe tudo, o desgraçado." Jandira que assume Rebeca como nora ideal, bate palmas.

Se Abukir conhecesse Frank Capra e tivesse assistido a alguns dos seus filmes, poderia imaginar um enredo siculo-dickensiano a tê-lo como protagonista. Capra foi capaz de entender os caminhos da sorte não como obra do acaso e sim riscados no céu estrelado, e nisso havia a reminiscência, a seu modo imperiosa, das crenças do deserto, segundo ele muito mais alicerçadas na razão do que se pretende, pois os astros não mentem. Ocorreu, em todo caso, a mudança repentina na vida profissional de Abukir, o qual jamais ouvira falar de Frank Capra sequer em remotas referências. Chegou-lhe uma proposta para mudar de jornal, sedutora a ponto de ser irrecusável.

Algumas vezes Faoro me disse: "Falta pessoal." Explicava as carências nacionais. Está claro que ignorar Frank Capra está longe de ser falha grave, espanta, porém, a ignorância abissal das nossas redações, fermentou tempo adentro com a contribuição das faculdades de jornalismo, acentuaram a indigência cultural das novas levas. O pessoal, no caso, nada aprendeu na escola, incapaz inclusive de lhe indicar as pistas de algumas leituras indispensáveis, e não é que todos ali fossem ruins da cabeça, bastaria pouco para acender sua lâmpada. Não é isso, faço questão de acentuar, que me leva a enxergar em Abukir um exemplo da categoria, não, em absoluto, assim o registro porque assim ele é, sem chance de retoques, de quando em quando gostaria de fazê-lo até por compaixão, mas não me foi dado este poder.

Eis o jogo insondável das estrelas, chamem-no de acaso se quiserem. Vagou a direção da redação da sucursal de *O Globo* em São Paulo, e o diretor do jornal, Evandro Carlos de Andrade, conhece Abukir há algum tempo, desde quando foi secretário do *Estadão* e então o via como repórter promissor. Agora Abukir é falado pelas redações como profissional de qualidade e o convite não surpreende. Evandro soube ajeitar-se às regras da casa onde a família Marinho aspira criar uma estirpe a partir do rei Roberto, monarca medieval de sorriso lampejante sobre fundo sombrio e autor de um breve editorial da primeira página em que preconceitos e ódio de classe são confundidos com princípios. Evandro lia o espírito do patrão e era agudo na análise da situação política, mas podia adaptar-se com razoável pontualidade às ideias da família, algumas ao menos próximas das suas na essência, incomodavam-no às vezes os comportamentos mas não era este obstáculo intransponível.

Evandro chamou Abukir para dizer o que esperava, guardou para o fim da conversa uma pergunta, tateante na letra: "Você... você, ao sair do *Estadão*, ficaria de bem com os Mesquita?" Abukir estreitou os olhos como se quisesse apurar a visão: "Talvez você queira saber se os Mesquita ficarão de bem comigo, acho esta a pergunta certa... Bem, não creio que fiquem mal, não faz muito tempo encontrei com o doutor Júlio Neto, e ele me tratou com muita cordialidade... aliás, você passou por lá e saiu sem problemas."

Capítulo XXIV

Há estrelas que foram bolas do Maneco, foi ele quem as colocou no firmamento depois de conquistar mais um ponto no célebre embate disputado contra Pancho Segura-Cano na quadra 1 do Clube Paulistano, Pancho agarrava o cabo da raquete com as duas mãos, iguais às garras de um condor. Assim um cronista vira o jogo destinado à memória das décadas, a recordar um Maneco esbelto, hoje alargou-se e sobre o cabelo ralo planta um chapéu de aba mole, cor cáqui. Abukir é aluno de Maneco em um clube onde negros só entram para pegar bola, embora os estatutos rezem que seus portões se abrem para todos. Discriminação racial, nunca, nem pensar. Abukir em ocasiões diversas assuntou Maneco sobre aquele jogo e cada vez ele evocou lances ausentes da versão anterior, certeza mesmo havia quanto à sua vitória, tivera no mínimo uma centena de testemunhas ainda boquiabertas.

É hora de aula, matinal, Maneco chegou pontualíssimo, como sempre, e como sempre refeito de uma noitada alegre a nadar em cerveja, primeiro motivo da circunferência equatorial alentada e talvez base de apoio para recuperações fulminantes, de resto Abukir não lhe dá trabalho. Maneco tornou-se intérprete fino de uma rotina pela qual empurra mecanicamente além da rede uma bola atrás da outra, previamente postas em sua mão por um frenético Pistol, sem incomodar-se em rebater a eventual devolução, mas com o cuidado, de inegável requinte, de comentar o desempenho do aluno a partir de uma interpretação de otimismo desbragado. Se algum diretor de teatro quisesse convencer a plateia a respeito da absoluta veracidade de John Falstaff conforme o contou o bardo de Stratford, não se enganaria ao convocar o Maneco, sem esquecer o seu cata-bolas, Pistol, que de verdade se chama Toninho. Exporia um Falstaff quase imóvel, dado de raro a passos lentos, medidos, solenes sem querer, e um Pistol tornado transparente pelo afã fantasmagórico, você o espera aqui e já está no lado oposto. Zombeteiro. Sem querer.

As bolas vão, quase nunca vêm. "Chegou atrasado", "olha a bola", "esta tem de pegar na frente". "Agora sim, esta foi internacional." As bolas "internacionais" de hábito são mais frequentes, hoje, porém, a despeito da alma caridosa de Maneco, o dia de sol para o tênis de Abukir é de treva funda, Pistol passa translúcido e se ri malignamente.

Uma bola, um pensamento. Agora vou trocar de carro, dou o MP para Rebeca e compro um... Galaxy, não, muito grande, pesadão, embora digam que o volante é bem macio... gostaria mesmo de um Mercedes, usado talvez dê...

Bola na direita, prontamente descascada pelo aro da raquete, Maneco adverte "atrasado", ele não ouve. Com este salário, sem contar a Rebeca, começaremos a economizar... aquele terreno comprado a prestações é para vender, pequeno demais... melhor de tudo pensar em um belo apartamento... dois banheiros, indispensáveis, sala em ele...

As ideias criam imagens cada vez mais exaltantes, enriquecem-se na elaboração, Abukir se vê no terraço de um andar alto, dotado de churrasqueira, o que induz os anúncios a o qualificarem *gourmet*, aos seus pés muito verde, e ali no meio uma piscina... e aquela não seria também uma quadra de tênis? Piso sintético, mesmo que chova joga-se tão logo a água pare de cair.

É o momento em que em certas áreas de São Paulo, ditas nobres pelos jograis da metrópole, os prédios de apartamento esmeram-se em serventias cada vez mais exibidas e acintosas em relação ao cenário a cercá-las, destinadas a promover com o tempo uma insopitável vocação de Abu Dabi. Chegará o dia dos *halls* monumentais, dos janelões "franceses", providencialmente vedados aos eflúvios malignos desprendidos pelos rios a se espalharem pela cidade toda, democraticamente.

Bola na esquerda, ali Abukir é um ser anquilosado, mas quem se importa? Algum dia seria bom ter um apartamento na praia, pequeno, nada de exageros, luminoso, isto sim, acariciado pela brisa do fim da tarde... Imagine, Waldir e Jandira diriam São Vicente, ora,

ora, eles pensam curto, tem de ser no Guarujá, ou lá se fica, ou não se fica...

Guarujá, havia trinta anos os abastados jogavam pôquer no antigo cassino, privado por lei da roleta e outras virtudes de Monte Carlo, ativo, no entanto, aceso pelo fervor de quem também aqui se leva a sério e enxerga *glamour* onde as damas se enredam em pedrarias e os cavalheiros não resistem ao impulso do palavrão, o mesmo eventualmente atirado contra o juiz da tribuna de honra do São Paulo, e por que não, do Palmeiras, ex-Palestra Itália, nome mudado quando da Segunda Guerra Mundial por ser o Brasil inimigo da Itália. Alguns entre os quatrocentões presentes defenderam com ímpeto patriótico a mudança do nome e também do Colégio Dante Alighieri, em proveito de um nebuloso Visconde de São Leopoldo, e nem por isso arrefeceram sua amizade por alguns audaciosos carcamanos habilitados a fazer fortuna e assumir trejeitos e sotaque de quem se apresenta como dono do território, a ponto de abandonar o Palestra para torcer pelo São Paulo.

Em cantos de remanso, o mar tem a lisura de uma bandeja ofuscante, em alguns pontos enxerga-se o voo submarino das esquadrilhas de arraias dispostas como em céu de guerra, verde de musgos, lívido de pedras, de noite as redes do arrastão amador puxam para a areia morna insossas línguas de prata de um peixe chamado impropriamente espada, e também a centelha fervilhante da orgia de siris e camarões. Na praia central, sobra a areia que o respiro do mar raramente atinge, as famílias descobridoras do lugar há tempo fixaram suas barracas de madeira escura em lugar de guarda-sóis, onde se abrigam depois do banho, confortadas por baldes de gelo dos quais emerge o pescoço das garrafas de champanhe destinado mais às senhoras que visitaram Paris, os senhores preferem uísque. Às vezes, a depender do calor, que invariavelmente chamam de "senegalesco", optam, de vez e com alegria, pelo guaraná.

O Guarujá de Abukir é outro, do segundo time, dos aspirantes. Os titulares ainda vão, mas retiraram as barracas da praia central, Pitangueiras, concedem-se de quando em quando, na hora em que o sol declina. De manhã, frequentam o Clube Samambaia, debruçado na encosta do promontório da Enseada, tomam *planter's punch* à beira da piscina. Ou mesmo uísque. Ou guaraná. Na Guarujá dos tempos idos havia casas graciosas e algumas mansões, e dois prédios de apartamentos, não mais que dois, agora é uma selva de espigões e nos morros da sua dorsal começa a apinhar-se a favela. Abukir, quando pensa Guarujá, pensa aquela fabulosa Guarujá de antanho à época em que Waldir e Jandira iam ao Gonzaga em Santos, a Mongaguá na Praia Grande, acessíveis aos remediados, certos de sua primazia em relação aos frequentadores do José Menino, ladeada por lojas que alugavam maiôs de lã.

Por ora a bola na direita descreve uma parábola mansa e mesmo assim Abukir acerta o ar puro como o malogrado caçador de borboletas, justifica-o a mira de fato voltada para a chance de alugar em Guarujá um apartamento de segunda fila, a cem metros da praia, para umas férias dignas de um jornalista realizado. Certo, certíssimo, é que enfim vai caber no orçamento um terno cortado pelo alfaiate do doutor Júlio Neto, o Panzica, a bem da verdade, exagera no acinturado, Rebeca notou. Ah, sim, Rebeca. Antes de deixar o *Estadão*, Abukir recomendou a mulher ao Ramiro: "Olha, ela sonha com a reportagem, precisa ser testada para ver como se sai na apuração, é ótima na escrita, de primeira."

"Vou conversar com ela", tranquiliza Ramiro.

"Quem sabe seja melhor que, sei lá, o Jesuíno", arrisca Abukir, com leve inflexão irônica, refere-se a um jovem recém-saído da escola de Jornalismo Cásper Líbero, a ditadura, para tirar os jovens dos bares e das calçadas, inventou a obrigatoriedade do diploma para quem pretendesse praticar a profissão. Esta nem Mussolini excogitou.

A despedida foi celebrada com um jantar no Gigetto à meia-noite, "esta é mais uma ceia", disse o Ramiro no discurso de ocasião. Serviu-se até vinho, Gato Preto branco alemão de garrafa azul, dramaticamente frutado, vinho do Reno, era, pelo menos, a origem declarada, e quem o tomou agradou-se ao sorvê-lo acompanhando frango à caipira. Na hora do agradecimento e do adeus, logo no "meus caros companheiros, amigos para sempre" a voz de Abukir teve um vacilo sincopado, não conseguiu ir longe, acabou em lágrimas, Rebeca acudiu de lenço em punho. Ao deitarem, ele ainda emocionado, disse à beira do murmúrio: "O doutor Júlio Neto é um cara legal mesmo, apertou-me a mão com carinho, desejou-me muita sorte, dava para perceber sua sinceridade... fiquei muito contente..."

"Claro – disse Rebeca, em sintonia tonal –, é ótimo que ele não guarde qualquer ressentimento, pelo jeito a porta do *Estadão* estará sempre aberta." Houve uma pausa silenciosa, ambos pensavam no significado da mudança para cada qual, ela ia mais longe. Disse, com voz de saxofone: "Você já imaginou ser um chefe como nem o Ramiro é?" Ele anuiu sem muita convicção, precisava aprofundar-se mais, ela acrescentou: "Você vai depender apenas do diretor da redação carioca, que, aliás, já o conhece e evidentemente tem a melhor opinião a seu respeito... claro, ele manda... mas de longe, por mais contatos que haja entre vocês, não vai ser cotovelo a cotovelo..."

Uma incógnita havia na equação, chamava-se Rodrigo Vasconcelos, de família tradicional do Ceará, cabia-lhe a direção da sucursal na qualidade de administrador com a especialíssima tarefa de conduzir as relações ditas públicas com empresários e outros mandachuvas da cidade que mais cresce no mundo com orgulho infindo, e de angariar publicidade tanto para a tevê quanto para os vários gêneros de papel impresso pela Globo. Usava colarinhos engomados altos como os bastiões do castelo de Salzburgo, brancos sobre camisas coloridas, e gravatas Hermès, de um modo geral era um mostruário ambulante de grifes que ostentava com jactância para a inveja de quem privasse com ele. Mas Evandro havia sido claro: "O Rodrigo é da confiança da família Marinho e tem muito prestígio nas rodas, digamos assim, político-sociais, e é um vendedor excepcional de anúncios, e que venham para garantir os nossos salários."

"Que bom – atalhou Abukir –, mas..."

Evandro interrompeu: "Sossega, leão, na redação não mete o bedelho, ali você responde somente a mim... agora, seja cordato, ele certamente solicitará sua ajuda, sempre que for preciso... sabe, um toque a favor de algum figurão, uma referência a alguém que interessa ou é amigo da casa, deve ter sido assim também no *Estadão*, era no meu tempo... uma matéria para facilitar o *approach* de um dono de empresa, ou de um publicitário que precisa ser paparicado..."

"Eu sei como é", disse Abukir, e o assunto foi encerrado. Um sentimento novo surgiu de trás da esquina, e o animava uma fagulha que pedia para ser protegida, amiúde faiscava ainda tímida, como se lhe faltasse a certeza de vingar, ele intuía, porém, mais nas entranhas do que no pensamento, o potencial daquele *bang* súbito. Experimentara a sensação do poder quando dava ordens e orientação aos repórteres subordinados, na qualidade de vice de Ramiro, mas percebia as inúmeras intermediações a separá-lo do doutor Júlio Neto. Estava para saborear os efeitos de um avanço decisivo na carreira, ah, a carreira era vital, "eis a definição melhor, a carreira é a própria vida".

"Qual é o objetivo disso tudo?", perguntou na escuridão do quarto, cabeça acolhida ternamente pelo travesseiro. Ele próprio formulou: "Melhor salário, bem-estar, a satisfação do trabalho de qualidade... o respeito de quem nos rodeia..."

"Mais poder", sentenciou Rebeca.

Entreato

A casa do presidente do Sindicado dos Metalúrgicos de São Bernardo e Diadema fica na crista de um morro, às costas da fábrica da Volkswagen. Térrea, muito modesta, mas a criançada pode jogar bola no corredor cimentado enfim engolido pela garagem, não há carro, a bola tem vez a qualquer hora. A sala de estar comunica-se diretamente com a cozinha de ladrilhos brancos, sobre a mesa encostada em uma das paredes a Virgem do calendário abençoa os presentes. Na sala, sofá e poltronas, uma estante para poucos livros, e não procurem entre eles *O Capital*, em compensação ali cavalga um Dom Quixote esculpido em madeira, mas ao Lula digo, na minha primeira visita à casa: "Você a meu ver não se parece em nada com Dom Quixote, era um deslocado, enlouquecido pela impossibilidade de se adaptar a tempos novos, você está do lado oposto, você é do futuro."

Lula carrega o espírito de Sancho Pança, ao menos em parte, aquela que encara a realidade sem disfarces ou ilusões. Ou de Sam Weller, valete de Pickwick, ou do escudeiro do cavaleiro do *Sétimo Selo* que jogava xadrez com a morte. A Lula trago um presente, uma gravata azul de bolinhas brancas, de seda italiana, e me alegrará um dia vê-la em ação em oportunidade condizente. Lula lamenta a falta de um mimeógrafo mais moderno para imprimir o jornalzinho do sindicato, *João Ferrador*. Aviso "deixa comigo" porque sei como agir. Muitos anos antes, Fernando Sandoval, companheiro de aventuras, e nem estas quixotescas, me apresentou a dois amigos muito ativos no nascente mercado financeiro, Fernando Nabuco e Eduardo Rocha Azevedo, o Coxa. São eles que irei procurar, embora não se trate de quem se interesse pela sorte do operariado e menos ainda perceba que a falta de um autêntico proletariado, consciente da sua força, afasta os riscos dos abalos sociais tão temidos por sua categoria. São, porém, pessoas seduzíveis em nome da amizade. Sei de antemão que os convencerei, de sorte a sair por aí a propalar minha competência de achacador. Mas o que fiz foi simples, argumentei apenas: "Meus caros, eu estou com Lula e seus comportamentos porque apontam para os interesses... (aqui procuro as palavras) de uma sociedade...

mais equilibrada, mais equânime (e me apresso a esclarecer), como convém ao capitalismo, lembrem-se de Henry Ford, e vocês ainda ouvirão falar muito deste cidadão, donde, me arranjem esta grana, para vocês é migalha, e estamos conversados." Não sei se recordaram Ford, e seu modelo T, produzido para ser comprado por trabalhadores bem pagos, aqueles que o tinham produzido, mas a grana veio, e Lula ganhou o mimeógrafo competente. Não é que os achacados sonhassem com uma sociedade mais equilibrada e equânime, tinham simpatia por mim, e o Sandoval me ajudou na tarefa.

É outro dia, e outra noite. Abril de 1980, a casa de Lula regurgita políticos de peso, vieram solidarizar-se com o líder da greve que enfrenta os brucutus, as bombas de gás lacrimogêneo e os cassetetes. Na Vila Euclydes, a assembleia dos grevistas é permanente, apinham-se no gramado, são dezenas de milhares. De manhã apareceu no estádio também o doutor Ulysses e de repente se achou no meio da fumaça igual a um barco perdido na cerração, uma bomba de gás caiu aos seus pés, o senador Franco Montoro vinha logo atrás, gritou "chuta, chuta". Agora diante de Dom Quixote a história é contada entre risadas e alguém descasca com as mãos uma das laranjas que Almyr Pazzianotto, advogado do sindicato, trouxe do seu sítio. O vira-lata da família Silva, de bom porte, cismou com outro senador, Teotônio Vilela, insiste em cheirar-lhe os sapatos que relampejam na noite.

E é outro dia, passaram-se poucos até uma tarde de um domingo na casa de Almyr, chega Lula, diz: "Fala, fala, qual é a novidade?" Almyr informa: "Amanhã a repressão chega de helicóptero e metralhadoras." "Não vamos arredar pé", rosna Lula.

A greve de 80 é, percebo enquanto Lula e Almyr conversam, divisor de águas, o começo do novo capítulo de uma história destinada a prosseguir por longo tempo. Golpe de um estrategista? Há neste movimento operário um gênero de resistência de longe a mais eficaz produzida no Brasil desde 64, e não contrasta somente a ditadura, bem como subverte o constante andamento do confronto capital-trabalho. É como se o acontecimento captasse a essência do poder nativo, oligárquico, medieval, capaz hoje de desencadear os seus gendarmes contra a massa da Vila Euclydes. Soletram, porém, os meus botões uma comparação. A ameaça experimentada pelos donos do poder em 64 foi inflada ardilosamente em proveito da imediata ação golpista. No entanto, a ameaça era de longo prazo, desenhava a possibilidade de um paulatino desenvolvimento político e social a caminho de algo que então eu costumava definir como contemporaneidade do mundo. Agora está toda ela contida no tempo presente, a ameaça é imediata. O maciço ataque militar revela que Lula acabará preso e enquadrado na Lei de Segurança Nacional e o resultado será fortalecê-lo e ao seu partido ainda no nascedouro. Imagino os tormentos do dia seguinte, o voo rasante dos helicópteros, a avançada compacta dos brucutus, e a fuga dos agredidos, camisas cheias de vento. E não será derrota.

E é mais um dia e estou no Aeroporto de Congonhas à espera de Faoro, gostaria de conhecer Lula e eu disse venha, iremos juntos à Vila Euclydes. Estranha figura esguia cerca-me como ectoplasma, percebo que de trás de um jornal desfraldado me observa e segue meus vagos passos da espera. Penso em um policial de experiência escassa, e já se aproxima sem mistério, dobrou com diligência o jornal e pergunta ao Faoro que acaba de chegar se ele vai a São Bernardo. Explica: "Fernando Henrique Cardoso pede por favor que os senhores passem pela residência dele antes de seguir para a Vila Euclydes." Como souberam da chegada do ex-presidente da OAB é mistério.

No apartamento de FHC, uma dama de cabelos azuis entrada em anos, o azul coa sobre ela e a envolve embora não seja a fada de Pinóquio, serve café em xícaras elegantes e lhes declina a origem, são de Limoges. A tese que o dono da casa formula pretende que a visita de Faoro à Vila seja inoportuna, conhecer Lula é uma coisa, subir no palanque armado no estádio é outra, "bem diferente". Por quê? "É óbvio, não é mesmo?"

No momento, não há quem, entre intelectuais orgânicos e nem tanto, perca a ocasião de repetir uma expressão cunhada por Nelson Rodrigues, e repetida à exaustão em suas crônicas, com largo êxito, em certos casos qualifica o óbvio como ululante e até os editoriais do *Estadão* se apossam de quando em quando da expressão rodriguiana. O anfitrião descerra o óbvio ululante: Faoro é "reserva moral" do País e como tal há de ser preservado e de se preservar, ir à Vila é risco inútil. E se o céu for toldado pela sombra avassaladora dos helicópteros militares? Sinto-me a reviver o ataque americano aos vietcongs. Faoro louva o café da senhora, mãe do anfitrião, mas não se rende à lição, ministrada em tom didático. Admite, porém, uma etapa no Paço Municipal de São Bernardo a caminho da greve.

O prédio é um monumento ao exibicionismo do recalcado, monstro abnorme de concreto, inspirado, suponho, em algum modelo de Houston, se bem que copiado às pressas quase fosse o propósito precipitar-lhe logo a empáfia grosseira. Em um salão invadido pela língua de um dinossauro, a mesa infinda aparentada com a do Grande Conselho de Mussolini, cabem ali os vereadores da região toda, somos aguardados por uma conferência de mochos graves, soturnos, cientes do seu papel transcendental, creio que tenham cabeças giratórias. À cabeceira senta-se o prefeito e a sua direita é reservada a Fernando Henrique, o qual, pressinto, deu uma aula prévia sobre Faoro. Quem é este Faóro, ou Faoro? Ou não seria faraó? Fernando Henrique perora a sua causa com denodo, Faoro não deve subir no palanque, busca o apoio dos mochos.

Levanto-me: "Meus senhores, esta reunião trata de assuntos políticos que não me dizem respeito, sou apenas um jornalista a cobrir uma greve, donde me retiro, vou para lá, e a todos desejo boa saúde." Faoro ergue-se em toda a sua imponência, e sua sombra alastra-se além da língua do dinossauro, e me segue. A massa sobre o gramado abre-se diante daquele gigante engravatado, não sabem quem é mas o entendem graúdo, vindo para emprestar seus poderes, quiçá mágicos, ao líder de uma greve também rebelião.

Saio do estádio, entro diretamente na sala do meu apartamento, é a noite de 5 de janeiro de 80, o amigo Karlos Rischbieter, ministro da Fazenda, ligou de manhã, "estou de saída do governo e gostaria de conhecer o Lula". Não é a primeira autoridade do governo a me procurar por causa do presidente do sindicato, houve o convite do ministro do Trabalho, Murilo Macedo, para um almoço à base de coelho e vinho francês. Ele sabe que Lula vai armar outra greve, depois daquelas de 78 e 79, vem logo mais a data do dissídio coletivo, e a parede, não há jeito, vai sair. Na ponta do garfo mantém em suspenso o próximo bocado e me pergunta se eu poderia conversar com o presidente do sindicato e apurar seus propósitos e, quem sabe, a chance de uma composição. Digo a ele que o coelho está muito bom e o vinho mais ainda, mesmo assim não sou um leva e traz do Ministério do Trabalho.

O caro amigo Karlos é o esperançoso que sempre torce a favor, alemão romântico como somente certos alemães podem ser, tende a imaginar um mundo melhor, sem contar com a possibilidade inesgotável de enganar Mefistófeles mesmo de olhos postos na realidade hostil. Lula o encanta, Karlos percebe a liderança insólita. E na sala se instalam de um lado ele e seu representante em São Paulo, Armando Vasone, orgulhoso de sua origem italiana mas educado em escola inglesa, do outro Lula e Jacó Bittar, presidente do Sindicato de Paulínia, muito próximo do colega de São Bernardo na elaboração do projeto de criação do Partido dos Trabalhadores em gestação. Os quatro conversam animadamente como se fossem velhos amigos. Mais tarde, quando Lula e Jacó se foram, Karlos fala das dificuldades que padeceu no governo, deixou um projeto nas mãos de Figueiredo, entrega-me uma cópia, é de linha desenvolvimentista, irrealizável à sombra da ditadura, "testamento de um ministro demissionário", define Vasone.

Ouço a voz de Lula no telefone: "Belo cara, este Rischbieter, gostei dele." Pausa meditativa. "Talvez, um pouco... sonhador."

Capítulo XXV

"Vem cá, dizem por aí que você é um tanto... cor-de-rosa." O diretor de redação Evandro chamou o novo diretor de redação da sucursal paulista ao Rio, para "acertar ponteiros". E Abukir de pronto: "Quem falou?"

"Bem, você sabe como são essas coisas, é o que se ouve na redação, é a sua, como direi, fama... mas creia, não é uma questão crucial." "Que bom – diz Abukir, e se recosta na cadeira, havia-se projetado para a beirada, intranquilo –, mas não sou não, cor-de-rosa, é que às vezes me queixei da censura e da autocensura, e basta isso para ser catalogado... levemente... de esquerda."

Evandro é conservador, de raciocínio penetrante, e conhece sem precisar de Ariadne os meandros do labirinto: "Não se preocupe, embora ser de direita possa facilitar, saiba que ser cor-de-rosa por aqui não faz grande diferença, aliás, aqui trabalham alguns vermelhos autênticos que souberam adaptar-se ao jogo, e são vermelhos com o conhecimento do doutor Roberto."

Alcances e limites de quem trabalha em *O Globo* são claros, "nada pode discrepar da linha do jornal". Abukir entende, o mesmo se dá no *Estadão*. "Lembre-se – sublinha Evandro –, você é um chefe, um editor de grau elevado, não é um colunista, que eventualmente pode gozar de maior autonomia, suas palavras são as palavras do próprio jornal."

Evandro pronunciou termos repletos de significados, chefe e editor. Peça decisiva do esquema, compete-lhe revisar e aprovar o texto final, ao cabo de um caminho que começa pelo repórter e passa pelo *copy-desk*. Em inglês mesmo, eventualmente abreviado para *copy*, a indicar em todo caso que no jornalismo nativo uma mesa consegue metamorfosear-se em ser humano, e muito mais poderoso do que

236

se possa supor pois se trata do sacerdote da língua e das preferências patronais, nem tanto em relação ao vernáculo e sim aos interesses materiais da casa, jamais caracterizados pelo apego a regras morais inflexíveis. O jornalismo brasileiro está vincado pela terminologia das redações norte-americanas, contudo mal digerida. Editor-chefe nos Estados Unidos é o poder supremo, aqui tanto pode significar diretor de redação quanto redator-chefe, termos de outrora, quando *copy-desk* era redator. Evandro sabe que certas confusões fazem parte de um mecanismo destinado ao controle milimétrico do texto a ser publicado. Haverá outra maneira de ser jornalista?

Esta seria a linha que gostaria de imprimir à sua fala com Abukir, contenta-se em usar meias palavras, sem qualquer referência àquelas furtadas do jornalismo americano por imitadores tão apressados quanto colonizados. Sugere que Abukir leia o manual da redação e se cala novamente a respeito do dissabor experimentado quando lê outros exemplares da imprensa e o seu próprio jornal. Evandro trata a língua com muito respeito, pertence a uma geração de jornalistas bastante lidos, mas confessa para si mesmo a conveniência da escrita elementar dos profissionais tão bem comandados, carentes de asas para tentar o voo. Donde, frases curtas, textos concisos e rápidos, banidos os adjetivos, afora bom e mau, bonito e feio e poucos mais. Com isso cria-se um estilo pedestre com a certeza de seguir o impecável exemplo do jornalismo americano. O repórter há de relatar o que vê e viu desde que não fira os interesses do patrão. O que sente é sempre excrescência, quem sabe prova de vaidade, em todo caso vetada a exposição, indigna de um repórter "moderno". A opinião fica para editorialistas e colunistas de confiança, em harmonia celestial com o pensamento do doutor Roberto.

Há um mês a greve do ABC paulista frequentava o noticiário, em espaços rigorosamente medidos e com as devidas omissões, já no título teria de transparecer a condenação de um comportamento reprovável, "tresloucado" disse alguém.

"Mas se o repórter não pode manifestar a sua opinião, como é que de saída, em letra de fôrma, ela vem no título?", pergunta Paulo, visitante de um fim de tarde.

"O título não é meu, e nem poderia ser, você sabe, a gente manda a cobertura e eles editam."

"Mas isso é jornalismo?"

"É assim que funciona."

"Sei, sei... O doutor Roberto, seu colega como dizem os locutores da Globo, nosso colega Roberto Marinho é contra esta greve, provavelmente é contra toda e qualquer greve, e tudo bem, quer dizer, tudo mal... mas é assim que funciona, e nosso colega se pronuncia na primeira página... agora, o título da cobertura teria de ser meramente informativo, não lhe parece?"

"Eu te disse, eles editam", defende-se Abukir, sente-se acuado, gostaria que a conversa tomasse outro rumo.

Paulo não esmorece: "Imagino o nosso colega que anda em círculos à volta do editor do material enviado pela sucursal, dá um giro sinistro atrás das costas do pobre-diabo, entregue ao terror de deixar passar algo destinado a aborrecer o patrão... deve ser uma situação horrível..."

Abukir arregala os olhos, como se compartilhasse da visão, Paulo retoma o fio: "E você, não fica aborrecido?"

"Bem, ele é o dono do jornal", murmura entre dentes.

"Mas o jornalismo... autêntico, digamos assim, aquele que informa com isenção, não deveria ter... uma certa força institucional, é isso, que transcende a vontade do dono? O fato é o fato, concorda?"

Abukir diz concitado: "Acho é que você tirou o dia para me deixar nervoso, além do mais acho esse Lula muito metido a estrela."

"Não sei se você viu – diz Paulo, e encerra o assunto –, a *Time* dedicou ao Lula e à sua greve uma página inteira, para eles muita coisa, é um texto analítico, quer dizer, entra necessariamente o achismo, e eles não concordam não com o nosso colega. Por favor, não pense que estou de cobrança, pergunto porque sou curioso, quero entender como funciona um jornal..."

Os escritórios da sucursal ficam no centro da cidade, onde a decadência se acentua e a noite se apinha de mariposas de saiotes exíguos e de assaltantes em andrajos. A situação se precipitou em progressão geométrica, para Abukir o tempo dos passeios noturnos ao sair do

Tonton agora é apenas memória impossível de reavivar, seria arriscado demais. Mesmo nos Jardins os porteiros dos prédios tornaram-se sentinelas e os sobrados ergueram suas cercas como muralhas de castelos. Pelas calçadas circulam robustas figuras engravatadas envoltas em panos escuros, jagunços do asfalto de senhores em traje "esporte fino" que usam gravata, de preferência amarela alinhada com a moda, durante o dia somente, o penduricalho de seda brilha nos escritórios e nos almoços pelos restaurantes premiados com as estrelas dos guias. Cresce o comércio de cães ferozes e de alguns serviços, eletrificação das cercas e blindagem dos carros. Nos semáforos, chusmas de vendedores ambulantes egressos de um mercado persa oferecem suas mercadorias, de balas e chicletes a redes, flanelas e guarda-chuvas, entre os carros parados, e é comum que se insinue a enguia predadora capaz de arrancar o Rolex do pulso dos motoristas. Esquálidos replicantes se estabelecem debaixo de pontes e viadutos, ou mesmo sobre calçadas de escasso movimento, e dormem enrolados em folhas de jornal depois de vasculhar negros sacos de lixo em busca de talos de couve e cascas de laranja.

Os jornais desatam em campanhas contra a leniência do poder público ao enfrentar a criminalidade e a degradação crescente, reclama-se contra o policiamento insuficiente e invoca-se a pena de morte para punir delitos hediondos. Na imprensa, é insólita a manifestação de quem pesca a origem desses males no social, no abismo entre minoria rica e maioria miserável, ali o espírito do desespero viceja como musgo maligno. Quem se abala a este gênero de ilações passa a ser tido como agitador, subversivo, carbonário. Comunista. Figuram solitários no rol a revista *IstoÉ* e o diário *Jornal da República*, nascido, conforme se afirma na praça, "da megalomania do Mino". Ambas as publicações gozam de antipatias à direita e à esquerda. Gente próxima ao Mino descreve-o como um anarquista que divide a sociedade brasileira entre predadores e predados e enxerga entre aqueles muitos ditos esquerdistas enredados em sua condição social, dita de classe média quando não aristocrática, por causa dela e da ganância decorrente sucumbe na prática a ideologia proclamada.

Os senhores da mídia sentem-se desafiados pelo *Jornal da República*, embora se trate de operação além de modesta levada a cabo por uma redação mínima, e exercem pressão junto às agências de publicidade para que lhe racionem os anúncios e se possível os neguem. Rodrigo garante: "Vão bater as botas logo logo." Abukir pede informações. "Só podem ir a pique rapidinho – declina risonho Rodrigo –, contam apenas com duas páginas semanais de um supermercado, o Pão de Açúcar, um patético quinto de página de um produtor de cachaça interiorano, de vez em quando alguma coisa entregue por dois ou três empresários metidos a progressistas."

Abukir constata: "Também, o jornal é vermelho-encarnado, tem até uma página sindical diária para promover Lula e sua turma..."

Rodrigo esfrega as mãos, Abukir concede: "É um pessoal audacioso..."

O outro interrompe: "Metidos, e do contra... agora conseguiram criar caso até com os anistiados..."

A *IstoÉ* saiu com uma capa irônica sobre as praias do verão carioca excitadas pela presença de alguns dos antigos rebeldes anistiados, colhidos de tanga a se tostarem na canícula. O *Pasquim*, jornal que reúne os mais lidos e apreciados humoristas e cartunistas, clama contra o "minocartismo", um colunista da *Folha de S.Paulo* que assina com as iniciais AD põe a rufar seus tambores, invoca a punição divina para esse Mino, segundo afirma, miúdo física e moralmente. Abukir procura o Salem em busca de munição para as conversas do pós-expediente. Salem aparenta tranquilidade sem maior esforço, é otimista integral, "estamos bem, estes ataques servem para pôr a gente em evidência".

"Mas este AD – diz Abukir, a mastigar as palavras como pastéis – é terrível, escreve contra o Mino há tempo, há meses disse dele que não passa de um lacaio do Golbery..."

Salem marulha uma risadinha. "Sabe o que o Mino fala do AD? Que ele o quer ariano, alto, loiro, de olhos azuis, como Hitler gosta."

Capítulo XXVI

Jurema formosa solteirona casou-se finalmente com o amante, o advogado Bulhões, de banca próspera, cedeu aos seus encantos embora os frequentasse havia tempo, e abandonou a mulher. Passaram-se quase três anos desde o fim do namoro secreto com a cunhada, mas Waldir padece de uma agulhada perversa no plexo solar.

Combate para sopitar o tormento ao raciocinar por dentro, enfim que haveria de querer se já não sobrava coisa alguma da velha paixão? Pois é, pois é, crepitante paixão teimosa no retorno à memória e a arrepiar as carnes ao ser revivida neste momento miserável, que diabo, parece que foi ontem. Combate perdido, Jurema, a macia Jurema, tornou-se mais concreta do que qualquer pessoa ao seu redor, a dor vem em espasmos longos, com intervalos da extensão de um suspiro.

O casamento deu-se em cartório, a esposa de terninho, Jandira lamentou a falta do véu e da grinalda, Jurema sussurrou: "Seria ridículo." Exigiu porém que a irmã e o cunhado fossem seus padrinhos, enquanto o noivo, Segismundo, o Mundo, escalou um casal de amigos. Para Abukir foi ocasião da estreia para o terno cortado pelo alfaiate do doutor Júlio Neto, de tropical inglês cinza-fumaça-de-londres, Rebeca recomendou a gravata azul-escuro, Abukir preferiu a amarela sobre camisa azul-imperial e ela admitiu "está lindo". Fazia um mês Abukir havia inaugurado bigodes finos estilo anos trinta, de fato Jandira disse "parece com José Lewgoy" na convicção do elogio, para o desacordo de Jurema, pronta a exclamar: "Nada disso, parece é com Clark Gable quando jovem."

Para festejar, almoço no apartamento destinado a hospedar Mundo e Jandira, o champanhe francês foi servido em copos adequados, o doutor Bulhões disse *flûtes*, ele não era de deixar por menos em proveito da impressão generalizada de que se tratava de cavalheiro "finíssimo", até Severino ficou impressionado a partir do segundo *flûte*.

"Quer dizer que você dirige a sucursal do *Globo*?", perguntou o doutor Bulhões. Não era intenção de Abukir proclamar aos quatro ventos sua condição profissional, sabia no entanto que o posto lhe conferia prestígio, esboçou um sorriso modesto ao confirmar. O doutor Bulhões foi sugado por uma poltrona de feição contemporânea e Abukir notou a dificuldade que enfrentava, não sem pertinácia e coragem, para cruzar as pernas. Não era de todo claro se o percalço havia de ser atribuído à sua mole ou ao propósito da poltrona, inspirada em alçapões destinados à captura de bichos vastos.

O doutor Bulhões enfunava um olhar penetrante e voz de Fígaro, disse: "Vou falar uma coisa para você, com a franqueza que me caracteriza: tenho achado o *Globo* um tanto leniente." Pronunciou a palavra leniente com evidente satisfação, qual fosse complemento da degustação meditada do sorvete de pistache encimado pela nevasca gorda do creme *chantilly*, a língua a deslizar na concavidade da colher para envolver em seguida em perfeito deleite o lado convexo. Leniente? O doutor Bulhões parece condescender ao explicar: "Sou assinante do *Estadão*, mas todo dia mando comprar o *Globo* na banca da esquina, gosto muito do *Globo*, mas já gostei mais."

Abukir não deixou de assumir uma expressão grave à beira da apreensão. "Acho que vivemos um momento perigoso – diz o doutor Bulhões – e não podemos abaixar a guarda... há sintomas preocupantes de subversão em marcha, ainda e infelizmente."

Abukir ergue o sobrolho. "Veja bem – prossegue o doutor Bulhões, enfático –, veja bem, greves seguidas no ABC, oposição no Congresso bem mais... audaciosa do que se poderia desejar, um certo ar de folga nas universidades, em suma, são todos sintomas preocupantes, e já não percebo na imprensa aquela... determinação no combate, aquele tom de alerta que na verdade se faz preciso."

Abukir cuidou de menear a cabeça para que o interlocutor não duvidasse de suas preocupações em pronta adesão às dele, contrastavam com o prazer do sorvete, proporcionado em grande parte pela capacidade do *chantilly* de apossar-se do sabor do pistache sem perder a maciez. "Tivemos tanto trabalho – esclarecia o doutor Bulhões – em colocar a casa em ordem, só falta agora pôr tudo a perder."

"Seria uma lástima", apressou-se a sublinhar Abukir.

"Uma lástima? Uma tragédia, uma imensa tragédia, nem posso pensar em uma coisa dessas."

"Vigilância sempre", sublinhou Abukir.

"Aí está, a eterna vigilância. Sabe o que tem me faltado? Editoriais mais candentes, mais empenhados, mais sintonizados com aquilo que de fato acontece. Sinto o cheiro de alguma coisa muito grave, nem sei o que pode ser exatamente, mas que sinto, sinto, sei lá, algum atentado terrorista, é isto... mas desculpe o desabafo, meu caro jovem."

Abukir entendeu ter atuado a contento, estava aprovado pelo doutor Bulhões, e o ajudou respeitosamente a desentalar-se da poltrona contemporânea. Waldir também naufragou em assento gêmeo, com risco infinitamente menor, pesava menos que a metade do marido da ex-amante, além de tudo recusara o sorvete, calado e sombrio mergulhava no dissabor. Não conseguia livrar-se do sentimento lamentoso do traído, ele sim havia abaixado a guarda em relação a qualquer movimento da razão, rendera-se à convicção de que dois chifres brotavam da cabeça logo acima dos ouvidos como se tivesse calçado um elmo teutônico, era esta a imagem surgida da angústia, reminiscência de gravuras visitadas na adolescência.

O fim da relação dera-se por consenso, ambos haviam perdido o desejo compulsivo de outrora, embora a perda tivesse ocorrido em tempos diversos, o de Jurema fora bastante anterior. Nem um nem outra confessaram o que os movia, ela alegou remorso em relação à irmã e excesso de trabalho e ele veio com a mesma desculpa, ambos choraram na hora da despedida. Quando Jandira anunciou que a irmã ia se casar havia passado um longo tempo desde a separação e só faltou que, ao receber a nova, Waldir bocejasse, naquele momento estava de olhos postos em uma jovem colega, ela sorria em todas as direções. Nem por isso teve algum refluxo de saudade de Jurema. Agora, afundado na poltrona contemporânea, testemunha do evento e até padrinho da noiva, ela mesma alvo da paixão devorada por si mesma, tornou-se presa inerme de uma sensação de perda irreparável, monstruosa, de nada servia evocar o dia da separação e tantos outros que o haviam precedido, marcados muitas vezes pelo senso penoso da obrigação diante da cama do motel, nada pior do que deitar sem o chamado da luxúria. Waldir poderia lembrar momentos humilhantes, ao alegar dores inexistentes ou comilanças desbordantes quando almoçara nada além de uma colherada de picadinho. Sem ovo, sem banana, sem couve. Sobrou da festa nos ouvidos dos presentes o som das risadas de Jurema, haviam contribuído validamente para o desconforto crescente de Waldir, destinado a se expandir nos dias e semanas seguintes. Havia tempo saíra do Colégio do Estado, contratado pelo Dante Alighieri ganhava salário mais satisfatório. Atacado por uma forma aguda de depressão, conforme alegou, pediu licença de um mês para tratamento.

Até então, desconhecia na prática a existência de analistas, recorreu a Severino para conselho e sugestão, o amigo era alheado do assunto tanto quanto ele. Lembrou que o filho, tempos idos, havia procurado um psiquiatra e no domingo seguinte, em pose de abandono no sofá da sala no aguardo do almoço, pálido, desfeito, voz arrastada, disse "estou muito deprimido". Abukir pediu esclarecimentos, "não sei por que, mas estou" respondeu o pai, acrescentou: "Você acha que um analista poderia ajudar?"

Abukir, depois de pronunciar o nome do analista, perguntou-se como reagiria o pai diante dos silêncios abissais do freudiano. Não obteve palpite interior, e o nome foi anotado por um Waldir de olhar esgazeado. O filho tentou antecipar-se: "Analista é parada dura, o senhor precisa estar preparado, disposto, sobretudo, a se abrir mesmo, sem esconder seus sentimentos, não sei se me explico." Era exatamente o comportamento que ele não conseguira manter.

"Imagino que não seja simples, muito pelo contrário – reconheceu o pai – mas preciso de uma boia, senão vou a pique."

Abukir contou a Rebeca a conversa com o pai. Ela vivia em estado de graça, Ramiro cumprira a promessa de chamá-la para a reportagem e agora anunciava "ela vai longe". Rebeca sentenciou depois de ouvir Abukir: "Eu sabia, eu sabia, para mim a depressão do seu pai era de se prever." Ele a encarou sem entender.

"Você não me falou do longo caso que tiveram Waldir e Jurema?" De fato, Rebeca era depositária exclusiva da história, jamais revelada por Abukir a ninguém mais. "Então seu pai reage ao casamento, é isso."

"Mas como? Quando soubemos que ela se casaria com doutor Bulhões, sete, oito meses atrás, meu pai disse que bom, observou até que Jurema havia perdido muito tempo, mesmo assim melhor tarde do que nunca... deduzi que o caso deles tivesse terminado havia um bom tempo... por que haveria de sofrer agora?"

"Há homens que se acham donos da ex-mulher, amante, namorada, seja lá o que for."

Abukir pensou que Rebeca poderia estar certa, e lhe ocorreu pensar que à festa dos Bulhões só faltara o Pajé.

Entreato

Ser lívido, olhos mortiços no fundo de órbitas negras, senta-se à minha frente, ao meu lado o jovem esbelto, fala melíflua, poderia ser filho de um alto prelado, é de um banqueiro, não seria surpresa se cheirasse rapé. Almoçamos arroz à milanesa, e o jovem diz, pausado, olímpico: "Sinto muito, mas nossa parceria está no fim." O anacoreta da malignidade postado diante de mim, vista engolida pelo abismo, pigarreia.

Começo de fevereiro de 1981, convidado à mesa de Fernando Moreira Salles, na presença do seu anspeçada Antonio de Franceschi, de variadas serventias, recebo do anfitrião e dono recente de *IstoÉ* voz de demissão enquanto mastigo risoto com açafrão, encomendado à cozinheira para me agradar, é o que afirmou à minha chegada. Conclui-se neste instante um capítulo iniciado em abril de 1979, quando propus a Domingo Alzugaray o lançamento de um diário que se chamaria *Jornal da República*, na esteira de uma *IstoÉ* de pleno êxito como semanal desde março de dois anos antes.

A ideia de um jornal me persegue há mais de duas décadas. Em Turim, ano de 1957, trabalho na redação do *quotidiano indipendente del mattino "La Gazzetta del Popolo"*, cujo proprietário, fabricante de biscoitos, vive um aperto financeiro e decide fechar a edição vespertina, *Gazzetta Sera*. Um grupelho de resistentes, depois de despedidos todos os colegas da outra redação, propõe-se a salvar o vespertino e passa a trabalhar dezoito horas em vinte e quatro, da manhã à madrugada do dia seguinte. É uma equipe de dez profissionais, desempenho brilhante de Alberto Baini, eu sou o caçula aos vinte e três anos, produzimos um jornal do futuro por dois meses e enfim sucumbimos. Ficaram a mágoa do fracasso e o singular impulso de revanche. Convenci Domingo e muito depois me arrependi.

O *Jornal da República* foi de um futuro que nunca chegou. Redação de pouco mais de vinte profissionais, um diretor de arte de mão feliz, Helio de Almeida, divido a direção com Cláudio Abramo, Raymundo Faoro, mentor e editorialista. De início, seríamos impressos nas oficinas da *Folha*, mas antes que o contrato fosse assinado

247

Octavio Frias percebeu que a empreitada não lhe convinha e disse não. Ficamos com as máquinas obsoletas do *Diário de S.Paulo*, tínhamos de fechar a primeira página às oito da noite, a publicidade que premiava *IstoÉ* não se passou para o diário, claramente boicotado pelas agências, pressionadas por quem nos enxergava como possível concorrente e favorecidas pela nossa linha ideológica, vista como subversiva.

O jornal tinha venda digna em São Paulo e arredores, mal chegava a Santos, e começou logo a inclinar-se para a deriva. Um mês depois do lançamento, fim de setembro de 1979, Domingo pretendia dar um fim à aventura antes que o naufrágio tragasse também *IstoÉ*. Não concordei e assinei uma pilha de letras de câmbio para ficar com a semanal.

No fim do ano cheguei à conclusão, sem maiores esforços, de que, se não fosse à falência preso por dívidas, me sobraria a possibilidade de viver debaixo de uma ponte. Em outros tempos costumava dizer que na pior das hipóteses, caso desempregado como jornalista, sempre poderia ser lenhador no Canadá, pois conservava na gaveta algumas camisas de flanela quadriculada. Agora o Canadá ficava inalcançável.

O destino foi piedoso, ou por outra as estrelas de Frank Capra escaladas para socorrer os incautos atiçaram as veleidades intelectuais de Fernando Moreira Salles em cujos ouvidos o *herald* De Franceschi soprava a oportunidade dourada. O *Jornal da República* carregava a insuportável dívida de 1,5 milhão de dólares, e o filho do banqueiro se propunha a tapar o buraco para ficar com *IstoÉ*, seu alvo verdadeiro. Aquilo que era infinitamente superior às nossas forças, para ele, ou para o pai, não passava de esmola. Dispusesse de visão de editor em vez de contar com o olhar brumoso de De Franceschi, Fernando talvez mantivesse em vida o jornal. Compromisso inadiável seria que eu ficasse na direção da redação sem alteração de rota na revista. Fique. Era janeiro de 1980.

E eis que passa pela memória, de improviso, Severo Gomes, lépido, deixa porém, como se dá com presenças dardejantes, a marca da sua silhueta no espaço do meu pensamento mesmo depois de ter passado. E lhe recupero então a imagem e a fixo, e não preciso perguntar aos meus botões por que Severo surge em cena, está entre outros na redação na noite em que o *Jornal da República* é lançado. Bom amigo, comigo e muitos mais, ecumênico na simpatia embora frequentador assíduo da troça e da ironia, político várias vezes equivocado, sem o mais tênue resquício de vontade para dobrar-se ao destino e ser empresário.

A noite do lançamento do *Jornal da República* infla-se de figurões, da política e do *business*, poderia atribuir ao meu prestígio a presença de graúdos tão conspícuos, ninguém entre eles, contudo, tem a mais vaga intenção de emprestar apoio à empreitada garibaldina, futurosa fosse outra a cidade. Eu gostaria de criar um jornal simplesmente, autenticamente, desabridamente republicano, destinado a dar voz a setores da sociedade até agora mantidos à margem com o devido rigor. Os convidados declamam sua esperança democrática mas não acreditam no que dizem, conscientes alguns e portanto hipócritas, outros de momento entregues à crença da sua própria sinceridade e no entanto amarrados à natureza de herdeiros da casa-grande, ao chamado ancestral, visceral, autoritário ele mesmo porque invencível, sopra preconceitos e medo, ensina o conchavo, a artimanha, o que é próprio do país-laboratório da nova raça, a parda, o Brasil ainda será totalmente pardo e nada impede que venha ser esta a cor do mais forte, todos, porém, se creem brancos, de sorte a marcar a diferença com a plebe. Eles proclamam a inexistência do preconceito racial que vive dentro deles, insopitável, como o grito a lhes prorromper do peito quando o avante preto marca mais um gol, raro momento de glória, e congraçamento de ricos e pobres.

Saio da redação festiva da estreia e vou, pouco mais de um ano antes, para a calçada da Avenida Atlântica em Copacabana, cercanias do Posto Seis, Severo é meu guia na direção de um encontro com o general Euler Bentes, em quem enxerga o adversário impossível, mas incômodo, contra João Baptista Figueiredo, o escolhido de Geisel na eleição indireta para a sucessão da casta ditatorial. Falta um par de meses, a nomeação compulsiva de Figueiredo é tão certa quanto o alvorecer e o ocaso. Na opinião de Severo, o comparecimento na liça de Bentes, ex-presidente da Sudene, está fadado a inquietar os quartéis.

249

Nacionalista, esta é mais uma qualidade do general segundo Severo, fervoroso adepto do nacionalismo, em seu nome foi ministro da Indústria e Comércio do próprio Geisel. Deixaria o governo em tempo para recuperar o senso e agora convence o MDB a aceitar a candidatura de Euler Bentes na farsa próxima. O encontro com o general realiza-se na sala de estar de modesto apartamento em uma das travessas que unem Copacabana a Ipanema, Bentes cerca-se de um pequeno grupo de capitães e majores, adversários da facção no poder não conseguem produzir algo mais que uma enxurrada de frases feitas. Estamos de volta à calçada, jantaremos em alegria um peixe assado, digo: "Olhaqui, não duvido da honradez de Euler e da sua boa-fé, mas os rapazes que o cercam têm, a seu modo, uma irresistível tendência fascista. São diferentes de outros mais inclinados à violência, mas pensam igual sobre o país e o mundo, enxergam comunistas agachados atrás de cada esquina, mesmo que se digam preocupados com o desequilíbrio social."

Ele retruca para cavalgar a *realpolitik*. Insisto: "Outra coisa foi a anticandidatura do doutor Ulysses contra Geisel, um grande gesto movido a ironia para mexer com a alma popular, não mexeu, eu sei, mas vai ficar na história." Hoje sei que não ficou, o que fica, porém, na memória do país desmemoriado? E vejo, de súbito, a expressão de Ulysses no dia das indiretas, expressão de faraó cético. Aparece Golbery, sentencia: "Ulysses é frio como um peixe." Ambos podem ser frios em certos momentos da política, mas ambos têm um lado exposto às ventanias da emoção, sei que Ulysses corre riscos com galhardia, de Golbery posso dizer que sabe perder.

Vou a Brasília para assistir à eleição indireta, a impagável pantomina, contarei aos leitores a frieza não somente do doutor Ulysses mas também de Tancredo Neves e Thales Ramalho, a comporem a *troika* do MDB, diante da candidatura de Bentes, apoiam por dever de ofício. Sobrevoo o resultado, no meu avião viaja também Laerte Setúbal, um dos raros empresários em cuja esperança democrática acredito, não estamos juntos mas nos encontramos na chegada. Ele aprova a candidatura de Euler Bentes, vã porém corajosa. Calo-me. A mim mostrou que não consegue escapar à ideia de sempre, e chamam um general, mesmo se desta vez tenha sido em nome do bem. Em nome, repito e sublinho, sem clareza quanto ao exato significado de bem, perdão, do BEM.

Estou de volta ao meu prato de risoto à milanesa, Fernando Moreira Salles usa com bom sotaque as palavras italianas, *risotto alla milanese*, a execução da receita, contudo, é bastante discutível. Segue-se o prato de resistência, o anfitrião expõe os seus motivos, enquanto o outro comensal encara a parede fronteiriça e ainda pigarreia. Penso a quem poderia compará-lo entre as personagens literárias que frequentei, ocorre-me imperiosamente Uriah Heep com o senão de não conhecer a mãe de De Franceschi, não excluo uma senhora boníssima em vez de uma megera. Não desfiguraria, admito, como Iago, há entretanto, um rasgo de ousadia no intrigante de Shakespeare por ele inalcançável, sem contar que Fernando não é Otelo e que ele jamais o intrigaria. E o colho a soprar nos ouvidos do amo histórias mais complexas e ao mesmo tempo triviais do que aquela de um certo lencinho. Heep, ele mesmo, Dickens não poderia imaginar alguém diferente.

Olho Fernando, à minha direita, emerge outro pensamento, digo para mim mesmo que seres humanos de média experiência diante do seu comportamento estariam habilitados à maior perplexidade, precipitada por surpresa mais impactante do que descobrir na mãe de De Franceschi uma alma radiosa. Há exatos dezoito dias, fim de semana, conhecedor de um projeto meu de comprar um sítio nos arredores de São Paulo e ali deitar uma quadra de tênis para acolher contendas épicas com meu filho Gianni e alguns amigos, o jovem que me emprega faz um ano convida-me para um giro motorizado em busca do recanto ideal. Vai com a mulher e eu com Angélica, e de saída fala-me de um plano dele com o deleite enfático de quem desenha um sonho: "Sabe de uma coisa, gostaria de encontrar um lugar onde pudéssemos construir duas casas, uma de vocês, a outra nossa, e a quadra seria comum, como a piscina." A mulher está de acordo, e aparenta entusiasmo, eu digo "grande ideia" e me sinto mais velhaco do que um papa da Renascença, Angélica sorri vagamente, estrela da Ursa em noite nevoenta. Nada foi encontrado que se prestasse ao sonho do primogênito Moreira Salles e Angélica, livres da companhia, falou claro: "Imagine, *jamais de la vie.*"

Dezoito dias depois, com seu timbre episcopal, Fernando desenrola três razões para a minha demissão.

Primeira: eu estou a me tornar um segundo pai para ele, assim me enxerga e não gosta, é como se traísse o velho Walter, que não merece. Segunda: imprimo à revista uma linha próxima demais aos interesses de Lula, do seu partido e do sindicalismo do ABC, haja vista a cobertura da greve de 80, do nascimento do Partido dos Trabalhadores e da prisão do líder. Ele discorda desta orientação, entende ter chegado a hora de aproximar-se do PMDB. Terceira: muitos da redação, a maioria, solicitaram um encontro com ele para tecer a meu respeito críticas "gravíssimas": sou um ditador insuportável. Interrompo: "Talvez um algoz." Ele, impassível, sublinha: "Pois é."

De Franceschi tamborila a mesa com a ponta dos dedos, e eu fico a imaginar o tal encontro secreto, e nas brumas do jogo subdoloso planto a figura espigada de Paulo Sergio Pinheiro, combatente dos Direitos Humanos, estudioso das greves paulistanas dos começos do século, e de Francisco Weffort, ideólogo do PT nascente e secretário do partido, acadêmicos de esquerda celebrados e colaboradores de *IstoÉ.* Weffort é colunista, Paulo Sergio tem emprego fixo na redação e muita influência junto à equipe. Olhaí como se portam em situação os mestres do saber: ficam com o patrão.

Antes de limpar as gavetas, falo com o Tão: "Meu velho, você vai ficar, se bem entendi, será meu sucessor. Desta vez não é o caso de me seguir, mesmo porque sou um jornalista desempregado." O único que se vai comigo, Raymundo Faoro, avisa: "O Weffort fica, explicou-me que precisa defender o espaço." "Perfeito – anotei – sou acusado de fazer o jogo do PT e ele, que é petista de carteirinha, fica para defender o espaço... Maravilha."

Chamo em casa a redação em peso para falar das razões apresentadas pelo jovem Moreira Salles para se livrar de mim. Sabia e sei do pavor de perder o emprego que espalha miasmas entre o fígado e a alma da maioria dos profissionais, e da disposição sempre alerta de adular quem lhes paga o salário, agora enriqueço meu conhecimento na matéria ao apurar outra característica, a de projetar-se em uníssono na retaguarda sorrateira do patrão contra o colega que os comanda. Observo as expressões atônitas, os rostos silentes voltados na minha direção, de fato a procurar algo situado às minhas costas, decerto não é a consciência de cada um. Ali estão vários acostumados a recitar pelos bares frases radicais, em situação mostram a inarredável covardia. Recordo os mesmos rostos no dia do naufrágio do *Jornal da República*, as expressões eram outras ao ouvirem meu agradecimento às constelações de Frank Capra que haviam suscitado uma conjugação celeste para salvar a nós todos. Creio que seja lembrança deles também, não foi, porém, para criar o compromisso mútuo na desgraça superada, foi para fortalecer a certeza de que o horror vivido um ano antes havia de ser evitado a qualquer custo até a solidariedade irrestrita, automática, ao jovem Moreira Salles. Encerro minha fala, o silêncio se faz na sala, percebo na ponta dos dedos, sensação tátil, a confissão tácita de medo que os envolve igual a vestimenta inconsútil. Despeço-os com um gesto, que aponta a porta da saída, engolem-nos a noite e seu pavor da vida.

Capítulo XXVII

A secretária de Abukir, Maria, era bonita e formosa. Muito bonita, vinha do Brás, bairro da família havia quatro gerações, desde a chegada dos bisavós, imigrantes italianos. Giuseppe, o avô, tinha seis anos no começo do século, em tempo útil para participar das greves de 1917 e 1919, assim como o pai dele, Antonio, cruzara os braços pela primeira vez naquela de 1907, a mais longa e áspera pela violência da repressão, a organizarem a parede alguns escolados anarcossindicalistas. Antonio empregou-se no Lanifício Crespi, na Mooca, contíguo ao Brás, e Giuseppe, o Beppe, seguiu-lhe os passos. Cevavam ideias tidas como subversivas pelos senhores quatrocentões e seus lacaios. Rodolfo Crespi, filho de um camponês artesão, viera da Itália com ideias mais brandas, e Antonio e Beppe o viam como bom patrão, entravam em greve em solidariedade aos companheiros de outras empresas, fosse pelo Crespi não abandonariam o trabalho.

Neste ponto, toma-me a necessidade de declinar o quanto simpatizei até a ternura com aqueles bairros operários e sua gente, mas, atenção, não é o mesmo gênero de sentimento nutrido por certo gênero de intelectual francês encantado diante de um trabalhador inteligente, tanto mais se for do trópico, um indígena, na visão dele, merecedor de indulgente admiração. Não me refiro a Lévi-Strauss, está claro, este registrou para sempre a tristeza das nossas plagas. Em outros tempos eu ia ao Brás e à Mooca, sobretudo de noite, como se estivesse à procura da aldeia, isolada por invisíveis muralhas, intacta nos sons e nos perfumes, em meio à metrópole capaz tão somente de enxergar aquele recanto como "pitoresco". É o que o Bexiga aceitou ser ao longo dos tempos, resignado. Brás e Mooca, não, foi preciso matá-los, bairros assassinados pela prepotência da cidade deliberadamente feroz.

Do Brás vinha Maria, formada na Caetano de Campos, era secretária estenógrafa competente e solícita, sua máquina de escrever batucava com ritmo, os modos a natureza os fizera corteses sem afetação com acerto final por conta da educação familiar, doce e cálida. Os Sicca davam-se bem e o sobrenome oferecera à moçada que cercava a Caetano à hora da saída a oportunidade de repetir uma estrofe, em solo ou em coro, "se a marca é Sicca, bom produto indica".

Depois de um mês de proximidade, Abukir não evita um olhar de soslaio na direção de Maria quando ela está de lado ou de costas, sempre com cuidado extremo, a obedecer, porém, a um impulso prepotente, e no momento em que Maria cruzava as pernas e as meias ciciavam, ele experimentava um arrepio na boca do estômago.

Abukir vivia encantado consigo mesmo, senhor absoluto da redação, o poder o inebriava. Crescia nele, em parte sem que se desse conta do processo, a compulsão a usá-lo, o poder, qual fosse ele um capataz, se preciso a brandi-lo como porrete. Em torno dos sentimentos novos tecia a ideia, inédita para ele até então, de que o comando se estabelece como monumento equestre sobre um pedestal granítico de rigidez e inflexibilidade. E ele a cada dia com ímpeto progressivo cavalga seu cavalo de bronze, ou de mármore, e se compraz com a submissão vexada dos apeados. Os subordinados começaram a temê-lo, e às suas reações, pétreas amiúde, e pontiagudas para rasgar os espíritos. Nesta situação, Abukir colhia um prazer desconhecido até então, forte a ponto de impor a necessidade de ser constantemente revivido. Não lhe faltava a estimulá-lo a aprovação da matriz ao desempenho da sucursal, sobretudo o elogio de Evandro, amiúde sublinhava a satisfação do doutor Roberto. "Magistral", dissera o patrão colega, ao comentar a cobertura do processo do ex-presidente do Sindicato de São Bernardo e Diadema, Luiz Inácio da Silva, vulgo Lula, enquadrado na Lei de Segurança Nacional e devidamente condenado. Inevitáveis nos despachos da sucursal as informações sobre o nascimento do Partido dos Trabalhadores, secas, contidas, sarcásticas nas entrelinhas, tão sorrateiras neste ponto quando os olhares de Abukir a envolverem Maria sem que ela percebesse, assim imaginava, talvez apressadamente.

O repórter Tibúrcio, precocemente pançudo, fumante sem pausa e tomador de álcool leve e pesado, permitiu-se um reparo, "condescendente", clamou Abukir, a respeito de uma reunião do grande conselho petista, realizado em um auditório das Perdizes sob a batuta do ideólogo-mor Francisco Weffort. A reprimenda de Abukir iniciou-se ao sopro de uma brisa, sentia-se personagem de enredo de cinema, imaginou a interpretação de um ator consumado na armação do ardil, a encobrir a tocaia com o tom da falsa mansidão, disse: "E então, senhor Tibúrcio, vossa excelência apreciou bastante a reunião do partido de Lula?"

"Não, não – responde Tibúrcio, e atropela as palavras –, tentei apenas relatar o que aconteceu."

"Entendi, entendi – soletra Abukir, voz arrastada –, quer dizer que as coisas se deram exatamente como você as descreve..."

Tibúrcio, pálido, anui. *Andante mosso* por parte do chefe: "E, obviamente, o senhor chama isso de jornalismo objetivo."

Tibúrcio está à deriva, já não sonda o fundo arenoso. O tufão prorrompe: "Objetivo uma ova, o seu relato é uma lástima, um horror, uma vergonha."

Tibúrcio encara a ponta dos seus sapatos.

"Pode ir – diz Abukir, e sublinha as palavras pronunciadas em notas profundas com o gesto de quem enxota o animal doméstico inoportuno –, e reescreva a sua... merda..."

A sala de trabalho do diretor da redação vai além da tarefa que as palavras indicam, também se oferece a receber pessoas, de respeito até, a serem acomodadas em um conjunto almofadado sofá e poltronas com a imposição de mesinha central ocupada por cinzeiros e publicações variadas, da concorrência inclusive, a provar a competição elegante. A sala é acarpetada em tom pastel e maciez convidativa, Abukir de vez em quando, sobretudo quando sentado à máquina, tira os sapatos e acaricia o chão acarpetado com a sola dos pés, com prazer além do físico. Na hora do almoço, acerta o nó da gravata, enfia o paletó, e na antessala, espaço de Maria, com expressão casual à beira da distração, diz: "Vou até a lanchonete comer alguma coisa, que ninguém é de ferro... ah, sim, não quer me fazer companhia?"

É a primeira vez que chega a tanto, a secretária expande seu olhar risonho, "obrigada, muito gentil, mas vou almoçar com uma amiga...", "fica devendo", ele promete, e se vai tomado de alguma irritação quase indecifrável, a transitar entre a frustração e a surpresa por seu próprio gesto, aparentemente não premeditado. Na noite anterior sonhou com Maria, ela mesma, a ficção do letargo criava a ternura das formas entre seus lençóis, e a sensação voltava agora, intacta, enquanto mastigava o misto-quente.

Dias agitados, espalhava-se a súbita febre das bombas, era uma recaída bastante tardia. Houve de início explosões em bancas de jornais, sem vítimas a não ser papel impresso. Depois, no Rio, dois estrondos maiores, o primeiro nas oficinas do *Tribuna da Imprensa*, testamento ainda vivo de Carlos Lacerda, mandou pelos ares uma máquina que pesava toneladas. O outro, na sede federal da OAB, matou a secretária da Organização, a veterana dona Lida, o *Globo* publicou a foto de Raymundo Faoro em visita aos locais devastados que ele honrara entre 77 e 79 ao tornar a entidade um centro de resistência à ditadura de sorte a cancelar o passado conivente, para não dizer obsequioso. Clara a origem dos atentados, de extrema-direita, raios partidos do céu dos falcões, da facção fardada inconformada com a urdidura do desafeto Golbery, avisos mafiosos ao ditador Figueiredo a lhe mostrar a rota oposta. E a bomba na OAB era vingança atrasada.

Turbulências no ar, a mídia registrava sem deixar de cultivar os tons "objetivos", faltava o dedo do apóstolo incréu, de caso pensado, contudo. A ordem era manter a confusão, toldar a clareza da rarefeita opinião pública, a maioria vivia estavelmente no limbo. Abukir, pela parte que o tocava, esmerava-se na missão e metia a caneta nos textos a serem enviados à matriz com solércia inquisitiva, sempre disposto à reprimenda de quem descurasse a consigna.

Comparece o Paulo, senta-se do outro lado da mesa de trabalho enquanto observa "bonita, a sua secretária". Abukir sofre um sobressalto interior, como se Paulo estivesse a traí-lo ao invadir a área onde ele é senhor. O visitante pretende "que algo muito grave ainda vai acontecer". Grave Abukir acha possível. Paulo ganhou experiência no relacionamento com Abukir e de uns tempos para cá anda na ponta dos pés. "Leio os jornais, o *Globo* inclusive, acho que poderiam ser mais claros... olha, não estou cobrando, Deus me livre ser patrulheiro."

"Bem, as informações não estão sendo sonegadas, pelo menos pela gente."

"É o que parece, mas tudo é apresentado de forma muito fria, muito distante... falta a definição da gravidade dos fatos..."

"Você tocou num ponto fundamental, a informação é uma coisa, a análise é outra, mesmo porque implica a opinião..."

"E a opinião do jornal qual é?"

Uma pausa ecoa a eternidade, nela navega o olhar atento de Paulo, Abukir o vê amoitado à espera do bote.

"A opinião do jornal é... de neutralidade..."

"Ou seja?"

"Acho que o doutor Roberto aguarda os desenvolvimentos para..."

Paulo interrompe: "...emitir uma opinião mais abalizada, entendo..."

Abukir evita comentários. "Deve ser uma parada ser jornalista nos dias de hoje", anota Paulo. Abukir continua em silêncio, dali a pouco o visitante se retira, e ele se pega em dúvida. Paulo conseguiu incomodá-lo, ou sofre com as dificuldades a que o amigo alude? Que dificuldades? O doutor Roberto é dono do negócio, é natural que o jornal exprima suas ideias. Pois é. E as ideias do doutor Roberto coincidem com as suas próprias? Cabe-lhe, isto sim, regá-las com desvelo. Agora se ri de si mesmo. Como se estivesse a constatar a ausência estranhamente espelhada de um ideário sólido a orientar sua vida, que se dane o Paulo e se alegre o doutor Roberto, e que se alegre ele próprio, jornalista para todas as estações. Gira os olhos pela sala, comprazido, é digna de um diretor. No mesmo instante, no caminho de volta ao escritório, Paulo pensa: "Eis aí, o guisado está servido".

Capítulo XXVIII

Vinte mil pessoas lotam o Riocentro para ouvir música dia 30 de abril de 1981, véspera da festa do Trabalho, e a juventude ali é majoritária. Nos desígnios do terror de Estado, a plateia está destinada a viver um espetáculo inédito de horror e morte, e para tanto arma três bombas para detoná-las em meio à cantoria e provocar uma cena de pânico que multiplica milhões de vezes o Grand Guignol ao transferi-lo da ficção para a realidade. Vinte mil pessoas enfrentam ignaras a ameaça de perderem a vida pisoteadas pelos companheiros da alegria, interrompida por quem não a suporta, talvez a inveje. Pretendia-se encerrar a festa em tragédia. Uma bomba colocada na caixa de força do Riocentro, iscada por mãos inábeis, não produziu danos maiores, tampouco as trevas, outra funcionou ao determinar por conta própria o seu destino, portou-se como convém no colo de quem a levava ao Riocentro, de carro dirigido por um fardado de grau superior, matou o primeiro, feriu gravemente o segundo. Uma terceira foi desativada pelos peritos que acorreram ao local.

"Seria o caso de se falar de tragicomédia?", perguntou Paulo aos seus botões ao ouvir as primeiras informações pelo rádio. Concluiu que outro havia de ser o gênero para qualificar corretamente o evento. Mino Carta, demitido dois meses antes da direção de *IstoÉ*, no momento articulista da *Folha de S.Paulo*, celebrou a parábola da incompetência dos anspeçadas e dos seus chefes. E também refletiu a respeito da ideia do atentado, e da mente que a teria urdido, primeiro responsável pela ação, o comandante do I Exército instalado na Vila Militar, o general Gentil Marcondes. Enquanto escrevia, Mino não evitou a gargalhada ao pensar Gentil, nome perfeito para um conto de humor negro. E se as bombas tivessem cumprido a missão? Acrescentariam até vinte mil nomes à lista dos chacinados pela ditadura.

259

O confronto entre falcões e pombas explodiu também, a luta pela sobrevida da exceção contra a entrega do poder conforme o plano da distensão, agora chamada abertura, ao cabo do mandato de João Figueiredo. As redações dos jornalões foram alcançadas pelas notícias da tensão precipitada no Palácio do Planalto, onde o chefe da Casa Civil queria a demissão do general Gentil contra a vontade do chefe do SNI. Golbery do Couto e Silva *versus* Octavio Medeiros. Questão crucial, mas os jornalões preferiam não ir ao fundo.

Abukir ligou para o diretor Evandro: "Tenho informações sobre as brigas lá do Planalto, vêm de boas fontes do II Exército, não sei se devo botar um repórter na pista..." "Não bota repórter, não – decide Evandro –, faz um relatório para mim, vou estudar o assunto, por ora o doutor Roberto prefere dar tempo ao tempo... para ver como fica..."

"Segundo a fonte – diz a nota de Abukir –, na noite de ontem Golbery pediu a cabeça do general Gentil. Figueiredo mandou chamar Medeiros, este teria sustentado que demitir Gentil significaria não somente reconhecer a responsabilidade do comandante por um clamoroso passo em falso, mas também das Forças Armadas em peso, e do governo. Figueiredo concordou com Medeiros, e Golbery saiu da reunião cabisbaixo, para se recolher imediatamente à Granja do Torto. Sempre segundo a fonte, a decisão do presidente fortalece bastante a corrente que não aceita a ideia da redemocratização. Consta, aliás, que Medeiros poderia ser candidato à sucessão de Figueiredo. Por enquanto, é isso. Acho que, se quisermos continuar na pista, podemos ir bem mais longe..."

Evandro lê e liga: "Olhaqui, prossegue na investigação, mas não é tarefa para um repórter, é coisa para você mesmo, mantenha-me a par." Abukir vê suas ações em alta e na noite de sábado janta com Rebeca à luz tenuemente alaranjada do Casserolle, além dos janelões as bancas de flores compõem o cenário enquanto os ares de bistrô favorecem a impressão de que de uma hora para outra podem surgir oficiais nazistas em dia de folga. A observação é de Rebeca, que já assistiu a muitos filmes de guerra. Ela descreve suas últimas andanças como repórter, fala dos elogios que Ramiro não regateia ao seu desempenho. "Você não sabe, anteontem o doutor Júlio Neto fez questão de dizer que meu trabalho estava excelente, esta foi a palavra dele, excelente, imagine, saiu da mesa dele para chegar até a minha, o Ramiro disse viu, viu?"

Abukir por sobre o prato mima palmas delirantes, sabe que no retorno para casa ela vai exigir o amplexo corriqueiro e o assalta a dúvida quanto ao aprumo do seu desejo. Ela deixa-se seduzir pelo licor de cereja, depois do segundo cálice os impulsos iniciais deságuam em torpor, Abukir já não teme o futuro imediato. Maria ia e vinha ao longo do dia, real e imaginária, concreta e no vapor das aparições involuntárias, etérea e inquietante, e no serviço tão atenta ao chamado, radiosa no sorriso, perguntava ao se despedir: "O senhor não precisa mais de mim?"

Ele gostaria de erguer-se e afirmar, do sussurro ao grito, "preciso, preciso, sim", lá pelas tantas deu para sentir-se merecedor de uma amante, "por mil razões válidas, mil e mais uma". Amante da secretária, aquela das vinhetas sentada no colo do chefe quando a mulher irrompe? Começou a esboçar o enredo: amante da secretária apaixonada e então disposta ao fingimento a bem de ambos, abnegada amante a envolvê-lo no disfarce sem implicar amor por parte dele. Amor? Que é isso, palavra esbanjada inutilmente, incapaz de nitidez. E ela, acreditaria no amor? Era provável, quase certo, pela juventude, mais ainda pela origem modesta. No Brás e na Mooca italianos e espanhóis, além de brigar entre si, acreditam no amor entre homem e mulher, característica típica de classes baixas eventualmente capacitadas a pôr no mundo fêmeas lindas.

Ela morava na Caetano Pinto e, a se ouvirem as tradições, de um lado estabeleciam-se os carcamanos, do outro castelhanos e galegos, comuns ali ainda cortiços, mesmo assim Maria vestia-se corretamente, registrava Abukir, sem condições de perceber uma elegância de toques sutis. Ah, sim, estranhamente tinha bons modos até no uso do vernáculo. No seu entrecho, viu-se com ela pelas cantinas espalhadas nas ruas protetoras dos bairros operários, por ali poderiam andar até de mãos dadas, se ela quisesse, para digerir pizza ou polvo ensopado, sobretudo polvo ensopado, enfrentados depois da cama.

O começo do plano se daria com a repetição da tentativa frustrada da primeira vez, o convite casual para um lanche na esquina, e assim fez dias após, com a reedição exata do gesto e das palavras, no tom impessoal de quem um segundo antes de levar a bala à boca diz "está servido?". Maria sorriu, também se repetiu, "muita gentileza sua", desta vez porém almoçaria com o namorado. Não era desculpa, Abukir os viu depois na lanchonete diante dos seus mistos-quentes e copos de Coca, apostou na troca de palavras doces, olhavam-se com ternura, de vez em quando o namorado acariciava a mão dela, pousada sobre a mesa, e sorriam. Com acinte. Sentiu-se ludibriado, se não por Maria, ao menos pelos fados, e o pensamento do casal feliz o perseguiu dias a fio como a lembrança de uma deslealdade inesperada. De resto ali estava ela, fragrante e inatingível, a expor seus encantos em desafio, deliberado ou não pouco importava, e começou a experimentar a sensação de que, cada vez mais consciente, Maria escondia por trás da expressão risonha o próprio riso da troça, quem sabe do escárnio. Buscou consolo em Rebeca para confirmar que um arrefecimento houvera na tensão prazerosa de outros tempos também por parte dela.

O enredo põe o misto-quente à frente de uma ou outra personagem, eis aí a demonstração dos intransponíveis limites do autor. Dependesse de mim, convocaria o bauru do Ponto Chique, onde realmente o sanduíche em questão atingiu seu momento de perfeição na combinação de rosbife frio, tomate fresco e queijo mineiro mergulhado por ralos segundos em água fervente. E peço vênia para acentuar que a carne vinha tostada por fora e ao sangue no miolo, e o mergulho do queijo guardava a sabedoria de amolecê-lo sem derretê-lo. Bauru como aquele nunca mais haverá, tenho isso como prova, por menor que pareça, da decadência de São Paulo, sem contar que hoje em dia derretem até *brie* e *camembert*.

De todo modo, a fonte do II Exército deu mais informações, Abukir relatou: "Consta que Golbery sabe das pretensões de Medeiros e foi ter com Figueiredo para um esclarecimento decisivo. A conversa teria sido bastante acalorada, a despeito do grande respeito que Figueiredo devota ao chefe da Casa Civil. Dizem que Golbery o chama pelo nome enquanto o presidente reserva-lhe o tratamento de general. Golbery teria cometido um erro fatal ao ameaçar: ou ele, quer dizer, Medeiros, ou eu. Figueiredo teria respondido: sinto muito, general, se for assim fico com Medeiros." Evandro leu e ligou: "Muito bem, Abukir, informações de primeira... mas até que ponto você confia na fonte?"

"Muito, demais", disse Abukir, e abaixou o tom da voz no diapasão do segredo. Evandro concluiu: "Vou contar ao doutor Roberto."

Paulo também ligou, para o amigo Goulart no Rio, com frequência falavam-se pelo telefone. O assunto foi Abukir, "embevecido pelo cargo".

"Quando estava perto de você, parecia bem encaminhado", comenta Paulo.

"Eu nunca o doutrinei, pode crer."

"Mas seu exemplo valia, não é isso?"

"Sempre deve sobrar liberdade para que cada um escolha seu rumo."

"Acho que ele está maduro para ser mais um serviçal."

"A gente sabe, a maioria dos brasileiros não tem consciência da cidadania, aqueles que se reconhecem como cidadãos não têm consciência das suas responsabilidades."

Entreato

Encontro com Golbery em um apart-hotel de São Paulo, ali segue o tratamento contra o câncer, iniciado no hospital de onde saiu ontem. Pijama e robe folgados, os braços saem das mangas quase até o cotovelo e depositam mãos diáfanas sobre os joelhos para acentuar a resignação dos ombros encolhidos, não em atitude de defesa e sim de abandono. O quarto cerca o enfermo para assumir-lhe o sentimento, deixa-se invadir pela penumbra sem incomodar-se com o suspiro das cortinas, trêmulas de brisa desenham sobre as paredes um Sabbath lento de magia suspeita, convoca sombras de visitantes inesperados vindos da memória. A representação da fragilidade ganha seu justo cenário, enxergo, por baixo dos panos em desalinho e da pele emaciada, o esqueleto de um general insólito.

Levei-lhe de presente um quadro de minha autoria, chamei-o *A Atriz*, mostra uma jovem sentada em posição semelhante à do enfermo, fios amarrados nos pulsos atam-na a alguma força superior situada acima dela fora do campo, talvez um titereiro, e me arrisco a supor que ele também tenha os pulsos amarrados. Anos antes dei outro quadro de presente a Golbery, uma paisagem, ele me disse que gostava muito e o pendurou na sala de estar da casa de Luziânia. Agora diz "mas você também sabe pintar figuras" e deita elogios com voz arrastada, daqui a pouco vou-me retirar.

Passaram-se seis anos desde o momento em que o ditador Figueiredo recusou-se a demitir o general Gentil Marcondes do comando do I Exército. Golbery pretendia para ele a mesma punição sofrida pelo general Ednardo D'Ávila Mello, demitido por Geisel do comando do II Exército em janeiro de 1976, depois de mais um assassínio cometido pelos torturadores do DOI-Codi, enésimo patético episódio naufragado na tragédia. O operário Manuel Fiel Filho, o assassinado, nem era aquele aventuroso portador de segredos de quem os algozes pretendiam colher uma confissão de verdade impossível, não cabia e jamais coubera na falsa realidade excogitada por investigadores sem competência e imaginação. Lembro-me mais uma vez do tempo em que boletins distribuídos pelos censores levaram ao conhecimento das redações uma guerrilha do Araguaia até então perfeitamente ignorada. Oitenta sonhadores armaram-se para enfrentar um contingente de dez mil soldados, perdidos em sua imaginação febril a enxergar no Araguaia a nossa Sierra Maestra. Miragens se dão na selva como no deserto, lá por obra, creio eu, da rara, árdua irrupção do sol em meio à vegetação espessa a criar devaneios entre a folhagem.

O general Gentil era peça do xadrez jogado pelo general Octavio Medeiros, quem sabe um cavalo ou um bispo, e Golbery, ao enfrentar Figueiredo, foi logo ao ponto: "Ou ele, ou eu." Perguntei-me se Golbery não teria confiado demais na sua ascendência sobre quem por desenho seu chegara a presidente da ditadura. Lidar com Geisel, o alemão vaidoso, pescoço de peru, foi tarefa na qual Golbery soube esmerar-se, valia ser cartuxo para uma semeadura calma e inevitavelmente profícua. Fora esta a estratégia tecida para levar Geisel a escolher Figueiredo na certeza teutônica de ter agido com autonomia soberana. O escolhido é um ser tosco, esperto porém, e duro, até com seu grande eleitor. Nem por isso deixou de ser infeliz na condução do confronto interno, optou pelo desastre.

A ditadura já havia tomado o caminho declinante, Figueiredo, contudo, acaba por acentuar a inclinação da ladeira. Em lugar de demitir-se na hora da derrota, Golbery esperou três meses antes de deixar o governo, discreto, de passos esguios nos bastidores, conquanto, na prática, tivesse abandonado de pronto suas funções de chefe da Casa Civil para desencanto de dona Lurdinha, que só não chorou mais por estar próxima da aposentadoria. Para substituí-lo, Figueiredo chamou de volta um professor de Direito gaúcho que falava alemão e vestia a camisa do Grêmio quando seu time do coração adentrava ao gramado, ocasião em que se deleitava ao ouvir na vitrola seu disco preferido, o hino do clube. Leitão de Abreu ex-chefe da Casa Civil de Emilio Garrastazu Médici. Suas manobras, logo depois de nomeado, levaram Tancredo Neves a se desfazer do Partido Popular, fundado com a reforma partidária, para voltar ao antigo MDB, agora PMDB do doutor Ulysses. Não é que do ponto de vista ideológico a transferência tivesse alguma importância, Tancredo é tancredista onde quer que esteja, mas o tempo, breve, mostraria o significado profundo da mudança.

Encaro a figura à minha frente, observo os olhos embaçados, as faces encovadas, o sorriso opaco. Ainda o visitei faz pouco tempo, no escritório que para ele o amigo banqueiro Safdié montou em Brasília, lá fui várias vezes e amiúde rimos das coisas da vida, e da ditadura, da qual Golbery foi artífice ideológico, na vertente trágica e na cômica. Quando ele parece amargar algum arrependimento e afirma ter criado um monstro ao se referir ao SNI, não o levo a sério sem me preocupar em fingir o contrário. Acho que um traço de loucura vinca os eventos deste país brutalmente marcado a ferro, boizão indefeso, pela ferocidade dos herdeiros da casa-grande. A ignorância não basta para uma explicação convincente do trágico e do cômico, e isso falei a ele no escritório de móveis pretos encerados com diligência, e também disso ele riu, assim como afirmei ter visto nele, sem esconder divergências diametrais, alguém que tentou, e de quando em quando conseguiu, com artimanhas sículo-florentinas, enfrentar a insânia de cabeça aprumada.

Singular, solitário destino da personagem de pulsos atados. Por quem? Por sua crença em um mundo dividido entre dois impérios, donos de retóricas e tradições opostas, e de hipocrisias diversas, não soube desvencilhar-se dela até o derradeiro capítulo. Deste ponto de vista, ele não me toca. Toca-me pela argúcia no sentido amplo de construtor de enredos e protagonistas, a atar-lhes os pulsos sem que os amarrados se dessem conta. Desenhou o golpe e seu fim, e com minúcias infinitesimais. No segundo ato, plantou a derrubada de Silvio Frota e a ascensão de Figueiredo, o enterro do AI-5 e a anistia restrita a bem dos ânimos da soldadesca, e a reforma partidária, fragmentaria uma oposição que soubera tornar-se aguerrida, consciente do seu papel, em tempos ásperos mas à espera de dias melhores. Chegou a urdir para o terceiro ato, e com larga antecedência, uma eleição presidencial indireta para opor dois contendores previamente indicados nos lances precedentes, Paulo Maluf e Tancredo Neves.

Golbery nunca mencionou comigo o nome de Paulo Maluf, sabe o que penso dele, impecável intérprete de tráficos escusos em mercados delirantes de insinuações sórdidas e jactâncias grosseiras, varrido pelo vento do deserto a trazer o cheiro da bosta de camelo. E a Golbery não hesito em descrevê-lo assim como o percebo, ele reage com a invariável, contida risada. Há qualquer coisa de insondável na escalação de Maluf para um papel de ribalta no dueto final, ou duelo. É a prova dos limites do estrategista? Ou de uma ironia destrutiva de quem extrai dos pulmões um sopro mínimo para pôr a voar o castelo de cartas recém-erguido? Ou o fim do mago que se afoga no seu próprio sortilégio?

De Figueiredo falamos muito quando era ainda projeto, depois me perguntei se Geisel em algum momento ao menos desconfiou que seria o cavalariano o seu próprio escolhido. Mas, ungido o candidato, lembrei a Golbery que não o conhecia pessoalmente e que gostaria de conversar com ele. O criador cuidou do encontro com a criatura e me deparei com um cavalheiro atarracado que chorava sem parar. Foi gentil comigo, saiu de trás da sua mesa e comboiou-me até um sofá forrado de couro, onde ambos sentamos.

Fiz as perguntas obrigatórias sobre o futuro, sondei em vão seus sentimentos por ter chegado ao topo, chorava copiosamente por causa de algo assim como uma conjuntivite crônica provocada pela queda das pálpebras, sofriam o ataque da força da gravidade. Deu as respostas óbvias em tom manso mesmo quando teci com vagar estudado toda uma série de perguntas que miravam na sua relação com Geisel. Parti de um ponto remoto para me aproximar com pretensa sutileza e o devido vagar da questão central. Quem na hora da unção ficaria mais surpreso, ele ou quem o ungia? Claro que a pergunta final não foi esta, de todo modo ele, em lágrimas, escapou do ardil pretensioso sem irritação.

"Que tal?", perguntou Golbery. Ao sair do gabinete do futuro ditador, sublinhei: "Mais esperto do que esperava."

Escravas da brisa, as cortinas projetam sobre a parede a figura de Octavio Medeiros, rosto de águia, traços firmes de peculiar elegância entre generais brasileiros. Outra brisa deixa a palpitar as cortinas do gabinete de Golbery, em Brasília, vem em lufadas gordas para enfuná-las voluvelmente, talvez tomada pela pretensão de induzir a sala

268

a levitar. A porta se abre de repente e no vão um jato de luz recorta a silhueta maciça do general Medeiros, Golbery volta o rosto na sua direção e diz: "Você conhece o camarada Dimitrov?" A personagem imprevista estaca, imagem da perplexidade. "Eis aí, Medeiros – diz Golbery, impassível –, aqui estou em companhia do camarada Dimitrov." "Desculpe – diz Medeiros, seco, em meio à retirada solene –, volto mais tarde." E fecha a porta às suas costas.

Pela mesma porta já imaginei a chegada das seriemas de Luziânia, e mesmo pacas e coatis, mas um dia entrou o ministro da Fazenda, Delfim Netto, atravessou a sala com o passo de veterano do caminho, deu um aceno sorridente na nossa direção, saiu pela porta do lado oposto. "Às vezes vai ao gabinete dele, fica logo ali, ao lado, sabe, para encurtar o trajeto", explica Golbery diante do meu olhar interrogativo.

Heitor de Aquino Ferreira, sempre nas cercanias de Golbery, *illo tempore* em seu gabinete de secretário do ditador montou uma espécie de altarzinho onde planta às vezes a fotografia de Delfim Netto que chama de Don Antonio em tom de conivência mafiosa, talvez devesse ser a da máfia calabresa, 'Ndrangheta, a se levar em conta a origem do avô do ministro da Fazenda. Personagem estranha, Heitor, ex-capitão ligado a Golbery quando da gestão do golpe a ponto de organizar com ele uma primeira versão do arquivo do futuro SNI, o monstro. Em solidão compenetrada, juntavam recortes de jornais e revistas e anotações variadas em pastas enfileiradas em ordem alfabética, entregavam aos fichários as informações colhidas a respeito de pessoas e entidades que convinha manter sob observância. Rudimentar fadiga, eles mesmos admitiam ao tê-la como primeiro passo, reveladora, contudo, de uma vocação que eu auscultava em Heitor, de certa forma explícita, exposta, como não se recomenda a espiões, ele gostava de criar à sua volta uma aura de mistério, tresloucada e sinistra, secundada por uma expressão de desbragada astúcia. Creio que pudesse ser atrevido sem melhor êxito com o sexo oposto e ao sair do governo cultivou amizades de ricos e poderosos sem aproveitar-se destas relações, a exemplo de Golbery nunca emergiu de uma vida de remediado. Havia, porém, uma diversidade entre eles, ao menos no temperamento. Heitor é sombrio mesmo quando ri, bicho retesado no esforço de conter a agressividade. Golbery há de viver momentos de grande tensão, mas seu espírito é cordial.

Agora neste quarto não é aquele da bonomia chistosa, é um homem no ocaso e me ocorre pensar naquilo que as sombras na parede podem contar-lhe. Excluo a frustração à mesa de um jogo político nem sempre favorável, contudo a encenação cumpriu, como por força de inércia, a diretriz impressa por seu autor, mesmo quando ele saiu de cena, tampouco no rumo do pós-ditadura. Em Brasília, tempos antes, gani a minha decepção para ouvir a observação: "Você é mesmo um iludido."

Agora não é o caso de falar de política, a cabeça do velho doente inclina-se como se o queixo procurasse o apoio do peito, as mãos tremem sobre os joelhos, os olhos já enxergam além do sonho, é hora da despedida. Estou próximo da saída, ele me chama: "Muito obrigado pelo presente." Amanhã vou sair em férias, vou à Itália, aviso: "Fico fora duas semanas, na volta venho visitá-lo." Anui, e há resignação inclusive no gesto devido.

Setembro de 1987. Uma semana se passou, estou em férias, da janela do hotel perlustro uma fachada da Renascença, e vem a notícia da morte do general que não se considerava tal, tirante escassas exceções não apreciava a companhia estrelada. Baixou em mim uma reflexiva tristeza.

Capítulo XXIX

De Abukir para Evandro: "Estou na pista de um evento muito significativo além de singular, envolvendo uma fatia importante da intelectualidade de esquerda, cito entre outros José Gregóri, José Carlos Dias, Miguel Reali Junior, estariam para se reunir em algum local do interior de São Paulo para um fim de semana de debates, promovido por uma entidade misteriosa, possivelmente com ramificações internacionais. Vou em frente?"

De Evandro para Abukir: "Parece-me assunto de interesse, vale a pena fuçar, precisamos de informações mais precisas, mas vai nessa que a pista é sedutora."

De Abukir para Evandro: "A reunião acontecerá dentro de um mês no máximo, em Serra Negra, no Hotel Pavani, bem frequentado pela classe média paulistana. Convidados alguns dos mais conhecidos advogados e professores de Direito de ideologia esquerdizante, ou francamente esquerdista. Presença certa, além das figuras já mencionadas, acrescente Dalmo Dallari. A tal entidade convida por intermédio de uma rede de agentes, entre eles o cônsul de um país africano. Quem sabe codinome. Falta-me descobrir a pauta da conferência."

De Evandro para Abukir: "A pauta e a origem da entidade, e a que vem."

De Abukir para Evandro: "Os homens já se reuniram às escondidas, a conferência aconteceu no fim da semana passada e ninguém cobriu, de verdade somente nós sabíamos de algo, os outros não sabem até agora. Consta que foram debatidos temas relacionados com redemocratização, basicamente esboços de projetos para uma legislação de marca progressista, com toques perigosamente extremistas. Convém apurar mais?"

De Evandro para Abukir: "Claro que convém, tente conversar com um dos participantes, se não for em *on* que seja em *off*, e, sobretudo, descubra quem são os organizadores da tertúlia."

Abukir sentiu-se enviado especial à descoberta de um complô, e nem mesmo com Rebeca ventilou o assunto, recomendava-se não atiçar a profissional, a concorrência instalara-se dentro das paredes familiares. Não se permitiu dúvidas, Rebeca não hesitaria em competir com ele na esteira de um filão tão intrigante, e Rebeca, é preciso convir, tornou-se missionária da investigação, ao mesmo tempo imaginosa e meticulosa, e impiedosamente infatigável. De súbito, perguntou-se se temia Rebeca em um eventual combate direto, e a pergunta, entendeu, acondicionava a resposta para espalhar uma irritação difusa pelo resto do dia.

Procurou três participantes da reunião de Serra Negra, não queriam se abrir, admitiam somente que a reunião houvera e fora "profícua troca de pontos de vista". Ligou para o diretor do Hotel Pavani, averiguou que alguns juristas jantavam com bom apetite e outros nem tanto, despencou do céu uma secretária, incumbida de redigir uma espécie de ata, Rosa, o nome lhe caía bem desde que a flor estivesse na iminência de murchar, além disso tinha mau hálito, mas a tarefa impõe sacrifícios. Coube a Paulo o papel de instrumento do destino, movido pela chamada de Abukir: "Estou atrás de um assunto meio complicado, diz respeito às atividades de um grupo de professores de Direito e advogados, todos muito conhecidos, reuniram-se recentemente para uma espécie de conferência..."

"Fale com Rosa, já foi secretária no Largo de São Francisco, está a par de tudo que envolve os mestres." O interesse de um jornalista, e de grau elevado, era novidade para ela, mas o fato de perceber-se importante não abaixou sua guarda por completo. "Olha, dona Rosa – solfejou Abukir –, eu queria saber apenas o seguinte: quem organizou a reunião de Serra Negra, sei dela por alguns dos participantes que não fizeram mistério..."

"E o senhor tem interesse... por quê?"

"Parece-me que a presença de tantas figuras ilustres, justamente respeitadas, confere à reunião certa importância. Mas nada do que a senhora me disser será publicado e muito menos pretendo revelar a fonte."

"Sei, sei... é que eu fui a Serra Negra... e existe, está claro, um conflito de interesses..."

"Entendo perfeitamente, e louvo a sua atitude, mesmo assim quem sabe a senhora pudesse me informar a respeito de algo que não a comprometa."

"Vamos ver... a reunião foi encerrada no domingo à tarde, tema prioritário foi a lei da anistia baixada pela ditadura, obviamente muito..."

"E os organizadores?"

"Trata-se de uma associação internacional de juristas democráticos... pelo nome o senhor percebe suas intenções, as melhores possíveis... cogita-se até de criar uma... ramificação, digamos assim, aqui no Brasil..."

De Abukir para Evandro: "Em Serra Negra, falou-se muito contra a lei da anistia, aposto que pretendem derrubá-la ao raiar do sol da liberdade. A reunião foi organizada por uma certa associação internacional dos juristas democráticos."

Ao receber o informe, Evandro gargalha. Juristas democráticos? O chefe da sucursal de São Paulo ignora, como provavelmente a maioria dos jornalistas brasileiros, se não for a totalidade, que a associação é subvencionada pelo Kremlin. "Quer dizer que o Hotel Pavani foi pago por Moscou", refletiu alegre, e gargalhou ainda. Imaginou que o doutor Roberto saborearia a informação de que os mestres de Direito brasileiros faziam turismo à custa dos soviéticos. E eis o ponto: os eminentes juristas, como os soldados romanos no Gólgota, não sabiam o que faziam. Ingênuos e narcisistas, era impossível que aqueles austeros senhores pudessem atender ao convite para o convescote de Serra Negra se estivessem a par dos riscos a correr. Mesmo assim, e esta foi consideração posterior diante de tanta ignorância e de tanta vontade de protagonismo, o acontecido não deixava de ser grave. A situação exibia uma duplicidade, uma face adoidada e outra francamente risível, de sorte a conduzi-lo a uma reflexão melancólica a respeito da cultura dos aculturados, da mediocridade de quem era reputado sábio. Preparado, este era o termo gasto no sentido de apto a compartilhar sua longa visão com os míopes. Está surpreso? No fundo não era o caso, tinha porém a confirmação de algo evidente. O que Evandro não logrou imaginar foi como se portariam aqueles ao raiar o sol da liberdade.

De minha parte, fico constrangido ao sofrer a costumeira comichão do palpite pessoal, palpite, insisto, de fato intervenção à margem, compulsiva mas de valor nenhum, acompanhada pelo necessário pedido de desculpas aos leitores. Chamo a atenção, como atenuante, para o fato de que não me permito manipular o enredo, anoto que ilustres cidadãos citados eram tidos então como de esquerda, raivosa até, no caso de alguns. Reparem, não fui eu quem os convocou nestas páginas, eles mesmos deram o ar de sua graça no pleno controle de suas faculdades físicas e mentais.

De Evandro para Abukir: "O doutor Roberto apreciou suas informações. Agora deixa o assunto para lá, o que passou, passou. De todo modo, se houver novidades, avise."

De Abukir para Evandro: "Certo. Eis a derradeira informação a respeito: a próxima reunião está prevista para a Ilha de Malta, e para lá irão alguns da turma. Consta que se agrega Almir Pazzianotto."

Advogado do Sindicato dos Metalúrgicos de São Bernardo e Diadema. De formação vermelha? Não acredito, disse Evandro para si mesmo. Também ele engodado? Não tem cara de quem se deixa levar na conversa. A informação era, de todo modo, interessante, e poderia ser usada contra Lula, notoriamente imune, a essa altura, à doutrinação comunista. Quem quisesse se aproveitar poderia oferecer seus olhos ao público para anotar em Pazzianotto um estafeta do ex-presidente do sindicato enquadrado na Lei de Segurança Nacional.

Pazzianotto além de advogado é jovem político, promissor. Deputado pelo PMBD surgido da reforma partidária de 1979, é cotado para algum cargo no governo paulista caso o senador André Franco Montoro vença as próximas eleições previstas pelo plano da abertura. Defensor do sindicato desde anos antes da reforma partidária, preferiu outra agremiação em lugar do Partido dos Trabalhadores fundado recentemente por Lula. De fato foi convidado à reunião de Malta e agora o observamos a conversar à mesa de um restaurante em companhia de Mino Carta. Conheceram-se na casa de Lula e se tornaram bons amigos.

"Você sabe a que vêm esses juristas democráticos, digo, a associação internacional?", pergunta Mino. Ele sabe. "E não fica incomodado com isso?"

"Fico é curioso, gostaria de entender o que pretendem os nossos juristas, quanto aos gringos carmesins, comigo fazem um furo n'água."

"E você fica com qual papel: turista aproveitador ou quinta-coluna?"

Pazzianotto responde com outra pergunta: "Você acha que não devo aceitar?"

"Eu acho que Malta é um lugar interessante, não conheço, mas, que fazer, penso nos Templários, um pessoal fascinante, conheço por causa de Walter Scott... e o mar ali tem de ser bonito..."

"Essa história – diz Pazzianotto – não interessa a ninguém, para mim está claro, aliás não li coisa alguma nos jornais, e tendo a crer que a coisa toda não tenha importância alguma, só mesmo o chefe do *Globo* aqui em São Paulo me fez perguntas a respeito... ninguém mais."

"Intrigante é que os nossos mestres se envolvam em um enredo desses, é um pessoal que se supõe de esquerda... se propõe como tal..."

"Que será que os move? Encantados com um convite que chega do exterior?"

"É o habitual guisado de patetice amalucada levado ao forno do provincianismo."

Capítulo XXX

"Maria, sinto muito, gosto de você e você é ótima secretária, mas agora preciso de uma bilíngue e até trilíngue, tem de saber inglês, certamente, se possível espanhol também... não tem jeito, você entende?" Ela diz "entendo" e empalidece. Abukir imaginou que fosse chorar e percebe agora, diante da reação contida, que as lágrimas o deixariam satisfeito, tomado por um sentimento de revanche. Faltou-lhe o gosto nas cercanias da frustração, e assim sentiria pelo dia adentro e mais alguns, deixaram a nódoa na memória, nela a figura de Maria se move radiosa e até se ri dele.

No mesmo instante em que Abukir despedia a secretária, Rebeca saía de uma entrevista e parava em um bar para tomar uma Coca em companhia do fotógrafo Marcos Manganel, dez anos mais moço, olhos ardorosos de santo barroco. Seu avô lavrador chamava-se Manganelli, mas o tabelião decidira mudar-lhe o sobrenome sem sombra de prepotência, assim a palavra soara aos seus ouvidos, e ponto. Sentaram-se em um canto, e ele pegou na mão dela: "Deixa ver a palma, sei ler a mão." Ela sorriu. "Não diga", pronunciou com a voz de Marlene. Ele envolveu a mão dela, a esquerda, com delicadeza, perscrutou-lhe a palma com a expressão de milagreiro, escandiu: "Você é muito volitiva, a razão é mais forte que a emoção." Ela queria entender, ele explicou que a linha da vida e a da inteligência conectavam-se na saída com determinação fervorosa, de sorte a parecerem uma linha só. "E tem uma tendência muito forte para o amor." Ela o encarou com olhar de troça: "Amor de que tipo?"

Manganel aparentou perplexidade, Rebeca argumentou: "Existem vários gêneros de amor, não é mesmo?"

"Sim, claro, eu diria que você pode ser muito amorosa com outrem, homem, mulher, velho, moço, criança, não sei se me explico, você tem muito para dar e fica feliz ao cumprir sua..." Não achava a palavra. "Vocação d'alma", sugeriu ela. Acrescentou: "Mas um ser muito racional pode ser capaz de muito amor?"

"Não creio que haja contradição", murmurou ele, sem abandonar a mão de Rebeca, dorso pousado sobre a palma de Manganel, presos no encontro morno. "Deveria haver – suspirou Rebeca –, a razão se opõe à emoção... e amor é emoção."

"Podem conviver", sustentou ele, com energia, mas sem entender o que dissera. As mãos retiraram-se, foi uma carícia.

Deitados na mesma cama à espera do sono, Rebeca e Abukir estão entre si a milhares de léguas de distância e cada um pensa em um semelhante do sexo oposto. Ele recorda a conversa com Maria e lhe revê os traços e as formas, sobrou uma espessa amargura, ah, se ao menos Maria tivesse caído em lágrimas, pelo contrário, mais uma vez ela o havia surpreendido. Experimentou o travo ríspido da incapacidade de ter imaginado as reações da moça, embora pretendesse conhecer seu ambiente, a situação que a cercava, para explicá-la, está claro, para expô-la. Enganara-se, que desastre, o repórter, de mais a mais muito bom, de intuição falida. A constatação doía.

O calor da mão de Manganel invade Rebeca, ela se abandona à sensação, pois é, de emoção se trata, a razão informa que não se deve dobrar à lisonja propiciada pelo interesse de alguém tão mais novo. Um momento, apenas, está claro, aquele no bar e este entre os lençóis, encerra-se por aqui, mesmo assim a fêmea, emocionada, vê o rosto do jovem vigoroso que a encara do alto e chama a pressão do corpo esguio, sobre o dela, entregue. Pudesse entrar nos pensamentos da mulher, Abukir compreenderia que jamais Maria o imaginou no eterno abraço da paixão. Sobre a pele de Rebeca, um arrepio substitui-se ao calor, e a razão exala que não é a juventude a enlevá-la, é o desejo às soltas, o seu próprio, muito além do poder de atração de alguém escolhido pelo acaso. Impetuosos amplexos com Abukir não acontecem há tempo sem que a ausência a incomode, e a razão se põe a vasculhar o porquê. Haverá quem diga que o amor se retraiu, ou se foi de vez. O amor, aí está, ou o impulso espontâneo, ou a necessidade.

Rebeca deslizou para uma reflexão que frequentava havia algum tempo: que achava de Abukir? Respeitava-o? Admirava-o? Indivíduo esforçado, diria responsável, mas de poucas ideias originais. Cata-vento? Decerto alpinista muito cauteloso, incapaz de lances de co-ragem, inclinado à adulação do poderoso. Uma dúvida Rebeca não tinha: ela era mais inteligente, no diâmetro e no perímetro. Donde não o admirava, respeitava-o por certos vezos. Adormeceu ao pensar que as mulheres costumam ser mais inteligentes que os homens.

Evandro ligou para Abukir: "Acho que está na hora de termos uma conversa aqui no Rio." Incerteza do passo seguinte, Abukir per-gunta "tudo bem?". Tranquiliza-se ao ouvir "perfeito, melhor é im-possível". De fato, Evandro conta que o doutor Roberto está muito satisfeito com o rendimento da sucursal paulista e quer premiá-lo pessoalmente com seus parabéns e lhe propor algo novo. "Vocês estão em sintonia fina com a posição do jornal", elogia o doutor Roberto. "Acho que chegou a hora de criar uma coluna política de São Paulo", anuncia. Evandro explica: "Estamos crescendo lá na sua terra, ganha-mos um público altamente qualificado, graças inclusive ao trabalho da sucursal."

Abukir agradece e declara-se "lisonjeado pela ideia da coluna, para nós da sucursal é um privilégio". Escolheram o autor? O doutor Roberto abre um sorriso: "Claro que escolhemos, e adivinhe quem?" Olhar interrogativo de Abukir, Evandro atalha: "É você, obviamente."

Ao saírem da sala do patrão, Abukir informa-se: "O filho dele aprovou?" Aprovou, lógico. A coluna exige esforço, há de ser diária embora não deva ocupar muito espaço, "e olhaqui, é um reconheci-mento e tanto, quantos gostariam de ter sua assinatura estampada em *O Globo*".

No avião do retorno Abukir acerta o tema da próxima coluna: a eleição paulista se aproxima e quem é o forte aliado e torcedor mais fanático de Montoro? O príncipe dos sociólogos Fernando Henrique Cardoso, suplente de senador do próprio candidato ao governo de São Paulo. Abukir esfrega mentalmente as mãos, certo de atirar na mosca. Fernando Henrique é assunto inesgotável, esquerdista bom-bástico desde a mocidade em odor de pendores comunistas, narciso sedutor da USP. A coluna fornecerá a deixa para contar a história da vitória de Emil Zátopek, a locomotiva humana, na São Silvestre de 53 e 54, ambas premiadas com as palmas de FHC instalado na calçada em companhia de fiéis amigos para ver passar a galope o campeão vermelho. Colhem a história da boca de um velho companheiro de Fernando Henrique, espécie de livro escancarado das façanhas do camarada mais invejado. Naquele tempo, Fernando Henrique declamava o projeto de ser ou cardeal ou presidente da República, sonho tão audacioso quanto inviável. Quanto ao seu extremismo de esquerda, a prová-lo de sobejo o fato de ter sido cicerone de Jean-Paul Sartre na sua visita ao Brasil em 1962. Sim, havia à disposição da coluna material de sobra, abasteceria mais de uma. E a moral da fábula? O suplente ameaçava tornar-se uma bola de chumbo atada ao pé esquerdo de Montoro, Abukir entendeu, regalado, que poderia bordar a ideia como renda de bilro.

Manganel chegou-se ondeante à mesa de Rebeca: "Fui escalado para a entrevista marcada para amanhã de noite na casa de Francisco Weffort, mora longe." Ela estava a par da tarefa, não sabia que seu fotógrafo seria ele, o Manganel, o plexo solar deslocou-se para a boca do estômago, pensou "que é isso?". Weffort morava na Granja Viana, bairro novo de chácaras e sítios elegantes, em um casarão estiloso de reminiscências coloniais, vasto salão a ostentar móveis de jacarandá, corredores largos e pátio interno, pelas janelas expandia-se o perfume do jasmim. Weffort, secretário do Partido dos Trabalhadores, apontado como ideólogo da agremiação fundada por Lula, professor da USP.

Rebeca visava averiguar a posição do PT em relação à candidatura Montoro. A voz do professor soava com deleite no ambiente senhorial sem prejuízo das respostas evasivas. Era claro que o partido sempre se empenharia contra a situação, até então representada por Paulo Maluf, faltava, no entanto, uma decisão final sobre o rumo a ser tomado. A entrevista entrou em espiral e Rebeca saiu dela frustrada. Cuidaria de descrever o cenário, escassamente qualificado para a interpretação do ideólogo do partido operário. No dia seguinte, ao deitar no papel seu relatório, ela se perguntou se seria preconceituoso insistir na discrepância. Por que não pode um cavalheiro abastado empenhar-se a favor da ascensão da classe trabalhadora? Admissível, reconheceu, nem por isso deixou de referir-se ao casarão da Granja Viana, precisa nos detalhes.

De noite o bairro afastado torna-se território de mochos e vaga-lumes, em largos trechos estes são a única luz pelas estradas de terra, pouco mais que sendas. Depois de uma curva, Manganel para o carro, vira-se na direção de Rebeca sentada ao seu lado no utilitário, acaricia-lhe as faces afogueadas, olha-a fixamente, com leveza, mão direita no ombro dela, inclina-se em direção de Rebeca enquanto com a outra mão manobra com traquejo a alavanca que recosta o assento. Rebeca sabe que não vai resistir. E segreda para si mesma não haver razão alguma para tanto.

Entreato

Octavio Frias de Oliveira toma uísque e soda, é um ser satisfeito. Estou no nono andar da *Folha de S.Paulo*, o piso da diretoria e dos conselheiros inúteis, acabo de sair de *IstoÉ* e ele me propõe emprego. Frias é poderoso graúdo que se fez com muita luta e soube como capturar a atenção e os favores dos poderosos da política, um deles, Adhemar de Barros, governador de São Paulo, eleito em 1962, deu de presente a ele e ao sócio Caldeira uma praça destinada a hospedar a estação rodoviária. Mas isso não me incomoda, tenho simpatia por este indivíduo astuto, sorriso de raposa traído por olhos risonhos de menino. Ele me diz: "Mino, chegou a hora de parar."

Espero que explique. "Parar de criar revistas e jornais, venha trabalhar aqui na *Folha*, entrego-lhe diariamente uma página e você faz dela o que bem entender."

Oferta gravosa, vai obrigar-me a trabalhar muito e no momento prefiro a tarefa leve. Agradeço, com o devido calor, faço, porém, a contraproposta matreira: "Que tal se eu escrevesse de segunda a sexta um artigo, sobre política, claro, mas também sobre comportamento e cultura? A serem publicados nas seções competentes conforme o tema." Sorri, comenta "não está com vontade de trabalhar". Aceita, contudo.

Terei espaço na *Folha* por cerca de um ano, escrevo o que me der na veneta e for para mim tocante, da morte do grande ator à demissão de Golbery. E agora dou comigo em Rafard, é noite e uma luz ofertada sem convicção por um par de tímidos holofotes povoa a penumbra de rostos enfileirados como marchadores detidos de improviso por uma aparição e aglomerados pela curiosidade em grupo compacto. Diante deles abre-se uma garagem de ônibus, poderia hospedar vários caminhões, mas agora suporta um apenas, estacionado de comprido. Da boleia, apinhada de figuras de evidente importância, algumas de gravata, um cavalheiro de paletó e sem gravata discursa para uma plateia encantada pela novidade e atenta ao que não entende. A brisa noturna põe a ciciar os canaviais à nossa volta e os grilos a cantar, desinteressados da política.

Janeiro de 82, ali estou como enviado especial da *Folha* ao giro eleitoral do candidato André Franco Montoro à governança de São Paulo, à testa de uma comitiva de notáveis da política paulista e brasileira, todos peemedebistas. Discursa Fernando Henrique, eu fico na retaguarda, sentado na amurada. A se esgueirar em meio aos correligionários chega Mário Covas, senta-se a meu lado, abaixa a cabeça e cobre o rosto com as mãos como em busca de alívio. Pergunto se está bem, está, apruma as costas, comprime dedos melancólicos sobre os olhos. A fala de Fernando Henrique tem o poder de entediá-lo, talvez de constrangê-lo, Covas não esconde. As mãos dos lavradores produzem palmas secas.

Convidou-me Almir Pazzianotto, na região canavieira nasceu e começou a trabalhar como fotógrafo de eventos diversos, casamentos sobretudo, e de moças em pose de pense-em-mim. O próprio candidato me oferece assento no seu carro, revoadas de motociclistas nos recebem ao longo do caminho ladeado de plantações infindas, a cana invade o panorama e enriquece os donos das terras planas, com a decisiva e pessimamente remunerada contribuição dos boias-frias. Onde quer que paremos, a atmosfera é de festa da paróquia.

Conheço Montoro há tempo, cavalheiro de trato cordial, talhado no físico para uma certa austeridade como se os traços e o porte o obrigassem a tanto, não desdenha, porém, participar de peladas com colegas mais jovens do Senado e Câmara para exibir vigor insuspeito. Transmite lisura e honestidade, penso que será bom governador, talvez o melhor desde sempre, não duvido da vitória dele na primeira eleição direta estadual depois do AI-5.

A longa viagem ao lado de Montoro propicia uma conversa sem surpresas, nada aponta disposição a evadir-se do óbvio e às vezes de uma retórica pronunciada em tom casual. Começou na política como democrata-cristão e como tal ficou por muitos anos, depois no MDB que aceitou de saída a farsa partidária imposta pela ditadura e, pelo caminho, enfim sob o comando de Ulysses Guimarães, soube ser de oposição digna, obrigado por isso a sofrer baixas periódicas, ceifadas algumas cabeças pelo poder fardado em nome da ordem e do progresso.

E a memória me leva a Brasília em um fim de tarde de alguns anos antes, ao sair do Congresso encontro o doutor Ulysses e Montoro, perguntam se volto para São Paulo e me oferecem passagem no carro que vai levá-los ao aeroporto. É sexta-feira, o doutor tem mira certeira, sem interrogação constata: "Esteve com Golbery." Confirmo. "Conversa muito interessante", acentua, inclusive com movimentos da cabeça a mostrar aprovação, não sei se à minha atividade de repórter naquela específica situação, ou para si próprio pelo acerto do palpite. Acrescenta: "Gostaria de ter ouvido." Subimos no avião, Montoro ocupa o assento da janela, o doutor o do corredor, me reservam o meio, e eu me certifico, pela rapidez com que agiram, que os dois são parceiros bem treinados.

Mais um corte, Montoro fala comigo no seu gabinete no Palácio dos Bandeirantes, é começo de janeiro de 84, o plano que ele e Ulysses Guimarães cultivam, como flor do orquidário rara e frágil, é o comício das Diretas Já programado para a Praça da Sé, dia 25, aniversário de São Paulo. Houve outro, o primeiro, tempos antes, pouca gente e repercussão pífia, o que se pretende desta vez é encher a praça. Montoro preocupa-se com a posição de Lula e do seu partido, gostaria de contar com a adesão maciça do PT e do fundador. "Fale com Lula – recomenda o governador –, diga que precisamos dele, Ulysses também pede." Estou surpreso. Não seria mais fácil se eles o procurassem diretamente? "Por partes: você serve para fazer a sondagem, se ele estiver disposto a arregaçar as mangas, aí a gente entra em ação."

Janto com Alberto Baini na noite de 4 de janeiro. É ainda repórter internacional com experiência ampla nas Américas, chega de Buenos Aires, vai passar uns dias em São Paulo. Conto que no dia seguinte vou almoçar com Lula. Gostaria de ir? E logo estamos à mesa do restaurante e Baini assiste ao meu abraço em Lula com a certeza de que sou personagem decisiva da política brasileira. O almoço tem o desenrolar previsto, diálogo mínimo sobre a questão que o motiva, depois incursão peripatética pela política e pelo futebol, área da paixão corintiana de Lula. A respeito do tema pretensamente central, a afirmação peremptória do líder do PT: "Claro que estou nessa, me chamem e a gente vai." Cabe-me, enfim, a caminhar pela calçada, depois da despedida de Lula, dizer a Baini das razões que me tornam interlocutor conveniente do líder petista nesta específica ocasião. Sei que ele não se convencerá jamais, serei popular dentro de um certo grupo acostumado a jantar no Bice milanês da Via Borgospesso. Trata-se de pessoas já precipitadas em espanto diante de um menu do Ca'd'Oro que Alberto capturou ali por ocasião de uma visita de anos antes, emoldurou e pendurou na sala. No cardápio figura um prato nem carne nem peixe, *coda di coccodrillo con rosmarino*, rabo de jacaré com alecrim. Eu experimentei, ele não.

Há pouco mais de nove anos fui à Praça da Sé para participar do culto ecumênico celebrado em memória de Vlado Herzog, e agora estou aqui de novo, 25 de janeiro de 84, dia da manifestação das Diretas Já, em meio a algumas centenas de milhares de brasileiros que acreditam no futuro. Lula surge no palanque erguido nas cercanias da escadaria da catedral, Montoro é o anfitrião e Ulysses o animador número um, entendo que de Tancredo Neves não se pode esperar por uma adesão ardorosa. Se bem-sucedido o movimento, não premiará a ele, um dos dois candidatos previstos por Golbery para as indiretas de 85. Estas são o pleito conveniente a Tancredo, para compreender o jogo não é preciso ser sagaz. Como há pouco mais de nove anos, os caminhos que levam ao coração de São Paulo são difíceis, patrulhados pela polícia militar, agrada-me, porém, a certeza de que desta vez as janelas dos prédios em torno da praça não estão ocupadas por atiradores de elite prontos a alvejar a multidão, gente demais, e eufórica, em lugar de alguns milhares contristados.

De noite, jantar em casa, animado por uma sensação vitoriosa, na crença de que a pressão popular, desbordante, embora sem a convocação de apelos propagandísticos, a se alastrar contra a vontade dos donos do poder e da sua mídia, será capaz de forçar o Congresso à aprovação da chamada Emenda Dante de Oliveira destinada a restabelecer as diretas. À mesa falamos de um movimento inédito na história do País, revolução pacífica, e a esperança toma conta da noite que supomos abençoada. Não nos permitimos imaginar a desilusão que ainda virá. Tampouco sabemos que outras manifestações fluviais serão comparadas a esta pelo volume da afluência, mas, do lado oposto, serão promovidas pelos próprios senhores por meio dos seus formidáveis instrumentos midiáticos, sobretudo pelo chamado irrecusável da Globo. Não somos capazes de prever as encenações que levarão à Presidência a monstruosa figura de Fernando Collor, personagem do enredo delirante que inexorável se repete tempo adentro, para celebrar dois anos depois sua derrubada. O som e a fúria, e também a festa pueril, significam a manutenção do poder nas mãos dos detentores de sempre.

Às vezes, mudam os nomes, os rostos e os cenários, e no entanto são os mesmos, se não os intérpretes, ao menos os papéis. É no momento do fracasso das Diretas Já, decretado pela rejeição da Emenda Dante de Oliveira com a margem favorável de três escassos votos, que sinto acentuar-se em mim o espírito do furioso Orlando contra a desfaçatez impune da prepotência, existe desde a infância a serpentear nas entranhas pronto ao salto à garupa, abranda-o, de quando em quando, a esperança posta em um solo individual, gesto, palavra e até silêncio, a justificá-la, ou em um processo coral a indicar algum avanço pela vereda da razão.

Convenço-me de que, de todas as desgraças que se abateram sobre o Brasil, a mais grave e decisiva são três séculos e meio de escravidão. Plantou-se na vasta quadra o destino do País, enraizado na impossibilidade de confronto entre casa-grande e senzala, o capataz agita o chicote, o negro oferece as costas, o senhor deitado na rede fuma o seu charuto. De um lado predação e violência, do outro submissão. De um lado ferocidade e arrogância, do outro resignação. Só existem dois eventos na história brasileira a discrepar deste desenho: a campanha das Diretas Já e a eleição de Lula à Presidência. Naquela noite de 25 de janeiro de 84 não podíamos imaginar o segundo.

Apuro a vista, janto com minha mulher que esteve comigo na praça, não há mais ninguém, brindamos em estado de graça.

Capítulo XXXI

Severino morreu de enfarte e Waldir chorou ao ser informado, depois no velório e no enterro, antecipou-se à falta que o amigo faria. Até das discussões, sobre política amiúde, de vez em quando sobre futebol, Waldir do São Paulo, Severino do Corinthians. Assunto da derradeira, a eleição para a governança de São Paulo, Severino anunciou seu voto em Montoro, o voto que não chegaria a dar, Waldir não aprovou, que diabo, Montoro é de esquerda.

Severino irritou-se: "Só falta dizer que é comunista, dá pena que vocês caiam no logro da imprensa mentirosa."

"Vocês, quem?", rosna Waldir.

"Sei lá, os leitores do *Estadão*, a chamada classe média..."

"E vai me dizer que Montoro não é de esquerda, cercado por um bando de esquerdistas? Olhaí Fernando Henrique, o maior deles, Covas, Ulysses Guimarães..."

Severino interrompe: "Você vê como é desinformado? Montoro é um democrata-cristão, talvez este pessoal tenha algumas preocupações sociais... ah, sim, nesta nossa terra basta ter alguma preocupação social para ser considerado comunista, acho que basta até lamentar a sorte dos miseráveis..."

Como de hábito, a tensão logo esmorece, Waldir encerra a questão: "Vamos deixar para lá... mas eu não vou votar no Montoro."

Abukir não foi ao enterro, à mesma hora Montoro marcara uma entrevista com o chefe da redação paulista de *O Globo*, Evandro insistira muito para que saísse logo. O doutor Roberto havia deixado bem claro: "Eu não gosto desse candidato, é óbvio que não vamos apoiá-lo, no entanto, na cobertura das campanhas temos de dar espaço igual aos adversários."

Evandro aplicava-se para induzir José Roberto, o filho do patrão designado pelo pai para ser a autoridade máxima no jornal, a encarar os fatos a partir de um certo distanciamento crítico, era tarefa insana. Disso Evandro se dava conta, não sabia que Abukir assinaria qualquer texto baseado nas crenças de José Roberto, ambos sabiam, no entanto, que a autoridade máxima em todos os cantos e recantos das Organizações Globo era de fato o doutor Roberto.

Waldir pediu ao filho a opinião sincera a respeito de Montoro. A essa altura, Waldir tinha erguido nas zonas impalpáveis um castelo de admiração por Abukir, não desperdiçava ocasião para cantar-lhe os feitos, e dava-se que uma corrente de exaltação conectasse o castelo paterno à vaidade do filho, de sorte a empolgá-lo em momentos diversos diante de plateias díspares. Agora contava apenas com a audiência de Waldir, bastava, porém, para dar asas à sua fala, ainda que o tom fosse quase de descaso, típico de quem passou por experiências extraordinárias. "Montoro? Figura provinciana querendo agradar." Tinha a convicção de que definições curtas e cortantes encantam o auditório.

O pai ansiava por incursões mais profundas. Deu mais um passo: "Diria que ele tem uma visão estreita de São Paulo e do Brasil, que dirá do mundo."

"Na circunstância, você faz algum previsão?"

"No jornal, não, aqui entre nós posso arriscar um palpite." A curiosidade do pai o enchia de brio: "Não leva, não."

Waldir ficou à beira do êxtase, tanto por causa de uma opinião que lhe soava como lei da física quanto pela postura soberana de Waldir. Um capítulo foi dedicado ao Severino. "Iria votar no Montoro", murmura Waldir, baixa a voz para não despertar fantasmas. Segreda desalento, e Abukir, em sintonia: "Mas que esperar de Severino..."

Quando Montoro ganhou a eleição, Waldir manifestou a decepção do jogador de roleta que se queixa porque não mais se exige dos frequentadores do cassino o uso do traje a rigor, enquanto Abukir se surpreende consigo mesmo ao verificar que a vitória do PMDB não muda seu humor. Lamenta-a em certas instâncias, declara-se agnóstico em outras. Quando Paulo liga para comentar "seu colega

Marinho deve estar bastante irritado", ele se apressa a admitir a possibilidade, a probabilidade até, mas sublinha: "Quer saber de uma coisa? Para mim tanto faz como tanto fez, começo a desconfiar dos políticos em geral."

Muda o discurso em outras situações, a depender dos interlocutores, brinda-os com a seguinte frase, entre outras aparentadas: "Só Deus sabe o que virá depois." Cabe-lhe então encarar o vazio de olhos perdidos. Lá pelas tantas Rebeca o apostrofa: "Diga-me, sinceramente, o que você acha?"

Rebeca navega um mar encapelado, o marido já não a atrai de intermináveis vezes e a duplicidade do seu comportamento afasta-a dele mais e mais, com Manganel evoluiu do carro para o motel, a instituição copiada das plagas esquálidas dos estados interioranos da América, e transformada em sucedâneo do lupanar desde que compita ao hóspede levar a companhia. O país tende a tornar-se uma caricatura do "Grande Irmão do Norte", conforme se lê nos editoriais do *Estadão*, e São Paulo avança, cada vez mais abnorme e desordenada na bissetriz do acaso e do descaso. Ainda chegará o dia de imitar Abu Dabi. Na tentativa de manter alguma rota, Rebeca percebe-se de bússola avariada. Igual ao marido, a questão política não a comove, declara-se voltada para o trabalho, sem implicação ideológica alguma. É o que diz a Abukir, e ele retruca: "Ah, é... mas você é repórter especial do *Estadão*, um jornal francamente conservador, ou estou enganado?"

"Trabalho onde posso e não me incomodo com a posição do jornal... de resto, a do *Estadão* não chega a me desagradar..."

Ao cabo, ambos reconhecem que se prestam ao jogo do patrão, conquanto ela insista: "Pelo menos me declaro apolítica, e sou mesmo, enquanto você finge... quando anda com certas pessoas."

"Vem cá – cuida de resumir Abukir –, eu quero melhorar a nossa vida, viver bem, muitíssimo bem, se possível cada vez melhor, e não ligo a mínima se Montoro ganha a eleição. Não sei se me explico, em vez de alugar um apartamento na praia, gostaria de comprar um, quem sabe maior. Meu carro, seu carro? Quero trocá-los todos os anos, por modelos melhores. Uma boa conta no banco, dinheiro na poupança..."

Coça-o a súbita vontade de projetar a vinda de um filho. Não, não é o momento de falar disso com Rebeca. Dias depois acha coragem. "Por que essa, de repente?", reage Rebeca tensa. Ao se casarem, fecharam o trato de não cogitar de herdeiros, embora ela já estivesse com trinta, pelo menos por cinco anos. Abukir argumenta: "O prazo que a gente tinha combinado se esgotou, daqui a pouco você passa da idade de ficar grávida sem risco, agora ainda dá."

Uma ardência dos sentidos toma conta, avassaladora, de Rebeca, encara o marido e constata, quase com pesar, que ele lhe inspira um novelo de sentimentos, um novelo de nós atados pelo desinteresse físico, pelo contraste dos temperamentos, pela desconfiança intelectual. E não seria moral também? A ideia de ter um filho, agora, precipita uma sensação surda de repugnância espontânea, epidérmica, mas tão precisa a ponto de surpreendê-la, na sua capacidade de síntese a respeito da teia desconexa dos nós.

"Não – diz ela com a voz de Marlene ao tomar a decisão de interpretar um *western* –, não quero ter filho." Percebe a sua própria dureza, acrescenta: "...pelo menos por enquanto..."

Ele não gosta de se dar por vencido, insiste, para levá-la a sibilar: "Para você fica tudo fácil, quem vai parir sou eu."

Abukir também experimenta a surpresa, não nasce da sua insistência, como se a ideia se tivesse tornado de improviso imperiosa demais, obsessão explodida no espaço de poucos minutos, descoberta inesperada de uma vontade dominante. Ocorre que ele nunca se deparou com uma Rebeca tão áspera. Rende-se: "Está bem, está bem, não fique brava... não se fala mais nisso... pelo menos por enquanto..."

De noite, Rebeca deixa-se colher por um pensamento aparentemente incômodo: e se ficasse grávida de Manganel? Seria esta uma cilada do destino? Urdidura acadêmica, todos os cuidados são tomados para evitar o pior, estranho, não é mesmo?, o pior seria um filho de Manganel. E um filho de Abukir? Assume contornos um enredo que por algum tempo a toma pela mão e a conduz longe da penumbra do quarto, vê-se grávida de Manganel e se dispõe a anunciar a Abukir "você conseguiu". Sabe que jamais seria capaz de promover esse gênero de engano, mas a situação a diverte, sobretudo ao imaginar a expressão de Abukir. Radiante, espantado, meloso, piegas, qual seria, enfim? Quem sabe ele se gabasse: "No mês passado fizemos amor três vezes apenas, e na época segura, e mesmo assim fomos premiados, eita, acertei na pinta, macho que sou..." Abukir não usava com a mulher os verbos pesados, dizia mesmo fazer amor.

Capítulo XXXII

O plano da abertura previa eleições indiretas para a Presidência em 1985 e Evandro começou a perscrutar o cenário em busca dos possíveis candidatos, ignorava que o general Golbery já os escalara e que seu substituto, o gremista Leitão de Abreu, ia empenhar-se para o pleno êxito do plano do antecessor embora pretendesse o contrário. O pançudo professor gaúcho, a bem pensar, tinha ideias confusas a respeito do seu papel, de fato estava pronto a obedecer à vontade de Figueiredo e a maquiar a decisão final com toques eruditos de desfaçatez, aptos a mascarar mais uma prepotência, qual seria esticar o mandato do ditador em atividade.

José Roberto depositava em Leitão confiança irrestrita, Evandro impressionou-se com as pretensas artimanhas do novo titular, cujo primeiro resultado foi remeter Tancredo Neves de volta à companhia do doutor Ulysses e do governador Montoro. Cuidou, porém, de não produzir comentários a respeito na redação, limitou-se a registrar para a informação do doutor Roberto: "Este Leitão é meio desastrado, não é não?" O interlocutor introduziu a neblina invernal no olhar e permaneceu em silêncio. Evandro prontificou-se a não aduzir as suas razões.

Abukir, autorizado há meses a dissertar não somente sobre política paulista mas também federal graças à qualidade do seu desempenho, definido brilhante em sedes diversas, cultiva especial apreço pelo professor Leitão, qualificado, na sua opinião, para transmitir seu saber muito além dos muros da Universidade do Rio Grande. O doutor Roberto lê com prazer as colunas de Abukir e declara: "Este rapaz tem o pensamento atilado e a pena feliz."

Veloz anotação do autor. O doutor Roberto é capaz de fé mística em relação aos escribas globais, entretidos com deleite na tarefa de escrever o que ele quer ler. Moa-se a verdade factual. O patrão acreditará nos fâmulos com desvelo tamanho a ponto de cometer desatinos financeiros monumentais para abalar seu império, como se deu durante a campanha até a reeleição de Fernando Henrique Cardoso, conduzida à sombra da bandeira da estabilidade debaixo das palmas febris de colunistas, articulistas, comentaristas, analistas a serviço das Organizações Globo. Doze exatos dias depois de empossado em janeiro de 1999, o vitorioso FHC desvalorizou o real, perpetrou um engodo eleitoral inédito e quebrou o Brasil.

Segundo Abukir, a morte do Partido Popular de Tancredo favorece o PDS, o partido em que a Arena da ditadura se transformou sem mudar os trajes e os propósitos. O doutor Roberto rejubila-se, Abukir, informado, mais ainda, o presente lhe sorri, imagine-se o futuro.

Olha à sua volta, quarenta pessoas estão sob seu comando. Quarenta. Cumprimenta a si próprio. É uma verdadeira redação, ele ignora que na Europa um efetivo igual produz um jornal todo, um diário frequentemente forte e sadio para atingir milhões de leitores. Existe, porém, a convicção de que o jornalismo brasileiro é de alto nível, primeiríssima categoria, como o futebol. Pelos bares, os profissionais notívagos expõem suas façanhas com a mesma apressada facilidade com que declinam uma vaga fé esquerdista, ainda que trabalhem para uma imprensa reacionária a serviço do poder.

Quarenta comandados, celebra Abukir, e todos obedientes ao seu mínimo gesto, e ao vê-los obedientes conclui submissos. A receita de comando elaborada na chefia inclui um condimento indispensável, muito além da lealdade o receio da reação do chefe, o temor de desagradá-lo, assim como, na visão comum, o medo da pena é o íncubo do criminoso. A elaboração foi paulistana e natural, sem maiores lucubrações, no começo, porém, com instantes de tormento ao considerar que alguns chefes, raros a bem da verdade, provocavam nos chefiados um gênero de respeito sem parentesco com reverência e sem imposição dos patrões. Sem ousar a comparação com o doutor Júlio Neto, pacato fidalgo, menos ainda com o doutor Roberto, inatingível imperador, imortal no trono do seu castelo midiático. Quando do pensamento negativo, Abukir sentia sua carência, a ausência nele do dom inato de incutir obediência sem levantar a voz e entregar-se a gestos onipotentes.

A constatação do descaso sofrido pelo destino indiferente, a doer de saída, cedeu aos poucos à consciência de uma batalha vencida até a fronteira da autoglorificação. Conseguira superar uma limitação imposta pelos fados, e a vitória contra o destino gerava senso de plenitude. Conferia até um inesperado desembaraço às contorções encenadas na pista de dança do Gallery, a boate dos ricos e famosos. Fenecera a época do Tonton, a diversão caminhava para os Jardins em busca de segurança embora ali medrassem famílias de sem-teto, estavelmente estabelecidas em trechos de calçadas eleitos a dedo, a viverem em transparente alegria justificada pela escolha da moradia, a despeito do riscos de atropelamento que as crianças sofrem em meio à correria dos guardadores de carro. Esta categoria robusteceu-se sobremaneira, restaurantes e bares dispõem de uma tropa própria de velocistas de uniforme incumbidos de estacionar os veículos dos fregueses e de trazê-los de volta na hora da saída, para precipitar, em certos momentos, um balé frenético, encenado em shopping centers sob o título de *valet parking*. Outra categoria nasceu, a dos passeadores de cachorros, de ambos os sexos e de hábito jovens, alguns chegam a comandar matilhas dignas de puxar trenó pela tundra.

Abukir tornou-se frequentador eventual do Gallery, comparecia *single*, como é do linguajar nas esferas preparadas a tanto, o uso da palavra em inglês cresce sem a exigência do conhecimento da língua, ao contrário do que se dava com o francês nas rodas aristocráticas da Rússia de Tchecov. Os nobres de lá não somente falavam como franceses, mas também se vestiam com esmero, em perfeita afinação com qualquer hora do dia. Outros os tempos e outros os modelos a imitar, aqui os senhores credenciados a surgir no Gallery tendem ao desmazelo que chamam de esporte-chique e, conforme a meteorologia, de noite não calçam meias, as damas esbaldam-se em berloques e pedrarias, faíscam nas *happy hours* e nos *dinners* de gala na certeza de uma elegância de Primeiro Mundo, conforme asseveram. Os heróis, no registro de infatigáveis colunas sociais, e não há jornal ou revista que não lhes reserve espaço de rio em cheia, são, entretanto, os publicitários, manobram o dinheiro dos outros com largueza pródiga, a Madison Avenue é sua Meca. A bebida preferida ainda é uísque, champanhe fica para os momentos mais fotografáveis, sempre que os colunistas estejam nas proximidades. Abukir não se incomoda quando, a caminho do Gallery, tropeça em mendigos esticados pelas calçadas no sono dos injustiçados, a lhe obstarem o passo sem qualquer propósito de revolta ou desforra. Pelo contrário, pois "o mundo é assim mesmo".

Bob goza de mesa cativa como no Tonton, aderiu porém à camisa esporte e lhe ostenta a grife qual fosse obrigação mostrar a que veio, e esta não é marca exclusiva, como se dava com a flor na lapela de outrora, quando só havia três na cidade habilitados a tanto. Pergunta Abukir: "E a flor?" Bob espalma a mão na direção do teto: "Não há mais lapela..."

"Onde anda Mary Lou, tem notícias dela?"

Sim, casou-se com um fazendeiro rico, planta cana na região de Bauru, "está bem, enxuta". Feliz? "Encontrei com ela faz pouco tempo, em um *dinner* horroroso, primeiro serviram caviar, depois rabada, ainda por cima gordurosa demais... porque, você sabe, uma rabada bem-feita é de regalar..."

E ela? "Elegantérrima, engraçada, muito engraçada, mas..." Na pausa do adversativo, Abukir interfere, no vibrato: "Mas, o quê?"

"Irônica, bastante irônica, de forma muito explícita, com uma veia exageradamente melancólica, sabe, esta coisa das heroínas do passado... talvez tédio... o casal vive na fazenda, ela me contou que vem a São Paulo duas vezes por semana, para fazer compras e visitar os amigos, de noite de quando em quando pousa na casa dos pais, é uma vidinha de amargar, acho eu, é exceção um *dinner* como aquele, além de tudo ruim para diabo."

Bob gargalha com espalhafato, a ponto de causar curiosidade na mesa ao lado, estava na quinta dose, diz de voz a percorrer livremente as escalas: "Você continua vidrado na Mary Lou."

"Vidrado, vidrado... é moça muito interessante."

"Claro, e continua a ser, até melhor, de certa forma, na década dos trinta..." Cantarola como Waldir: "Balzac acertou na pinta, mulher só depois dos trinta." Logo anota: "Você está ficando importante, tenho lido a sua coluna, Coisas da Política, e quase sempre concordo com aquilo que escreve, muito bem, aliás, a sua opinião tem peso."

Abukir exibe o sorriso velado da modéstia. E Bob: "Mulheres devem chover na sua horta, um monte de mulheres..." Sorriso inalterado. Diz Bob: "Tem umas senhoras aí, ainda bem-apanhadas e disponíveis, que elaboram listas de parceiros possíveis, aposto que você figura em várias delas, incluem jornalistas importantes e, pasme, até intelectuais de esquerda."

Mocinhas de minissaia compenetradas com sua missão rodopiam pela pista, piões em sarabanda, na atmosfera caleidoscópica que não repete o Tonton, o espaço é bem maior, o teto mais alto. Por sobre a cabeça de Bob, Abukir enxerga uma repórter da *Folha*, Marisa, em companhia de mais duas moças, de longe parecem passáveis, este seria o termo apropriado, e gárrulas, dá para ouvir suas risadas. Minutos depois diria: "Olá, Marisa, há quanto tempo."

Ela sorri, pergunta se ele veio *single*, ele anui com presteza grave, Marisa propõe "senta aí", tomam uísque. A pista os espera paciente, enfim dançam, separados aos meneios que imitam ora o sexo selvagem, ora lânguido e pausado, entregues ao exercício não percebem. Marisa de passável passou a radiosa pelo encanto da noite, pelas combinações das sensações possíveis naquele instante da vida. Bailarinos e bailarinas de uma trupe internacional em temporada no Teatro Municipal entram na dança, chegaram com energia profissional e exibem evoluções inéditas no local. Marisa ainda tentará seguir-lhes os passos, em casa, diante do espelho. Abukir não ousará fazer o mesmo.

Entreato

Coloco os barcos sobre o pedregulho escuro que atapeta os caminhos do jardim, e passo a viver uma batalha naval, os navios são de guerra. Amigos e inimigos, nem sempre ganham aqueles, hoje é dia de derrota embora as camélias perfumem a tarde. Fiz a lição de casa, hora de brincar.

Há guerra sem diversão além do jardim, de noite virá o bombardeio diário da Força Aérea americana, um ano atrás padecemos um, insólito, pelo mar, os encouraçados ingleses atiram com canhões de 406 milímetros, Gênova pretendia defender-se com baterias de 106, aqueles da Home Fleet atingem alvos a vinte quilômetros de distância, as balas genovesas não vão além de seis. Gênova é minha cidade e eu tenho sete anos.

Gosto de brincar e de ler, de estudar muito menos, em prazerosa solidão organizo batalhas navais, imagino que algum dia escolherei entre o uniforme da Marinha, a toga do advogado, a palheta do pintor ou a pena do escritor. Talvez não me desagradasse ser santo com cartão de visitas a explicitar minha condição mística. Meu autor preferido é Dickens, li *David Copperfield* e *Oliver Twist*, minha mãe me deu de presente *Cuore*, de De Amicis, e ao lê-lo ri quando deveria chorar, nele o pai do protagonista, menino da minha idade, deixa para o filho cartas em vez de optar por uma conversa, assinadas *Tuo Padre*, e *padre*, em italiano, além de sacerdote, é pai severíssimo, a mulher o trata de senhor e ele responde senhora.

De Amicis escrevia no final de 1800, avisei minha mãe, "este livro é uma velharia". Ela o leu muito tempo antes, criança ainda, e se comoveu. Gosto da solidão, dentro dela traço enredos, às vezes aventurosos, outros de vida comum, há dois anos criei um, corriqueiro, a história de dois irmãos, Berghino, grácil, frágil, e Sofrone, maciço, sólido, atormentados pela tia Alda Spresimen, por ter como fáceis demais as lições de casa dos sobrinhos, ela submete-os a uma dose extra, repleta de armadilhas da sua exclusiva lavra. Os irmãos urdem uma trama sinistra destinada à queda da tia escada abaixo pela substituição da trivial casca de banana por um livro pregado à beira do primeiro degrau, cuidaram de esconder a cabeça dos pregos debaixo da própria capa, onde se lê *Os Trabalhadores do Mar*. Portentosa foi a queda, quebrou quatro costelas e uma perna, e mesmo assim a bruxa não se aplaca, é a história da inelutabilidade do destino.

O tempo de recolhimento tornou-se hábito ao longo da vida, é quando converso com meus botões para apurar a visão de tudo que acontece à minha volta e me toca. Assim me pego nos primeiros anos da nossa ditadura a tentar entender por que sou jornalista, embora à época das batalhas navais no jardim não encarasse o jornalismo como meta de chegada. Meu pai era jornalista, e muito bom, seguir-lhe os passos não era, porém, meu propósito. Digo mesmo muito pelo contrário. Alterei bruscamente o projeto por causa de um terno azul-marinho, rei dos ternos a exercer seu fascínio nos bailes de sábado dos meus quinze anos, os mais concorridos no Clube Homs, ou no Helvetia, ou nos salões do Paulistano e do Pinheiros, ex-Germânia. O destino comigo foi bem melhor do que com meus heróis, era tempo de preparação do Mundial de Futebol no Brasil e meu pai recebeu do *Messaggero* de Roma e do *Secolo XIX* de Gênova, onde fora redator-chefe e seria diretor não fosse a decisão de emigrar, a encomenda de uma série de reportagens, quantas fossem necessárias, sobre a terra da bola na perspectiva da Taça. Meu pai detestava o esporte bretão, propôs: "Que tal escrever a respeito, você que desfere pontapés em tudo que aparece?"

"Quanto vale?", perguntei, meu pai escandiu um número, e eu tive a visão de um terno azul-marinho cortado por alfaiate de celebrada competência, qual seria Nicola Canonico, com ateliê no sétimo andar de um prédio da elegante Rua Marconi, no térreo expandia sua vitrine a Old England, loja para cavalheiros de elegância indiscutível. E, de súbito, percebi que o jornalismo poderia me proporcionar um certo grau de felicidade.

Assim o jornalismo se impôs na minha vida como o ganha-pão acessível a quem não desiste do projeto de ser pintor, encontro-me então a escrever para uma revista de cultura, *Anhembi*, fundada e dirigida por Paulo Duarte, escritor impetuoso, sonhador de um socialismo impossível e em parte fora da rota, viveu longos anos em Paris, onde trabalhou no Museu do Homem, ex-redator-chefe do *Estadão*. Foi ele quem levou para o jornal meu pai, que viria a ser o iniciador de uma reforma a ser completada por Cláudio Abramo, e amiúde traz à minha casa o amigo Sergio Buarque de Hollanda para almoços domingueiros tornados tradição, minha mãe cozinha, ele cuida do vinho, passou-me a convicção da superioridade dos Borgonha em relação aos Bordeaux.

A biblioteca de Paulo Duarte é o coração do seu sobrado, gruta de prazeres inefáveis forrada de livros, são mais de dez mil, dispostos a deslizar das estantes, planar no ar denso de ideias e ideais e pousar sobre a planície da mesa de trabalho, generosa. Na entrada da gruta, um cofre presta-se a guardar em segurança uma garrafa de dez litros de Calvados a ser convocada nas ocasiões ensolaradas, está pela metade mas dura ainda dez anos, segundo seu primeiro consumidor. O qual me propõe: "Escreve uma crônica mensal sobre futebol, que também é cultura."

Não me percebia então mercenário como enfim me tornei ao aceitar a direção de uma revista de automóveis, *Quatro Rodas*, sem distinguir um fusca de uma Mercedes, muito menos biela de bronzina. Do salão da Villa Bonomi os pés ágeis de Victor Civita deslocam-se exatos oito anos depois, para um restaurante romano, onde me oferece o almoço e a singular proposta. Fazia mais de três anos eu vivia na Itália como jornalista, sem abandonar a pintura, que me levou à minha primeira exposição individual em Milão, maio de 1957. Quando Civita chegou com sua oferta, não contive o espanto, confessei minha específica ignorância, além de muitas outras. "Venha, venha – revidou –, você deve ter aprendido bastante por aqui e, além do mais, se *Quatro Rodas* der certo, faremos uma semanal para concorrer com *Manchete*, uma revista de atualidades ilustrada a meio caminho entre *Paris Match* e os *rotocalchi* italianos, vai chamar-se *Veja*." O projeto da semanal, arquivado por causa da instabilidade política criada pela renúncia de Jânio Quadros, ressurgiria em 1968 com outra roupa furtada aos *news magazines* americanos, e nem por isso deixaria de ser *Veja*.

O golpe de 64 e a ditadura que se seguiu são um divisor de águas na minha existência jornalística, a profissão ganha de improviso uma clara serventia. Não é que o pensamento se cristalize de impulso, cresce aos poucos para definir-se com precisão. A utilidade, missão até, está na possibilidade, acessível ao profissional embora arriscada, de deixar para o futuro algum registro das violências deste regime tão feroz quanto a sanha dos senhores da casa-grande e dos seus capitães do mato, metamorfoseados em exército de ocupação e ainda no encalço do índio armado de arco e flecha e do escravo fugido. É a reação exorbitante no confronto entre a força de um e a fraqueza do outro, a forma inaudita de prevenção ao mínimo ruído, à mais pálida suposição de ameaça, como se dá com o time dos campeões pronto a comprar o juiz do próximo embate com o lanterninha. Entendo, e o cavalo de Orlando se avizinha ao trote, a ditadura nativa mostra sem pudor a diferença com as demais ditaduras do Cone Sul, sua unicidade, tão feroz quando as outras com esforço infinitamente menor. O cavalo me alcança, e me oferece o estribo.

Quanto à memória, me propõe o momento de encarar a proposta da Editora Abril para dirigir uma nova semanal inspirada nos *news magazines* americanos segundo as intenções da família Civita. Ainda sem nome, contará com um investimento maciço e com uma redação imponente, não é isso, porém, o que me atrai, os botões são categóricos a respeito, é a oportunidade de justificar a minha escolha pelo jornalismo. Teria de haver uma razão, ei-la. Pela família Mesquita tenho afeto, isto me dizem os botões, a despeito de diferenças inescapáveis entre eles e mim. Falo de uma peculiar forma de afeto, eles não sabem desses meus sentimentos. Sequer os imaginam.

Na casa Mesquita fui leal, e tive grande autonomia formal, mas a postura do *Estadão* e do *Jornal da Tarde,* aquela haveria de ser e aquela foi sem que eu me abalasse a questionar minha consciência. Eles me viam como continuação do meu pai, que haviam amado, para amar em mim uma lembrança, não tinham percebido o mau aluno de uma parte das lições paternas, por pequena que fosse. Brota na conversa interior a certeza de que meu pai foi meu herói de cortesia, elegância e saber, e de jornalismo, está claro, não de política, contudo.

Na infância, os livros de história da arte choviam das estantes, folheava-os fascinado, seduzido pelas fêmeas vênetas de Giorgione,

Tintoretto, Ticiano, e também por aquele mundo de estética sublime. A certa altura, vinha ele para abrir um daqueles tomos preciosos, ao acaso cobria a legenda da reprodução de um mestre, perguntava "de quem é?". Dificilmente eu errava. Não combinávamos em um ponto, um único ponto, sem contar as diferenças de temperamento, na relação a pesar quase nada. Ele nunca cavalgou o cavalo de Orlando.

As fêmeas vênetas foram apreciáveis além da qualidade dos seus retratistas, sem desdizê-la jamais, está claro. Com o tempo, dei para perceber também o encanto de algumas de Caravaggio, tocam-se sobretudo as madonas dos palafreneiros e dos peregrinos, de fato a mesma modelo, prostituta moradora das cercanias da Igreja de San Carlo, foi viver por dois anos com o pintor na casa de teto furado para permitir à luz penetrar de cima para baixo a bem do *chiaroscuro*. Menos me encantam as mulheres de Botticelli, traçadas pela brisa puríssima da Toscana, estilizadas por Modigliani ganham em volúpia. A meu pai não ousaria confessar um certo, específico gênero de preferência, movida por apelos telúricos.

A família Mesquita, Ruy à frente, pareceu entender as minhas razões quando deixei o *Jornal da Tarde*. No meu último dia de trabalho, ao chegar encontrei um bilhete assinado pelo Ruy, dizia "você será sempre o filho pródigo". É dia 9 de janeiro de 68, Ruy tem quarenta e dois anos e conserva aquele seu jeito gascão acentuado pelos bigodes negros e os olhos vívidos, e a extraordinária semelhança com o fundador, o avô Júlio I. Vou para a Abril, com a tarefa de produzir uma semanal por ora pensada sob o título Projeto Falcão, que para mim resultará fatídico. Terá implicações políticas formidáveis, avisam os botões, preocupados, mas eu me precatei, fechei com Victor Civita um trato indelével pelo qual a família não vai influir na pauta e verá cada edição pronta quando já nas bancas. Observações a respeito, uma vez acertados os rumos de saída, só *a posteriori*.

Não é o que se dava no *Jornal da Tarde*, a mudança decorre da natureza das duas famílias. Os Mesquita sabem o que querem e enxergam o Brasil, e lhe acompanham venturas e desventuras há quase cem anos, sempre preparados a tomar partido conforme suas crenças e seus interesses. Os Civita não sabem o que querem, a não ser o triunfo econômico e social, conhecem superficialmente o Brasil dos noticiários, têm ideias bastante vagas em relação aos possíveis desdobramentos da situação e quando flanam pelo País ficam encantados com a visão dos coqueiros despenteados enquanto sorvem caipirosca.

Os Civita não se dão conta da enrascada em que se meteram, se eu fosse um deles não partiria para esta aventura, a situação é bem mais sombria do que ocorria em agosto de 61 quando Jânio Quadros renunciou e eles adiaram *sine die*, de fato para sempre, o plano de lançar uma semanal ilustrada. Eu, pelo contrário, sei dos riscos, mas até me exalto no desafio. Alimento o sentimento com a esperança, penso que a ditadura terminará esvaída nas suas contradições e o Brasil encontrará naturalmente o rumo da democracia. A fé no dia feliz dá alento a alguns cidadãos, jovens e nem tanto, conquanto não possamos imaginar que ainda haverá de sofrer uma mudança fatal o MDB criado pela ditadura, e que em São Bernardo e Diadema surgirá um sindicalismo oposto ao dos pelegos.

E então, passados longos, difíceis anos, apressadamente empossado José Sarney na Presidência resultante das indiretas depois da morte de Tancredo, o presente não coincide com a esperança de quase duas décadas atrás. Não menos que os Civita, no momento de assumir *Veja* não consegui justificar o País e sua nação, não logrei descer aos precórdios da sua índole, não quis admitir Macunaíma. Sobrou o desalento, inclusive a respeito do jornalismo brasileiro, cada vez mais medíocre, primário na técnica, uniforme na análise reacionária, provinciano até o ridículo, ancorado no pensamento único incapaz de uma percepção contemporânea do mundo, e mesmo assim arrogante, jactancioso, exibido.

Neste instante tão solitário quanto as batalhas navais no jardim, pergunto-me qual seria a razão da decadência de uma imprensa que já foi melhor, se não no conteúdo, ao menos na forma. Avento, não sem ousadia, a hipótese de que dependeu dos figurinos imitados. Quando a influência da elite foi francesa, com incursões pela cultura britânica, o jornalismo brasileiro foi frequentado por belas penas, inspiradas por boas leituras e habilitadas a cuidar da língua com desvelo. Decisiva a rendição aos pretensos encantos do jornalismo norte-americano, sempre mal entendido, conforme um lamentável andamento que se repete e se repete. É o que vale não somente no campo midiático, pretendemos copiar Nova York, nem chegamos a Dallas, realizamos Gotham City.

A mídia brasileira é única a seu modo, não conheço outra igual, e para entender o motivo da primazia basta observar que o profissional, o empregado, chama o patrão de colega. Salvo ralas exceções, ela é o boletim da casa-grande e para elevar as tiragens consagra seu preconceito, em proveito do povão ignorante e atordoado baixemos o nível para sermos compreendidos. Navega-se assim pela rota oposta àquela que compete ao jornalismo e arrastam-se na deriva até mesmo os senhores burgueses e burguesotes, de hábito bastante jejunos de saber, inclusive na demolição da língua, reduzida a um jargão de cem palavras de sintaxe indigente.

Cria-se à revelia, insensível antes que irresponsável, além de patético, um círculo vicioso: os jornalistas com a determinação da era aderem à decadência ardorosamente buscada e atingem eles próprios o ínfimo patamar onde supõem estabelecidos os leitores. É a declaração da ignorância coletiva e não envolve somente a lida precária com o vernáculo. Nesta moldura, irrompe o assalto à verdade factual, e inúmeros repórteres, editores, colunistas, articulistas, editorialistas acabam por acreditar em suas próprias mentiras.

Capítulo XXXIII

Quem, de espírito agudo, já esteve no Santo Colomba percebeu que o ambiente não se afina com os frequentadores. Ou deveria ter percebido. Bar de estilo britânico, aceita nas horas adequadas tornar-se restaurante, charutos aqui liberam a fumaça mais azulada de que são capazes embora alguns fregueses não cuidem de retirar o rótulo da marca, talvez se habilitem a matar a raposa. Domina-os a devoção à *griffe*, raros os imunizados, machos e fêmeas, trata-se de grave sequela do exibicionismo epidêmico dos contaminados pela ascensão social movida a grana rápida.

O Santo Colomba, ah, o Santo Colomba. O bar dos ricos e famosos, dos belos e garbosos, dos filhos do doutor Roberto quando em visita a São Paulo. Forrado de madeira escura de veios imaginosos a evocar fantasmas nas superfícies enceradas, sulcadas por adornos e ornatos, garante aos frequentadores os melhores uísques, gins, runs e licores, mais petiscos habilitados a consagrar caviar e salmão norueguês, e até pratos inspirados naquela que o ameno pessoal supõe ser a cozinha francesa. Cabe a Rodrigo abrir as portas do Santo Colomba para Abukir, com precedência dada ao aviso, "é para usar gravata".

Tal o cenário, os fados apanham as personagens, as levam ao palco, Rodrigo disse "Santo Colomba" com alguma pompa, tom redondo, Abukir ouviu falar do recanto sagrado embora não lhe conheça o endereço, mas o constatamos enfaixado pelo terno cortado pelo alfaiate do doutor Júlio Neto, de uso pouco frequente, é bom dizer, em benefício do esporte fino.

O diretor da sucursal e o diretor da redação, e é importante sublinhar, ambos diretores, vão gozar da atmosfera tépida, aspergida por doces tons pastel estudados para a sábia contraposição à severidade do madeiramento, em um começo de noite do uísque amigo.

305

Os garçons esvoaçam, Rodrigo pede um escocês de doze anos com o respeito que os moradores do norte da ilha considerariam desnecessário.

Manda o enredo com a naturalidade de sempre a entrada em cena de outra personagem, distinta do coro grego. Duas mesas adiante Abukir, de início distraído, atento depois do segundo olhar, vislumbra uma figura volumosa atolada na poltrona de couro avermelhado. Está em companhia de outro, Abukir deste só enxerga as costas, das quais as mãos agitadas em trajetórias bruscas parecem sair diretamente, enquanto o primeiro o observa, plácido, Buda de olhos semicerrados. Quem é? Algo o leva a remexer no passado, aquela fisionomia não é nova para ele.

A figura veste um jaquetão risca de giz, irrompe no cruzamento das lapelas amplas uma gravata gorda como paraquedas que se alonga sobre o chão e ainda não murchou. Quem é, meu Deus, quem é? Não, esperem, não é possível, que diabo, ele mesmo, inconfundível apesar do disfarce, o Pajé em pessoa. Eu, prisioneiro do enredo, também me surpreendo.

"Eis aí um cara – Abukir informa Rodrigo, que reparou no seu interesse pelo vizinho – que conheci em várias épocas da minha vida, está incrivelmente mudado. Não há dúvida porém... levei tempo para reconhecê-lo, mudou demais."

"Amigo?" Rodrigo observa no desconhecido a catadura da esperteza, fonte natural de atração.

"Conhecido, de longa data, de certa maneira amigo... Vou até lá cumprimentá-lo."

O Pajé inclina a cabeça e lhe oferece um sorriso de comprazimento. "Olha só quem está aqui... permite, doutor Irineu, este é um velho jovem amigo, conheço o moço desde quando andava de calça curta, éramos vizinhos de casa..."

Abukir está para dizer da sua surpresa com a mudança explícita, detém-se em tempo, declina apenas prazer em encontrá-lo. O cavalheiro das mãos voadoras condescendente arvora uma expressão de ocasião, substitui-a quando o Pajé informa: "O nosso Abukir é diretor da sucursal do *Globo* em São Paulo."

O homem passa a sorrir com simpatia, é de uma elegância afetada nos trajes, orgulha-se, está claro, de sua camisa listrada de colarinho e punhos duplos imaculados, e Abukir, em um relance, pensa que valeria envergar uma igual. "Vou ligar para você – diz o Pajé –, pode contar com isso." A barba bem escanhoada confere às faces uma coloração violeta que assenta bem no rosto luciferino, mas não esconde as crateras lunares.

"Queria que você conhecesse o Santo Colomba – explica Rodrigo ao neófito –, um lugar de prestígio, plataforma de sucesso, um dos filhos do doutor Roberto, Roberto Irineu, é frequentador assíduo, e a casa faz questão de me oferecer passe livre e eu vou arrumar também para você."

Passe livre? "Pois é, a gente consome à vontade e não paga, e pode vir com convidados, é ideal para encontrar pessoas e fazer negócios, aqui me esbaldo com os publicitários... melhor ainda quando são publicitárias..."

Rodrigo delicia a si mesmo, ri. "Você pode trazer políticos, empresários, fontes importantes, entendeu?"

"Fontes femininas", atalha Abukir, e se associa à risada.

Não posso evitar que o Pajé ligue no dia seguinte, mas por que haveria? "Aposto que você ficou espantado ao me encontrar naquele lugar chique." "Nem tanto – responde Abukir –, faz tempo que você não me surpreende. Mas... e Nepomuceno?"

"Nas minhas surtidas por aqui, montei uma firma, está indo muito bem."

"Homessa, não diga... firma do quê?"

"Firma de... materializações...", gralheia o Pajé. Ao silêncio de perplexidade de Abukir, responde: "Materializações de entes queridos, foram para o além e eu os chamo de volta por alguns momentos..."

"Não brinca", recomenda Abukir.

"Claro, agora estou brincando, mas você não vai acreditar, uns trinta anos atrás eu fiz isso mesmo, sabe, naquele casario onde você me conheceu, ganhei um bom dinheiro com as encenações sobrenaturais, deveria ter-me dedicado ao teatro..."

"Quer dizer, levava na conversa um bando de coitados, seu enganador, seu trapaceiro..."

"Há gente bem pior do que eu, pode crer, em todo caso recuperei, sim, o passado que se seguiu às materializações, lá três casas eram minhas e alugava quartos para aventuras amorosas, você sabe, sou romântico e me empolgo com dois corações que batem em sintonia... gostou dessa? Quando o casario foi destruído para dar espaço a um monstro de concreto, levei um dinheirinho, que teve a boa ideia de fermentar na Bolsa de Valores... assim caminha a humanidade, e então, montei uma firma de materializações... de moçoilas roliças..."

"Ou seja, proxeneta, além de trapaceiro."

"Serviço completo, comprei um apartamento em local muito apropriado, elegante mesmo, decorei com gosto, na geladeira tem vinho branco e presunto de Parma, tudo mais cruzeiro, meu caro, coisa finíssima, e nem se fale das moças, excepcionais, uma meia dúzia, só por enquanto, porque o negócio vai longe, logo mais compro outro apartamento e repito o esquema, sei não, quem sabe vire dono de uma rede..."

"De puteiros", interrompe Abukir.

"Esta palavra não cabe, eu lhe digo, são lugares de prazer sofisticado, e ainda vou contratar uma senhora bem-posta para administrar..."

"A cafetina..."

"Que nada, uma senhora de ótimas maneiras, formada em massagem pela universidade, é isso mesmo, pela universidade, das seis moças que trabalham comigo quatro são estudantes e todas de maior idade... problema não vou ter, é certeza, tomo todos os cuidados... sem contar os santos fortes."

"E Nepomuceno?"

"Ainda vou lá de vez em quando, continuo a cuidar da vida deles... além do mais um dias desses importo umas belezas de ébano..." Gargalha. Na despedida, sugere: "Olha, se algum dia lhe der na veneta de passar umas horas inesquecíveis, me procura, para você é de graça, para você materializo uma atriz de cinema."

Outro que telefona é o Goulart, do Rio. Vai ao assunto com firmeza: "Leio você e verifico: você mudou muito." Abukir finge não entender, o outro explica: "Você virou um grande reaça."

"Talvez sempre tenha sido", murmura Abukir.

"Não vem com essa, você como jornalista era um repórter que, em princípio, publicava a informação correta... pelo menos quase sempre... e como cidadão simpatizava com a gente."

"Como, quase sempre?"

"Bem, de vez em quando você omitia certos aspectos do fato, a pedidos, concordo, pedidos da direção, mas omitia... acho, porém, que nunca mentiu, o que, nas plagas do nosso jornalismo, é exceção... ao tornar-se colunista, aderiu ao pensamento único, subiu no bonde do seu patrão e de todos os patrões."

Abukir não ensaia desculpas tais como, "sabe como é, preciso assegurar o emprego, melhorar de vida". Diz: "É mesmo, vejo a situação de outro ângulo, sinto muito, é assim, sou sincero..."

"Perfeito, magnífico – soletra Goulart, em uma escala de notas roucas –, cada um tem direito à sua própria opinião, e eu respeito a de todos, só que, na minha, você era melhor antes..."

Desligam sem as efusões de outros tempos, mesmo recentes. Abukir começa a alinhavar a coluna de amanhã. Há informações de que o Partido dos Trabalhadores cogita de organizar uma ou mais manifestações, a invocar eleições diretas para a Presidência. Recosta-se na cadeira giratória e saboreia o que virá, na letra e no conteúdo. Trata-se de uma provocação insuportável, uma agressão que ameaça as eleições indiretas, marcadas para janeiro de 85 conforme o programa da abertura. A ideia é simplesmente malsã, felizmente está longe de ser concretizada, e valem fortes dúvidas de que venha a se tornar factível.

A consistência da merenda prazerosa chega-lhe às entranhas. É hora da pergunta sinistra, na remotíssima suposição de que a tal manifestação consiga sair à rua. E se, diante do irresponsável desafio, o regime militar desistir dos seus generosos propósitos? Existe o risco de uma reviravolta, a Revolução de 64 poderia regressar ao leito inicial. Eis aí, o leito inicial, Abukir louvou-se pela imagem, poética até, ao comparar a ditadura a um rio. Majestoso? Também, mas sobretudo impetuoso, robusto, certamente necessário para fertilizar o País. E sobreveio o espaço decisivo da moral da história. Que esperar do PT, o partido de plataforma vermelha, a insuflar, sempre e sempre, até a obsessão, outra revolução, esta sangrenta e de erre minúsculo?

Capítulo XXXIV

Rodrigo entrou na sala de Abukir, prorrompeu em entusiasmo: "A sua coluna de hoje está simplesmente sen-sa-cio-nal." O texto declinava de saída: "O penoso esforço que o governador Montoro faz para que a Praça da Sé fique lotada no próximo dia 25, aniversário da capital de São Paulo, que, diga-se de passagem, no máximo poderia hospedar pouco mais de cento e cinquenta mil pessoas, é deveras patético desde que a previsão mais otimista diz que não passarão de dez mil." Abukir produz uma expressão de modéstia, recato de quem sabe merecer o elogio e se nega à lisonja, mesmo assim Rodrigo insiste "nada disso, um primor". Na coluna, Abukir repisava a tese da irritação que a manifestação inevitavelmente provocaria nas fileiras do regime, cuidava, no entanto, de tranquilizar os leitores: a tentativa de encher a praça "está fadada ao fracasso".

Confesso que me toma amiúde a vontade de penetrar o enredo para, puro exemplo, esbofetear Rodrigo enquanto danço à sua volta uma tarantela no estilo Muhammad Ali, passo para trás, passo à frente, pirueta, um bofetão. Infelizmente estou de mãos atadas, não passo de assistente, como os amáveis leitores, mesmo aqueles que simpatizam com Rodrigo, cuja tarefa na organização é, de largo espectro, cumprida com desvelo, garante o crescimento progressivo da publicidade, especialmente para a televisão, a lhe assegurar a fama de mascate irresistível e, portanto, a fazer dele um colunável obrigatório. Dos acertos milionários com os publicitários mais celerados brotavam compensações para todos os envolvidos na operação, inclusive, no fim da linha, a família Marinho. Rodrigo já havia informado Abukir a respeito do sucesso das suas colunas tanto nas agências de publicidade quanto no meio empresarial. "O pessoal da Fiesp está encantado", trombeteia Rodrigo, e acrescenta haver empresários e publicitários dispostos, ousadamente, a admitir o costume de iniciar a leitura do jornal pela coluna de Abukir, antes mesmo de apurar o que o doutor Roberto pensa da vida.

Há mais de cem anos, os jornais do mundo aboliram as colunas de efemérides, destinadas a anunciar que Mariazinha comparecerá ao baile das debutantes, que o dono da fábrica de parafusos completa sessenta aninhos, que dona Lula oferece um chá beneficente, e por aí afora, com destemor não isento de carinho. Os jornalões nativos, não, prosseguem na publicação deste inútil noticiário com determinação comovedora e a pretensão de compor em linguagem telegráfica um painel de informações indispensáveis à compreensão da realidade, capítulos singelos de uma inesgotável investigação sociológica. Boiam neste caldo os publicitários mais renomados, criadores de situações e frases para promover produtos variados. Contra os maus odores do vaso sanitário, digamos. Anúncio na tevê, uma senhora aparentemente sadia de mente, focalizada de baixo para cima como se a filmadora estivesse instalada no ralo, debruça-se sobre o vaso, por pouco não se deixa engolir pela boca de cerâmica e mesmo assim estampa no rosto uma alegria extrema, exclama: "Que delícia!" Os publicitários figuram na galeria dos colunáveis, colhem nestes espaços a citação lisonjeira que a gente imagina devida ao galã do cinema, ao *playboy*, ao dândi, ao pródigo devasso.

Agora é a vez de Rodrigo, no leme da fragata global prepara as equipes de tevê para o dia do fracasso da manifestação das Diretas Já, "tadim do Montoro", se ri, é toda uma estratégia urdida a portas fechadas com empenho digno de uma tenda napoleônica. Precavenho-me com um aviso, o golpe de cena que se segue a perturbar nosso heróis não é da minha lavra como tudo neste entrecho.

Rodrigo comanda o ensaio geral e, de súbito, sem mais nem menos, chega Abukir empurrado por cúmulos-nimbos. Temporal à vista? "Ainda é difícil avaliar – diz Abukir, voz aos tropeços –, mas Lula assegurou sua presença, Brizola também, claro que Ulysses vai estar ali, e Tancredo... Chamaram o Osmar Santos para ancorar o espetáculo, deve ter os artistas de sempre, querem aparecer a todo custo... sei não, a manifestação pode ser maior do que a gente previu."

Sinais de apreensão na tenda, Rodrigo sugere um uísque no Santo Colomba. "O programa está montado e nós iremos executá-los em qualquer circunstância, agora precisamos espairecer." O Santo Colomba os aguarda com suas luzes cálidas, o comando da sucursal toma o calmante ambreado, refletido o grupo em tons sombrios pelos lambris como se as nuvens pairassem ali também. "Antes de sair – informa Rodrigo –, liguei para o José Roberto e o pus a par das últimas, a ordem é óbvia, o noticiário tem de tratar o assunto com extremo cuidado, minimizado quando possível, omitido quando necessário."

Faltam dez dias, os ritmos da cidade não se alteram, as ruas centrais que convergem para a Praça da Sé são ansiosas e deprimidas como há anos, São Paulo abandonou o triângulo ao seu destino, pobreza e descaso venceram com a colaboração impiedosa dos grafiteiros, sicários de uma consigna soturna. Fantasmas de colete riscado pela corrente de ouro do relógio de bolso, bigodes pontiagudos pela graça da brilhantina, enchapelados e às vezes dispostos ao uso de polainas, agora trafegam somente na memória de quem foi menino e hoje, aposentado, espera a sua hora.

O "reportariado" de Abukir e ele próprio não têm essa memória e não são bafejados pelo impulso, ou pela curiosidade, de reconstruí-la para o confronto com o presente, prontos à "cobertura", e isso basta. Convém é sepultar a memória juntamente com quem a conserva porque está vivo ainda, é como se a cidade guardasse às suas costas pecados a serem cancelados no oblívio, pecados monstruosos e sem conta, repetidos hoje em escala ainda maior para o olvido de amanhã, moto-contínuo a fim de evitar o espelho.

Dez dias depois a máquina da Globo move-se na direção da Sé, e as ruas do triângulo mudam abruptamente a feição habitual, a agitação andrajosa, colonial, de todos os dias é substituída pela marcha de turbas embandeiradas, tornam-se torrentes, rios de gente que ergue faixas com escritas de denúncia, reclamo, exigência. Ao cabo, centenas de milhares de cidadãos esperançosos se apinham na praça, e no palanque despontam todos os líderes da oposição.

Abukir constata com pesar, testemunha ocular na praça invadida, só não divisa Tancredo nos prolegômenos do evento. Onde anda

Tancredo? De fato anda pelas veredas das suas conveniências, se porventura as Diretas vingarem, favorecidos serão os demais do palanque, Ulysses sobretudo, seu vozeirão sincopado chegará longe, Tancredo não duvida. A ele só resta mirar no programa golberiano das indiretas, tanto mais convidativas se o adversário for Paulo Maluf, o candidato incapaz de exames de consciência, a seu modo ingênuo, melhor ainda, *naïf*, segundo Tancredo, na empáfia, na desfaçatez primitiva, na arrogância precipitada pela ausência de um único, escasso resquício da bonomia do bom humor. Tancredo não quer aparecer demais aos olhos da multidão, por ora mantém-se nos fundos do palanque e a baixa estatura o favorece. Sabe que ao cabo terá de apresentar-se na ala de frente e não escapará a uma fala, conquanto breve, exigida por sua fama de orador fluente e sedutor. Abukir ainda se permitirá certos raciocínios em torno dos interesses tancredistas, mas quando enfim o vê, alinhado às principais figuras, não escapa ao desapontamento.

Plateia disciplinada e atenta, fala-se em quinhentas mil pessoas, a manifestação avança horas. Evento inesperado, único na história do País porque sem comparações viáveis com a Marcha da Família, com Deus e pela Liberdade, passeata esta dos herdeiros da casa-grande secundados pelos fâmulos temporariamente retirados da senzala e promovida com ardor pela mídia. O comício da Sé, pelo contrário, se dá contra os meios de comunicação, tirante a *Folha de S.Paulo* e a semanal *Senhor*, seu alvo é a democracia ao passo que a marcha invocava a ditadura.

Vem a noite, a massa desfila pelas ruas do triângulo, sonoras da alegria de missão cumprida. No seu gabinete da sucursal Rodrigo recebe o telefonema de uma das equipes, a informação é um uivo: "Chefe, estão queimando nosso veículo." Na Avenida Paulista, a vários quilômetros da Sé, a rua alargada pela pretensão da contemporaneidade e ladeada por espigões de arquitetura díspar sôfregos em substituir os casarões dos senhores do café, uma perua da Globo incendiada e a fumegar por horas torna-se exemplo da revolta popular contra quem se empenhou para impedir o êxito da manifestação há pouco encerrada. Episódio isolado e contundente. Rodrigo grita: "Filhos da puta, povo de merda."

Logo mais, Abukir denunciará em sua coluna a violência do "povão" insuflado pela esquerda, bem como as desavenças internas a minarem de saída a campanha, "à qual Tancredo adere com transparente má vontade". Onze da noite, Rodrigo e Abukir jantam bife à moda da Borgonha com batatas *soufflés* no Santo Colomba e a fêmea estupenda entra com passo cadenciado, a luz a acaricia e se faz cor-de-rosa. Está em companhia de um cavalheiro importante, Abukir não deixará de observar na lapela a roseta de uma comenda, perfume de colônia ilustre o envolve. A dama é Mary Lou madura sem risco de cair do galho, expande a luminosidade da pele e do olhar, toma a direção de Rodrigo, atira-lhe um sorriso enquanto ele se ergue com presteza: "Rodrigo, que bom encontrá-lo, você vem a calhar, como foi o comício das Diretas na Sé?"

Rodrigo exibe uma expressão melancólica, lamenta: "Não foi muito bem, mais gente do que esperávamos e além disso um grupo de facínoras incendiou uma das peruas da Globo."

"Vândalos", sentencia o cavalheiro, tez luzidia como os lambris, cabelos pretos empastados com vigor pelo fixador, um charuto mostra a ponta a emergir do bolsinho do paletó. "Conhecem Abukir, diretor da redação da sucursal?" Mary Lou concede-lhe a mão, "como vai?". Ele nunca saberá se o reconheceu ou se se achou apresentada pela primeira vez. A presença da balzaquiana distraída induz Abukir a melancolia resignada, já estava de tocaia e enfim alastra-se sobre o presente inteiro, nele cabe até como sombra opaca a situação conjugal, o casamento desce a ladeira embora tanto ele quanto Rebeca finjam a normalidade. Mais de uma vez foi tentado a ligar para o Pajé para cair nos braços de uma bela da tarde, ele não viu o filme de Buñuel mas costuma citá-lo entre seus preferidos. Mas será possível confiar no gosto do Pajé?

Domingo não abandonou o hábito do almoço na casa dos pais, há tempo vai sem Rebeca. Waldir aposentou-se e se queixa daquilo que define como "repouso forçado". Antes da entronização do frango à passarinho, Waldir comenta: "Li sua coluna sobre o comício da Sé, vizinhos aqui do prédio falam de uma praça lotada."

Abukir admite, sim, muita gente. Waldir abre os braços: "Que fazer, se a maioria quer as Diretas... não é isso que se chama democracia?"

"A maioria, a maioria – rosna Abukir –, o povo precisa ser educado."

"Vem cá, se tivéssemos diretas, quem ganha? Tancredo? É um moderado."

"Acho que ganha Ulysses, ou, pior, ganha Brizola, Tancredo não é bom candidato para as Diretas."

"Bem, aí o negócio é outro, em todo caso, alguns riscos temos de correr, se a voz é a da maioria..."

"E lá vem o senhor com a maioria... eu não sei por que seríamos obrigados a correr riscos, que nada, homessa, antes de corrê-los será preciso achar uma saída para o Brasil pensante."

"Meu filho, você virou um radical, era o que o Severino dizia a meu respeito, um radical... acho que está pior do que eu..."

Dali a dez anos Abukir seria o mais conceituado comentarista político da TV Globo e candidato à Academia Brasileira de Letras.

Entreato

Encontro Roberto Gusmão, agosto de 84, Roberto fidalgo mineiro que se entregou à política, cassado há vinte anos quando delegado do Trabalho em São Paulo, no momento é o senhor da Casa Civil do governador Montoro e segue na esteira de Tancredo Neves candidato à eleição indireta contra Paulo Maluf. Somos amigos há um bom tempo, mas nem todos os amigos dele são meus também, e não me refiro a Tancredo, que respeito como político atilado e cidadão correto, além de tudo, quando me encontra, repete: "Você está cada vez mais jovem."

Roberto engatilha uma proposta que não me desagrada, gostaria que eu ancorasse um programa de televisão destinado a suscitar o debate entre tancredistas e malufistas. Confia em mim, em um moderador que saiba moderar de sorte a colocar os malufistas em dificuldade. Só falta achar a tevê disposta a transmitir o programa, e não será a Globo. Entra em cena o filho do doutor Ulysses, Tito Henrique, casado com uma das filhas de Paulinho Machado de Carvalho, herdeiro do Marechal da Vitória e presidente da Record, cavalheiro afável e bom patrão. A escolha é fácil, e também a do único entrevistado, do programa número um, Ulysses Guimarães, o debate fica para o programa seguinte.

Diretor o velho amigo Fernando Faro, e ele quer assistência disposta em hemiciclo, a mesa elevada sobre um estrado e eu no centro, a jogar a sorte no tarô na apresentação enquanto Elis Regina canta "Vivendo e aprendendo", depois a ancorar, como se diz, entre dois tancredistas e dois malufistas, o programa chama-se *Jogo de Carta*. Conheço aquele baralho, evoca meus embates de *scopa* sempre perdidos ao enfrentar meu pai nas tardes de domingo, mas o que mais conta sobre a mesa do programa são os chamados arcanos banidos dos confrontos do passado, necessários à previsão do futuro, figuras e situações desenhadas por mão mediterrânea: a torre, a morte, o andarilho, e assim por diante, cada qual com seu significado. De todo modo, eu invento embora baseado nos fatos do momento, com a expressão de quem fez curso de feitiçaria. Antes que a gravação comece, arrumo as cartas da forma conveniente ao discurso, na hora certa as deponho sobre a mesa com expressão hierática e elas se prestam pacientes à trapaça.

Figurões passam pela mesa, José Sarney, José Serra, Almino Afonso, Orestes Quércia, Mario Covas, Michel Temer, João Sayad, Antonio Carlos Magalhães, Marco Maciel. Os próprios Maluf e Tancredo Neves, cada qual entrevistado em solo, Tancredo fui entrevistar em Brasília e ele logo disse: "Você está cada vez mais jovem." Lula comparece, muito assíduos Almir Pazzianotto e Luiz Gonzaga Belluzzo.

O jogo, sustentado inicialmente por baixo do pano pelo governo estadual, ganha publicidade própria e quando a eleição indireta enfim acontece, e a tarefa a que fui chamado se encerra, Paulinho propõe continuar. Por que não? Aceito. Vivemos dias estranhos para quem desconhece as ciladas que os fados costumam armar no país, os sorrateiros, delirantes entrechos desenrolados a partir da seguinte informação, de fato atrabiliária. Tancredo morre antes de tomar posse e a nação o santifica em perfeita coerência com o enredo. Não há quem recomende novas eleições, o temor de que uma demanda tão ousada atice a ira fardada, tal é o argumento, ou a desculpa, e o vice Sarney assume.

De uma janela bem situada vejo passar o enterro de Tancredo, multidão tão numerosa e compacta quanto a das Diretas Já segue o ataúde de quem não as queria. Capítulo edificante do romance do absurdo escrito no limbo nativo, nele Tancredo ganha espaço privilegiado na hagiografia dos heróis, taumaturgo do milagre de galgar a glória dos altares em uma situação que, no mínimo, lhe arrancaria um sorriso. Creio que Tancredo conhecesse a si mesmo em boa parte, aquela relativa à sua lida com a conveniência imediata sem perder de vista as implicações semeadas no futuro, a conveniência do poder a ser defendido ou conquistado. Conservador ardiloso e portanto opaco, parecerá conforme o que dele pretenda quem o analisa, de todo modo capaz de definições empolgantes, como a de Fernando Henrique Cardoso, "o maior goela da política brasileira", ou de resguardos refinados, como se deu a respeito de José Serra, por ele percebido desde logo em todos os seus meandros de sorte a mantê-lo fora do governo, enfim herdado por José Sarney.

Volta-me à memória a foto comemorativa da entronização da Aliança Democrática, aquela que em agosto de 1984 selou a enésima conciliação verde-amarela, das elites contingentes e seus representantes, de um lado Ulysses e Tancredo, do outro Sarney e Marco Maciel. O clima da imagem é *caravaggesco*, ressalta a expressão grave de Ulysses, como de premonição, encantada, quase triunfal, a de Sarney, líder da rejeição da emenda das diretas no Congresso, e ainda aprumado no segundo ato e mais ainda no terceiro, instalado no trono, intérprete do engodo final.

Com o tempo, o rosto de Sarney assumiu-se como máscara da *Comedia dell'Arte*, misto de Capitan Spaventa, Dottor Balanzone e Brighella, o bom companheiro de Arlequim, mas dele me lembro ainda jovem, almoçamos na casa de Odylo Costa, filho, reverenciado jornalista nortista tido como intérprete insuperável do chamado bom senso, morava em Santa Teresa, no Rio. Quando, pouco além dos vinte anos, a cabeleira negra de Sarney deu para embranquecer a galope, ele passou a usar uma fórmula caseira de tintura, autoria atribuída à mãe e logo reivindicada por um amigo, consta que dela participa sumo de um certo cacto. Sarney já a aplicava fazia algum tempo, e à época sem provocar a constrangedora discrepância entre pele e cabelo, comum em vaidosos entrados em anos, éramos moços a ponto de resistir ao ataque de um obscuro ensopado, turva lagoa em prato fundo, de receita incerta arrepiada por humores de sortilégio, ele regalou-se aos suspiros de prazer e pediu mais, eu portei-me com bravura, recordei colheradas de óleo de rícino ministradas por minha mãe e deixei pela metade, talheres adernados no pântano. Sentávamos a uma longa mesa coberta por infinda toalha rendada por bilros praianos, e no momento de ocupar o lugar determinado pela dona de casa, bela matrona hierática, uma procissão de velhas encurvadas, envoltas em xales pretos, associou-se à função em silêncio compungido, mantido até uma composta retirada depois da sobremesa, à base de jaca. A sala abria sobre o quintal uma ampla porta envidraçada, e além dela vi passar enormes pássaros, talvez urubus gigantes, em voo rasante evocavam os Stukas da Segunda Guerra Mundial, em vez de bombas lançadas sobre o chão cimentado, a suscitar o som de fruta madura que se espatifa ao cair do galho, as suas necessidades.

Passaram-se dezesseis anos desde o almoço na casa de Odylo Costa, que pretendia ser filho depois de uma vírgula. Dirijo a revista *Senhor*, agora como empregado de Domingo Alzugaray, rasgou generosamente a pilha de letras que assinei por causa da aventura do *Jornal da República* ao comprar dele a *IstoÉ*, diz, porém, com franqueza: "Você não tem condições de se meter no negócio, meu sócio nunca mais, cuide do que sabe fazer." Certo ele, certíssimo. A *Senhor* critica, inspirada pelo fraterno amigo Belluzzo, muito mais que simples colunista, a política econômica entregue ao sobrinho de Tancredo, Francisco Dornelles. Belluzzo figura com João Manuel Cardoso de Mello entre os mais próximos assessores do doutor Ulysses, desaprovam Dornelles e promovem a candidatura de Dilson Funaro para substituí-lo. A Funaro, que, embora empresário, Alzugaray jamais aceitaria como sócio, certo da sua veia escassa para o mister, fui apresentado por Belluzzo tempos antes, quando o entrevistei para *Senhor*, à época quinzenal. Parece-me cidadão de boa-fé, de gênero cantado pelos anjos na noite de Natal, não consegui de imediato estabelecer se na superfície ou na profundidade. Mais tarde entenderia melhor. Logo Funaro ficou gravemente enfermo, antes ainda das indiretas, e me vejo a um jantar promovido por outro amigo, Armando Coelho Borges, advogado e cronista, do qual participam Lula e um Funaro pálido e de peruca, severamente golpeado pela quimioterapia, e movido pela vontade de conhecer o ex-metalúrgico fundador e líder do PT. A partir de meados de 85 *Senhor* toma o partido de Funaro para a Fazenda.

Não sei definir o quanto influenciamos Sarney ao demitir Dornelles e assumir Funaro, me pego, no entanto, a jantar no Alvorada juntamente com Belluzzo, hóspede do presidente da República, o sorvete de pitomba servido ao cabo pela filha Roseana soa como toque amável de reconhecimento. Belluzzo sugere uma rápida passagem pelo Ministério da Fazenda, onde o aguardam, além do ministro recém-empossado, João Manuel e Roberto Miller, porta-voz do ministério e colega nos tempos de *Veja*. Apertos de mão são sempre muito indicativos, denunciam humores secretos e insopitáveis. No caso de Funaro e Miller são quase idênticos, torcidos e firmes no propósito de manter afastado o titular da mão apertada. Não perco, contudo, a oportunidade de pedir uma entrevista, espero pela primeira do recém-nomeado, fomos os únicos a aplaudir a escolha de Sarney depois de sugeri-la meses a fio. Volto a solicitá-la dias depois, de São Paulo. Passa-se uma semana, abro a *Veja* nas célebres páginas amarelas destinadas à entrevista semanal, Funaro lá está. E, como se eu visse Miller a ponderar a conveniência de dar a primazia a uma publicação de grande tiragem embora sempre inclinada à crítica negativa, o porta-voz a defender as razões de Estado. Intuo-lhe as longas mãos esvoaçantes, notei-lhes os voos desde o nosso primeiro encontro, tempos de gestação de *Veja* onde ele trabalharia, asas agitadas em excesso a trair inquietação, anos após as imaginei empinadas por uma ambição forte e descumprida. Dele não espero coisa alguma, dói-me a falta de reação dos amigos que compõem o *staff* de Funaro.

Coisas da natureza humana, e tanto mais brasileira, permissiva ao extremo, submersa e sussurrada. Os homens do poder preferem *Globo* e *Veja*, os da publicidade também, eu aprendi e não mais me surpreendo. Dói também constatar que a chamada redemocratização é a impecável continuação da ditadura. Pôr a casa em ordem significou interromper brutalmente um processo voltado a abrandar a desigualdade para deixar as coisas como estavam, os oligarcas a postos em santa paz, os corruptos à vontade em santa impunidade. A Justiça sob controle a poupar poderosos, o assalto ao cofre como objetivo da carreira política. A mídia, por tradição instrumento do poder, passa a confundir-se com o próprio e a engodar a minoria privilegiada e beócia enquanto o povo estaciona na inconsciência da cidadania, miserável e inerte.

A decepção não interrompe as amizades. Quando Funaro cai, esvaído em seus próprios erros, entre eles o de ter-se prestado ao Cruzado 2, grotesca repetição do erro de saída bem-sucedido na aparência de sorte a permitir a estrondosa vitória peemedebista nas eleições de 1986, encontro Belluzzo à beira da maminha malpassada. É sexta-feira, sei que Funaro e sua equipe se vão, mas o anúncio oficial se dará somente na segunda. "Ô Belluzzo, monto o cenário do *Jogo de*

321

Carta para domingo, chamo o Nassif para entrevistá-lo comigo, o programa vai ao ar na segunda às onze horas da noite quando a saída de vocês será de domínio público."

O amigo topa e dali mesmo, em meio ao odor acre da carne grelhada, organizo a insólita sessão domingueira. Belluzzo é discreto e comedido por natureza, na entrevista não se abandona a revelações retumbantes, limita-se a dizer, pacato, que houve interferências em Palácio e no ministério, comandadas por Roseana Sarney e seu infatigável marido, Jorge Murad. O programa vai ao ar às onze da noite de segunda e na terça de manhã, ao chegar à redação de *Senhor*, a secretária Zezé, concitada, comunica: "O doutor Ulysses já ligou duas vezes." Ligo de volta, o doutor está agitadíssimo: "Que fizeram ontem você e o Belluzzo? Aqui está um inferno, o Sarney sobe pelas paredes."

Peço à Record um videocassete do programa e o remeto para Brasília, creio que Belluzzo e eu ganhamos citação no índex da redemocratização. A Record conseguiu um espaço em Brasília há pouco tempo e a entrevista compromete a conquista recente, o ministro das Comunicações, Antonio Carlos Magalhães, o donatário chamado a um sabático crucial no governo, tão amigo da família Marinho quanto o foi Armando Falcão, começa a pressionar Paulinho Machado de Carvalho. Melhor livrar-se do *Jogo de Carta*, recomenda, só dará problemas. De fato o programa há tempo não contemporiza em relação ao desempenho de Sarney e do seu PMDB, ao qual se agregou boa parte da Arena agora chamado PDS. Ulysses é o vinhateiro que tenta em vão tapar os buracos escavados no tonel pelos cupins da história, ao cabo faltam-lhe dedos. Paulinho não faz segredo das ameaças de Antonio Carlos, mas, a esta altura, convidei Leonel Brizola para o próximo programa.

É uma segunda de abril de 1987, chego à Record e sou engolido por um clima de extrema tensão. Os diretores da emissora circulam em solene gravidade sob o cajado de Helio Ansaldo, presença insólita, donde suspeita, e os cantos do estúdio apinham-se de murmúrios iguais ao resmungar de trovões no horizonte do verão. Grava-se em torno das nove horas da noite, por uma hora e meia. Logo a rotina do horário é traída. Ansaldo e companhia deslizam para a ponte de comando, a sala estroboscópica dos botões, e Faro avisa entre dentes: "Estão lá para fazer a censura." Cuido de inserir o arcano da morte entre as cartas da noite.

Brizola não prega a revolução sangrenta, nada diz que mereça censura. Às onze horas, no entanto, em lugar da sua entrevista a Record exibe um filme aparentado com *Vinte Mil Léguas Submarinas*, nele navega por três horas uma espécie de *Nautilus* para provocar a confusão dos cardumes e a revolta dos polvos gigantes. E agora é a manhã de terça, sento-me diante de Paulinho, digo: "Entendo os seus problemas, *Jogo de Carta* só atrapalha e felizmente não dependo dele para sobreviver, melhor, portanto, que eu me vá com meu tarô, sem ressentimentos, somos amigos e assim ficaremos." Ele agradece e eu me vou.

Passaram-se seis anos desde quando vivi situação semelhante na Bandeirantes, onde me cabia um quadro no programa *90 Minutos*, dos quais ocupava mais ou menos oito. Direção e imagem para variar de Fernando Faro, apresentação do ator Paulo César Pereio, roteiro de Hamilton de Almeida, o Hamiltinho, genial companheiro na *Edição de Esportes*, *Jornal da Tarde* e *Veja*, partiu-se tão cedo desta vida, cabia-me entrevistar gente do primeiro time da política e da economia e ao ouvir alguma bobagem extraía do bolso um cartão amarelo com o gesto peremptório do juiz de futebol. Final de 1981, cartão vermelho dei somente para Miguel Arraes, acabava de regressar do exílio e dizia muitas bobagens naquele seu tom quase murmurado. A entrevista, apesar do cartão vermelho, causou a irritação de alguém capaz de incomodar o filho do dono, Johnny Saad, alguém fardado é provável. Na semana seguinte convidei o doutor Ulysses, vejo-o com seu sorriso de boca fechada e mesmo assim luminoso, os olhos claros de longo brilho. Não podia vir à noite, gravamos a entrevista no meio da tarde, oito minutos exatos, foi embora, desengonçado, como sempre tragado pelo paletó largo demais para a figura enxuta. Chega o Faro, trôpego: "A entrevista não pode ir ao ar, foi proibida."

"Quem proibiu?", perguntei ao assumir a garupa do cavalo de Orlando. A direção. "Não senhor – invectivo –, vai ao ar, sim, caso contrário saio por aí a contar esta história, amanhã está nos jornais." Ulysses surgiu em cena sem cortes e eu nunca mais dei as caras na Bandeirantes.

Depoimentos

Abukir, um premiado

Subi na vida, subi demais, sempre pelos meus méritos, não roubei o sucesso de ninguém... a não ser, talvez, umas bolas no tênis naqueles anos em que joguei, pois é, como tenista não fui campeão, embora não me faltasse a garra, esta é uma característica do meu temperamento, aliás, uma qualidade, mas funcionou sobretudo fora das quadras, o jornalismo foi e é a quadra certa, estou no topo da carreira, faz três meses publiquei um livro pela melhor editora do País... reuni colunas escritas nos últimos quatro anos, aquelas mais buriladas, mais precisas na análise e na previsão, um livro gordo de quinhentas páginas, intitulado *Na Mira* ...sucesso total, já tem gente que pretende me inscrever à primeira vaga aberta na Academia Brasileira de Letras, o doutor Roberto, este é imortal duas vezes, me disse no outro dia "ainda vamos ser colegas". Como cheguei tão longe? Trabalho e mais trabalho, aplicação, determinação... por que não dizer, o talento... quem sabe tenha algum... há quem diga que tenho muito desde o começo, mas nunca deixei de ser humilde, a humildade está em saber corrigir os erros, primeiro perceber onde e como você errou, depois corrigir, foi assim que apurei minha visão da vida... estudante, foi influenciado por um amigo... melhor, um colega, nunca fui amigo dele no sentido exato, profundo... era de esquerda, gostava de se embandeirar e naquele tempo era legal trombetear um certo radicalismo... confesso, me deixei contagiar, dava dividendos junto a algumas meninas... ele não ficou nisso, deixou-se carregar, por força de inércia, acho, por um senso agudo de irresponsabilidade em relação a si mesmo, e acabou na luta armada... morreu fuzilado na encosta de um morro... coitado, vítima de uma paixão malposta... se não fosse obsessão, mania de protagonismo... narcisismo... depois, por algum tempo, felizmente curto, havia nas redações uma versão a meu respeito, de que eu era cor-de-rosa, fantasiosa, está claro, na verdade poucos acreditavam, ocorre que era amigo de outro colega, mas este era do Partidão e todos sabiam, ainda que fosse muito discreto e evitasse falar de política, o Gula, agora vive no Rio e não falo com ele há bastante tempo, tornou-se amigo porque me incentivava muito, enxergava em mim o jornalista que eu viria a ser, príncipe dos colunistas e comentarista da televisão, uma das mais importantes do mundo, a Globo, aqui entre nós, a melhor, ali todos gostam de mim, todos mesmo, a começar pela família Marinho, é, como direi... uma simbiose perfeita, o encontro entre ideias coincidentes, por isso na Globo eu me sinto em casa. A televisão? É um salto, a exposição no vídeo faz de você uma estrela, com todas as consequências, pensem o que quiserem... mas não é nada mau ser reconhecido pelas calçadas, nos restaurantes, nos bares, eu não sou como estes atores de cinema enfastiados pelos pedidos de autógrafos, gosto de ser paparicado... especialmente por mulheres... Mulheres? Meu primeiro casamento foi um desastre, o segundo partiu bem e terminou mal, mesmo assim não foi desfeito, não precisava, vivemos um longe do outro... no mais me agrada ser procurado por esta ou aquela, é isso mesmo, se não sabem, aprendam, as mulheres andam cada vez mais atrevidas e se enamoram pelo sucesso, não é que eu me aproveite muito disso... pessoas chegadas a mim acreditam que eu tenha amantes em todo canto, casos e aventuras, deixo que pensem, até os animo com olhares fugidios e demonstrações mais ou menos teatrais da intenção de desconversar, como quando me achavam inclinado à esquerda... mas não é bem assim, é só de vez em quando que dou minhas bicadas, sou bem franco, aqui não há razões para mentir. O terno de alfaiate do doutor Júlio Neto? Ainda uso de vez em quando, resiste, é de casimira inglesa, mas agora meu alfaiate é o mesmo de Roberto Irineu... gravatas Hermès, de preferência amarelas, caem bem com tudo, charutos Davidoff, gosto mais do que os Romeu e Julieta, conhaque Napoleon, e mando esquentar o copo pançudo... champanhe Cristal e Dom Pérignon, vinho francês de Bordeaux, eu sei me tratar...

Rebeca, a realizada

Meu casamento é um fracasso, mas a vida me sorri. É, como direi, o conjunto da obra que me satisfaz, às vezes me empolga. Sou repórter consagrada e colunista conceituadíssima, há quem me compare com o Oráculo de Delfos, não se espantem, é isso mesmo, significa que sei me antecipar aos fatos da política e da economia... por isso me atribuem dons proféticos, claro que não há nada de transcendente nesta história toda, é fácil dizer que, sei lá, o Lula nunca será presidente, é questão apenas de raciocínio e bastante atenção, nada além disso, mas sou mulher, e cabeça de mulher é fogo, os machos dizem da nossa formidável intuição porque a cabeça deles é bem mais limitada, intuição que nada, somos é mais inteligentes, tão simples assim a coisa... mais ladinas, mais rápidas no gatilho, o Abukir não sabe que sou bem melhor do que ele, de todos os pontos de vista, aliás, melhor mesmo porque não faço alarde da superioridade, cuido de não proclamá-la, o que não passa de mais uma prova de inteligência. O Abu? Bah, o casamento desandou, e não podia ser de outra forma, somos diferentes... entendam bem, não tenho queixas, tampouco ressentimentos, tenho por ele o afeto merecido... sei lá, por um cachorro simpático, vivemos ainda juntos por comodidade, mas nem poderia dizer que o nosso é um casamento aberto, cada um leva a vida que quer e cama jamais. Nesta área continuo ativa, não sei dele, talvez tenha seus galhos... não ligo a mínima, fique claro, a mí-ni-ma... deitei inclusive com o Ramiro, não foi de todo mau... O Ramiro diz que me tornei reacionária ao extremo, eu revido "e você, então?". Há outra maneira de ser? Se não tiverem lido até hoje, leiam minha coluna, chama-se Binóculos, o nome é muito apropriado, é ilustrada por uma foto minha, mudei faz um mês por causa do novo penteado... aliás, é um sucesso. Um dos meus alvos preferidos é o tal Luiz Inácio, o Lula, e também seu partido... dos trabalhadores... o homem é muito ignorante, carrega ideias obsoletas e mesmo assim é atrevido, arrogante... falta-lhe ginga, já disse, vai soçobrar a curto prazo. Já fui para a cama com um deputado e um senador, ambos do PDS, não revelo os nomes, obviamente, agora um senador do PMDB gira à minha volta, pretende dar o bote, ele é importante. E eu? Estou preparada.

Waldir, o melancólico

Gostaria de dizer que sou feliz, mas não sou, o meu tempo definha e eu me sinto como se estivesse a me dissolver aos poucos na solução de achaques e ressentimentos, e de medo, muito medo da morte, não acho outra palavra, medo, às vezes é pânico, acordo no meio da noite e me pego a gritar meu terror na escuridão, e nem preciso sair de um pesadelo, acordo Jussara mas não aplaco meu tormento. Ela vai à missa aos domingos, eu não, entro na igreja ao cair da noite e rezo do meu jeito, ali me sinto melhor, ainda vou parar no confessionário para me declarar culpado... Severino me faz falta, mais do que pudesse supor mesmo no dia do funeral, as conversas com ele me davam ânimo até quando o assunto era a política, era como se, daquele jeito, o tema tivesse graça, hoje a política não me interessa, todos iguais, os políticos, de centro, de direita, de esquerda tanto faz. Sim, leio o *Estadão*, sou assinante de *Veja* e não perco o *Jornal Nacional* para saber como anda o mundo, recuso-me, em todo caso, a tomar posição a respeito disto ou daquilo, não é por causa de um propósito consciente, não, não, meu desinteresse pelos fatos da política é absolutamente natural. O Abukir quando me visita faz discursos sobre a situação, mas nem ele me desperta. Os almoços de domingo? Faz tempo que não acontecem, Abukir toda hora vai ao Rio, para falar a verdade, aqui entre nós, desconfio que arranjou uma amante carioca, claro que também vai a trabalho, mas que tem gato na tuba eu juraria de pés juntos... Abukir ficou importante, um... ia dizer napoleãozinho imaginem só... bem, ele conhece todos os figurões da república, muitos deles o procuram a toda hora, são fontes, diz ele, e também pedintes. É dando que se recebe, não é mesmo?

Jurema, a dama

Sinto dizer isso, mas Jandira está muito chata, resmungona, repetitiva, ela me visita pelo menos uma vez por semana, tive de pedir "antes de vir, telefona", assim, se naquele dia não estou de veneta, invento uma desculpa. No fundo, ela me dá pena, Waldir vive macambúzio, fechado em si mesmo, entregue a longos silêncios, aliás, faz tempo que não encontro com ele, diga-se que o Mundo não simpatiza com Waldir, que posso fazer... a diferença de *status* é grande, Mundo é de outra classe, em todos os sentidos... Jandira vem aqui e fica elogiando a casa, modéstia à parte está um brinco... minhas roupas, minhas joias... Ah, sim, no outro dia apareci com Mundo no carnê da *Vogue*, conhecem? Tiraram a foto na festa de Zuzu Penteado, compareceu o *grand monde*, quer dizer, a nata da sociedade, a gente já se acostumou com as referências nas colunas dos diários, prefiro entre todas a de Tavares de Miranda, a mais prestigiosa, classuda...

Pajé, o safo

Vi numa revista a foto do príncipe de Gales, Eduardo, acho, moço feioso, mas o terno dele, pelo amor de Deus... o tecido é desses riscadinhos, azul bem escuro, paletó... almofadinha... não, não, minto, é jaquetão, preciso fazer um terno igual lá no alfaiate do doutor Aurélio, amigo meu, aliás, freguês... o negócio? Ah, o negócio, digamos assim, principal, vai de vento no rabo, digo, na cauda, já produzimos materializações em quatro lugares diferentes, apartamentos muito bem decorados, cada um com administradora e recepcionista, esta, como se diz... é polivalente... agora sou dono também de um motel, elegantérrimo, na saída da Ponte Grande, as coisas não poderiam ir melhor... o negócio da comercialização da produção de Nepomuceno? É menor está claro, mais vai... vai pra frente, Nepomuceno, eu gosto de ir de vez em quando, aquela gente é legal, muito legal, duas meninas de lá quiseram entrar no negócio maior, entendeu? Muito bem-apanhadas no chassi, muito mesmo, tipo tanajura, não sei se me explico, eu não forcei, que fique claro, quiseram por conta própria, não sou de forçar ninguém... sou um democrata, em paz com a minha consciência. Problema? Quem não tem... Três megeras que me perseguem, cada uma botou no mundo um filho e diz que é meu, não é coisa de hoje, não, antiga, e eu sempre fechei os olhos, quer dizer, não discuti, no começo dava um dinheirinho para cada uma, de uns tempos para cá dou bastante mais, e tudo bem, não me queixo, não sou de me lamuriar. Nunca? Nunca. Nem mesmo quando aquele bando de corja da droga, pois é, não gosto de falar disto... eles sempre aparecem, pressionam, ameaçam, sabe como é... eu cedo com a esperteza que Deus me deu, sou um tipo safo, vocês já perceberam, cedo sem exageros porque não me deixo pegar pelo medo, no fundo aprendi a lidar com eles e manero... O ramo de arruda? Às vezes ainda ponho ali, atrás da orelha, outras vezes não dá, amanhã, por exemplo, vou jantar no Santo Colomba com o doutor Aurélio.

Severino, o solitário

Não sei onde estou, é uma plaga ressequida, lembra o sertão dos meus pais mas pelo caminho não tropeço em carcaças de reses devoradas pelos abutres, tampouco há sol, o olho incandescente de Deus... a bem da verdade, não me sinto perdido, estou onde posso e devo estar, em perfeito sossego. Desfilam, igual a miragem no deserto, alguns apontamentos da vida, e nem parece mais que foram da minha vida, é como se a memória fosse o caderno de ontem, e experimento uma sensação curiosa, singular, de tranquilidade infinda, embora desfile uma experiência sem aventura e de desilusões. Grandes? A dificuldade está em lhe definir o alcance. Trata-se de algo muito... particular, no sentido de que a decepção é própria de um enredo sabido antes mesmo de se desenrolar, a apontar para ilusões malpostas, inconsequentes, tolas até. Que peso poderia ter de resto a ideia de um linotipista, por melhor que ela fosse? Não me arrependo, entendam, pelo contrário, ainda bem que soube tê-la, a ideia, e pouco me fere sua inutilidade, de todo modo inevitável, a decepção veio da impossibilidade, isto sim, de comunicação com muitos entre os amigos e companheiros, e do próprio Brasil, observem o meu topete... às vezes me sinto como aquele camarada de uma peça de teatro, Bottom, ao acordar do sonho dizia "quem pensava ser, que pensava fazer?". Agora, felizmente, nada disso importa.

Goulart, o resistente

Às vezes parece-me viver em uma névoa invernal, talvez seja o começo da verdadeira velhice, digo, a esclerose, mas essa hora na cerração é a melhor dos meus dias, por ali passam umas meninas muito bem-apanhadas da juventude, imaginem, usavam ligas e ao sentar cuidavam para que a barra da saia chegasse até os joelhos... não é que isso me desagradasse, sobretudo as ligas, quando finalmente apareciam, melhor, quando davam o ar da sua graça, era delírio, gente, quanta graça têm as ligas... mas o que estava dizendo? Me perdi... sim, minha família é de militares, com eles aprendi a montar, sou bom de sela, e mesmo em pelo, faz muito tempo, era todo um bando de reaças, aquela prepotência típica do reaça dotado somente de certezas me empurrou para o lado oposto... foi natural, entendam bem, não me venham com esta, do conflito de gerações, não falo apenas do meu pai e dos tios, mas também dos meus irmãos... é estranho, apesar desta divergência... sim, divergência, e grave, profunda, gostava e gosto deles... ah, sim, fiz muita análise, quer dizer, terapia da alma, assim como li Marx e todos os teóricos do marxismo... foi na análise, aliás, que percebi quanto gostava do pessoal, amava, posso dizer, e amo, vivos e mortos, sei que gente igual a eles contribuiu para o atraso do Brasil, contribuiu bastante, e de caso pensado, e mesmo assim... isto não quer dizer que arredo pé da minha fé, um dia as coisas vão mudar, confiem em mim.

Rodrigo, o realizado

No momento meu maior interesse é pelo vinho, fiz uma reforma lá no meu duplex, arrumei um lugar perfeito para montar uma cave refrigerada a 15 graus, bem, não é que falte espaço, são mil e duzentos metros de construção, a Zelinda queixava-se do outro apartamento, só tinha oitocentos metros e seis vagas de garagem, então eu disse "está bem". Zelinda sabe ser insistente, comprei outro... Em Londres fui a um leilão de vinhos, muito bacana, arrematei cinco caixas de Petrus, perdão, de Château Petrus, é o campeão, se não me engano a uva é *merlot* com um corte de *cabernet*... ou vice-versa... ou é outra coisa, mas não tem importância, os vinhos de Bordeaux são imbatíveis, e têm de ser tomados em copos adequados, quem produz é um austríaco, agora esqueci o nome... copos de cristal, dá para tocar neles um sambinha, com a ajuda do decânter, que funciona como bumbo... Zelinda e eu viajamos muito, aprendemos bastante lá fora, ela se esbalda pelas lojas caras, eu não deixo por menos... somos espertos, Zelinda e eu, nestas ruas de compras, Rodeo Drive ou Fabourg Saint-Honoré, Miami ou Nova York, a gente organizou um *shopping* à nossa moda, naquela calçada há quem vende casacos, nesta meias, naquela outra malas e bolsas, nesta mais sapatos, e por aí afora, uma beleza... diga-se que aquele pessoal é muito atrasado, por lá não há *free shop* na chegada dos voos, isso só no Brasil, ainda bem, não vou comprar quando chego lá fora, só quando volto, graças a Deus, posso comprar uísque, vinho, encho o carrinho... na Inglaterra aluguei um Bentley, que carro, meu Deus, embora, sou sincero, a todos os carros eu prefiro meu Pajero, sem desmerecer o Mercedes que é, como direi... mais representativo... Zelinda gosta de dirigir o Porsche, tem mania de velocidade, eu fico preocupado, digo "esse carro anda demais, pelo amor de Deus, sai de BMW", mas é igual a falar com a parede, em todo caso, Londres, Paris, Miami, etcétera, eu gosto mesmo de São Paulo... cidade complicada? Que nada, um dia desses compro um helicóptero, e pronto, um belo barco já tenho na praia, cavalos na fazenda... ah, sim, quadra de tênis, às vezes convido o Abukir e sai cada jogão...

Paulo, o cidadão

Encheram a boca com aquela palavra, redemocratização, a anunciavam antes e hoje há quem acredite vivê-la, quer dizer, a minoria acredita, a maioria não sabe coisa alguma... Povo preguiçoso? Resignado? Inerte? Acho estes adjetivos todos inadequados, o povo brasileiro vive em estado de ignorância total sem dar-se conta de sua deplorável situação, alheado do mundo... como direi, imerso em uma tosca realidade, imediata e turva, além do bem e do mal... como haveria de ter a consciência da cidadania? Cabe perguntar se algum dia a terá, já que quem manda cuida eficazmente de manter as coisas como estão. O governo Sarney é uma lástima, sobrou o poder ao oligarca do Maranhão por obra do destino, não sei se irônico ou simplesmente maldoso, sacramentou um plano econômico que vai levar ao desastre e insiste nele diante de um certo êxito momentâneo para garantir a vitória ao seu partido, o PMDB, o qual é igual a todos aqueles que o precederam, aliás, é o mesmo partido do poder pelo poder... Voto PT, está claro, sei porém que muito tempo tem de passar antes de uma vitória eleitoral petista, e, eis uma questão vital: como se portará quando chegar lá? Eu gostaria de passar pela vida em prazeroso estado de alienação, tomando-a como ela vem, ganhando meu dinheirinho nem tão suado, dando à família mais do que dou, mas que fazer... o problema da política não me sai da cabeça, em primeiro lugar porque me inquieta a desigualdade monstruosa... o tempo inteiro.

Epílogo

O tempo é uma invenção do homem, diz meu pai, ele tem olhos claros, dos filhos mais parecido o Luigi que se tornou Luis, dito Giotto, tirante a cor dos olhos. Eu vou além, creio que o tempo não exista, tudo ocorre em concomitância sem nos darmos conta, só percebemos o átimo presente, imensurável, e já se tornou memória, e a isto chama-se vida. Átimo eterno porque despido de qualquer dimensão, é simplesmente tudo em oposição ao nada, irrepetível e intocável, definitivo. Assim como esta crença minha, e crença é a palavra certa, vive comigo como questão de fé.

Madrugada de vigília, o dia ainda não traça linhas luminescentes entre as frestas da veneziana, não sei se estou na cama derradeira ou naquela de San Remo de ferro esmaltado, deitado aos pés da tia-bisavó cor de terra emoldurada em ouro, sei, apenas, se assim for, que o mar me espera em bonança. Visita-me Cláudio Abramo e sua presença súbita me soa natural. "Livros de memórias, ora, que maçada", sentencia. Concordo, em linhas gerais, talvez haja uma ou outra exceção.

"Eu nunca escreveria", insiste. Eu também não, *in primis* porque esta é tarefa para outros, ou preocupação, não me acho à altura de um livro de memórias na acepção, embora mergulhe amiúde dentro delas.

"Imagine, um livro de memórias – diz Cláudio, como se conversasse consigo mesmo –, eu não escreveria um único livro, aliás não escrevi, houve foi a traição de familiares e amigos, juntaram textos meus e publicaram *A Regra do Jogo*, que punhalada nas costas." Aponta o dedo na minha direção, escurece o semblante: "E você, além do mais, escreveu o prefácio... que vergonha, só faltava isso."

Ambos rimos, e ele se vai depois de observar "esta velha do retrato põe medo, eu não dormiria aqui nem a tapa embora goste de camas de ferro". Eu, meninote assustadiço, aqui dormi pela primeira vez literalmente a tapa, disso minha mãe se incumbia, com algum deleite, receio. Meu velho amigo visita-me com frequência, sempre com a fisionomia da meia-idade, ninguém como ele sabe arvorar um sorriso levemente sardônico, digo e repito, levemente, mas eficaz, há quem se assuste como eu diante da imagem da tia-bisavó.

Acordo, agora sim, naquela que suponho ser a cama derradeira, dormia nela com Angélica debaixo de uma pequena tela setecentesca herdada da tia Bruna, irmã da minha mãe, um vaso de flores de inspiração flamenga. Angélica se foi antes do tempo e a cama ficou tristemente espaçosa. À direita escorre uma estante de livros, eram dela, muitos são policiais, de Chesterton a Simenon, mas há também *O Conhecimento da Dor*, de Gadda, em cuja companhia inseri o diário de Raymundo Faoro escrito à mão desde a adolescência até a universidade, cópia dada de presente pelo filho André, o mais parecido com o pai. Ali também repousa um presente da amiga Carmita, a coletânea de ilustrações de William Blake para a *Divina Comédia*.

Faoro é outro que aparece, noite alta, quase sempre vem do tempo da presidência da OAB com um cigarro pendurado no canto da boca, a seu modo é um fatalista na qualidade de faiscador de causas e efeitos. As minhas decepções ele as toma com bonomia, quase paciência, nada a mover meu desalento o colhe de surpresa, ele, para mim, é o Profeta, sabe de antemão. Nesta alta noite quero surpreendê-lo, digo: "E se as bombas do Riocentro tivessem explodido no lugar previsto pelos estrategistas do I Exército e metade da assistência do *show* de primeiro de maio tivesse morrido pisoteada pela outra metade no monstruoso atropelo do pânico?" Vejo a cena com os olhos de William Blake.

"Aí a ditadura verde-amarela ganharia muitos pontos na classificação das mais ferozes", constata impassível.

"Quer dizer, ficaria do nível da argentina e da chilena, proporcionalmente até da uruguaia... o mundo, mais uma vez, se curvaria..."

"Pois é, teria sido um avanço notável..."

"Sabe que há jornalistas, e jornais, dispostos a chamar ditabranda a ditadura, como se tivesse sido quase cordata, doce quem sabe."

"Sei, sei, é porque só matou trezentos..."

"Você repara que a mídia, a mesma que invocou o golpe de 64, e chamou o que se seguiu de revolução, de uns anos para cá condescendeu em mudar a palavra para ditadura, sempre acompanhada pelo qualificativo militar?"

"Reparo, é aquele esforço de mascarar a verdade, se quiserem adjetivar digam ditadura dos donos do poder, da classe dominante, do estamento, deu-se apenas que os milicos se prestassem ao jogo sujo, foi assim..."

É neste instante que à minha frente surge o velho batráquio a alastrar carnes flácidas entre os braços da poltrona no alpendre de sua vivenda senhorial imersa no verdor. Está muito distante da imagem de incontáveis anos antes, eu, ainda de calças curtas, a colhi em uma revista chamada *Elite*, precursora das *Olas* e *Gentes* do futuro, trazia na capa a *Primavera* de Botticelli ousadamente revisitada, e em várias páginas internas, de *smoking*, Gastão Vidigal moço. Ficou para mim a personagem-símbolo da elite no sentido eficaz do termo, penetravam o espaço brilhoso do papel cuchê a ferocidade e a hipocrisia do inconfundível dono da Casa-Grande, subdoloso na malignidade, implacável no desprezo pela ralé, na irredutível sanha de mando, tanto melhor se obtido no conchavo entre os pares, pelo ardil, na emboscada, pela ação punitiva entregue ao jagunço.

Convidou-me para uma laranjada no alpendre, a camisa desabotoada na altura do equador mostra as pregas de um corpo em ruínas, impossível reencontrar traços da juventude, acabou por assumir o semblante que merece. Não está claro por que me chamou, está por que aceitei o convite, move-me a curiosidade de conhecer o espécime, tão representativo. Assunta-me de forma peripatética, como os enviados do cacique fizeram com Lula prisioneiro do Dops, inquisitivo sem dar na vista, como se suas perguntas surgissem do acaso, com *nonchalance* talvez propusesse. Eu respondo com franqueza, sem subtexto, em vez de arrogância muita ironia, o máximo possível para que a perceba. Mas será capaz de percebê-la? Não sei. A ditadura mal arrumou as malas e ele não esconde seus receios diante da retirada, temores seria demais, de fato homens como Gastão Vidigal jamais correm perigo.

Robespierre o remeteria à guilhotina, mas o terror no Brasil não será o da revolução, só pode ser do Estado, promovido pelos senhorezinhos impafiosos. São estes que financiaram a Operação Bandeirantes antes, o DOI-Codi depois, e armaram os torturadores com seus apetrechos entregues pela Idade Média à modernidade para serem acionados, por exemplo, por força elétrica. Um grupo de abastados crentes da violência a abrirem o cofre, até com parcimônia, na certeza de que perseguir, sequestrar, torturar, matar um punhado de rebeldes, vários mais pretensos do que verdadeiros, e quase sempre patéticos, era a garantia da sua segurança e a confirmação do seu poder. Certo é que de qualquer maneira o manteriam ainda por muito tempo. Desperdiçaram seus florins, tão inúteis quanto o sacrifício daqueles que o terror de Estado eliminou.

"A história é escrita pelos vencedores, por exemplo, a Lei da Anistia, imposta pela ditadura e agora declarada constitucional..."

"Me vou – murmura Faoro –, quero descansar em paz, é o que me caberia... disseram..."

"Espera, espera – proponho –, quero lhe contar uma história." E é de manhã, domingo, toca o telefone, "caríssimo, como andam as coisas?", pergunta Raymundo do outro lado da linha, liga do Rio. Como de hábito, manhã de domingo, e caríssimo é o tratamento que nos reservamos desde as primeiras conversas. Desenrolo minha história, sei que vai esquentar seu interesse por soar como enredo talvez toscano, a remontar ao *trecento* ou ao *quattrocento* e a fundir no mesmo fogo de ferreiro a prepotência e a velhacaria. A personagem é um senhor cioso da sua altivez empostada, chama o camerlengo e incube o alfaiate de lhe tirar as medidas para a confecção de trajes iguais aos seus. Não digo que se trate de ternos austeros de casimira inglesa de sorte a evitar a definição da época, não deixo, porém, de acentuar a semelhança entre patrão e empregado, de fato mordomo, homens de meia-idade igualmente volumosos.

Acontece que o senhor recebeu informações de que corre perigo de vida, pelas sombras de um complô prepara-se para ele uma emboscada destinada a assassiná-lo, donde a convocação do camerlengo, até então não pronunciei a palavra mordomo, enfatiotado a caráter trocará com o patrão sua posição a bordo do veículo que os conduz pelas ruas da cidade. "De onde você tirou isso?", pergunta Faoro, tomado pela curiosidade, ele leu tudo e essa história não conhecia, a despeito de uma certa cadência familiar.

"Pois é – e faço a luz –, camerlengo é mordomo, o veículo é Mercedes munido de chofer, o tempo é recente, coisa de poucos anos, estamos em São Paulo e o senhor é Gastão Vidigal." "Os escravos experimentavam comida e bebida antes do dono... mas que aconteceu com o banqueiro e seu camerlengo?" "Nada, ambos incólumes, talvez o complô tenha sido inventado para sobressaltar o ricaço..."

Teria sido muito bom prosseguir no papo, mas pego no sono, fica para outra vez. Na manhã do dia seguinte recordo um dos últimos encontros com o grande amigo, imenso na cama do hospital, presa de uma teia de fios malignos e dono de terrível lucidez. Março de 2003. Recomenda: "Daqui para a frente, cuide de não se iludir." Refere-se ao PT no poder.

De madrugada, chega o "professor" Bardi ainda lépido, polegares enfiados debaixo das tiras do suspensório, queixa-se das folias do mundo, diz *follie*, quer dizer loucuras como inúmeras de nossas folias. Há um traço de loucura na alma do Brasil, no espírito da maioria infeliz e mesmo assim festeira, e na ferocidade desabusada da minoria, amiúde muito além das necessidades.

Já disse a Bardi da minha ideia sobre a *follia* brasileira também folia, mesmo porque entendo no próprio Masp a prova da doidice e nele o intérprete fulgurante, soube aproveitar-se dela para realizar um projeto maior que o País. É um anarcoide basicamente apolítico, eu sou um anarcoide cujo motor é azeitado pela política. É indispensável, para mim, enfrentar o poder, desnudá-lo se possível, enquanto Bardi explora-o sem hesitação para belos fins. "Você me tem em alta conta – diz ele –, quando sou *marchand* a coisa muda..."

Ambos pessimistas na inteligência e otimistas na ação e dados a grandes indignações, as minhas muito mais frequentes. "É preciso não se esbaldar em esperanças – ensina o 'professor' –, e você cometeu amiúde este pecado."

"Ora, ora, lembro como brilhavam seus olhos quando lhe contei que íamos tentar uma nova aventura, lançar um jornal diário, e brilhavam também quando comecei a dirigir a *Senhor*, que se tornava semanal, até desenhou o logotipo, recordo como se fosse ontem, apareceu na Lapa de Baixo, naquele velho armazém de tijolos ingleses, sobraçava uma pasta de papelão, tirou dela como da cartola o seu desenho do logo."

343

"Aí está, otimismo sempre, entende, mas..."

"*The readiness is all.*"

"Você foi ao ponto, se a desilusão é deste tamanho quer dizer que não estava preparado... entende?"

"Ocorre que você não fracassou..."

"...você também, a não ser no caso do *Jornal da República*..."

"...mas eu acreditava, *illo tempore*, que o Brasil tomaria outro rumo ao se encerrar o tempo da ditadura..."

"... errou nos cálculos, *chi è causa del suo mal, pianga se stesso*."

Bardi dissolve-se na claridade da manhã, deixa nos meus ouvidos o eco do seu "entende". Raymundo ouviu a conversa, e vem à luz do sol. "Você fez sua escolha, o jornalismo como há de ser, honesto, aguente as consequências... ou você pretendia mudar o País?

Ouço a voz de Dom Paulo Evaristo, no tom exato do nosso último encontro, fui visitá-lo em um casarão entre árvores murmurantes em uma zona da periferia paulistana próxima ao Tietê, milagrosamente silenciosa a ressaltar a voz das frondes. "Mudar o País? Que pecado de orgulho..."

Apresso-me à penitência. "Nunca me iludi quanto aos meus poderes, o jornalista conhece seus limites, desiludido em mim é o cidadão."

Ele me guia pela moradia de cardeal aposentado, mostra-me o quarto monástico e uma saleta de apetrechos de ginástica, "sabe, tento me manter em forma".

Falamos do passado, ele guarda uma boa lembrança do general Golbery, levou-lhe uma lista de jovens sumidos nas mãos dos algozes do terror de Estado e o chefe da Casa Civil de Geisel chorou. Acredito porque quem conta é Dom Paulo. Mas teria chorado por que, o Merlin do Planalto? Lágrimas de impotência? "Geisel era uma fera", um alemão fala de outro.

E os jovens rebeldes? Poucos, é verdade, e boa parte da masmorra saiu para uma vida burguesota, alguns sumiram de vez. De improviso, põe-se a imitar o papa João Paulo II, descreve-o quando da sua última visita a Roma, curva-se e projeta a cabeça como se, eliminado o pescoço, saísse diretamente do meio do peito, e dali extrai a voz do polaco na tonalidade e no ritmo precisos, arrastada, manquitolante e imperativa. Papa Wojtila, pontífice estadista dos crentes da religião como garantia de um jogo que, intacto e permanente igual a dogma, mantém as coisas como estão, inalteradas. O papa da reação e do inextinguível fingimento, de inegável grandeza no mal, perdão, no Mal, ao se apresentar sem admitir a dúvida da plateia como representante do Bem. No Brasil, cuidou de eliminar qualquer relação entre padres igualitários e senhores da desigualdade, pois a recompensa ou o castigo esperam a todos no Além. Tudo soa elementar demais, mas é assim mesmo.

Dom Paulo Evaristo recosta-se na cadeira, fica a ouvir a voz da brisa no ocaso morno, de noite retorna Raymundo, propala: "Das duas, uma, ou me torno embaixador em Viena, entre fim do século XIX e começo do XX, ou emigro para a Bolívia."

Não está desiludido, porém, com os rumos de "redemocratização", se ri ao pronunciar a palavra, quem se iludiu fui eu, incapaz de perceber a conexão inexorável e fatal entre as desgraças brasileiras, corrente inquebrantável.

A colonização predatória, a negar a identificação entre os invasores e a nova terra, entendida apenas como cenário da pilhagem, e qualquer semelhança com os peregrinos do *Mayflower* enfim levados a conquistar a independência na luta sangrenta contra os colonizadores. Ah, sim, a independência, a nossa celebrada até hoje com a hipocrisia da pompa, fruto do litígio entre o príncipe Pedro e a família portuguesa, precipitado o grito por um distúrbio gastrointestinal originado provavelmente pelo consumo desbordante de mexilhões em almoço na residência da marquesa de Santos, sofrido na subida da serra até as alturas do Planalto de Piratininga e ao cabo resolvido à sombra de uma bananeira na região dita do Ipiranga. Ao retomar a sela do muar que o carregava, o príncipe recuperado declarou a independência, ou morte, a lhe revelar, neste ponto, notável talento teatral, e se grito houve, veio da sombra da bananeira.

Já a república foi instalada pelos generais, prontos a desmentir o anseio republicano diversas vezes, apogeu da trajetória o golpe de 64. Sobra, derradeiro elo da corrente, a falsidade da democracia que se pretendeu automaticamente conquistada com o fim da ditadura. Se couber estabelecer uma hierarquia, a passagem mais daninha são três séculos e meio de escravidão, a vincar a vida brasileira na permanência metafórica da Casa-Grande e da senzala exposta em desequilíbrios sociais ainda monstruosos. Sobrevive a senzala na condição da maioria dos brasileiros, vitimados pela miséria, pela ignorância, pela indigência, pelo descaso de um Estado inepto, pelo medo atávico, pelas distâncias mensuráveis em verstas como na Rússia dos czares.

"O Brasil tem algumas semelhanças com aquela Rússia – admite Raymundo –, mas não é a Rússia."

O que torna as coisas mais graves, atalho. "Sim – volta a admitir –, a natureza foi muito generosa conosco, deste ângulo somos únicos, nosso problema são os inoxidáveis donos do poder."

Sim, sim, por isso mais competentes... Tenho dúvidas, porém, quanto a esta competência, à qual Faoro se referiu em outros tempos, a competência da direita prefiro atribuí-la à resignação da senzala. Golbery recomendava que algo se fizesse para impedir a médio prazo convulsões sociais, "caso contrário acabaremos pendurados em um poste". Não sei de que mudança Golbery cogitasse, tampouco até onde no caso chegava a sua sinceridade, e até onde se inspirava no príncipe de Salina, mas já acreditei, eu tadinho, na possibilidade de alguma turbulência nascida da insatisfação popular. Para tanto, não houve liderança e muito menos bucha de canhão. A revolução não se alimenta na senzala, assim como o senhor da Casa-Grande não é um burguês. Não contamos com Robespierre, nem mesmo com Kerenski. Além do mais, a esquerda brasileira existiu?

"De fato – reconhece Faoro –, houve um modesto ensaio comunista, alguns socialistas equivocados, mais alguns inconformados que não acharam o caminho..."

Também aí percebo a herança dos séculos de escravidão. O esquerdismo à brasileira nasce na Casa-Grande, é irmão dos primogênitos absolutistas, brota da rivalidade fraternal e do conflito das gerações, jamais será capaz de arregimentar a senzala contra o patrão, ou, simplesmente, em busca de redenção contemporânea. Ao cabo, costuma prevalecer o instinto, o impulso primevo da predação. Não há partidos pois faltam ideias e ideais, o Partido dos Trabalhadores no poder esqueceu os trabalhadores e portou-se como os demais. De resto, que significa esquerda hoje em dia?

De improviso, reencontro-me no clima azul do Rio Minho, propício às minhas tiradas a favor da igualdade, a provar a necessidade da permanência do espírito esquerdista em um país tão desigual, sem reparar na expressão do Faoro, entre descrente e piedoso.

"Só faltavam o fracasso final do socialismo real e a queda do Muro de Berlim – diz Faoro –, a rapaziada achou o pretexto e caiu fora."

"Se é por isso, quase todos os que se diziam de esquerda, ou se achavam, descambaram alegremente para a direita", anoto, e não cito os nomes mais protuberantes, não é preciso, sublinho apenas: "Até o Lula diz que nunca foi de esquerda."

"Está certo ele – atalha Faoro –, Lula é um grande negociador, portanto, conforme as circunstâncias, um grande conciliador."

"Ouço ao longe a voz do Belluzzo: 'Tudo bem, mas sua preocupação com o destino do povo é sincera, vem das entranhas...'"

Belluzzo, capaz de provar que Keynes não discrepa de Marx graças a um teorema incontestável, e que torcer pelo Verdão do Parque Antártica é profissão de fé política. De sangue, meu professor Verdone é italiano do lado paterno e quatrocentão do materno, meio a meio como a decisão da faca que corta a pizza sem conflito, e sem conflito d'alma nele se firmou a preponderância da herança dos imigrados mais recentes a determinar a adesão ao partido do ex-Palestra. Partido? Religião? O conflito estava fora dele, provocado pela jactância de quem chegou antes para liderar a torcida do São Paulo Futebol Clube, e Belluzzo sentiu-se carcamano.

Personagem moderada e comedida, cultura universal que a curiosidade enérgica mantém em ebulição sem pouso, contido no tom mesmo quando promete atingir o adversário acima da medalhinha, traem-no os olhos de bandido calabrês, faíscam debaixo das abas pensas do hipotético chapéu negro, formato de pão de açúcar, prometem a capacidade da aventura. Espraia-se entre a arquibancada e a cátedra, na coerência do combate ao são-paulino graúdo na certeza de que uma elite responsável por tanto descalabro e prepotência, desmando e estúpida arrogância enverga a camisa tricolor. A tese é clara e indestrutível, são estes aqueles que até hoje atiraram ao lixo as potencialidades infindas de um país único. Belluzzo e outros mais sabem que o Brasil anda sozinho à revelia dos homens e ainda saberá aproveitar-se por completo dos dons recebidos da natureza. Não será por obra dos herdeiros da Casa-Grande, isto é certo, ou, se Belluzzo quiser, dos tricolores embandeirados.

Digo: "Sinto que infelizmente não assistirei a este desfecho."

"Poderá ser outro – afirma o vozeirão de Faoro –, a era dos homens estará sempre sujeita a encerrar-se como a dos dinossauros, de todo modo, eu já fui."

E agora, outra voz baixa os decibéis, embora soe como aquela do torcedor recém-saído do estádio ao cabo do embate íngreme, no fim de tarde malvacento, gerador natural de melancolia. De fato, torcedor ele é, e que esperar de um Fanganiello se não paixão palestrina?

"Proponho para o seu time alguns enxertos de pura classe, Ulpianos, por exemplo, Modestino... ou não seria o caso de escalar Beccaria centro-avante?" É a minha sugestão e mira além dos gramados. Walter Fanganiello exprime desalento com voz de torcedor exausto, não desfiguraria, no entanto, na boca do confessor na hora de cominar a penitência. E lá vem ele: "A Justiça neste País não existe."

Conheço-lhe os passos pelo caminho da lei, servida e aplicada com desvelo cartuxo, e dele sou bom ouvinte, mesmo agora, estirado debaixo dos cobertores com o conforto dos lençóis tépidos. Sim, a Justiça nativa é um poder muito discutível, mas, atalho, "a democracia brasileira é discutibilíssima." Nosso diálogo é um torneio de anuências, e ambos desaguamos na constatação de que a casa grande faz a sua justiça. Depois disso, é difícil o regresso aos sonhos.

Ontem, noite funda, cabeça sobre o travesseiro, chegou Alberto Baini, girou bruscamente a cabeça para rechaçar a mecha loira, teimosa na queda sobre a testa, sentenciou com erres elegantes: "Você teve muita sorte na vida."

"A vida? Também sofri muito..."

"Eu sei, mas no galope dos anos você teve, inúmeras vezes, a chance de se renovar. Você costuma repetir que depois de sair da *Veja* foi obrigado a inventar e reinventar o seu emprego? Esta é a sorte que o Brasil lhe proporcionou, recomeçar sempre."

"Sísifo?"

"Nada disso, você não carrega uma pedra, e a cada momento de retomada você se renovou... mas, quem sabe, Sísifo seja um homem feliz."

Posfácio

Cotia, 23 de fevereiro de 2012.

Caro Mino Carta,

[*Captatio benevolentiae* pela demora destas linhas. Passado felizmente um tempo turvado por longo pós-operatório, dispus daquelas horas de leitura, intervalo feliz entre os cuidados de que é feito o cotidiano. Foi só então que pude ler os originais do seu livro.]

Balanço de uma vida, diz o bilhete com que me chegou esse retrato agônico da vida pública brasileira. Nascido em 1936, fui contemporâneo dos sucessos narrados. Mas, lido este *Brasil*, vejo pessoas e acontecimentos à luz de outro olhar. Mais intenso, quase ofuscante, não raro cruel. No começo da leitura pareceu-me que a ferinidade vinha de uma visada mais aguda e ácida que a do comum dos mortais. Mas não, não era só isso. Era a própria realidade que se revelava na sua crueza. Crueza cruel, com perdão do pleonasmo. Retratar o nosso *homo politicus* é lidar com o nauseante: que galeria de patifes talvez superada apenas pela dos jornalistas! Aqui o narrador pôs o dedo na ferida, mas, em vez de sangue fresco, o que jorrou foi pus. Lembra, de longe, a fauna satirizada por Lima Barreto nas *Recordações do Escrivão Isaías Caminha*, mas tão deteriorada que desafia qualquer hipótese progressista em relação à história da nossa espécie.

Sempre desconfiei dos colunistas de nossos jornalões. Agora vejo estampada em negrito a sua venalidade, a completa expressão da covardia e do oportunismo. A exceção luminosa de Cláudio Abramo brilha, de raro em raro, servindo apenas para que o leitor entreveja o negrume da malta. Que figura organicamente lastimável esse Abukir (pouco importa se figura *à clef,* ou não), que atravessa o livro de ponta a ponta e só teve um momento fugaz de autoconsciência nas páginas finais! Aí o autor acertou em cheio dando a palavra, entre cínica e confessional, a esse títere do sistema trabalhado em terceira pessoa ao longo do texto. No final, as personagens, quase sempre meros tipos sociais, têm a oportunidade de se converter em pessoas. Não todas, é bem verdade, pois o tipo é inerente ao gênero satírico da escrita. E qual o desígnio do seu texto? Levar ao ridículo a nossa burguesia arrivista e puni-la metodicamente, mas sem nenhuma esperança de corrigi-la. Já não daria mais para crer no *ridendo castigat mores*? Parece que não. Tudo ficou opaco, tudo mercadoria subindo ao primeiro plano, tudo *status* dentro de cada carreira profissional.

A caricatura expõe traços obsessivos. O narrador nunca deixa de pontuar o cafonismo *kitsch* colado ao grã-finismo paulista e figurado pelo ponto de vista de um anarcossocialista aristocrático e renascentista chamado Mino Carta. Afinal, "*nel mondo non c'è che volgo*", palavra de Maquiavel ajustada à semicultura dos políticos e jornalistas que não cessam de nos infelicitar. Farpas lançadas contra as veleidades gastronômicas e as indumentárias dos figurantes valem como *portraits* de uma classe sem classe.

No entanto, há clareiras neste carrascal. Quem diria que o enigmático Golbery conseguisse passar quase incólume pela malha apertada de um juiz invariavelmente democrático e progressista, que é o nosso narrador? Pois passa; é o olhar humanizado por uma longa experiência da fragilidade humana que o avalia, e é capaz de compensar a triste astúcia do maquiador de golpes com a melancolia do jogador derrotado em um momento digno do seu destino. (Terei entendido bem?)

E há figura imponente do *chevalier sans peur et sans reproche*, Raymundo Faoro. Não conheci o privilégio de tê-lo como confrade, mas a honra de tê-lo como eleitor. Um voto que ainda me surpreende e comove. E há os que ajudam a matizar o quadro sinistro: Ulysses, Montoro, Severo Gomes, mas são tão poucos... E a imagem de Lula que, apesar dos pesares, resiste galhardamente.

No tecido que remata o livro, sinto em Paulo alguém que me dá vontade de abraçar fraternalmente.

Mas é já tempo de reconhecer, ao longo de cada página, uma voz amarga, ainda que animosa. É a voz que fundou o *Jornal da República*, e que se desenha, em corpo inteiro, na tocante autobiografia do jornalista intimorato, homem digno de outro jornalista, que o gerou e instruiu.

Obrigado e o abraço amigo do

Alfredo Bosi

ESTA OBRA FOI COMPOSTA NAS TIPOLOGIAS
HELVETICA, GARAMOND E MINION E IMPRESSA
EM PAPEL PÓLEN SOFT 80G/M² PELA YANGRAF.